KB138338

그린비, 별을 쏘다

그린비,
별을 샀다

초판 1쇄 인쇄_ 2020년 02월 15일 | **초판 1쇄 발행_** 2020년 02월 20일
지은이_그린비 | **엮은이_**성진희 | **펴낸이_**진성옥 외 1인 | **펴낸곳_**꿈과희망
디자인·편집_윤영화
주소_서울시 용산구 한강대로 76길 11-12 5층 501호
전화_02)2681-2832 | **팩스_**02)943-0935 | **출판등록_**제2016-000036호
E-mail_ jinsungok@empal.com
ISBN_979-11-6186-072-5 43810
※ 책 값은 뒤표지에 있습니다.
※ 새론북스는 도서출판 꿈과희망의 계열사입니다.

그린비, 별을 샀다

그린비 지음
성진희 엮음

꿈과희망

책머리에

☆☆

책쓰기 동아리 '그린비' 9호 발간을 축하하며

성광에는 많은 교육활동이 있지만 학생들이 직접 이름을 걸고 작은 저자로서 활동하는 동아리는 책쓰기 동아리인 '그린비'입니다. 그린비가 2019년에 9번째 책을 발간함에 하나님께 감사와 영광을 돌리고, 저자 여러분을 축복합니다.

우리 학교 책쓰기 동아리인 그린비는 2011년 대구교육청에서 주도한 활동에 부응하여 학생들에게 글쓰기 운동을 전개하여 독서 토론 후 글을 창작하는 활동과 연계함으로써 학생들의 인성 순화와 창의력을 계발하여 글쓰기 능력을 길러 작은 저자가 되는 것을 목적으로 삼고 출발한 지 9년이 되었습니다.

매년 그린비책을 발간하여 학생 스스로가 저자가 되어 자부심을 갖고 학교생활을 하는 것을 보면 학교장으로서 뿌듯하고 자랑스럽습니다. 그린비 이름의 뜻을 알아보니 '그리운 선비'의 준말로 '시나 문학을 사랑하는 선비'라는 뜻을 내포하고 있습니다. 열일곱, 열여덟 살의 남학생들이 마음속에 품은 생각과 상상의 나래를 글로 마음껏 펼쳐 보고 그것을 책으로 엮어 내는 모습은 너무나 아름답고 고교생활에 멋진 추억을 담아낼 수가 있어서 좋습니다. 매주 수요일, 꿈· 끼 날을 통해 학생 스스로 활동하는 상설, 자율동아리로 성광고등학교 책쓰기 동아리입니다.

그린비의 9년 활동을 보니 우리 학생들이 자연 속에, 삶 속에, 문화 속에, 친구들과의 관계 속에서 감동을 느끼는 우리 학생들의 마음이 너무 소중합니다. "초창기(2011~2012)에는 (시, 세상)을 그리다. 2013~2014 꿈을 노래하다, 봄을 꿈꾸다. 2015~2016 향촌을 거닐다. 2017~2018 명화를 스토리텔링하다, 영화, 그 뒤를 걷다." 매년마다 책에 발산하는 우리 학생들의 영감을 높이 올려 드리고 싶습니다. 2019년에는 학생들의 꿈, 진로와 관련하여 함께 책을 읽고, 토론하여 얻은 결과물로 한 편의 글을 창작하는 것이 놀랍습니다.

어떤 교육을 시행하여 인재를 길러 낼 것인가?는 학교장으로서 늘 고민하는 것 중에 하나입니다. 성광학교를 설립할 때 선각자들의 설립정신에 묻어 나온 '긍휼함', 즉 예수님의 마음이 이 학교 내에 있습니다. 남을 사랑하고, 배려하고, 불쌍히 여기는 마음이 성광고등학교 교육활동에 묻어 나고 있습니다. 이 마음으로 이 세상의 빛과 소금의 역할을 감당하는 '무엇을 하든지 뛰어난 성광인 육성', 개인의 욕심보다 공동체를 우선케 하는 '영혼 있는 교육'을 실현함으로 살아 있고 삶에 적용되는 교육구현을 위해 노력합니다. 그린비 동아리에서도 이 정신이 잘 나타나고 있습니다.

성광교육의 완성을 위해 우리는 7Value(꿈, 열정, 자비, 정직함, 겸손, 협동, 즐거움)를 기반으로 하고 있습니다. 그린비 동아리가 성광 7Value를 가장 잘 표현하고 있다고 봅니다. 학생의 꿈을 위해 자기진로를 개척해 나가며 책을 만드는 열정, 함께 배려하는 자비의 모습, 시간과 나눔을 통한 팀원끼리의 정직한 모습, 함께 만들어 가는 협동심, 책을 만들면서 즐거움을 누리는 마음, 양보하며 자기를 낮추는 겸손함이 묻어나는 그린비 동아리 활동입니다. 한 권의 책을 만들면서 우리 학교 교육활동의 핵심인 7Value를 잘 나타내서 무엇보다 자랑스럽습니다. 또한 이 책을 만들면서 7Value를 이루어 내는 데 학생들이 얼마나 창의력과 영감을 교환하면서 노력하였는가를 생각할 때, 학교장으로서 매우 의미 있게 보고 있습니다.

작은 저자 여러분! 그린비 동아리 활동을 하면서 내면에 있는 깊은 영감을 세상 밖으로 끌어 내십시오.

"사막에서 맛좋고 시원한 우물을 만난 것처럼 우리 학생들이 이 시간으로 인해 마음에 다시 물기가 도는 것을 바라며, 더 정확히는 깊숙이 숨어 있어서 발견하기 쉽지 않았던 학생들 마음의 수원을 다시 찾은 느낌이 되기를 소원합니다."

우리 학생들이 예전에 비해 매우 바쁜 고교생활을 하고 있습니다. 대학입시, 내신 관리, 학생부 관리 등 자기진로 개척을 위해 바쁜 고교생활 가운데도 시간을 내어 고교생활의 추억을 담아내는 한 편의 작품을 세상 밖으로 나오게 하는 것은 학생들에게 멋진 고교생활이 될 것입니다.

무엇보다 9년 동안 국어과 선생님들께서 지도하셔서 글쓰기를 정말 싫어하는 남자 아이들을 독려하여 글을 쓰게 하신 국어과 선생님 모두를 칭찬해 드리고 싶습니다. 성광고등학교 전체 학생들에게 독서활동시간을 만들어 일주일에 2일간 아침 20~30분 동안 책을 읽게 하고 독서장을 쓰도록 해서 점검하고 또한 발표케 하여 독서량을 넓혀 나아가는 데 견인역할을 감당해 주신 국어과 선생님들에게 감사를 드립니다. 그리고 수 년간 그린비 동아리를 지도해 주신 국어과 성진희선생님에게 감사를 드립니다.

성광고등학교 교장 강창술

엮은이의 말

☆☆

1. 흔히 현대 사회에 대해 3s, 즉 sex, sports, speed는 횡행하여 넘치지만, spirit가 부족하다고 합니다. 여러 번 들어도 무척이나 공감이 가는 말입니다. spirit이란 정신, 영혼이란 뜻을 지닌 단어입니다. 사람들은 세월이 갈수록 영혼, 내면을 아름답게 가꾸는 것보다 외형에 더 치중하고, 육체의 쾌락을 위해 온 신경을 기울입니다.

여기, 이러한 시대에 반하여 내면, 영혼을 가꾸려고 노력하는 열일곱, 열여덟 남학생들의 책쓰기 모임이 있습니다. 단지 글이 좋아서 읽고, 글쓰기를 하고 있는 새벽 이슬같이 순수한 영혼의 모습을 간직한 아이들을 바라볼 때면 네잎 클로버를 얻은 느낌입니다.

2019학년도 그린비 동아리의 글쓰기 주제는 '그린비, 별을 쏘다'입니다.

우리 그린비 작은 저자들은 여행 작가, 소설가, 교육자, 피디(PD), 과학자, 프로그래머, 공학자, 의학자, 장난감 디자이너 등 자신들의 꿈과 진로,

자신의 미래를 글로 풀어 보는 활동을 해 보았습니다. 이 과정에서 아이들의 꿈, 소질을 살린 진로와 관련된 소재와 이야기를 기반으로 한 창작활동을 하여, 진로에 대해 자세하게 탐색하여 깊이 있는 지식 형성과 함께 삶에 대한 경험을 쌓을 수 있었습니다. 그리하여 자신의 진로를 찾아가는 여행담이나 진로와 관련된 소재를 활용하여 창의융합정신을 발휘하여 수필과 소설로 담아내었습니다.

제1부 '별을 쏘다'에서는, 아이들의 꿈, 진로와 연관시켜, 작가의 별, 교육의 별, 미디어의 별, 자연과학의 별, IT의 별, 공학의 별, 의학의 별, 미지의 별로 구성하여 학생 자신의 글쓰기 역량을 마음껏 펼칠 수 있는 장을 만들어 보았습니다.

제2부 '별을 굽다'에서는, 가루를 정성들여 예쁘게 반죽하여 쿠키를 굽듯이, 아이들이 자신의 꿈과 진로에 관한 책을 읽은 후, 그에 대한 단상을 진지하게 구워 보았습니다.

많은 학생들이 자신의 꿈을 위해 노력하고 있습니다. 우리 그린비 학생들도 꿈을 향해 자신의 진로를 개척하고 있습니다. 그중 동아리 부장인 정현우 군의 글은 자신의 꿈과 미래에 대해 아주 잘 표현하였습니다. 여행 작가로서 꿈을 지니고, 몽골을 방문한 이야기를 수필로 잔잔하게 엮은 이야기는 우리들에게 신선함을 주고 있습니다. 자신의 진로를 선택하고, 자신의 꿈을 정하기까지 얼마나 뜬눈으로 밤을 지새웠겠습니까? 밤늦게까지 고민하여 꿈을 펼치고, 또다시 지우면서 정립한 자신의 꿈과 미래가 얼마나 기대가 되고, 설레었겠습니까? 자신의 그 미래에 대해 글로 써 본다는 것은 글을 써 본 사람이 아니면 경험하지 못하는 귀중한 자산입니다.

자신의 꿈이 무엇이고, 진로를 어떻게 정해야 될지 방황하는 학생들이 많은 현실 상황에서 그린비 학생들이 꿈을 확연히 설정하여, 자신의 진로를 정해서 꿈과 미래에 대해 글을 써서 그 길로 한걸음 더 나아가고 있는 모습들을 보니, 흐뭇한 마음에 제 몸이 전율을 느끼고, 감사함을 느낍니다.

글쓰기를 통하여 그들의 꿈과 미래를 마음껏 펼치는 기회를 가져서, 우리 학생들이 행복했으면 좋겠습니다.

2. 올해 학교에서 동아리 개설 때문에 황당한 일을 겪었습니다. 작년에 약간의 조짐이 보였지만, 그래도 그린비 동아리가 글쓰기의 명맥을 유지해 나가고 있었는데, 해가 갈수록 글쓰는 학생들이 줄어들어 올해는 상설동아리를 만들 수 없어서 그린비가 자율동아리로 활동을 하게 되었습니다.

그린비의 명성은 성광(聖光)을 넘어 대구에서는 입소문이 난 책쓰기동아리라고 자타가 공인하고 있는데, 입시제도로 인해 고등학교 1학년의 동아리 선택이 상설 하나에 자율 하나로 제한이 되는 바람에, 그동안 상설동아리로 대내외로 활발하게 활동하였던 그린비가 올해는 상설동아리 지원자가 없어서 자율동아리로 유지하게 되었습니다.

아이러니하게도 자율동아리는 인기가 아주 많은 편입니다. 입학 초에 동아리 홍보를 못한 것도 책임이 있지만 진심으로 글쓰는 것을 좋아하는 학생들이 점점 사라져 가고 있는 현실에 좀 씁쓸함을 느낍니다.

휴일에도 학생들의 글을 마무리합니다. 한 편 한 편 글을 다듬을 때, 아이들 인생이 묻어납니다. 앞으로 자신의 역량을 마음껏 펼칠 그들의 꿈을 생각할 때 미소가 저절로 지어집니다.

이 아이들에게 희망이 보입니다. 새벽 이슬 같은 아이들의 모습, 순수하고 투명한 그들의 미래가 보입니다. 꿈을 향해 인내하고, 다지고, 질주하는 대한민국의 미래가 보입니다. 시끌벅적한 대한민국의 이 현실 앞에서.

마지막으로 '그린비, 별을 쏘다'가 나오기까지 물심양면으로 도와주신 국어과 김대웅 부장을 비롯한 국어과 동료교사와 글쓰기 작업을 마무리할 수 있도록 컴퓨터실 사용을 허락하신 강영균 부장님께 감사의 말씀을 전하고 싶습니다.

지도교사 성진희

contents

☆☆

책머리에 _교장 강창술 04

엮은이의 말 _교사 성진희 07

그린비, 별을 쏘다

1. 작가의 별을 쏘다

정현우- LAST ☆ 19 / 나 홀로 광주에 ☆ 33 / 칸의 나라에서 다시금 꿈을 새기다 ☆ 39 / 에필로그_49

송도형- 나의 회고 ☆ 53 / 다시 한 번 꿈속에서 ☆ 61 / 에필로그_70

2. 교육의 별을 쏘다

김태준- 내가 만드는 역사 ☆ 75 / 나의 성장기 ☆ 83 / 에필로그_92

3. 미디어의 별을 쏘다

박지홍- 작은 행복 ☆ 97 / 어쩌다 여행 ☆ 106 / 에필로그_117

4. 자연과학의 별을 쏘다

김준혁- Hydrogen ☆ 121 / 편의점 5분 거리 ☆ 135 / 에필로그_144
장민홍- 족쇄 그리고 열쇠 ☆ 148 / 지구의 바이러스, 인간 ☆ 154 / 에필로그_157
이진욱- 일상 ☆ 160 / 에필로그_170

5. IT의 별을 쏘다

정희균- 타임슬립 ☆ 175 / 에필로그_180
석호영- 선택 ☆ 183 / 에필로그_203

6. 공학의 별을 쏘다

이민호- 조선에서 넘어온 외계인 ☆ 209 / 에필로그_217
오정규- 양자역학 ☆ 220 / 에필로그_227
이은찬- 자연보호 투게더 ☆ 229 / 에필로그_239

7. 의학의 별을 쏘다

박기현- 금방 지나갈 소나기처럼 ☆ 245 / 에필로그_247
진수현- 의료계에 대한 나의 단상 ☆ 250 / 에필로그_253

8. 미지의 별을 쏘다

박진현- 청예단 ☆ 257 / 에필로그_271
임민규- 한 전지적 작가의 실험 ☆ 274 / 에필로그_280

그린비, 별을 굽다

정현우- 가지 않는 길 ☆ 284
송도형- 제국의 품격 ☆ 288
김태준- 4차 산업혁명 시대 창의 인재를 만드는 미래의 교육 ☆ 291
박지홍- 어차피 레이스는 기니까 ☆ 295
김준혁- 미술관에 간 화학자 ☆ 300
장민홍- 진로연대기 ☆ 304
이진욱- 상대성이론이란 무엇일까? ☆ 308
정희균- 세상을 바꿀 미래 과학 설명서 ☆ 312
석호영- 우주에 우리는 산다 ☆ 317
이민호- 엔트로피 ☆ 322
오정규- 시대를 잘못 탄 한 천재 ☆ 324
이은찬- 생명이 있는 것은 다 아름답다 ☆ 328
박기현- 책에서부터 얻은 나의 작은 다짐 ☆ 332
진수현- 골든아워 ☆ 335
이준영- 웃음의 심리학 ☆ 339 / 에필로그_343
박진현- 악의를 읽고 ☆ 346
임민규- 장난감, 창작의 멋진 결과물 ☆ 349

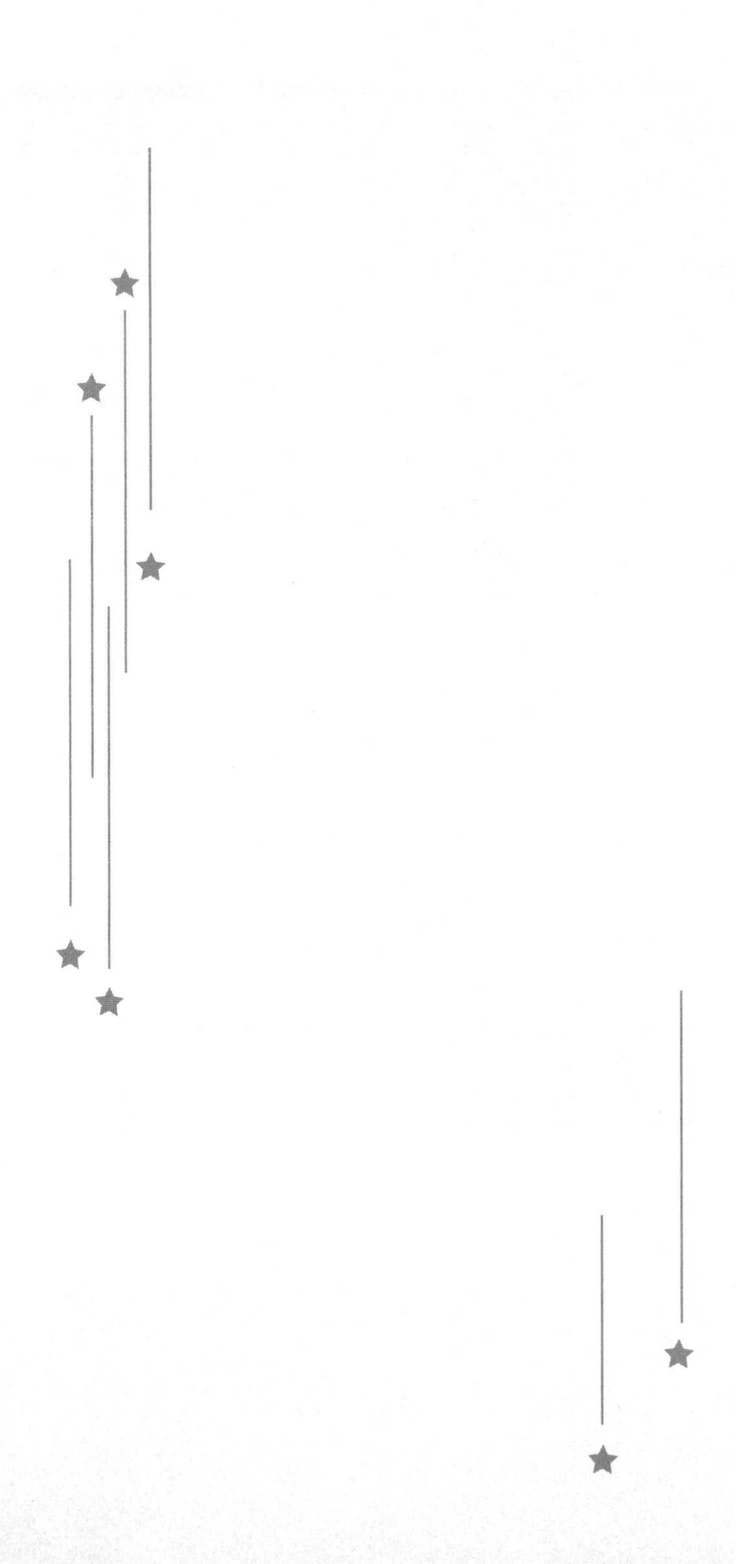

제1부

그린비,
별을 쏘다

1

작가의 별을 쏘다

정현우
송도형

정현우

– 2학년

1. LAST

2. 나 홀로 광주에 – 5.18 그날을 그리며

3. 칸의 나라에서 다시금 꿈을 새기다

4. 에필로그

LAST

저 멀리서 애국가 소리가 나지막이 들려온다. 마치 현실세계를 묘사하는 것처럼 3절의 첫부분이 아련히 지나간다. 천고마비의 계절이라는 말이 아까울 만큼 공활한 창공에 담겨진 노란빛은 내가 태어나서 본 노란빛 중 가장 깨끗한 것임에 틀림없었다. 들려오는 애국가에 스르르 눈이 감긴다. 아름다운 날씨에 애국가 콤보는 낮잠을 자기에 너무나도 좋은 콤보였다. 더군다나 힘든 항암치료를 하던 중에는 말이다.

이곳은 어딘지 모를 시골이다. 어릴 적 내가 살던 대구광역시의 그 동네는 나의 발병과 함께 내 인생에서 사라졌고, 더하여 많은 추억과 인연들이 내 병이 쌓아 만든 벽 앞에서 아스라이 사라져 갔다. 아름다운 날씨에 종종 눈을 감고 있노라면 가끔 그때의 추억이 떠오른다. 친구 집에서 잔 일, 피시방에서 시간을 보내다 엄마께 걸린 일, 시험 커닝하다 걸린 일 등 많은 평범했던 기억들이 내 머릿속을 맴돈다. 그러다가 곧 이제는 이런 것들을 꿈꿀 수 없다는 전제에 부딪혀 행복했던 기억은 천천히 그리고 확실하게 잊혀 가고 있다.

내 병명은 아직도 알 수가 없다. 이곳에 온 지 2년이 다 되어 가는데도 말이다. 무슨 희귀병 같다고는 하는데 밤마다 미친 듯이 온몸이 아픈, 뭐 그런 병인 것 같다. 무슨 병인지 모르니까 치료 방법도 없겠지라는 기정사실을 또 단정지어 본다. 최근 새로이 생긴 습관이 있는데, 기정사실을 다시 희망을 불어넣어서 바꾸려다가 포기해서 그 사실을 오히려 더 강화시켜 버리는 것이다.

애초에 병은 마음의 병이 대다수라 긍정적으로 생각하면 나을 수 있다는 말을 하는데 그건 내 새로운 습관의 늘 좋은 타깃일 뿐이었다. 2년 동안 지옥 같고 갑갑한 이곳에서 살아, 아니 생명을 유지해 오면서 희망이라는 순결한 어떤 느낌이 닳고 닳아서 합리화의 끈으로 간신히 유지되어 버렸고 그것에 관련된 다른 감정마저 무뎌질 대로 무뎌져 느낄 수가 없을 정도가 되어 버렸다. 한마디로 나는 지금 희망도 없는 어두운 미로의 길을 끝없이 나아가고 있던 것이다. 갈림길이 나올 때마다 한쪽은 고통스럽지만 좀 더 오래 살든지, 다른 쪽은 일찍 죽든지의 선택지에 항상 마주한다. 아직까지는 오래 사는 쪽으로 택하고 있지만 무뎌질 때마다 더 강해지는 악랄한 고통에 어디까지 버텨야 할지 끝도 보이지 않는 어둠에 지쳐 가고 있다.

나는 글을 쓰는 것만으로 내 마음속 허무함과 주위의 공허 속에서 힘겹게나마 버텨 낸다. 이 어두운 곳에서 언제 끝날지 모르는 고통. 결국 누군가 죽어야 끝이 나는 이 게임. 내가 죽든 고통이란 놈이 죽어 없어지든, 그러나 끝은 낼 수 있을까? 생각에 생각이 꼬리를 문다. 수없이 생각을 하는 것만이 깊은 밤 조금이나마 고통을 견뎌 내는 법이다. 아무 생각 없이 누워 있노라면 살을 꿰고 뼈를 뚫는 고통이 나를 파괴하려 한다.

최근 들어 정신을 잃는 횟수가 많아졌다. 내 주치의인 머리가 희끗하고 개구리처럼 생긴 의사선생은 병이 악화된 건 아닌 것 같다고 하지만 정신력이 많이 약해진 건가, 생각이 꼬리에 꼬리를 물다 어느 순간 기절해 버리곤 다시 눈을 뜨면 중환자실에 와 있다. 난 내 병세가 얼마나 중한지는 모르지만 정신을 잃을 때마다 수많은 기계와 관이 나를 압박하는 지옥의 중환자실에 간다. 거기서 내 자유의지를 억압하고 내 몸을 지 마음대로 휘두르는 기계들 속에서 홀로 싸우다 다시 나온다. 이런 일상이 반복되다 보니 이젠 이걸 일상이라 부를 수 있는지도 모르겠고 점점 더 지쳐 가기 시작했다.

끝이 보이지 않는 길을 누가 가려고 하겠는가. 어쩔 수 없이 주어진 끝이 없는 길을 가는 기분을 다른 사람들은 알까. 지금 내 기분이 어떤지, 마음 상태가 어떤지 표현하고 싶다. 하지만 그게 가능했던 시기는 이미 지났고 이젠 애써 해 보려 해도 금세 실패해 버린다. 마치 빈 방에 혼자 있는 것처럼 공허한 느낌이다. 병실에 누워서 이런저런 생각에 시간을 보내다 보면 지금이 몇 시인지 무슨 요일인지 날짜, 시간 감각이 전혀 없다. 밥은 목 부근에 연결된 관으로 전해져 오고 낮밤이 바뀌고 풍경이 바뀌는 것을 보며 대충 가을이구나 짐작할 뿐이다.

그러나 가끔 내게 시간을 알려 주는 존재가 있다. 바로 엄마다. 우리 엄마는 큰 눈매와 서글한 인상을 가진, 젊었을 때는 꽤나 남자들 울렸을 법한 미모를 가졌지만 나 때문에 세월의 풍파를 정면으로 맞아서 주름이 얼굴을 지배하다시피 하고 있다. 내키진 않지만 가족사 얘길 잠시 하자면 내가 병에 걸리기 전까지만 해도 우리 가족은 나, 갓난아기 내 여동생, 중소전자회사에 다니는 아빠, 북디자이너인 엄마로 이루어진 행복한 가정이었다. 항상 웃음이 넘쳐났고, 비교적 안정적 수입과 동생의 성장이 우리 집에 행복을 가져다 주었다. 주말이 되면 나와 아빠는 전자제품을 분해하고 다시 조립하면서 놀았고, 엄마는 재택 업무로 책을 디자인하며 매일 밤 나와 동생에게 책을 읽어 주셨다.

하지만 나의 발병 이후, 나와 우리 가족의 삶은 180도 바뀌다 못해 360도 달라졌다. 천문학적인 나의 수술 비용과 항암치료 비용에 이전의 수입으로는 병원비의 10퍼센트도 제대로 채워낼 수 없었고 우리 가족은 결국 집을 팔고 반지하로 들어갔다. 하지만 내 병이 희귀병이라는 게 밝혀지고 치료 비용이 더 들게 되자 결국 부모님은 이혼보험금을 타기 위해 갈라서고 여동생은 입양 보내지고 말았다. 그리고 그나마 희망이었던 아빠도 양육권이 엄마께 있다는 걸 안 후 잠적해 버렸고 엄마는 할 수 있는 모든 일을 다 하시며 내 병원비를 충당하고 있다.

나의 행복한 가정이 나로 말미암아 서서히 무너져 내려가는 것을 보면서 나는 딱 죽고 싶은 심정이었다. 한 명의 소녀를 친부모 없이 자라게 하고, 아름답던 한 여인을 주름투성이로 만들어 버린 내게 삶은 너무나 지옥이고 고통이었다. 무능하고 무기력한 나를 원망하고 내게 이런 병을 준 신을 죽도록 원망했다. 내가 죽으면, 죽어 버리면 다 괜찮을 거라 생각했다. 하지만 겁쟁이 미련퉁이었던 나는 죽을 용기조차 내지 못한 비참한 쓰레기였다. 죽으려 할 때마다 겁이 났고 아플까 봐 아무것도 하지 못했다. 그래서 지금까지 원망하고 화내면서, 이제 말라서 나오지도 않는 눈물을 짜내면서 하루하루 살아가고 있다. 이제는 아무 의미도 없이 더 잃을 것도 없는 나 자신을 원망하면서.

아까 이야기를 계속해 보자면 나는 항상 날짜 감각, 시간 감각 없이 지내지만 유일하게 엄마는 내게 시간을 가끔 일깨워 준다. 엄마는 일요일 5시마다 내게 들른다. 한 주 한 주 더 피폐하고 힘없는 모습으로 와선

"우리 아들, 일주일 동안 잘 지냈어?"

라고 묻기도 하고 내 이곳저곳을 만져보면서 나아진 건 없냐고 묻는다. 그럴 때마다 나는 항상 짜증을 내며 시한부가 나아질 게 뭐가 있냐고 쏘아붙인다. 화를 내면 안 된다는 걸 알면서도, 나를 위해서 모든 것을 희생한 엄마에게 화를 내면 안 된다는 것을 알면서도 나는 매주 엄마가 올 때마다 화를 내고 신경질을 부리며 다시 엄마를 보낸다. 내가 화를 내면 엄마는 자기에게 있는 온갖 주름이 쭈그러들면서 내게 미안하다고 연거푸 사과한다. 화를 낸 내가 뻘쭘하기도 하고 미안해서 돌아누우면 엄마는 한동안 내 어깨에 손을 대고 가만히 있다가 조용히 병실 문을 열고 나의 주치의에게 간다.

'차도에 대해서 묻는 거겠지.'

하며 엄마와 주치의 선생이 뭐라고 대화할지 생각하면서 기다리다 보면 조금 있다 엄마는 병실 문을 살며시 열고

"아들, 엄마 갈게."
라며 희미한 웃음을 지어 보이고는 나와 작별한다.

엄마가 가고 나면 나는 또 죄책감에 시달린다. 적응되었을 거라고, 괜찮을 거라고 생각했는데 죄책감에 미친 듯이 힘들다. 유일하게 내 곁을 지켜 주는 엄마에게 대체 무슨 짓을 한 건지, 왜 나는 이렇게 패륜아일지 그날 밤은 생각에 생각이 꼬리를 물어서 잠을 잘 수가 없다. 힘겹게 눈을 감아 보지만 찌그러질 대로 찌그러져 오기가 되어 버린 나의 엄마에 대한 죄책감은 매일 밤 육체적인 고통과 함께 피의 밤을 만들어 버린다.

병원에서 보내는 시간은 마치 감옥 같아서 하루가 참 길고 느리다. 특히 나같이 아무것도 할 수 없는 사람은 고작 해 봤자 병실 옆에 있는 베란다에 나가 거리를, 자연을 감상할 뿐이다. 이곳은 경기도 근교의 시골에 있는 호스피스라 아무도 찾아오지 않고 또 근처를 지나다니는 사람도 잘 없다. 복도를 걸으면서 이렇게 걸을 수 있는 날이 얼마나 남았을까 계산해 본다. 지난주엔 계단 10칸을 오를 때 숨이 차서 견딜 수 없더니 오늘은 8칸이다. 이대로라면 한 달 정도 후엔 계단조차 오를 수 없으려나. 의미 없는 생각인가 싶으면서도 지금 하는 하나하나의 생각이 가치가 있을까 싶어 머릿속에 저장해 둔다. 병원에선 기억할 것이 많이 없기 때문에 하루 종일 생각한 것 정도는 머리에 넣어 두기 쉽다. 잠깐의 산책을 하고 병실로 다시 돌아오면 내가 하는 일 중 유일하게 생산적인 일인 글을 쓴다. 대충 오늘 하루 생각했던 걸 쓰는데 중학교를 다니다 병원에 왔으니 필력은 그렇다 치고 문법도 잘 몰라서 그냥 생각나는 것들을 이것저것 적어 놓는다. 이렇게 글을 쓰는 이유는 뭔가 남기고 사라지고 싶기 때문이었다. 호스피스에 있다 보니 죽는 사람을 많이 본다. 죽는 장면은 아니지만 시끄러운 소리가 나서 나가 보면 누군가 죽어서 옮겨지고 있다. 그래서 죽음에 관해서 생각해 봤다. 나 자신이 사라지는 것이라고 먼저 간단히 정의를 내렸다. 그런데 생각해 보니 이순신 장군이나 에이브러햄 링컨 같은 사람은 죽었는데 사람들이 아는 걸 보니 완전히 사라지는 건 아닌 것 같았다. 조그만 머리를 최대한 굴려서 생각해 낸 답이 그들이 기억되는 이유는 뭔가 남겼기 때문이었다. 업적이든 동상이든 정책이든 뭐든 말이다. 그래서 나도 뭔가 남기기로 했다. 이대로 죽어서 나란 인간이 있었다는 것이 잊혀져 버리는 것은 싫다. 누군가가 나라는 인간이 있었다는 것을 기억해 줬으면 좋을 것 같았다. 십 몇 년 살다 가는 인생이지만 내가 사라져도 한 사람이라도 좋으니 누군가는 내가 있었다는 것을 기억해 주었으면 해서 매일 글을 쓴다.

글을 쓰고 나면 또 어둑어둑해진다. 저 멀리 창밖으로 노을이 빨간 빛을 뿜어 내며 져 간다. 하루 중 내가 가장 좋아하는 시간. 노을이 질 때 나는 유일하게 행복하다. 무슨 원리이고, 왜 생기는지는 몰라도 보고 있으면 마음이 편해지는 것이 하루에 한 번밖에 못 보는 것이 아쉬울 정도로 아름답다. 노을을 보면서 가끔 시 한 편씩 쓰기도 하지만 바라보고 있기에도 금방 져 버리는 노을이라 보통은 하염없이 보고만 있다. 노을이 지고 나면 어둠이 슬슬 깔리고 그러고 나면 텔레비전을 켠다. 요새 유행하는 것, 개그 코드 같은 건 하나도 모르고 시사, 상식 이런 것도 아는 게 없으니 텔레비전에서 나오는 것들은 다 지루하기만 하다. 그러나 저녁에는 빈 병실에 혼자 덩그러니 있기 싫어서 틀어 놓곤 하는데 가끔씩 아무 생각 없이 웃겨 주는 개그 코너 같은 걸 방송하면 좋다고 본다. 감정이 무뎌지니 이젠 내게 조금만 즐거움이나 감동을 줘도 너무너무 감사할 따름이다.

이렇게 죽을 때까지 똑같은 나날이 계속될 줄 알았다. 엄마 이외엔 찾아오는 사람도 없고 간호사 누나들은 전부 감정도 없고 차가워서 같이 있으면 마치 기계랑 있는 것 같아서 무섭다. 그냥 이대로 지내다 죽을 때가 되면 아무 감정도 아쉬움도 없이 죽겠지. 딱히 이제 와서 죽는다는 게 싫다거나 그렇다는 건 아니다. 단지 내가 죽어 버리면 엄마는 어떻게 될까 그거 하나만 좀 고민이지만 감정이 무디고 무뎌진 나는 죽는 날도 같은 고통에 몸서리치다 죽게 될 거라고 생각해서 별로 개의치 않는다. 그래서 그냥 이대로 세상에서 사라지게 되겠지라고 생각했다. 그 남자가 찾아오기 전까진.

지금 내 눈앞에 있는 이 남자는 왜 찾아왔을까? 물론 내가 나한테 이 질문을 해 봤자 답을 알 수도 없겠지만 한 가지 의심 가는 건 있다. 며칠 전에 나는 이 남자를 창밖에서 한 번 봤다. 그날도 내가 좋아하는 노을을 보려고 창가로 갔는데 이 남자가 병원 울타리 바깥에서 노을을 바라보며 서 있었다. 창밖 울타리 부근에는 사람이 거의 오지 않아서 의아해하면서 그를 뚫어져라 쳐다봤는데 그도 시선을 의식했는지 올려다 보아서 나와 눈이 마주쳤었다. 그것 때문에 이 남자가 여기 와 있는 건가? 여전히 알 수가 없다. 그 남자는 언뜻 보니 30대 초반 정도로 보이는 젊은 남자였는데 네모난 안경을 쓰고 검은 양복을 차려입은 걸 보니 사무적인 느낌도 살짝 들고 그렇지만 인상은 또 선해 보였다. 내가 아는 직업 한도 내에서 무슨 일을 하는지 추리해 보려고 했지만 당최 알 수가 없을 정도로 크게 특징은 없는 인상이었다.

그는 단풍이 지고 슬슬 겨울에 들어서는 느낌이 들 무렵 어느 월요일 노을이 질 때 찾아왔다. 내가 요일을 기억하는 이유는 엄마가 온 다음 날이었기 때문인데, 묘하게도 그날 찾아왔다. 엄마가 왔던 날 노을이 질 무렵 그를 창가에서 봤는데, 그는 나와 눈이 마주친 그다음 날 바로 나를 찾아왔다. 으레 호스피스에 방문객이 있으면 환자 의사에 따라 만날 수 있는데, 그 월요일도 오후쯤 내게 콜이 들어왔다. 내 전담 간호사는 그 남자의 사진을 보여주면서 아는 사람이냐고, 만나자 하는데 만날 거냐고 묻고는

"네."

라는 말을 듣자마자 사무적으로 픙 하고 튕겨나갔다. 내가 그를 만나기로 한 이유는 단지 궁금했기 때문이었다. 보통 발병 초반에 나를 만나려는 사람들은 허세에 찬 의사들뿐이었다. 어떻게든 희귀병을 고쳐 내던가 알아내던가 해서 명성을 얻으려는 빈껍데기들뿐이었다. 몇 번 겪고는 나는 사람과의 만남을 일체 거절했다. 그러나 이번 경우는 이상했다.

몇 달 남은 시한부 인생에게 무슨 볼일이 있어 찾아왔을까 궁금했다. 그리고 눈을 마주쳤을 때의 묘한 느낌을 다시 한번 느껴 보고 싶기도 했다. 그래서 얼떨결에 만나자고 해 버렸다. 그가 내 병실에 올라오는 데까지는 그리 오래 걸리지 않았다. 나 스스로도 긴장되고 기다려졌는지 손발이 조금씩 떨리고 심장도 두근두근했지만 애써 침착성을 유지하려 노력하면서 그를 맞이했다. 그는 세 번 천천히 노크하고는 내 병실에 들어왔다. 역시 그의 눈. 그의 눈은 특별했다. 지금까지 본 눈 중에서 가장 깨끗하고 순결하지만 수많은 일을 겪은 듯한 깊은 눈빛을 가졌다. 마음속으로 내가 여자였다면 이 눈을 보고 반했을지도 모르겠다는 쓸데없는 생각이 들었지만 곧 머리를 흔들어 지우고는 그를 다시 직시했다. 그는 내가 말을 꺼내길 기다리는 듯 침상 앞에 가만히 서 있었고 둘만의 어색한 기류가 온 병실을 잡아먹을 듯 흘렀다.

이대로는 안 되겠다고 생각한 나는 뭔가 말을 꺼내 보기로 했다.

"…… 왜……… 왜 나를 찾아오셨나요?"

조심스레 그를 향해 물었다. 그가 대답할 때까지 몇 초간 내 머릿속엔 수많은 생각이 오고 갔다. 그는 다행히 곧 대답해 주어 내 걱정을 일시에 소거시켰다.

"선물을 주고 싶어서 왔어."

또 수많은 생각이 오고 갔다.

'왜 갑자기 반말이지? 이거 바로 본론으로 가는 건가? 하긴 내가 본론을 바로 물었으니 어쩔 수 없으려나? 갑자기 내게 왜 선물을 주지?'

많은 생각들이 내 머릿속을 지배했고 나는 너무 긴장이 된 나머지, '그 선물이 뭐냐'고 간신히 묻고는 떨고 있는 손들을 포개어 잡았다. 지금 한 마디로 느낀 그의 성격은 장황하게 말을 하는 스타일이 아니라는 것, 그리고 마음을 편안하게 해 주는 말하기를 가졌다는 것 정돈데 이렇게 나를 찾아온 이상 이유를 듣고 용건을 해결한 뒤 보내야겠다는 직감 아닌 직감이 들어 나는 용기를 내어 다시 한번 더 그 선물이 무엇인지 물었다. 그러자 그는 기다렸다는 듯

"네 소원을 이뤄 줄 수 있는 최고의 선물. 어제 네 눈을 보고 네게 꼭 주고 싶었어."

그가? 내게? 머릿속은 아직 물음표가 수천수만 개였지만 평소의 나처럼 계속해서 생각의 꼬리를 물면 나밖에 생각을 안 하는 것이라고 생각해서 잡념은 대충 쳐내고 일단 듣기로 했다.

내 눈빛이 안정된 것을 그도 느꼈는지 줄곧 냉정의 무표정을 유지하던 그가 희미한 웃음을 띠며 말을 이었다.

"네 소원을 들어줄 수 있는, 세상에서 가장 행복한 꿈을 꿀 수 있게 해 주는 이것."

그가 말을 마치면서 꺼내든 것은 주홍빛 물약 한 개와 작은 알약 한 개가 든 봉지였다. 예상치 못한 의외의 물건에 적잖이 당황한 내가 어쩔 줄 몰라 하는 표정을 보이자, 그는 설명을 덧붙였다.

"이 물약은 네가 행복한 꿈의 세계로 들어갈 수 있게 해 주는 물약이야. 흔히 삶의 마지막을 앞둔 사람에게 이 약을 권하지. 꿈의 세계는 이곳과는 다른 차원의 세계라서 네가 그곳에서 영원히 머물고 싶다면 머물러도 돼. 이곳과 그곳의 세계는 시간 개념이 달라서 네가 그곳에서 몇 년 머물러도 이곳에서 10분도 흐르지 않을 수 있단다."

그 남자는 뭔가 더 설명하려는 눈치였지만 나는 잠깐 무례하지만 손을 들어 막았다. 너무 혼란스러웠다. 내가 지금 겪고 있는 상황이 꿈인가 생시인가 아니면 나를 놀리려는 이 남자의 농간인가? 하지만 나를 놀려서 얻는 게 뭐가 있다고? 삶의 마지막을 달리는 사람의 절망? 온갖 가정이 뒤엉켜 내 속을 헤집었다. 지금 이 상황이 진실인지 분간해 낼 방법도 생각해 내지 못할 만큼 나는 너무나 당황해 있었고, 만약 진실이라면 이런 게 존재할 수 있는지 역시 믿을 수가 없었다. 그렇게 내 의식은 점점 더 원래 내가 그렇듯 뫼비우스의 띠처럼 얽힌 무한한 무의식 속으로 침전되어 가고 있었다.

그 순간, '턱' 하는 효과음과 함께 내 좁디좁은 두 어깨에 따스한 온기가 느껴졌다.

"나는 지금 진실을 이야기하고 있어. 너희 또래의 표현을 빌리자면 지금 나는 한평생 착하게 살아온 너에게 마지막 선물을 주고 싶어서 이곳에 온 거야."

그 남자의 눈동자는 마치 진실임을 내게 각인시키려는 듯 까맣게 빛났다. 이게 진실의 눈이 아니라면 도대체 어떤 눈이 진실을 이야기하는 눈인가라는 생각이 문득 스쳐 갔지만, 아직 나는 의심의 꼬리를 접어내릴 수 없었다. 나 스스로도 삶의 끝에 서서 무언가에게 극도로 소심하게 행동하고 의심하는 것이 진절머리가 날 정도로 싫었지만, 그렇게 해야 한다고 지금 내 의식이 내게 외치고 있었다. 무엇보다도 지금 이것은 내 삶의 마지막이었기 때문에.

믿고 싶었다. 그 주홍빛 물약을 먹으면, 죽지 않고 꿈의 세계에서 영원히 머물 수 있다는 사실이 내 귀에 캔디처럼 달콤한 유혹이 되어 나를 내리눌렀다. 하지만 한편으론 이런 내게 행복한 사실이 이 세상에 존재할 수 없다는 사실이 나를 날카롭게 파고들었다. 내게 그렇게 영원히 행복을 줄 수 있는 존재는 이 세상에 없었고 앞으로도 없을 것이라는 것을 난 이미 깨달은

지 오래였다. 그렇게 나는 한참 동안 고뇌할 수밖에 없었다. 내 의지와는 다른 직감과 싸우면서, 삶의 마지막을 어떻게든 불만하게 만들어 보겠다고 발버둥이치면서.

그 남자는 잠자코 기다려 주었다. 마치 내가 하는 고뇌가 어디서부터 우러나왔는지 아는 것처럼 바라보면서. 왠지 겁이 났다. 그 남자가 얼마나 이런 일들을 많이 겪었고, 그때마다 나 같은 사람에게 이런 제안을 하면서 건강한 자신을 생각하며 얼마나 동정심을 가지고 바라봤을지 상상되었기 때문이다.

내 표정이 고뇌에서 두려움으로 바뀐 것을 읽었는지 그 남자는 큰 숨을 들이쉬며 이야기를 시작했다.

"난 평범한 대학생이었어. 공부도 그저 그렇게 하고 연애도 그저 그렇게, 모든 것을 그저 그렇게 해 왔던 나는 그저 그렇게 암 말기 통보를 받았지. 20대 중반에 말기 선고를 받은 것은 이례적이라고 하더라고. 그렇게 나는 그저 그렇게 말기환자처럼 죽음을 기다리면서 이곳으로 들어왔지. 아무 희망도 없는 나날들이었어. 그렇게 무의식 깊은 곳에 남아 있던 마지막 희망까지도 없어진 날, 누군가가 내게 찾아왔어. 바로 꿈의 정령이었지. 아직 네겐 말을 해 주지 않았지만, 꿈의 세계에 다녀와서 이 알약을 먹을지 말지 선택해야 해. 이 알약은 꿈의 정령이 되는 알약인데, 주홍빛 물약을 다른 죽기 전의 간절한 사람에게 전해 주지 않으면 죽지 않게 되어 있어. 죽기 전의 간절한 마음의 사람을 꿈의 세계로 데려가 주는 것이 꿈의 정령이 할 일이지."

거짓말하지 않고 말한다면, 솔깃했다. 꿈의 정령이 되기 전까지는 죽지 않을 수 있다니, 세상의 이치를 거스른다고 해도 이 얼마나 솔깃한 말인가.

내 표정에서 내 마음이 드러났는지 그 남자는 날 보고 피식 웃으면서 말을 이었다.

"물론 리스크는 있어. 그 알약을 먹은 뒤에는 가족이든 누구든 인연을 만들 수 없어. 인연을 만드는 순간 그 사람에게 화가 미치거든."

그 말을 듣자마자 조금씩 마음이 바뀌기 시작했다. 내가 믿든 믿지 않든 기회는 지나가 버릴 것이고, 내가 지금 이 상황에서 밑져야 본전이라는 마음을 가지고 덤벼도 전혀 잃을 게 없다는 것이 내게 전해지기 시작했다. 어쩌면 이것이 신이 내게 내린 마지막 숙명일 수도 있다는 생각이 들었다. 나와 같은 사람에게 정령이 되어 꿈의 세계를 전해 주고 가는 것이 글 몇 쪼가리 적어대는 것보다 더 많은 것을 남길 것 같았다. 많은 의심을 하고 소극적으로 행동한 것에 비해 다소 짧은 결정이었지만 나는 정령이 되기로 마음먹었다. 나와 같은 사람을 구하고 죽을 수 있다면 이 얼마나 값진 일인가. 내게 주어진 위험하지만 큰 기회에 나는 한번 덤벼 보기로 했다.

"할게요. 다른 사람을 구할 수만 있다면."

짧게 대답했지만, 이건 내 나름대로 많은 것이 담긴 말이었다. 이루 말로 표현할 수 없는 것이 담겨서 그 남자에게로 전해졌다. 나는 그가 이해하기를 바랐다. 비록 내 나이가 얼마 되지 않았지만, 내 안의 모든 것을 쥐어짜낸 그 한마디를 이해하기를 바랐다.

다행히 뭔가 전해졌는지 그는 지금까지 본 웃음 중 가장 맑은 웃음을 지어 보이며 내게 물약과 알약 하나씩을 건넸다.

"정령이 되면 물약과 알약을 너의 정성을 담아 만들 수 있을 거야. 그때 네가 정성스럽게 만들어서 지금의 너와 같은 처지에 처해 있는 사람에게 주렴."

그 남자는 그 말과 함께 사라졌다. 정령의 임무를 해 낸 그에게 신이 마지막 선물을 준 것이었다. 왔던 때처럼 그저 홀연히 사라진 그가 있던 자리에는 하얗고 깨끗한 빛이 남아 감돌았다. 마치 그가 내게 고맙다고 말해 주는 것처럼.

약은 지체 없이 마시기로 결정했다. 이미 결정한 사항인 이상, 어차피 그곳에 있는 동안 이곳의 시간은 극도로 느리니까 망설임 없이 가도 괜찮다고 생각했다. 괜히 끌었다가 마음이 바뀌면 이도 저도 안 되는 일. 나는 오랜 병원 생활로 고달프게 깨닫게 된 삶의 지혜를 떠올려내며 다시금 마시기로 결심했다.

병을 기울여 약이 내 목구멍으로 들어가기 직전, 나는 잠시 엄마에 대한 생각이 뇌리를 스쳐 갔지만 생각보다 맛있었던 약의 맛에 취해 금방 잊어버리고 다시 약에 집중했다. 그 약은 왠지 마시면 안 될 것 같을 정도로 맛있었다. 달콤 쌉싸름함이 계속해서 내 미뢰에 부딪히면서 차츰차츰 나를 정복해 갔고 나는 점점 꿈이 내게 주는 행복함에 취해 갔다.

나는 예전부터 좋은 약은 쓴 법이라고 배웠는데 이 약이 이렇게 달콤한 것을 보니 그 기정사실에 조금씩 의심이 가기 시작했다. 아니면 근본적으로 이 약이 안 좋은 약인 것인가? 나는 점점 분간을 하기 어려워졌다. 이 약이 달콤한 것인지 아니면 내가 이 일탈을 통해 삶에 마지막 불꽃을 피워 내는 것이 행복한 것인지 말이다. 그리고 지금 드는 이 생각이 내가 쉼 없이 들이키고 있는 이 약 때문인지도 역시 알 수가 없었다.

그 생각을 마지막으로 나는 생각을 멈추었다. 왠지 용기가 솟아나는 것 같았다. 이제 삶의 진짜 마지막인 만큼, 나를 제약하던 여러 가지 꼬리에 꼬리를 무는 생각에서 벗어나 좀 더 자유로워지고 싶었다. 처음에 입을 댄 이후에는 전혀 내 의지가 개입되지 않고 내 목구멍으로 흘러 들어가고 있는 이 약처럼. 후회는 하지 않기로 했다. 항상 해 왔던 것이 후회이니까. 끊임없이 신을 원망하고 슬퍼해 왔으니까. 마지막으로 진정한 나를 찾고 싶었다. 누군가의 뒤에 숨어서, 하물며 내 겉껍데기에 숨어서 메말라 버린 감정을 담보로 신에게 행운과 기적을 구걸하는 짓은 그만두고 싶었다.

내게 아름다운 마지막을 선사해 준 그 남자와 그리고 내가 용기 있었던 무의식에게 감사를 표하면서, 나는 약의 마지막 한 방울을 삼켰다. 그리고 나는, 찬란한 마지막을 향해 도약하는 꿈의 정령이 되어 있었다. 육체는 물론이거니와 사고와 생각까지.

나 홀로 광주에 - 5.18 그날을 그리며

콰당 쨍그랑

"Sorry, I'm sorry, sir."

눈앞의 예쁘장한 금발 미인이 내게 연신 사과한다. 평소때였다면 좋다구나 하고 헤벌레 했겠지만 오늘은 다르다. 어릴 적부터 꿈꿔 오던 해리포터의 나라 영국에 어릴 적부터 세운 계획을 가지고 여행을 왔던 차이기 때문이다.

오늘도 시내 방방곡곡을 돌고 영국에서의 시간을 알차게 보내고 싶었는데 이 금발 카페 알바생이 모든 걸 망쳤다. 초짜였는지 주문한 커피를 들고 오다 넘어져 내게 커피를 다 쏟은 것이었다. 사과를 뒤로하고 얼른 세면대에서 대충의 얼룩은 닦아내 지웠지만, 예약해 놨던 크루즈는 이미 출발해 버린 뒤였다.

영국 에스프레소를 마시며 여유있게 크루즈 갑판에서 낭만을 즐기려던 꿈이 와장창 깨지고 말았다. 커피값과 몇 달러의 배상은 받았지만, 내 여행을 망쳐 버린 것에 대한 분은 풀리지 않았다.

하지만 소심한 내 성격에 뭔가 하지도 못하고 그 알바생에게 아는 영어를 총동원해 당신이 내 여행을 망쳤다고 대충 쏘아붙이고 나왔다. 카페를 나온 뒤 크루즈가 돌아올 때까지의 시간에는 할 게 없었다. 일정에 없던 시간이 생겨 나는 어깨를 축 늘어뜨린 채로 주변 구경이나 하자 하고 걸음을 옮겼다.

항구 주변이라 그런지 시장과 가게 같은 것들이 많이 발달해 있었다. 그만큼 여기저기 신기한 가게들과 뒷골목이 많았는데, 마치 해리포터 영화의 한 장면을 보는 듯해서 우울했던 기분이 조금 나아졌다. 주변을 돌아다니다 좀 낡은 가게를 하나 발견했다. 간판에는 '프레드 앤 조지'라고 쓰여 있었는데, 왠지 친근한 이름이라 홀린 듯 가게 안으로 빨려 들어갔다.

가게 내부는 마치 해리포터-비밀의 방에서 해리가 플루 가루를 잘못 타서 이동했던 녹턴 앨리의 한 골동품 가게처럼 생겼는데 잡다한 옛날 물건들이 아주 많았다. 먼지를 헤치며 상자 사이를 비집고 다니다가 뭔가 신기한 것을 발견했다.

바로 어떤 사진집에 한국 사람들이 찍혀 있던 것이었다. 누렇게 바랜 것을 보니 여간 오래된 게 아닌가 본데. 사진 아래쪽에 쓰인 날짜를 보니 1980년 5월 19일이었다. 자그마치 40년 전 일이구나 하면서 고개를 돌리려던 순간 무언가 번쩍 하고 뇌리를 스쳐 지나갔다.

그날은 잊지 말아야 할 날이었음을 무슨 일이 있었는지 생각해 내기도 전에 온몸으로 느낄 수 있었다. 바로 광주 민주화 운동. 얼마 전 영화 '택시운전사'의 배경이 되었던, 1980년 5월 18일부터 6일간 벌어진 광주 시민들의 싸움.

다시 사진을 자세히 들여다보니 희미해져 잘 보이지 않았지만 수천 명이 광장에 모여 있는 것을 누군가 근처 건물 옥상에서 찍은 것이었다. 그리고 사진 끝에서 커다란 탱크 몇 대가 모인 사람들을 향하고 있었다.

순간 택시운전사의 장면들이 생각나면서 코끝이 찡해져 왔다. 사진 속에는 시위하는 사람뿐만 아니라 옆에서 음식을 하는 사람, 생수통을 옮기는 사람, 수건 같은 걸 나눠 주는 사람, 태극기를 그리는 사람 등 우리네 정겨운 한 동네를 보는 듯하였다. 몇 분 뒤 포탄이 날아올 거라는 것은 그들에게 아무 장애가 되지 않는 것처럼 보였다.

그들은 옳은 일을 하고 있었다. 무엇을 하든 그들의 위치에서 사소한 것이라도 모두를 위해 한 가지씩 해 나가고 있었다. 택시운전사를 너무나도 슬프게 봤던 나는 어느새 크루즈도, 알바생도 잊은 채 하염없이 그 바랜 사진을 바라보고 있었다.

사진이 내 시선을 인식한 것일까? 갑자기 사진에서 빛이 뿜어져 나오기 시작했다. 어두침침한 가게 안을 밝히고 해가 점점 고개를 떨구는 늦은 오후의 거리를 비추면서 점점 더 커져 갔다.

너무 강한 밝기에 눈을 질끈 감았다가 다시 뜨니, 어두침침한 영국의 가게 안이 아닌 알 수 없는 곳으로 이동해 있었다. 거리에는 차가 없고 이상한 전단지 같은 것들이 휘날렸다. 가게에는 다 불이 꺼져 있었고 마치 태풍이 지나간 것처럼 휑했다.

그때 저 멀리서 트럭 한 대가 달려왔다. 빠른 속도로 달려오던 트럭은 나와 가까워지자 이내 속도를 줄이더니 마침내 멈췄다. 짐칸에 타고 있던 한 청년이 내게 말을 걸었다.

"여기서 뭐해? 얼른 가자!"

뜬금없는 말에 어디냐고 되묻자, 더 뜬금없다는 표정으로 그는,

"어디긴! 우리들의 전장이지! 다들 기다리고 있어!"

얼떨결에 차를 얻어 타고 십여 분쯤 달리자 그곳이 나왔다.

아…… 그곳…… 그곳은 바로 좀전 사진에서 보았던 그 광장이었다. 수천 명의 광주시민이 광장에서 진풍경을 연출하고 있었다. 같이 짐칸에 타고 있던 청년들은 뭔가 하느라 다들 분주했고 나 혼자 슬쩍 없어져도 모를 것 같아서 슬쩍 내렸다. 트럭에서 내리자 바로 앞에 병원이 있었다. 그 속에는 수십 명이 비명을 지르고 있었고 간호사와 의사들은 분주했다.

병원 앞 벤치에 앉아 있던 아저씨께

"여기 혹시 무슨 일이 일어났나요?"

라고 조심스레 여쭤 보자, 나를 한번 쓱 올려다보시더니 답해 주셨다.

"자네 오늘 왔나? 어떻게 들어왔는진 모르겠지만 나갈 수 있다면 빨리 나가는 게 좋을 걸세. 어젯밤 또 총격이 있었어. 이 자들은 시위 일선에 있던 사람들이야. 오늘도 아마 밤이 되면 총격이 시작될 거야."

택시운전사에서 본 모습이 현실이 되었다. 이곳이 현실이 아닐까 하는 생각에 문득 무서워졌고, 갑자기 나 혼자 아득한 곳에 떨어진 듯 정신이 희미해졌다.

쓰러지려는 찰나,

"어엇…… 이 친구야, 정신 차리게."

아저씨는 당황한 듯 나를 잡고 일으켜 주셨다.

이 상황이 믿기지 않아서일까. 나는 처음 보는 아저씨께 무섭다며 어리광을 부렸다.

"허허허…… 괜찮다 괜찮아. 무서우면 사람들 사이 안전한 곳에 있거라."

아저씨께선 인자한 웃음을 지으시면서 말해 주셨다.

하지만 나는 그 와중에도 내 성격 때문일까, 기어들어 가는 목소리로 그건 도망치는 거니 창피하다고 답했다.

그러자 아저씨께선 크게 껄껄 웃으시더니,

"얘야. 그건 아무도 탓하지 않는단다. 무서우면 도망치는 게 당연한 것일 수 있어. 다만 중요한 것은 생각이란다. 자네가 무엇이 옳다고 생각하는지 말이다. 날아오는 총알과 연막탄 최루탄을 무서워서 피하고, 경찰들이 무서워서 피해 다녀도, 마음만 가지고 있다면, 옳은 일을 알기만 한다면 그것이 아무리 사소한 일이라도 애국이고, 정의라는 것임을 알았으면 좋겠구나. 항상 바르게 완벽하게 사는 것만이 중요한 게 아니야. 내가, 내 이성과 감정이 이끄는 대로 가는 게 인간이다. 부끄러워 할 필요가 없어."

아저씨의 말씀을 듣고 있자니, 내 의지와는 상관없이 눈물이 흘러내렸다. 아니, 내 의지였을지도 모른다.

지금까지 내가 살아왔던 나날들. 고통받으며 살아왔던 나날들이 이 현실인지 꿈인지 모를 이곳의 상황과 오마주되면서 큰 감정의 파도가 되어 나를 덮쳤다. 하염없이 울고 있던 나를, 아저씨가 따스하게 안아 주셨다.

"녀석 다 큰놈이 울기는! 허허 대신 오늘 시위 때는 아저씨를 비롯해서 앞에 있는 사람들이 힘낼 수 있도록 목청껏 구호를 외쳐 주거라. 알겠냐?"

아저씨는 내 머리를 툭 쓰다듬으며 장난스레 말을 던지시고는 일어나 병원 문을 나가셨다.

문득, 그 아저씨를 다시 볼 수 없을 거란 생각에 급히 뒤따라 나가 보았지만 그를 찾을 수는 없었고 그 순간 내 몸이 희미해져 가는 것을 느꼈다.

잠깐의 꿈이었던가. 정신을 차리자 다시 그 어두침침한 가게 안이었다. 주인은 없는 건지 시간이 좀 지났음에도 누구 하나 나오는 기척이 없다. 오른손에 뭔가 집혀 있다는 게 느껴져 보니 그 사진이었다.

'이 수많은 사람들 속 어딘가 아저씨가 계시겠지.'

라고 생각을 하며 빛바랜 사진을 품에 꼭 안았다. 내게 많은 것을 가르쳐 주고 떠난 5.18 민주화운동, 그리고 아저씨.

어쩌면 내 무의식이 나를 이곳으로 이끈 게 아닐까 생각한다. 사회에 찌들어 피폐해진 나를 일깨워 주기 위해서.

아저씨를 위해서라도 바뀌어야겠다고 생각했다. 일일이 따지고 완벽해야 하고 명분이 있어야 하는 그런 꽉 막히고 현대사회의 결점만 모아 놓은 성격이 아니라, 광주 사람들처럼 사소함의 소중함을 알고 소확행을 몸소 실천해 나가는 바른 삶이 아니라 옳은 것을 아는 삶.

그것이 내게 있어 무엇보다 소중한 것이 아닐까 생각했다.

가게를 나와 늦은 오후의 노을빛을 받으면서 나는 아까의 그 카페로 향했다. 카운터엔 아까의 그 금발알바생이 서 있었다. 나는 헤죽 웃으며 배상값으로 받았던 돈을 돌려 주고 간단하지만 정확하게 사과했다.

미친 사람처럼 보였을지도 모르겠다. 하지만 상관없을 것 같다는 느낌이었다. 아저씨가 가르쳐 주신 소중한 교훈이 내 머리와 가슴을 꿰뚫은 지 오래였기 때문이다.

카페를 나와서 나는 이후 예정되어 있었던 빡빡한 일정 중 반 이상을 취소했다. 어릴 적부터 동경하고 가고 싶었던 이 나라를, 마치 현대사회처럼 차갑고 딱딱하게 힘들게 여행해선 안 된다는 생각이 문득 들었기 때문이다.

그날 밤 꿈에 나는 한 번 더 1980년 5월을 여행했다. 그리고 나는 누구보다도 1980년의 역사를, 당시 광주를 사랑하게 되었다.

칸의 나라에서 다시금 꿈을 새기다
(몽골 울란바토르와 그 일대를 다녀와서 – 여행기)

1. 프롤로그

: 고등학교 2학년이 된 이후 바쁘디 바쁜 나날을 보내고 있을 무렵이었던 어느 봄날, 아빠께서 몽골 여행을 제안해 주셨다. 2월에 다녀왔던 미얀마 여행 이후 불과 몇 개월 만이었다. 우리 가족은 여행을 자주 다닌다. 아빠와 나는 항상 여행에 관심을 가지고 TV에서 하는 여행 프로를 섭렵할 정도로 여행을 좋아했고, 동생이나 엄마도 싫어하는 편이 아니었다. 그런 고로 나는 고등학생이나 되어서 공부할 시간을 다 버리고 여행이나 다녀도 되겠냐는 주위의 걱정을 업고 이번에도 나의 의지로 몽골행을 선택했다.

위대한 칸의 나라이자 미지의 세계인 몽골을 가 보고 직접 몸으로 느끼고 싶었다. 쏟아지는 별빛 아래에 끝없는 초원에서 바람을 느끼면서 시를 한 편 읊고 싶었다. 내 안의 음유시인의 감성이 격렬하게 살아 움직이는 것을 느끼며 나는 몽골을 가기로 약속했던 8월이 오기를 기다렸다.

2. 8월 2일 – 여행 준비 및 출국

: 드디어 몽골에 가는 날이 밝았다. 7월 중순에 방학과 동시에 시작된 보충수업 도중에도 나는 이날 있을 즐거운 출국길을 상상하느라 솔직히 공부도 잘 안 됐고, 다른 일들이 손에 잘 잡히지 않았었다. 그렇게 고대하고 고대하던, 절대 오지 않을 것 같던 출국일이 왔고, 나는 가족들과 함께

즐겁게 쇼핑을 하고 점심을 먹은 후, 청주공항의 밤 10시 비행기를 타기 위해서 차를 타고 이동했다.

몽골은 8월이던 우리나라와 달리 아시아 내륙 한복판에 있어서 기온이 우리나라와는 다르게 낮다고 들은 데다가 양고기를 주식으로 하는 현지식이 호불호가 많이 갈린다는 정보를 얻게 되어서 미리 준비들을 하고 비장한 마음으로 공항으로 가는 길에 올랐다.

대구에서 청주까지는 가까운 길이 아니었지만, 오랜만의 가족 외출이라 같이 휴게소에서 맛있는 것도 사 먹고, 못다했던 이야기들도 나눠가다 보니 금방 공항에 도착했다. 나는 개인적으로 여행의 묘미 중에 이런 것도 있지 않을까라는 생각이 든다. 여행을 가기 전의 설렘, 새로운 것들을 경험하기 전에 느끼는 기대감, 그리고 여행을 같이 가는 동반자들과의 유대감 등. 여행은 계획할 때부터 시작하는 것이 아닌가 싶다.

그렇게 3시 즈음에 공항에 도착했다. 밤 10시에 있는 우리의 몽골행 비행기 시각에 비해서는 꽤 이른 도착이었지만, 바쁜 학교생활로 하지 못했던 간만의 휴식을 즐겼달까 이렇게 아무 걱정도 없이 편하게 쉬는 것은 오랜만의 일이라서 더욱 힐링이 되었던 것 같다,

나는 공항의 분위기를 좋아한다. 시끌벅적한 내부, 여행을 가는 사람들의 설렘이 공항이라는 매개체에 그대로 전도되어 행복 바이러스를 무럭무럭 생산하고 있는 곳이기 때문이다. 그리고 또한 나의 여행도 기분 좋게 시작되리라는 예고를 다짐할 수 있는 곳이었기에 더더욱 공항이라는 존재가 내겐 너무 행복한 존재였다. 이렇게 공항을 통해서 여행을 떠나고 그리고 도착하는 일들의 순환이 내 인생에서는 아주 일순간의 일인지도 모르겠지만, 순간순간에 행복하는 것이 내 인생의 행복을 만들어 준다고 생각하니 출국장 한복판에서 우두커니 서 있던 내가 너무 행복한 사람이라는 생각이 들었다.

여행은 어떻게 보면 놀러가는 것일 수도 있고, 맛있는 것 먹고 푹 자는 힐링 여행이 될 수도 있지만 나는 현실에서 잠깐 달아나는 것에 큰 의미를 두고 싶다. 나는 수험생이고 학교생활이 즐거울 때도 있지만 마찬가지로 대인관계와 성적 때문에 힘들 때가 많다. 그때 여행을 떠나는 것이, 현실에서 잠시 도피하는 것이 스트레스를 풀고 다음 단계로 나아가기 위한 것이라는 의미에서 너무나도 좋은 일인 것 같다. 내가 사는 곳에서의, 현실에서의 근심과 걱정을 새까맣게 잊고 나만을 위한 행위만을 즐기다 오는 것이 진정한 여행의 기쁨이 아닌가 싶다.

그렇기 때문에 많은 사람들은 공항 대기시간이 아무리 길어도 여행의 기대감과 기쁨 때문에 즐거이 이겨 내는 것 같다.

어쨌든 나는 여행의 기쁨으로 가득 차서 8월 2일 10시 30분 비행기로 몽골로 출국했다. 가는 길에는 시간도 시간이거니와, 여러 가지 챙길 것이 많아서 힘들었기 때문에 꿈나라와 함께했다.

2. 8월 3일 - 몽골 첫날

: 몽골까지 3시간이 넘는 비행을 마치고 칭기즈칸 국제공항에 들어서자 현지 시각은 12시가 훌쩍 넘어 있었다. 미지의 세계에 첫 발을 내디뎠다는 흥분감에 온몸에 전율이 흘렀고 얼른 사진으로 남기기 위해서 주위 치안은 신경 쓰지 않은 채 혼자 카메라를 들고 공항 주위를 찍었다.

우리는 여행사의 상품인 패키지 여행으로 몽골에 왔는데, 덕분에 가이드의 설명으로 풍성한 여행이 될 수 있었다. 그래서 앞으로의 이 글에서는 그 설명을 중심으로 전개해 나갈 것이다.

먼저 우리가 도착한 곳은 몽골 울란바토르. 해발 1300m에 위치한 도시였다. 몽골은 총면적이 한국보다 18배가 크지만, 총인구 300만 명에 면적의 60퍼센트가 사막이라고 한다. 그중 수도인 울란바토르에 150만 명이 살고 있다고 한다. 확실히 여러 날 동안 시내를 다녀 보고 울란바토르 외곽에도 나가 보니, 생각보다 호화롭고 많은 기반시설들이 울란바토르에는 잘 되어 있지만, 수도 외곽 밖으로 나가면 그야말로 아무것도 없는 벌판이 계속되어 있다는 것이 수도에 인구가 많은 이유를 증명해 주는 것 같았다.

그리고 몽골은 이미 사막화가 진행 중이며, 21개 도가 있고 수도에는 숫자로 이름이 붙여진 구역들이 나누어져 있다.

사실 내가 몽골에 온 이유 중에 하나는 몽골은 별의 나라로 알려져 있기 때문이었다. 몽골의 초원에서 밤하늘을 화려하게 수놓는 별들을 보고 다소 유치하지만 소원을 빌고 싶었다. 하지만 이번 몽골 여행에서는 아쉽게 그 일은 불발되어 버리고 말았다. 러시아의 시베리아에서 매우매우 큰 불이 나는 바람에 그 연기 때문에 하늘이 가려져 우리가 여행하는 기간 동안은 별을 볼 수 없다고 했다.

정말정말 아쉬웠지만 이것 역시 다음에 또 이 아름다운 나라에 오라는 신의 계시라는 생각이 들어서 되도록 좋은 마음으로 받아들였다.

나는 처음에 몽골에 오기 전에 선입견이 있었다. 동남아시아의 나라처럼 약간의 촌스러움이 묻어나지 않을까 하는 그런 선입견이었다. 아무래도 개발도상국과 선진국의 관점에서 너무 과도하게 접근해 버린 것 같다. 하지만 칭기즈칸 공항과 주변 건물은 시원스레 쭉쭉 뻗은 건물선과 예상치 못하게 세련된 날씨, 시크한 차가운 바람이 나의 선입견을 와장창 깨뜨렸다.

그렇게 호텔 가는 길에 몽골에 대한 전반적인 설명을 듣고 호텔에 도착해서 잠을 청했다. 호텔은 칭기즈칸 호텔이라는 이름을 가진 4성급 호텔이었다. 예상했던 것보다는 좋은 호텔이라서 만족스럽게 잠을 청할 수 있었다.

몽골에서의 첫 날 밤을 자고 일어나니 예상치 못한 복병이 우리 관광객들을 괴롭혔다. 우리가 몽골을 방문하게 된 기간은 몽골에서 5년에 한 번씩 오는 벌레 대란의 연도였던 것이다. 이번에는 러시아의 큰 불 때문에 5년보다 더 빠르게 왔다고는 하지만, 풍뎅이 같은 벌레가 온 몽골에 퍼졌고, 심지어 호텔의 욕실에도 벌레가 많아서 벌레를 무서워하는 여동생이 매우 힘들어했다. 무서워하는 동생에게 벌레를 다 잡아 주겠다고 얼떨결에 약속하면서 내 본격적인 몽골 여행은 시작되었다.

오늘의 일정은 먼저 몽골 외곽으로 나가는 것이 시작이었다. 외곽에서 몽골에서 예전부터 전해져 내려왔던 전통 문화를 체험하고 다시 시내로 돌아와 관등서원과 칭기즈칸 역사박물관을 견학하는 것이었다. 첫날부터 화끈하게 바로 몽골의 전통 문화를 배운다는 것이 신나기도 했지만 한편으로는 내 무의식이 몽골의 문화를 이해하지 못해 무례한 짓을 하거나 하면 어쩌지라는 생각 역시 들면서 약간의 걱정이 마음 한편에 자리해 있었다.

먼저 몽골 울란바토르 시내에 나가는 것부터 시작했다. 난 항상 여행을 오면 여행 관련 서적에서 읽은 대로, 그 나라 사람들만의 고유한 문화를 인정하는 문화 상대주의적 태도를 가지려고 노력하는데, 이 나라 역시 우리나라와는 많은 부분이 달라서 신기했다. 특히 역사적으로 러시아의 영향을 많이 받아서 공산주의였기 때문에 여러 부분에서 그 세대의 정취를 느낄 수가 있었다.

몽골은 1991년 이전까지 소련의 영향으로 공산주의를 유지하다가 91년에 소련의 해체와 함께 몽골 역시 민주주의로 바뀌었다. 70년대 공산주의를 기반으로 흰 학이라 불리며 도시의 많은 부분이 순백색의 계획도시로 꽃피워 감히 아시아 최고를 자처했던 근대 몽골의 화려한 발자취를 남긴 채로.

몽골 시내를 벗어나면서 내가 느낀 것은 약간의 어색함이었다. 어떤 영향을 받았는지는 정확히 모르겠으나 외곽에서 본 울란바토르는 뭔가 구역이 딱딱 나누어져 있는 느낌이었다. 울란바토르 맨 외곽에는 게르촌이 자리하고 있었고, 조금 더 수도 쪽으로 가면 산동네 같은 느낌의 주택들이 다닥다닥 붙어 있고, 시내에는 고층 건물들과 호화로운 시설들이 많았다. 그리고 전혀 섞여 있는 곳 없이 게르촌에는 게르만, 산동네 느낌인 곳에는 주택만, 그리고 가장 중앙에는 고층건물들만이 자리해 있었다. 마치 텔레비전에서 본 북한이나 러시아의 느낌과 비슷했다. 이것 역시 공산주의 국가였던 영향이 아닐까 조심스레 추측해 보면서 시내에서 조금만 벗어나면 보이는 게르 외에는 건물이라고 할 만한 것이 하나도 없는 초원으로 향한다.

시내 외곽의 게르촌을 지나 조금만 나아가면 건물이 하나도 없는 황량한 초원이 눈에 들어온다. 이것을 보고 가장 먼저 느꼈던 것은 진짜 처음 보는 지형이라는 것이었다. 나무도 없고 오직 풀만 있고, 산도 없고 나지막한 언덕들만이 자리해 있는 광활한 초원. 어느 곳에서 어디를 바라봐도 다 똑같은 풍경. 마치 뫼비우스의 띠같아 보였지만, 이건 뫼비우스의 띠처럼 끊임없이 똑같은 것과는 조금 달랐다. 다 똑같은 풍경이었지만 어디를 봐도 질리지 않았다. 초원에서 보냈던 시간들 중 조금이라도 질렸던 순간은 없었다. 겉으로는 똑같이 보이지만 초원은 그 무난함으로 내가 어떤 생각을 하느냐에 따라 내게 각기 다른 모습을 보여 주었다.

수만 년 동안 이곳에서 살아왔던 민족들의 모습을 보여 주기도 하고, 자신이 항상 맞대고 있는 하늘의 모습을 보여 주기도 하면서 내게 많은 것들을 알려 주었다. 마치 동영상을 보는 것처럼 볼 수 있었던 초원의 희미한 기억이 나를 전율시키고 들뜨게 했다.

그렇게 환상에 빠져 1차선 도로를 내달리다 보니 어느새 도착이라는 가이드의 목소리가 들렸다. 역시나 도착한 곳은 어디인지도 모를 똑같은 풍경을 가진 곳. 그러나 그곳에는 수 채의 게르와 함께 원주민들이 살아가고 있었다. 우리는 그곳에 마련된 몽골 민족의 전통들을 배우고 체험할 수 있었다.

먼저 몽골의 전통술을 체험해 볼 수 있었는데, 그곳 사람들은 미성년자라는 것의 개념이 우리와는 달라서 내게 스스럼없이 술을 권하는 모습이 매우 인상깊었다. 나는 살짝 부모님의 눈치를 보았지만, 이내 허락의 눈빛을 보고는 조금 마셔 봤다. 하지만 곧바로 후회했다. 내가 먹었던 모든 몽골 음식들 중에서 최고로 맛이 없었다. 맛이 없다기보단 너무 역하게 신 느낌이었다. 그리고 깨달았다. 어느 나라든 어느 지역이든 술은 조심해야 한다는 것을. 몽골의 전통 술은 몽골의 전통간식들인 마유차와 어떤 빵과자와 같이 먹었는데, 전통술을 마신 뒤 바로 그 빵과자를 서너 개 입에 집어넣고 우물거렸던 기억이 난다.

다음은 유목을 떠나는 부족 행렬을 재현한 공연을 보는 것이었다. 몽골이 예전부터 유목민이었다는 사실은 모두가 잘 알고 있을 것이다. 그렇기에 몽골 사람들을 '게르'라는 이동용 주택을 만들어 내고, 잘 상하지 않는 조리법을 찾아 내는 등의 노력을 기울였을 것이다. 그런 의미에서 그 공연은 몽골이 유목 생활을 하면서 만들어 내고 길러 낸 최고의 기술을 보는 공연이었기 때문에 기대하고 봤었다. 게르는 이동용 주택으로, 나무도막 여러 개와 천으로 이루어져 있다. 나무도막을 정교하게 교차해서 세우고 그 위에 천을 덮으면 게르 완성인데, 이동할 때에는 이것들을 다 해체해서 말 등에 다 싣고 이동한다.

몽골이 유목 생활을 했던 이유는 드넓은 중앙아시아에서 살아남기 위한 최선의 방법이었기 때문이다. 가축들을 키우는 상황에서 초원에서 살아남기 위해서는 한 곳의 목초지에서 가축들의 먹이인 풀을 다 뜯어 먹고 그 지역에 풀이 거의 없어지면 이동한다는 개념인데, 이러한 유목 기술은 몽골이 세계 최고라고 해도 과언이 아닐 정도로 그것에 대한 문화가 멋있게 만들어져 있었다.

공연을 본 후 오전의 마지막 일정으로는 마상쇼를 보는 것이었다. 몽골 하면 말, 말 하면 몽골이라 하지 않던가. 그만큼 말에 특화되어 있는 나라가 몽골인데, 그러한 특성을 최대로 살린 것이 바로 말 위에서 공연을 하는 마상쇼였다. 말을 탄다는 것이 무엇인가 진정한 진수를 알고 싶다면 몽골에 가서 이 마상쇼를 구경하는 것을 추천한다. 아주 기가 막히고 코가 막힌다.

점심은 현지식으로 간단히 때운 뒤 다시 울란바토르로 돌아왔다. 시내를 구경하고 칭기즈칸 역사박물관을 보기 위해서였는데, 다시 온 울란바토르는 역시 초원과는 대비되는 화려한 건물과 기반시설이 잘 되어 있는 세계도시같이 느낄 정도로 멋있었다.

칭기즈칸은 몽골인이 가장 자랑스럽게 생각하는 위인이다. 직접 경험해 본 결과 몽골인들은 칭기즈칸을 숭배하는 정도의 신뢰를 보인다. 모든 기반시설에 칭기즈칸이라는 이름을 붙여 놓았는데, 국제공항도 칭기즈칸 공항, 울란바토르에서 가장 좋은 호텔도 칭기즈칸 호텔, 뭐만 하면 칭기즈칸, 칭기즈칸…… 정말 진절머리가 날 정도로 칭기즈칸을 숭배하고 따르는 문화가 바로 몽골 문화였던 것 같다.

첫날 오후에는 칭기즈칸 광장과 칭기즈칸 박물관을 갔었는데, 칭기즈칸 뿐만 아니라 몽골 전체의 역사와 많은 이야기들을 알 수 있었다. 하나씩 소개해 보면, 칭기즈칸의 세계정복 시대에 몽골의 기마부대는 며칠 새에 800km씩 이동했다. 전쟁 중 하루 최고 358km까지 이동했다고 하니 당시 13세기에는 상상도 못할 거리였다. 그렇게 동에 번쩍 서에 번쩍 하니까 유럽의 기사들이 얼마나 쫄았겠는가.

그리고 대제국을 건설한 칭기즈칸은 몽골 제국 전체를 관통하는 실크로드를 관장하게 되면서 모든 종교를 가리지 않고 받아들인다. 이것은 어느 역사에서도 볼 수 없던 종교의 관대함이었기에 다소 놀랐다. 타 나라는 강해지면 자신의 종교를 믿으라고 타국을 압박하는 경우가 흔한데 말이다.

아담축제는 말 경주하는 축제로, 10월에 행해지는데, 어른들은 무게가 많이 나가서 말의 최고 속력을 내지 못하므로 아이를 태워 경쟁한다고 한다.

마지막으로 몽골의 근대에 대한 이야기인데, 몽골은 유목 생활을 하다가 1900년 이후부터 울란바토르에 정착해서 살기 시작했다고 한다. 따라서 농기구 발전의 역사가 얼마 되지 않는다는 이야기다. 몽골의 마지막 왕은 1900년대 초반까지 생존했다고 하는데, 바로 스님이었다. 불교와 정치를 함께하는 제정일치 사회였던 것 같은데 이후 몽골은 왕이 사라지고 다른 형태의 나라가 되었다고 한다. 물론 소련의 영향으로.

위에서도 잠깐 언급했었지만, 몽골의 1900년대 후반은 아시아 최고라고 해도 될 만큼 황금기였는데, 그것을 이끈 사람이 있다. 몽골의 근대 영웅이라고 불리는 젊은 사람인데, 반대파에 1998년 36살의 나이에 살해당해 몽골의 화려한 근대 전성기는 막을 내리고 말았다. 좀 아쉬운 면도 있었다. 그 사람이 계속 통치했었더라면 지금의 몽골은 달라졌을지도 모른다는 생각에.

몽골에서의 첫날 일정이 모두 끝이 났다. 처음으로 경험해 본 몽골은 참으로 멋있다는 생각이 많이 들었다. 정교하고 아름답고 감탄사를 유발하는 그런 느낌의 나라가 아니라 우리와는 전혀 다른 문화를 경험해 볼 수 있는 나라였기 때문에 매우 좋았던 것 같고, 우리보다 GDP나 여러 면에서 발전이 덜 된 나라이긴 하지만 우리와는 전혀 다른 환경을 살아왔다는 점에서 배울 것이 많은 나라라고 생각한다.

내가 몽골 여행에서 느꼈던 점은 바로 포근함이었다. 공산주의 체제에서 살아왔던 나라라서 우리나라와는 건물도 다르고 생활양식도 다르지만 몽골인들은 뭔가 정감이 가고 이념을 거스르는 그러한 친근감이 들었다.

여행이라는 것이 그런 게 아닌가 싶었다. 많은 문화를 경험해 보고 감동하는 것. 새로운 것을 경험하면서 즐거움을 쌓아 가는 것이 여행의 극의가 아니겠는가. 몽골에서는 비록 오래 있지는 않았지만, 몽골인들의 기상과 행복을 느낄 수 있는 좋은 계기였다.

다만 산불 때문에 별을 못 본 게 아쉬워서 어른이 된 이후 꼭 다시 한번 가고 싶은 생각이 마구마구 든다. 또 여행이란 이런 게 아니겠는가. 다시 올 것을 약속하는 것. 드라마 태양의 후예에서 여주인공이 어떤 섬에서 가져온 돌의 전설인 이 돌을 가지고 있으면 다시 그 섬에 가게 되는 것처럼. 나도 몽골의 기상을 가지고 왔으니 언젠가 다시 한번 몽골을 갈 수 있을 것 같다.

그런 행복한 상상을 하면서 이만 나의 여행 일지를 마친다. 즐거웠다, 나의 여행이여.

에필로그

처음 이 동아리를 접했던 것은 1학년 때였다. 당시 학교 도서관의 학교 자료 코너를 돌아다니다가 그린비 선배들이 출판했던 책을 보게 되었는데, 그 책에 녹아 들어가 있던 여러 장르와 분야의 글들이 나를 감성에 젖게 했었던 적이 있다. 그래서 만약 이런 동아리가 있다면 꼭 들어가서 나의 글을 남기고 싶다는 생각을 항상 해 왔는데 기회가 닿아서 2학년에 이 동아리에 들어와 글을 쓸 수 있게 되어서 너무나도 행복하고 또 즐거운 마음으로 이 편집후기를 쓸 수 있었다.

사실 돌이켜 보면 1학기 말부터 했었던 기나긴 작품활동은 내게 여러 가지 큰 깨달음을 주었다. 항상 끈기가 부족해 짧은 작품밖에 쓰지 못했던 나였지만 이번 활동을 통해서 좀 더 발전하고 나아가 긴 작품에 조금이나마 도전할 수 있게 되었고, 작품을 쓸 때 여러 가지 깨달은 바가 많아서 큰 도움이 된 것 같다. 특히 이 동아리에 들어온 것은 내 꿈을 제대로 찾는 데에도 많은 도움을 주었는데, 지금까지 내가 진정으로 하고 싶었던 일을 내가 스스로 인정하고 목표를 세워 달려갈 수 있는 힘을 주었다.

내가 가장 좋아하는 것은 여행, 봉사, 그리고 글쓰기이다. 예전부터 그랬고 앞으로도 그럴 것이다. 하지만 현실적으로 누구나 선호하는 직업도 아닌데다 매출이 좋은 직업도 아니어서 진로를 정하는데 있어서 고민에 고민을 거듭했었다. 부모님은 내가 돈을 벌어서 행복하게 하고 싶은 거 하면서 살길 바라시는데 나는 너무 나만 생각하는 이기적인 사람인 거 아닌가 하는 생각도 들고, 한편으론 또 내가 진짜 하고 싶었던 것은 이것인데 다른 것을 해 봤자 오래가지 못할 것 같기도 하고, 게다가 성적까지 볼품없이 낮아서 아마도 내가 태어난 이래 가장 오래 그리고 깊이 고민을 했었던 것 같다.

하지만 그린비에 들어오고 여러 가지 좋아하는 분야의 책을 읽고 내가 좋아하는 분야에 대한 글을 쓰다 보니 느꼈다. 너무나도 행복했다. 내가 좋아하는 일을 하는 것이 너무나 행복했다. 남들이 뭐라든, 주위에서 뭐라든, 내 꿈에 대해서는 조금 이기적이고 싶다는 생각이 들었다. 작심삼일로 내린 결정이 아니었다. 그 이후 나는 더 즐겁게 글을 써 가면서 남은 편집 기간을 보냈고, 작품은 비교적 만족스러웠다.

어려운 결정을 할 때나 꼭 해야만 하는 것을 할 때 용기를 주는 것은 책을 읽고 그것을 자신의 생활에 적용시켜 보는 것이라고 생각한다. 실제로 나는 꿈을 결정하는데 있어서 많은 것들을 포기하고 묵직하게 사람들이 가지 않는 길을 갈 용기를 독서를 통해 얻었다. 그러한 면에서 이 편집 활동과 동아리 활동이 너무나도 완벽했다고 생각한다.

나는 '언플래트닝'이라는 말을 참 좋아한다. 기성세대나 시대의 흐름에 동화되지 않고 나만의 길을 따라 내가 가고 싶은 길로 나아가는 것. 그것이 내가 진정으로 하고 싶은 극의이고 꿈이다. 남들과는 다른 곳에 서서 다른 곳을 바라보면서 다른 것들을 이야기하고 토론하고 싶다. 그리고 시대의 흐름을 읽어서 다른 사람들이 하지 않는 일을 먼저 앞장서서 해 나가고 싶다. 그러나 이런 일들을 하기 위해서는 상상을 초월하는 용기가 필요하다. 나는 지금 그 용기에 미치기에는 한참 부족하고 턱없지만, 이번 편집 활동이나 동아리 활동을 통해 조금이나마 내가 하고 싶은 일들로 나아가기 시작했던 것 같다.

번데기가 껍질을 찢고 나와 완전한 나비가 되는 기간이 한참 걸리는 것처럼, 나 역시 이제 번데기의 껍질을 조금 찢었다고 생각한다. 번데기를 완전히 찢어 나비가 되어 힘차게 창공으로 도약하는 그날을 그리면서, 이만 그린비 동아리 편집 활동의 후기를 마친다.

송도형

– 1학년

1. 나의 회고
2. 다시 한번 꿈속에서
3. 에필로그

나의 회고

'오늘도 현재를 살아가시고 있는 여러분께 경의의 찬사를 보냅니다.'

그에게 들었던 마지막 말이었다. 그는 이 한마디를 남기고선 오늘 밤 12시 정각 스스로 세상과 작별을 고했다. 그의 장례식을 잊는 이는 아무도 없을 것이다. 그날은 비가 억수같이 흐르던 날이었고, 먹구름이 많이 드리운 날이었다. 이날은 특히 그와 처음 만났던 날이 그렇게나 생각이 나는지 모르겠다.

"안녕하십니까?"

"……."

심리 상담사로서 외부와 아무런 교류를 하지 않고 자신만의 어둠 속에서 살아가는 그와 상담을 하기 위해서 처음 건넨 인사말이었다. 그의 집은 방 한 칸으로 이루어진 허름한 빌라였다. 처음 현관을 지나가면 바로 의식주를 해결하는 방이 나왔고, 바로 옆에 화장실이 위치해 있었다. 전체적인 분위기는 벽을 흰색 톤의 페인트칠을 해 놓아서 되게 깔끔하고 산뜻한 분위기였다. 허름한 외관과 달리 속은 마치 새 건물 같았다. 하지만 그런 집에 살고 있는 집주인은 허름한 외관과 흡사했다. 내가 처음 본 그의 첫인상은 어두웠다. 처음에는 그가 낯가림이 매우 심한 모양이라고 생각하였다.

"요즘 어떻게 지내세요?"

나는 그에게 최대한 다정하게 물어보았다.

"그냥…… 소소하게 지냅니다."

그는 여전히 나를 경계하며 그렇게 말했다. 나는 이 사람이 우선 경계를 풀어야만 그다음 단계를 진행을 할 수 있기에 좀 더 다가가 보기로 결정했다.

"혹시 소설 좋아하시나요?"

나의 관심사였던 소설에 대해 물어보니,

"네. 평소에 소설을 자주 읽어요! 혹시 선생님도 소설을 좋아하시나요?"

그도 마찬가지로 소설을 좋아하는 모양이었다. 관심사가 같으니 물어보기 한결 수월해졌다는 안도감에 나는 친근하게 다가가 보았다.

"혹시 좋아하시는 소설이 무엇인지 물어보아도 될까요?"

그에게 좋아하는 소설을 물어보자

"저는 다자이 오사무의 '인간실격'을 좋아합니다."

인간실격, 다자이 오사무라는 작가의 인생작이며 작품이 곧 작가라고 할 수 있는 데카당스문학의 진수를 보여 주는 작품이다.

"오, 되게 철학적인 작품을 좋아하시는가 봐요?"

그러자 그는 신이 난 채 나의 대답에 즐겁게 답해 주었다.

"네. 선생님, 저는 인간실격을 읽으면서 주인공인 요조에게 큰 공감을 느꼈어요. 소설을 읽으면서 그 속에 또 하나의 제가 있다는 느낌을 받았거든요. 저도 그와 같은 인생을 살았다는 것 말이에요."

"그런가요? 그런데 요조와 같은 인생을 사셨다면 되게 파란만장한 삶을 사셨나 봐요?"

나는 그의 대답을 듣고 깜짝 놀랐다. 주인공 요조는 순수했지만, 인간을 어릴 때부터 무서워했고, 인간의 위선에 의해 파멸한다. 그래서 나는 애써 놀란 마음을 감추고 나긋한 목소리로 물어보았다. 그렇게 2시간 정도 이야기를 주고받고 하다 보니 어느새 나에 대한 경계를 풀고 어느 순간 자신의 이야기를 하기 시작하였다.

저는 평범한 가정집에서 2남의 장남으로 태어났습니다. 아버지는 평범한 중소기업에서 회사원으로 종사하셨고, 어머니는 집에서 살림을 하시는 가정주부셨습니다. 그런 곳에서 저는 저의 인생을 시작했습니다. 그 당시 저는 어려서 그랬는지, 아님 현실을 마주해 본 적이 없어서 그랬는지 모르겠지만 세상이란 것은 엄청 예쁜 존재라고 생각했습니다. 마치 무지개처럼요, 그렇게 저는 멋모르게 어린 시절을 지내왔던 것 같습니다.

그렇게 저는 초등학교에 입학했습니다. 그런데 불행하게도 반에 아는 친구가 아무도 없었습니다. 그렇기에 저는 친구를 만들려고 열심히 다가갔습니다.

"안녕? 나는 A라고 해."

하지만 돌아오는 대답은 저의 예상을 빗나갔습니다.

"어…… 어 안녕? 아! 나 저기 친구가 불러서……."

그들 대다수가 같은 유치원이었던 것이었습니다. 이미 그들은 그들만의 그룹이 형성되어 있었고, 자신들만의 그룹에 외부인을 끼워 줄 마음이 없었던 거죠. 초등학생이 생각해 봤자 깊이 얼마나 깊겠습니까. 지금 생각해 보면 이해하고도 남을 일입니다. 하지만 당시의 저는 혼란스러웠습니다.

'이건 뭐지……?'

'나를 싫어하는 건가……?'

'내가 무엇을 잘못했나……?'

'쟤들이 나한테 왜 그러지……?'

'내가 무엇을 잘못했어……?'

그런 생각들만 머릿속에 꽂혔습니다. 그런 관계는 계속 지속되었구요. 하지만 저는 이 사실을 절대 집에 얘기하지 않았습니다. 학교에서 집으로 돌아오면 항상 어머니가 현관 앞에서 마중을 나와 계셨습니다. 그리고 매일 저에게 물어보시던 한마디.

"학교 잘 다녀왔니?"

저는 그 한마디를 들을 때마다 울컥해서 속이 뜨거워지기 시작했습니다.

그리고 물어보셨으면 '잘 다녀왔다.' 아님 '그닥' 이런 종류의 대답이 나와야 되는데 목이 메어서 도저히 말을 하지 못하겠더군요. 머리가 백지장처럼 새하얘져서 생각하지도 못하겠구요.

이윽고 짧지만 긴 시간이 지나간 후 저는 간신히 대답했습니다.

"어."

이때부터였던 것 같습니다. 제가 남에게 저의 감정을 잘 표현하지 않은 게 말입니다.

왜 어머니에게 말씀을 드리지 않았냐면.. 우선 그 같잖은 자존심하나 때문이었습니다. '내가 왜 학교에서 이런 취급을 받아야 하지'는 생각과 동시에 그런 취급을 당하고 있는 나 자신이 슬퍼보였습니다. 그리고 학교에서 부적응하는 저 자신을 보며 슬퍼하실 부모님을 상상하니 마음속이 알 수 없는 공허함에 빠져 헤어 나오지 못하는 그런 기분이 들었습니다. 만약 이때 제가 남들보다 성숙하여.. 아니 지금 정도의 사고만 할 수 있었다면 '어린 인간들은 정신적으로 미숙한 상태이니 이기적인 동물일 뿐이다.'라는 생각을 할 수 있었을 텐데 말이죠.

그렇게 저는 중학교에 진학을 하게 되었습니다. 저는 그때까지만 하더라도 새로운 출발을 하고 싶었습니다. 예전보다 정신적으로도 육체적으로도 성숙해져 무엇인가 새로운 것을 도전해 보면 이루어 낼 수 있는 그런 자신감도 났습니다. 그래서 저는 초등학교 때의 친구…… 아니 동문들이 진학하지 않는 조금 멀리 떨어진 중학교에 진학을 선택했습니다. 거기서 저의 새로운, 그리고 영원히 오래갈 인간관계를 구축해 보고자 다짐을 하였습니다. 그렇게 제 자리로 앉아서 주위를 쭉 둘러보았습니다. 첫 느낌은 '역시 중학교는 초등학교와 다르구나'는 생각이 우선적으로 들더군요. 그렇게 저는 설레는 마음으로 며칠 동안은 학교를 다녔습니다.

하지만 중학교는 진짜 달랐습니다. 다른 의미로요, 중학교는 그들만의 그룹을 더욱 견고히 다져 나가는 그런 장소였던 것입니다. 크게 세 분류로 나눠지더군요. 소위 '노는 아이들의 부류', 그리고 '평범한 부류', 마지막으로 '인생을 포기하고 어디에도 끼지 못하는 부류' 저는 이런 부류들을 보고 평범한 부류에 들고 싶었습니다. 저는 저 인생을 포기하고 막 사는 아이들과 다르다고 생각했으니까요. 그래서 저는 사람을 가려 사귀었습니다.

"안녕? 혹시 너 A 맞니?"

이 친구는 공부도 포기하고 그렇다고 성실한 편도 아닌 인생을 막 나가는 부류의 친구였습니다. 그래도 심성은 착한 친구였지만 당시의 저는 이런 친구들을 무시했습니다.

"이따가 같이 점심 같이 먹지 않을래?"

그 친구의 물음에 저는 이렇게 대답했습니다.

"아니. 이미 같이 먹으려고 생각해 둔 친구가 있어."

"어엄…… 거기에 나도 껴도 될까?"

거기서 저는 끝냈어야 했습니다. 기어이 저는 이렇게 그의 질문에 대답했습니다.

"아니, 그 친구들도 네가 끼는 것을 싫어할 것 같아. 그러니 그만 물었으면 좋겠어."

그렇게 그는 자신의 이야기를 나에게 전해 주었다. 그는 말하는 내내 웃기도 하고, 울기도 하고, 또는 실성한 듯이 비명을 지르면서 허공을 쳐다보며 말하기도 했다. 나는 그런 그가 섬뜩하여 얼른 이야기를 정리하곤 조만간 다시 찾아오겠다는 말을 남기곤 황급히 그곳을 떠났다.

그 당시 그를 담당했던 나는 보고서에 '단지 사회부적응자로서 어릴 때부터 인간관계가 형성하지 못하였고, 사회에 매우 부정적인 가치관을 지니고 있음'이라고만 올려 놓았다.

당시에 나는 그에게 조금의 연민을 느꼈으니까 그렇게 작성을 하였던 것인데…… 지금 이 회고록을 작성하면서 내생에 가장 후회가 되는 행동이 그 행동이었음을 다시 한번 깨닫게 되는 고통스러운 시간이다.

왜냐하면.

그는 가족과 자기의 머릿속에서 지인이라고 각인된 자들을 모두 죽인 살인자였으니까. 나는 그 사실을 전혀 모른 채 며칠 동안 그의 집을 들락날락하였다. 처음 만났을 때와 달리 자주 웃고 감정표현을 하기 시작했던 점에서 나는 상담사로서 매우 큰 행복감을 느끼고 있었다.

어느 날 그는 다시 자신의 과거에 대해 이야기를 해 주기 시작했다.

그렇게 저는 중학교 생활은 초등학교와 달리 상대적으론 즐겁게 보낸 편이었죠. 그리고 고등학교에 진학을 하니 저는 중학교 때의 경험을 회상하면서 그리고 무엇보다도 제가 자신감을 가질 수 있었던 것은 중학교 때 친한 친구들이 같은 고등학교에 많이 진학했던 점이었죠. 그때는 얼마나 기뻤는지 몰라요…… 그런데 고등학교는 중학교와 아주 다른 점이 있었죠. 바로 대학을 코앞에 둔 치열한 입시경쟁을 치러야 한다는 점이었습니다. 하지만 저는 이것은 드라마, 소설에나 나올 법한 얘기라고.

하지만 그것은 저의 착각이었죠. 친구들은 자신들보다 성적이 월등히 낮은 저를 무시하였고, 그것은 초등학교 때는 친한 친구들끼리 그룹을 만들어 외부인을 배척하였다면, 고등학교 때는 사회에서 승리를 할 법한 사람들, 하층민들을 밟아서! 도저히 뚫을 수 없는 견고한 철옹성 같은 자신들의 무리들을 형성하더군요.

“저는 보였어요.”

그는 말했다.

"무슨 말씀이시죠?"

나는 그의 광기 서린 눈빛을 보며 언제든지 달려와 내 목에 칼을 들이댈 것만 같은 눈빛을 보며 조심스럽게 그의 질문에 반문했다.

"저는 그들의 마지막을 보았습니다. 선생님. 그 더럽고! 추악하고! 위선에 찌들어진 사회의 쓰레기들이 처단 당하는 모습을 보았단 말입니다! 하하하하하하하하하!!!!!!!!!!!!!!!!!!!!!!!!!!!!!!

"진정하세요! A씨! 그게 무슨 말이에요? 이봐요 정신 좀 차려보라니까요?"

나는 황급히 그를 말려 그를 진정시키려 해 보았지만 힘든 일이었다. 이미 광기에 사로잡힌 사람을 광기 속에서 끄집어 낼 수는 없는 노릇이다.

10분쯤 지나자 그는 진정을 하였는지 나에게 귀를 빌려 달라고 하였다.

그는 사근사근 속삭이면서 나에게 이 말을 해 주었다.

"혹시 이 집에서 되게 좋은 향 안 나요?"

"!!!!!"

"선생님. 저는 제가 한 행동에 후회는 안 해요. 오히려 대중들에게 찬사를 받아야 할 일 아닌가요? 저는 저에게 맡겨진 일을 했을 뿐이에요. 오우, 절 그런 식으로 쳐다보지 마세요. 그러면 제가 무슨 잘못이라도 저지른 것 같잖아요. 헤헤."

그의 말에서는 도저히 죄책감이라곤 전혀 찾아볼 수 없었다. 훗날 나중에 알게 된 사실이지만 그의 방 벽지를 뜯어내 보니 조그마한 공간이 있었고, 그 속에 썩어 문드러진 시체 10구와 수많은 백골들이 널브러져 있었다고 한다.

그는 칼을 가져오더니 나를 보며 싱긋 웃었다.

"이 같잖은 세상을 살아가고 계시는 선생님과 여러분에게 전합니다!"

그는 미소와 함께 나긋하게 속삭였다.

"오늘도 현재를 살아가시고 있는 여러분께 경의의 찬사를 보냅니다."

그렇게 그는 그 한마디를 남기고선 세상에게 작별을 고했다. 여기서 나의 회고는 마친다. 뒷이야기는 그가 자살하자마자 나는 겁에 질려 곧장 경찰에게 신고를 하였고, 이 사건은 뉴스에 크게 실렸다. 이에 언론들은 일제히 이 사건에 집중하였다. 하지만 터질 것만 같았던 열기들은 금세 사그라졌고, 누가 그랬는지도 모르게 사람들의 기억 속에서 묻혀 갔다.

다시 한번 꿈속에서

"할머니, 전에 했던 말 또 해 주세요!"

할머니는 천진난만하게 깔깔거리는 나를 보며 싱긋 웃으셨다.

"오냐. 우리 선이는 그 이야기를 유독 좋아하는구나."

"네. 되게 아름답잖아요!"

내 대답이 귀여우셨는지 내 머리를 쓰다듬으시고선 가볍게 안아 주셨다. 그리고 다시 옛날이야기를 해 주셨다.

"옛날에 이 할머니가 들었던 일인데 말이다. 음…… 지금으로부터 40년 전이구나. 하하. 그때는 할머니도 예쁜 누나였겠지? 할머니의 엄마…… 음 우리 선이한테는 증조할머니가 되겠구나. 증조할머니께선 할머니한테 매일 잠을 설칠 때마다 해 주시던 말씀이 있었단다."

"네네."

"옛날에 아주아주 옛날에 우리 집안 사람들 중 특정하게 몇몇 분들이 아주 특별한 경험을 하셨다고 했단다. 증조할머니도 그 사람들 중 한 분이셨어. 정확한 것은 아직까지 모르지만 우리 엄마는 어릴 때 꿈속에서……."

지금은 정확히 무슨 이야기인지 기억이 안 나지만, 할머니 말씀을 들었을 땐 이 이야기를 엄청 좋아했다고 한다. 하지만 이 이야기는 나한테밖에 해 주지 않았다고 한다. 그래서 할머니가 돌아가시고 난 후부턴 이 이야기의 결말을 아는 사람은 나뿐이라고 하는데, 정작 나는 기억을 곱씹어보면 중간중간 큰 틈이 있는 것같이 공허 속을 맴돌기만 할 뿐이다. 생각날 듯하면서 나지 않는 그 괴로움을 견디다 못해 때려치우고 말았다.

참 참을성 없는 나인 것 같다.

그렇게 어느 한순간부터 내 기억은 띄엄띄엄 구멍이 나기 시작했다. 분명 최근 기억은 나고 어릴 때 엄마, 아버지, 할머니, 친구들과 놀았던 기억도 난다. 그런데, 그런데. 정작 있을 것 같다고 느끼는 그것도 너무나 단언할 수 있을 정도의 느낌으로 나에게 말하고 있었다.

"무슨 일이 있었는데……."
"띠리리리리리리리리, 지금 일어나실 시간이세요. 오늘도 행복한 하루 보내세요."

휴대폰에서 나오는 알람의 소리이다. 요즘 알람은 사람의 목소리까지 나오다니 정말 신기하다. 어릴 때 알람은 단지 이상한 비트가 들어간 클럽음악 비슷한 것이었는데. 지금 이 소리가 훨씬 듣기 좋다. 아. 그래도 이거 하나는 좋았다. 너무 시끄럽기 짝이 없어 짜증이 나 잠이 금방 깼다는 것.

그렇게 화장실로 들어간다. 어젯 밤에 피곤한 나머지 씻지도 않은 채 잠을 잔 터라 지금 모습은 말도 안 되게 끔찍하다. 그렇게 칫솔에 치약을 바르고 침대로 다시 왔다. 다시 한번 어제와 오늘에 걸친 그 사건을 곱씹어 본다.

기억이 안 난다. 최근 들어 밤에 있던 기억이 말끔히 사라지고 있다. 그것도 매일 그렇진 않지만. 하지만 그 기억들이 없어지는 밤이면 독특한 꿈을 꾼다. 그것도 매번 비슷한 꿈을.

그 꿈은 매일 밤 나도 모르게 집을 나서는 것부터 시작된다. 신기하게도 꿈속에서의 우리 동네는 현실같이 세세하게 똑같고 생생했다. 이건 왠지 심리적인 요인이 큰 것 같다. 그러고 나서 나는 우리 집 뒤쪽에 강둑으로 향하기 시작했다. 물론 의식은 존재하지만 몸이 멋대로 그 동네는 모든 것과 똑같았지만 아무도 없었다. 그곳에 있던 것은 나와 강둑 위 만개한 벚꽃나무, 깨끗한 밤하늘, 밤하늘 위에 떠오른 고요한 달 뿐이었다.

그런 줄 알았다.

늘 나는 꿈속에서 강둑으로 올라가 활짝 만개한 반짝이는 벚꽃나무아래에 있는 파스텔 톤의 벤치에 앉았다. 그러자 나와 같은 또래로 보이는 한 여자가 나타났다.

그 여자의 머리는 저 하늘에 떠 있는 고요한 달빛색과 같았고, 그녀의 양쪽 볼과 입술은 저 만개한 벚꽃잎의 색과 같았다. 그녀와 한참 동안 벤치에서 시시콜콜한 이야기를 한 것 같았다. 그녀는 내 말에 잘 웃어 주었다. 나도 덩달아 웃었다. 그녀와 함께 있으면 없던 웃음이라도 생기는 것 같았다. 진짜세상에선 나는 웃지 않기 때문이다. 정확히 얘기하자면 웃지 않는 게 아니라 웃을 일이 없는 것이다. 너무 인간관계에 지쳤다. 다른 사람 눈치 보고, 마음에 들지 않아도 한 공간에 열 시간 넘게 말을 섞고 같이 있어야 한다. 그것을 견디지 못하면 나는 혹은 다른 사람이라도 그 집단에서 제외되기 때문이다. 나는 그 점에 있어선 도저히 견디지 못한다.

그런 이유로 그녀와 꿈속에서 내 이야기에 공감해 주고 웃어 주는 그런 그녀가 참 좋았다. 하지만 매번 무슨 이야기를 하는지는 당사자인 나도 모른다. 그녀는 알까? 물어보고 싶다. 그녀는 내 물음에 잘 대답해 주니깐.

그렇게 거의 끝에 다다라선 그녀가 내 이름을 물어본다. 내 이름을 그녀에게 말해 준다.

"이 선."

그러자 그녀는 눈웃음을 지으며 나에게 다가온다. 그러곤 속삭인다.

"내 이름은."

여기서 꿈은 매번 끝이 난다. 그녀의 이름은 매번 듣지 못한다. 들어보고 싶다. 아무리 꿈일지라도 나는 그녀와 다정히 있던 기억들이 나의 뇌리에 비집고 들어온다. 견디지 못하겠다. 그렇게 나는 매일아침을 준비하면서 괴로움과 설렘을 동시에 느끼며 하루를 시작한다.

나는 집에서 글을 끄적이는 작가나부랭이이다. 얼마 전 운이 좋게 대형출판사와 계약을 체결한 후 잠깐의 공백이 허용되어 지금은 그냥 집에서 백수같이 집에만 있다. 집에서 있을 때는 글을 끄적이지 않을 땐 노래를 듣곤 한다. 왜냐하면 노래를 듣다 보면 감수성을 톡하고 건드려서 봇물처럼 글이 쏟아져 나올 때도 있기 때문에 그 확률을 믿어 보고 노래를 듣곤 한다. 하지만 요즘 노래는 잘 듣지 않고 옛날 노래 위주로 듣는다. 옛날 감성이 사람을 더 애절하게 만드는 것 같다. 그렇게 나는 블루투스 스피커의 전원을 켜 놓곤 휴대폰 재생 목록에 오늘 들을 노래를 골라 본다. 임창정의 'Love Affair', 조덕배의 '꿈에', 양수경의 '사랑은 창밖에 빗물 같아요' 등 이런 노래들을 듣다 보면 나의 감수성이 반응을 하기 시작한다. 하지만 요즘은 아까 이유도 있겠지만 이런 노래를 듣다 보면 단지 꿈속에만 나타나는 그녀였지만 회상하고 싶어서, 다시 생각해 보고 싶어서, 생각 속 이미지에서 마주치고 싶어서 노래를 듣곤 한다. 그게 요즘 내가 로맨스소설을 쓰려는 이유이기도 하다. 나중에 기억을 잃기 전에 좋았던 기억들을 소중히 보관하고 싶기 때문에 글로써 남겨 놓고 싶다. 아, 이 부분은 반드시 옮겨 와 소설에 쓰고 싶다.

'난 눈을 뜨면 꿈에서 깰까 봐 난 눈 못 뜨고 그대를 보네, 물거품처럼 깨져 버린 내 꿈이여, 오늘밤에 그대여 와요."-(조덕배의 '꿈에')

"카톡"

카톡이 왔길래 확인해 보았다.

'안녕? 이제야 연락하네?'

뭐지……? 알 수 없음으로 뜨는 상대방의 이름과 생소한 어투, 분명 직장동료는 아니다. 학교동창인가?

"카톡"

그렇게 생각하고 있던 찰나 다시 연락이 왔다.

'혹시…… 나 기억을 못하려나?ㅎ'

이 톡으로 인하여 나는 학교동창일 것이라고 생각을 했다. 말투는 되게 귀여웠다. 하긴 중학교, 고등학교를 남녀공학으로 다녔으니 오랜만에 만나는 학교동창이 반갑긴 하겠다. 그렇게 나는 생각을 한 후로 답장을 넣었다.

"안녕. 혹시 XX중 나왔니?"

타자를 치고 난 뒤 수 초의 정적이 흘렀다. 무척이나 고요했다.

"카톡"

답장을 확인해 보았다.

'아니~'

음, 고등학교 동창인가? 고등학교 다닐 땐 그렇게 친한 여자애들은 없었는데…….

"미안 그러면 A고등학교 나왔니?"

'아니~~헤헤.'

이번에는 연달아 답장이 왔다. 아니라고 한다. 그럼 누구지 짚이는 사람이 없는데.

'진짜 모르겠어?'

내가 답장을 하지 않자 상대는 답답하듯 답장을 보내었다. 되게 생각날 듯하면서 생각이 나지 않으니 나도 답답하긴 마찬가지다.

"띠리리리리리리리리리리."

그 사람한테서 전화가 걸려왔다. 갑자기 모르는 사람에게 오는 전화를 덜컥 받기엔 조금 무섭다. 그렇게 머뭇거리는 동안 끊겼다.

"띠리리리리리리리리리리리리리."

다시 걸려왔다. 더 이상 안 받을 수도 없는 노릇이다. 그렇게 침을 꼴깍 삼키고 전화를 받았다.

"여보세요?"

"앗. 드디어 받았다. 왜 이렇게 전화를 안 받았어?"

스마트폰 너머 들리는 목소리는 귀여운 여자아이의 목소리였다. 그렇게 어리진 않았고, 그렇게 성숙한 목소린 아니었다. 되게 익숙한 목소린데 싶으면서 처음 듣는 목소리라 조금 당황했다.

"혹시 누구신가요? 저랑 아시는 분이신가요?"
"어머, 진짜 기억을 못하는가 보네……."

전화기 너머 그녀도 적잖이 당황한 내색을 감추지 못했다. 그만큼 특별했던 사이였나? 하지만 평소에 안하던 말이 저절로 툭툭 나오기 시작하더니 정신차려 보니 수화기 너머 그녀와 어느새 즐겁게 떠들고 있었다. 언제부터 알던 사람이라고…… 주책이다.

"그래서 진짜 나 모르겠어? 힌트라도 좀 줄까?"
"음. 네. 그거라도 들으면 좀 알 수도 있지 않을까요? 되게 익숙하신 분인데 왠지 들으면 바로 알 것 같거든요."
그러자 그녀는 조금 고민하더니 웃으면서 말해 준다.
"파스텔 톤 벤치."
"강둑 위 벚꽃나무."
"이 선"
"어……? 파스텔톤 벤치……? 설마 거기는……."
그 장소다. 꿈속에서의 바로 그 장소. 그녀와 정답게 이야기꽃을 소박히 피우던 나와 그녀의, 둘만 아는 그 장소다. 근데 상대가 왜 알고 있지…….
"혹시…… 꿈속에 어떤 남자와 그 장소에서 매일 만나지 않던가요?"
"만났어. 그것도 아주아주아주 많이."
"그쪽도…… 즐거우셨나요?"
"응. 엄청 즐거웠어. 나만 그렇게 느낀 게 아닌가 보네? 혹시."
그녀가 마지막을 일부러 흐렸다. 무언가 할 말이 있는 모양이다. 되게 머뭇거리더니 결국 입을 열었다.
"혹시! 나올 수 있어?"

"네……?…… 네!! 당연하죠. 어디로 나오면 될까요?"

"그 장소로 나와 줘."

급하게 전화를 마무리짓고 허겁지겁 머리를 빗은 뒤 양치를 하고 외출할 때만 특별히 입는 옷을 챙겨 입었다. 검은 슬랙스바지와 차이나셔츠, 이상해 보이지 않았으면 좋겠다.

강둑으로 뛰고 또 뛰고 미친 듯이 달렸다. 달리면서 바랐다. 제발 늦는다고 떠나가질 않기를, 엇갈리지 않기를 나를 포기하지 않기를.

어느새 밤이 되어 하늘은 고요한 은빛의 달이 고요하게 떠 있었다. 마침 내가 가야 할 길을 달빛이 곱게 깔려 있었다. 바닥은 만개한 벚꽃나무에서 하나둘씩 떨어지는 분홍빛 벚꽃 잎이 깔려 있었다. 그 끝에 위치한 그녀가 서 있었다. 달빛 같은 머리카락, 벚꽃잎 같은 양쪽 볼과 입술과 같았다. 그녀는 하얀색 블라우스를 입고 눈웃음을 지으며 나를 향해 바라보고 있었다.

우리 두 사람은 서로를 바라보고 있었다. 그녀가 나를 향해 뛰어왔다. 가냘픈 팔을 양껏 벌리곤 나를 안아 주었다. 꼬옥 안아 준다. 우리에겐 말이 필요 없었다. 그녀와 만남으로써 그녀와 꿈속에서의 보냈던 다정했던 시간들이 내 기억 속에 속속 들어오기 시작했다. 중간 중간 텅텅 비었던 나의 기억의 틈들이 매워진다.

이제 서로의 얼굴을 바라본다. 그리고 서로 속삭인다.

"사랑해, 이제 함께하자."

"할머니. 전에 했던 말 또 해주세요!"

할머니는 천진난만하게 깔깔거리는 나를 보며 싱긋 웃으셨다.

"오냐. 우리 선이는 그 이야기를 유독 좋아하는구나."

"네. 되게 아름답잖아요!"

내 대답이 귀여우셨는지 내 머리를 쓰다듬으시고선 가볍게 안아 주셨다. 그리고 다시 옛날이야기를 해 주셨다.

"옛날에 이 할머니가 들었던 일인데 말이다. 음…… 지금으로부터 40년 전이구나. 하하. 그때는 할머니도 예쁜 누나였겠지? 할머니의 엄마…… 음 우리 선이한테는 증조할머니가 되겠구나. 증조할머니께선 할머니한테 매일 잠을 설칠 때마다 해 주시던 말씀이 있었단다."

"네네."

"옛날에 아주아주 옛날에 우리 집안 사람들 중 특정하게 몇몇 분들이 아주 특별한 경험을 하셨다고 했단다. 증조할머니도 그 사람들 중 한분이셨어. 정확한 것은 아직까지 모르지만 우리 엄마는 어릴 때 꿈속에서 아주아주 멋지신 분을 만나셨다고 하지.

그런데 왜인지 모르게 꿈에서 깨어나면 그 사람과 나눴던 이야기를 기억을 못하시는 거야. 하지만 우리 선이 증조할머니는 결국 그 남자와 현실에서 마주하셨지. 옛날에는 지금처럼 전화가 없었잖니. 그런데 남자 쪽에서 먼저 편지를 보냈다고 한단다. 그리고 두 분은 서로 사랑에 빠져 결혼을 했지. 그 남성분은 우리 선이 증조할아버지란다. 우리 선이도 그렇게 되고 싶니?"

"네~ 저도 그렇게 되고 싶어요~ 지현아, 사랑해. 이제 함께하자."

"응? 지현이가 누구니?"

"네? 그러게요…… 제가 왜 그런 말을 했을까요……?"

에필로그

이번 책쓰기 활동을 통해 소설 두 편과 에세이 한 편을 작성하였습니다. 우선 저만의 비밀로만, 몰래 써 오던 글을 이번 활동을 통해서 공식적으로 쓸 수 있는 계기가 되어 정말 기쁘고요, 이런 뜻깊은 자리에 함께 할 수 있게 해 주신 성진희 선생님께 감사의 말씀을 드립니다.

처음 소설을 쓰려고 하니 막막했습니다. '저는 평소 플랫폼에 판타지물만 연재하고 순수문학은 언젠가 써 봐야지.'라고만 막연히 생각하던 도중 이 활동을 시작하게 된 터라 당황하긴 했습니다. 그렇게 생각을 하다 일단 전체적인 스토리는 일단 당시 저는 다자이 오사무의 "인간실격"과 아쿠타카와 류노스케의 "나생문"을 읽고 있던 터라 무뢰파소설에 심취해 있던 중이었습니다. 그래서 학생시절 대인관계에 실패해 폐인으로 살고 있는 사람의 이야기를 관찰한 사람의 회고 형태로 소설을 집필하기 시작했습니다. 물론 평소 쓰던 장르와 정반대의 이야기를 풀어 나가려고 하니 어려웠습니다. 되게 억지로 맞춘 부분도 꽤 있고, 시간상 빨리 맞추기 위해서 서둘러 끝낸 부분도 없지 않아 있었습니다만 새로운 도전으로 매우 뿌듯했습니다.

그리고 에세이는 제가 흥미가 있고 배경 지식도 있는 역사 관련 독후감이므로 쉽게 써 내려 갈 수 있었습니다만, 이번에도 고민이었던 것은 마지막으로 남은 소설 한 편이었습니다. 우선 저는 로맨스물을 집필해 보고 싶었고, 그때 저번 소설도 그렇고 이번에도 왠지 모를 감성에 취해 지금 읽어 보면 부끄러울 정도로 썼었습니다. 꿈속에서 만나 정답게 이야기하는 그녀에 대해 이야기를 풀어 갔는데요. 이 소재는 특히나 마음에 들어서 이 활동이 끝난 후에 다시 한 번 탈고를 해보고 이야기를 더 풀어 나갈 생각입니다.

다시 한번 이 활동을 함께하게 해 주신 선생님께 감사의 말씀을 드리고 2학년 때 다시 지금보다 더 나은 작품으로 활동에 임하겠습니다.

2

교육의 별을 쏘다

김태준

김태준

– 2학년

1. 내가 만드는 역사
2. 나의 성장기
3. 에필로그

내가 만드는 역사

2019년 8월 뜨거운 어느 날이었다. 여느 날들과 다름없이 재원이는 교복을 입고 학교로 가고 있었다. 사실 재원이는 학교에서 왕따다. 차라리 대부분의 아이들처럼 자신에게 관심을 주지 않는 것이 재원이는 편했다. 하지만 기삼이파 아이들이 재원이를 가만히 두지 않았다. 기삼이파는 악명 높은 성중고등학교의 조직이다. 폭력과 금품갈취는 물론이고 시험 부정행위까지 저지르며 대구에서도 알아 주는 인문계 고등학교에서 나올 수 없는 스케일의 일진 조직이었다.

기삼이파가 재원이를 처음부터 괴롭힌 것은 아니었다. 1년 전 기말고사, 기삼이파 아이들은 언제나 그랬듯이 두목 기삼이의 성적을 위해 부정행위를 계획했다. 항상 선생님들의 눈을 속여 교묘히 부정행위를 하고도 적발된 적이 없었던 그들은 조금 대담해졌다. 시험 시간에 대놓고 책을 보고 베끼기로 한 것이었다.

순조롭게 한 문제, 두 문제 베끼던 중 평소 시험 감독 때 자리에서 일어 난 적이 없었던 학주가 기삼이파 행동대장 승규의 자리로 다가오고 있었다. 뒤늦게 그 사실을 알아차린 승규에게 책을 넣을 시간은 없었다. 그 짧은 0.5초도 안 되는 순간 동안 승규는 기지를 발휘했다. 승규의 눈에 들어온 것은 바로 옆자리에서 평소처럼 조용히 시험을 치던 재원이었다. 승규는 바로 재원이 자리 옆에 국어 책을 던졌다.

그리고 3초 뒤 학주가 사건현장에 도착했다. 승규의 심장은 터질 것만 같았다.

"뭐야, 이 새끼야!"

하지만 학주는 승규가 부정행위를 저지른 것을 보고 자리에서 일어난 것이 아니었다. 학주의 외침은 바로 재원이를 향했다.

"너 이 새끼 지금 시험 치는데 책 본 거야?"

평소 학생들에게 관심이 많지 않지만 이런 면에서는 엄격했던 학주가 분노에 찬 목소리로 소리쳤다. 재원이는 대답해야만 했다. 하지만 할 수가 없었다. 학주 뒤에 숨어 있는 40개의 눈알이 재원이를 노려보고 위협하고 있었다. 그중 살기가 어린 눈알이 있었는데 바로 기삼이었다. 기삼이는 재원이를 향해 몰래 주머니에 숨겨 들고 다니던 칼을 꺼내며 무언의 협박을 했다.

대답의 선택지는 하나뿐이었다. 성적보다는 목숨이 소중했다. 그래서 재원이는

"죄송합니다…… 너무 급해서."

라고 할 수밖에 없었다. 재원이의 시험지는 바로 찢어졌고 시험이 끝난 후 머리 채를 잡힌 채로 재원이는 교무실에 끌려갔다. 가서 일단 밀대로 맞았다. 말도 하지 않았다 학주는.

재원이는 아팠지만 사실대로 말할 수는 없었다. 교무실에도 감시하는 눈이 있었다. 어떤 핑계를 대고 기삼이파 아이들은 교무실에서 선생님들을 만나고 있었다. 그런 중에도 눈은 재원이를 향해 있었다. 기삼이파의 눈이 미치지 않는 곳이 없었다. 재원이는 두려웠다. 맞는 것이 차라리 한순간의 고통에 지나지 않겠다는 생각을 하며 이러면 기삼이파가 날 괴롭히지 않겠다고 생각했다.

하지만 재원이의 생각은 안타깝지만 빗나갔다. 재원이가 아무 말없이 컨

닝 사실을 인정하고 국어 시험에서 0점을 맞은 그날 밤 재원이가 학교를 나가는 길에 누군가가 재원이를 막아 세웠다. 재원이는 등골이 오싹했다. 가로등 불빛에 비친 얼굴을 보니 기삼이가 확실했다. 사실대로 말하면 자신을 괴롭히지 않을 거란 재원이의 생각은 기삼이의 악랄함을 제대로 파악하지 못한 생각이었다

기삼이는 치밀했다. 기삼이는 학교에서 몰래 저질러 놓은 악행을 통해 상당한 성적, 선생님들의 신뢰를 받고 있었다. 하지만 이 모든 것들이 재원이의 입놀림 한 방에 무너질 수 있다는 불안감에 기삼이는 재원이의 입을 막아야겠다고 생각한 것이었다. 기삼이의 얼굴을 마주하고 있는 재원이의 뒤로 어둠 속에서 여러 그림자들이 다가오고 있었다. 그림자들이 재원이를 다짜고짜 밟기 시작했다.

"아! 아파 그만해."

재원이가 울부짖었다. 하지만 소용없었다. 계속 밟히던 중 재원이의 귀에 악마의 목소리가 들렸다.

"이번 컨닝한 거를 입 밖으로 꺼내는 순간 넌 죽는다."

기삼이가 속삭였다.

그때 이후로 1년간 재원이는 공포에 휩싸여 학교를 다녔다. 복도에서 다리걸기, 공으로 때리기, 빵셔틀 시키기, 다짜고짜 때리기 등 기삼이파는 재원이가 고자질을 할 수 없도록 1년 동안 꾸준히 그런 환경을 조성했다.

그러던 중 8월 3일, 재원이의 생일이 찾아왔다. 아침에 따스하게 안아 주시는 어머님의 품에서 재원이는 이제는 이런 생활에서 벗어나고 싶은 욕구를 강하게 느꼈다. 교복을 입고 학교에 가니 역시 기삼이파 아이들이 괴롭히기 시작했다. 체육시간에 기삼이파 아이들이 공으로 괴롭히자 드디어 재

원이는 그 아이들을 밀치고 도망치기 시작했다.

하지만 기삼이파 아이들은 집요했다. 계속해서 달리던 재원이를 향해 축구공을 찼다.

"퍽."

공은 정확히 재원이의 머리를 향했다. 하지만 기삼이파 아이들이 생각하지 못했던 엄청난 것이 있었다. 재원이의 앞에는 바로 학교에 있는 작은 연못이었다. 머리에 공을 맞은 재원이는 그대로 연못 안으로 고꾸라졌다. 작은 연못이었지만 그렇다고 얕지 않았다. 재원이는 물 밖으로 나가려고 아등바등했다. 하지만 올라갈 수 없었다. 재원이의 눈에서 점점 빛이 희미해졌다. 그리고 의식을 잃었다.

"으으."

서서히 눈을 뜬 재원이에게 강한 햇빛이 쏟아졌다.

'병원인가.'

재원이는 생각했다. 재원이에게 물에 빠진 이후의 기억은 없었다. 눈을 점점 뜨면서 주변을 돌아본 재원이의 눈이 엄청나게 커졌다. 병실로 예상했던 풍경과는 달리 한옥 안에 자신이 누워 있었던 것이다. 이불도 하얀 솜이불이 아닌 옛스러운 그림이 수놓아진 이불이었다.

이게 어떻게 된 일인지 사태 파악이 되지 않았던 재원이는 혼란스러운 마음으로 방문을 열고 나갔다. 재원이가 방문을 여는 소리를 듣고 누군가가 급하게 달려오는 소리를 들었다.

"어머어머, 도련님 깨어나셨어요?"

재원이는 알아들을 수 없었다. 자신에게 도련님이라고 부르는 이유를 몰랐고 자신에게 도련님이라고 부르는 이 아주머니도 누군지 알 수 없었다. 재원이는 더욱 혼란에 빠졌다.

"아이고 마님, 도련님이 깨어났어요."

그 누군지 모를 아주머니가 소리쳤다. 그러자 어떤 곱게 차려입은 아주머니가 달려왔다. 다짜고짜 그 아주머니는 재원이를 끌어안았다. 재원이는 영문을 몰랐다.

"누구세요?"

재원이가 자신을 안고 있던 아주머니에게 물었다. 그러자 옆에 있던 처음에 본 아주머니가 소리를 질렀다.

"워메, 우리 도련님이 머리를 다치시드만 이제 기억이 안 나시나 봅니다 아이고."

"원아, 정말 아무것도 기억이 나지 않는 것이냐? 이 어미가 기억이 안 나느냐?"

재원이를 안고 있던 아주머니가 말했다. 재원이는 어머니라는 소리를 듣고 너무 놀라 얼떨결에

"예? 예."

라고 대답했다.

그 순간 재원이를 보고 있던 많은 사람들이 함께 탄식했다. 재원이는 다시 방으로 보내져 휴식을 취하게 되었다.

다음 날 아침 재원이에게 남자 종 하나가 왔다. 평소 친밀한 사이인 듯 재원이를 대했다. 그 아이는 주인어른의 명이라며 재원이네 집안의 내력부터 말해 주기 시작했다.

재원이는 경주 최씨 20대 손으로 경주 최씨는 오랜 시간 동안 높은 벼슬을 배출하며 어진 정치와 베푸는 정치를 통해 명망을 쌓고 있었다고 한다. 하지만 그런 경주 최씨 집안을 시기하고 권력을 탐하던 대성 김씨 집안에서 재원이의 부친을 모함하여 높은 벼슬에서 끌어내리고 그 자리를 차지하여 집안의 사정이 그리 좋지 못하다고 말해 주었다. 그 말을 들은 재원이는 곰곰이 생각해 보았다.

2019년 자신은 경주 최씨 35대 손이었지만 여기서 자신을 20대 손이라 부르는 것을 보고 자신이 약 400년을 거슬러 왔다는 사실을 깨닫고 충격에 휩싸였다. 재원이는 바깥세상이 궁금해져 자신의 종, 지헌이에게 함께 밖에 나가자고 했다. 그렇게 집 밖으로 나가 저잣거리로 향하려던 중 누군가가 재원이에게 비아냥거리는 소리가 들렸다.

"어이구, 망해가는 집안의 유일한 아들 아니신가?"

재원이는 깜짝 놀라 소리가 들리는 곳을 쳐다보았다. 재원이는 그 아이의 얼굴을 보고 바닥에 쓰러질 뻔했다. 그 아이는 기삼이었다. 아니 정확하게 말하자만 기삼이의 400년 조상이었다. 재원이는 그 아이가 바로 기삼이네 집안이라는 것을 알아차렸다.

하지만 곧 재원이는 그 아이가 2019년의 자신을 알지 못한다는 사실을 알고 자신감을 가졌다.

옆에서 지헌이가

"도련님이 싸우셨을 때 진 적이 없으십니다."

라고 하는 말을 듣고 재원이는 용기 내어 그 아이에게로 달려갔다. 그리고 그 아이가 방어할 틈도 주지 않고 얼굴을 갈겼다. 그렇게 기습을 당한 그 아이는 아무것도 하지 못하고 바닥에 주저앉았다. 재원이의 통쾌한 승리이자 그 아이의 굴욕적인 패배였다.

외출을 마치고 집에 돌아온 재원이에게 지헌이가 그 아이가 대성 김씨 집안의 장남 김기사라는 것을 알려 주었다.

그다음 날 지헌이가 아침 일찍 들어오더니

"도련님, 학교 가셔야죠."

라고 했다.

재원이는 드디어 학교 없는 삶은 살 수 있을 거란 생각에 행복했었는데 꿈

이 산산조각 났다. 그리하여 끌려가듯 도착한 곳은 성균관이었다. 재원이는

'내가 과거로 온 게 맞긴 하구나.'

라고 생각하며 현실을 실감하기 시작했다.

교실에 들어가자 옆에 앉은 기사를 보았다. 재원이는 경쟁 심리가 발동되었다. 그렇게 옆에 앉은 서로를 의식하며 시간이 흘렀고 어느덧 과거 시험이 다가왔다. 기사는 재원이가 겪었던 기삼이처럼 과거 시험 당일 무언가를 꾸미는 듯했다. 시제가 주어지고 시험이 시작되었다. 재원이는 평소 학문에 열중하여 답안지를 정확하게 작성하고 고개를 들었다. 그 순간 재원이는 담장 너머로 답지를 받아 답안지를 작성하는 기사를 보았다. 하지만 2019년에 한 번 당한 재원이는 섣불리 나서지 않았다. 재원이는 그곳에서 시험을 감독하던 관리의 얼굴과 이름을 외워 두었다.

과거 시험의 결과는 재원이가 장원, 기사가 방안이었다. 기사의 답은 답지와 똑같았지만 임금님의 마음에 드는 답안은 재원이의 답안이었던 것이었다. 재원이는 대성 김씨의 탐욕스러운 정치를 끝내기 위해 감찰부로 갔다. 능력을 통해 승진을 거듭하여 감찰부의 높은 위치에 올라간 재원이는 기사의 과거 부정 문제를 꺼내 들기로 했다.

당시 과거 감독관들을 불러 증언을 부탁하여 정확한 매수 혐의와 부정행위 혐의를 입증하여 기사를 파면시키고 귀양을 보내도록 했다. 그리고 평소의 청렴하고 강직한 품성을 바탕으로 조정의 바른 관료들의 신임을 얻어 부정부패를 일삼은 기사의 부친을 파직해 달라는 상소를 충신들을 대표하여 임금께 올렸다.

재원이의 충성스러운 마음을 알고 있는 임금은 기사의 부친을 파직하고 모함으로 좌천되었던 재원이의 부친을 복귀시켰다. 이제 자신이 하고 싶고 또 해야만 했던 일들을 모두 바르게 처리한 후 더 이상 정치에 미련이 남지 않았던 재원이는 사직을 청하고 조정을 떠났다.

집으로 가던 중 재원이는 귀양을 가고 있던 기사의 행렬과 마주쳤다. 기사는 재원이를 보자마자 욕설을 하였지만 재원이는 이를 무시하고 가려 했다. 그러한 재원이를 본 기사는 몰래 품에 숨겨 놓았던 큰 돌을 재원이에게 던졌다. 돌을 맞은 재원이는 바닥에 쓰러져 서서히 의식을 잃었다.

"으으."

눈을 뜬 재원이의 앞에 어머님이 있었다.

"엄마, 이거 꿈이야?"

재원이가 물었다.

"아니야, 우리 아들, 꿈 아니야. 살아 돌아온 거 맞아."

어머님이 흐느끼며 말했다. 재원이는 자신이 물에 빠진 후 잠을 자는 동안 꿈을 꾸었다고 생각했다. 학교에 가서 역사 수업을 듣는데 한번도 들어보지 못한 사람이 나왔다. 재원이는 이상하다고 생각했지만 뭔가 익숙한 사람이었다. 그 사람의 업적이 소개되어 있었는데 세상을 청렴하게 만든 우리나라의 영웅이라고 했다.

곰곰이 생각해 보니 꿈속의 자신이 했던 일이랑 너무 비슷한 것이었다. 그래서 그 인물의 이름을 봤는데 '최재원'이라고 씌어져 있었다. 너무 당황한 재원이는 집에 가서 족보를 뒤졌다. 하나 둘 점점 거슬러 올라가서 20대까지 보았는데 20대에 최재원이란 이름이 떡 하니 씌어 있었다.

다음 날 학교에 가니 꿈을 꾸기 전과 꿈을 꾼 후의 세상이 180도 달라져 있었다. 세상이 청렴하고 바르고 깨끗해져 있었다. 기삼이파는 기말고사 역시 부정행위를 했다. 하지만 이번에는 엄중한 처벌이 기삼이파 아이들에게 내려졌다. 그때 재원이는 깨달았다. 자신이 꿈을 꾼 것이 아니라 세상을 바꾸고 왔다는 것을.

나의 성장기

나는 평범한 고등학생이었다. 대학 하나만을 바라보고 내 3년이란 시간을 공부에다 바친 고등학교 시절을 끝내고 그토록 바라던 한국대 정문에 들어서는 순간 나는 멈춰 섰다. 숨을 크게 들이쉬었다. 그보다 상쾌할 수 없었다. 설레는 마음으로 고등학교 때의 고생을 보상받고자 하는 마음으로 강의실을 찾아 떠났다. 낯선 사람들과 낯선 강의실, 모든 것이 낯설었지만 그 낯설음마저 좋았다.

그렇게 떨리고 설레는 마음으로 교수님을 기다리고 있었는데 한 사람이 강의실 문을 열고 들어왔다. TV에서나 보던 사람이었다. 한국 최고의 대학에 왔다는 것이 그때서야 실감이 났다. 최고의 교수진, 최상의 교육 환경 이것들이 내가 바라던 모습이었다. 내 전공은 국어 교육이었다. 그렇게 교육학, 국어에 관련된 지식을 학습하게 되었다.

입학하고 한 한달 쯤 뒤에 나는 동기들과 술자리를 하고 있었다. 입학한 뒤로부터 거의 한 달 내내 동기, 학과 선배, 동아리 선배와 함께 술에 미쳐 살고 있었지만 그날은 평소와는 다른 특별한 날이었다. 사실 우리 과에 내 마음속에 있는 친구가 한 명 있었다. 입학 첫 날 첫 강의 시간, 모두가 다 어색한 상황에서 앉아 있는 강의실에 빈자리는 몇 자리 없었다.

그때 누가 헐레벌떡 달려와서 강의실 문을 열었다. 들어와서 그 친구는 두리번거리며 빈자리를 찾는 듯했으나 그 아이의 눈에는 보이지 않는 듯했

다. 그러다 나와 눈이 딱 마주쳤는데 내 쪽으로 오는 것이다. 내 옆에 오더니 수줍은 목소리로

"안녕…… 여기 좀 앉아도 될까……?"

라고 했다. 나는 순간 얼어붙어 말도 못하고 끄덕거리기만 했다.

고등학교 때 연애를 하지 못한 후회를 바로 하게 되는 순간이었다. 그 아이는 마침 비어 있었던 내 옆자리에 앉아 강의를 들었다. 강의가 끝난 후 나는 무슨 말이라도 걸고 싶었지만 그럴 용기 따윈 없었고 그 아이는

"안녕!"

이란 말과 함께 사라졌다. 나는 그 이후로 내 친구에게 그 아이의 이름을 물어보았고 그 아이도 술자리에 나오기를 기대했다. 하지만 그 아이는 술자리를 즐기지 않았고 나와 만날 기회도 별로 없어 친해지지 못했다.

그런데 그날 그 아이가 술자리에 나온다는 것이다. 여사친에게 그 소식을 전해 들은 나는 집에서 정신없이 준비했다. 옷만 5벌을 입어 보고 향수도 뿌리고 머리도 만졌다. 생전 해 보지 않았던 것들이었다. 그렇게 술자리에 갔는데 그 아이는 말도 별로 없이 술만 조용히 마셨다. 같이 온 동기가 말하는 것을 들어보니 동기가

"와서 술만 마셔도 괜찮으니 그냥 오기만 해 주라."

라고 부탁해서 억지로 끌려온 것 같았다. 그렇게나는

'오늘도 친해지기는 글렀구나.'

하며 동기들과 얘기를 나눴다. 얘기를 하면서

"내가 방학 때 아이들 가르치는 봉사를 가려하는데 같이 갈 사람이 없어."

라고 말했더니 갑자기 그 아이가 술에 취한 채로

"어!"

라고 했다. 동기들도 깜짝 놀라

"왜 그래."

라고 함께 물었다.

그러자 그 아이가 나보고

"나도 거기 갈려구 했는데, 같이 가자~"

라고 말하는 것이었다.

나는 너무 좋았지만 크게 티를 내지 않고

"그래."

라고 말했다.

그날 밤 나는 몇 시간도 아니고 몇 분 잤던 것 같다. 침대에 누웠는데 잠이 올 리가 없었다. 하지만 피곤하지도 않았다. 기분이 너무 좋았었기 때문이다.

기말고사가 끝나고 조심스럽게 그 아이에게 연락해 보았다.

'설마 까먹은 건 아니겠지?'

하는 불안한 마음을 가지고 연락했다. 답장을 기다리는 그 몇 분이 몇 시간 같았다.

'띠링.'

드디어 답장이 왔다. 떨리는 마음으로 확인해 보는데

'당연히 가야지!'

를 보는 순간 신에게 감사하고 싶었다. 없던 신앙심까지 생긴 것 같았다.

방학이 시작된 후 우리는 지역 아동센터에 가서 봉사를 하게 되었다. 나는 평소 좋아하는 아이들과 그 아이를 함께 볼 수 있다는 사실에 행복했다. 아이들과 함께 한자로 자기 이름 쓰기 수업을 했는데 그 아이의 이름을 먼저 시범으로 보여 주기로 했다.

인간 세, 기쁠 희, 사람들을 기쁘게 하는 아이가 되라는 뜻 같았다. 아버지께서 아마 지어 주셨을 그 이름의 뜻은 최소한 이 세상의 한 명에게는 적용된 것 같았다. 적어도 그 세희란 아이는 나를 기쁘게 해 주었다. 세희와 함께 봉사를 다니며 나의 열정을 그곳에 모두 쏟아 붓고 왔다. 사랑스러운 아이들을 보며 더 재밌게 해 주고 싶고 더 많은 것을 알려 주고 싶었다. 그래서 학습 지도 시간에 공부에 대해 너무 부담을 주지 않고 어떻게 하면 아이들이 공부에 흥미를 느낄 수 있을지 고민해 보았다. 그리하여 생각해낸 방법이 놀이와 수업을 연계하자는 생각이었다. 그래서 그 이후로 나는 각종 게임들을 들고 갔다.

처음에는 다빈치 코드라는 게임을 들고 갔다. 아이들의 수학적 사고력과 추론력, 논리적 사고를 길러 주고 싶었다. 내 생각에 초등학교 수준에서는 물론 학교 수업에서 배우는 내용도 중요하지만 더 중요한 것은 깨어 있는 뇌를 만들어 주는 것이 중요하다고 생각하여 저런 놀이를 통해 아이들의 뇌를 말랑말랑하게 만들어 주고 싶었다.

아이들이 즐거워하는 모습이 예뻤고 그런 아이들을 바라보며 웃는 세희의 모습도 예뻤다. 3달 동안 그곳에 봉사를 나가며 교사가 나한테 맞을까라는 의문점 하나는 확실히 지웠다. 교사는 나와 잘 맞는 게 확실했다. 교사가 되기 위한 학문적 노력은 모르겠지만 최소한 아이들과 함께 시간을 보내는 것이 지겹거나 힘들지는 않았다. 그래서 다행히도 입학한 지 반 년 만에 진로에 대한 고민은 없앴다. 그리고 중요한 것이 하나 더 있었는데, 바로 나와 세희가 사귀게 되었다는 것이다. 3달 동안이나 함께 붙어 있다 보니 그렇게 되었다. 그렇게 1학년을 보내고 나는 영장 하나를 받았다.

'바로 나에게는 오지 않겠지'

라고 바라던 군대 영장이었다.

1년 반이란 시간 동안 무엇을 할까 고민하다 결국 할 일도 없는데 공부나 하자는 생각으로 임용고시 준비를 열심히 했다. 군대 생활의 활력소는 당연히 세희였다. 많은 사람들의 우려에도 우리는 결국 헤어지지 않았고 더욱 사이가 돈독해졌다.

그렇게 제대한 후 우리는 함께 임용고시를 준비했다. 나는 군대에서 1년 반이란 시간을 허비했기 때문에 좀 늦어졌다. 세희는 먼저 당당히 합격하여 시내에 위치한 고등학교로 가게 되었다. 그리고 뒤따라 나도 당당히 합격하여 첫 발령을 기다리고 있었다.

마침내 어느 학교로 가게 될까 설렘 반 긴장 반으로 맞이한 발령서에 '용수 공고'라고 적혀 있었다. 나는 충격에 아무 말도 못했다. '용수 공고라니' 거긴 악명 높은 수준을 넘어선 우리나라 최악의 고등학교에서 당연히 1등을 차지하는 그런 곳이었다. 그런 곳에 초임 교사를 보내는 교육청을 증오하고 싶었다. 교육청에 전화해서 따지고 싶었지만 또 나한테 그럴 용기는 없었다. 그래서 체념하고 첫 출근을 하며

'설마 그 정도겠어? 다 과장한 거겠지'

하며 속으로 자기 위안과 일말의 기대를 하며 갔다. 하지만 그 희망은 학교에 들어가기 전에 끝나 버렸다. 교복을 입고 있지만 교복처럼 입고 있지 않은 학생들이 교문 밖에서 서 있었다. 어느 학교일까 궁금하여 살짝 보았는데 살짝 보이는 '용수'라는 글자에 내 희망은 부서졌다. 한 20명쯤 되는 학생들이 단체로 교문 앞에서 줄담배를 피고 있었다. 하지만 출근을 하며 차를 타고 들어가는 선생님 중 그것을 제지하는 선생님은 단 한 명도 없었다. 나는 울고 싶었다. 너무 무서웠다. 평생 담배라는 것을 입에 한 번도 대 보지 않았던 나는 그 냄새를 맡는 것조차 너무 고통이었다.

내가 맡은 반은 2-1반이었다. 이제 다 체념한 줄 알았지만 나도 모르게 일말의 기대를 가지고 첫 조례를 들어갔다. 문을 딱 열었는데 나는 내가 등교시간을 잘못 안 줄 알았다. 반에 딱 두 명 있었다. 그래서 그 아이들에게 나머지는 어디 갔냐고 물었다. 그런데 그 아이들이 우물쭈물하며 대답을 하지 못했다. 그 순간 문이 열리며 한 20명이 쏟아져 들어왔다. 어딘지 익숙했

다. 곰곰이 생각해 보니 교문 앞의 바로 그 아이들이었다. 모두 다 우리 반 학생들이었던 것이다.

속으로

'왜 저에게 이런 시련을 주십니까'

라고 한탄했다. 나중에 다른 선생님들께 물어보니 전국에서도 유명한 이 학교에서도 유명한 아이들이 다 우리 반 아이들이라는 것이다. 첫 조례 때 늦게 들어온 아이들은 나와 기 싸움을 하기 시작했다. 소위 말하는 '간 보기'를 하는 것 같았다. 그래서 나는 초임 교사인 티를 내기 싫어 일부러 강하게 나갔다.

늦게 들어온 아이들을 호되게 혼내며

"앞으로 내가 들어왔을 때 없는 놈들은 다 죽는다."

라고 호언장담했다.

사실 그 말을 질렀지만 딱히 늦었을 때 어떻게 혼내야겠다는 계획은 존재하지 않았다. 그냥 만만한 선생으로 보이기 싫어 아무 말이나 질렀다. 하지만 그 아이들은 눈 깜짝하지도 않았다. 물론 대답도 없었다. 나는 우리 반 수업이 없어서 잘 마주칠 일이 없었지만 가끔 마주칠 때면 우리 반 아이들은 하나같이 날 무시했다. 이미 내가 처음 온 초짜 교사란 소문이 다 났나 보다 생각했다.

그 이후 조례나 종례 때 우리 반 아이들이 다 모이는 경우는 없었다. 항상 몇 명이 담배 피러 갔거나 이미 집에 가 있었다. 그렇게 나도 우리 반에 괘씸하여 관심을 끊고 우리 반 아이들도 역시 나에게 관심을 주지 않고 한 3달 정도의 시간이 흘렀다.

교무실에서 업무를 하고 있던 어느 날 한 여선생님이 교무실로 헐레벌떡 달려오셨다.

"애 한 놈이 다른 작은 애를 패고 있는데 제가 말릴 수가 없어요."

라며 나에게 다가오는 것이었다.

나는 그래도 젊은 남자기에 어쩔 수 없이 올라갔다. 올라가서 상황을 보러 교실로 들어갔는데 때리고 있는 아이의 얼굴을 봤는데 우리 반 아이였다. 그 아이는 쪼맨한 아이를 벽에다 밀어 넣고 주먹으로 구타하고 있었다. 알고 보니 그 아이는 소위 말하는 '일진들 사이의 일진'이었던 것이다.

나는 일단 맞고 있는 아이가 죽을 수도 있다는 생각에 온 힘을 다해 뜯어 말렸다. 그리고 우리 반 아이를 교무실로 끌고 갔다.

"왜 그랬냐."

내가 화가 머리끝까지 나서 물었다.

"……."

대답은 없었다.

"왜 그랬냐고 임마."

대답을 하지 않는 건방진 태도에 더 분노하여 물었다.

"신경 쓰지 마세요. 지금까지 그랬던 것처럼."

더 건방진 말이 나에게 돌아왔다.

'찰싹.'

나는 너무 화가 난 나머지 그 애의 뺨을 휘갈겼다. 그리고

"너랑은 할 말이 없겠다. 엄마랑 얘기할 테니 나가."

라고 말했다. 그리고 그날 밤 너무 화가 나고 속상해서 세희에게 전화했다.

상황을 설명해 주고 그 아이가 평소에 어떤 앤지 말해 주었다. 나를 위로해 주며

"걔한테 무슨 그럴 만한 사정이 있는지 정도는 알아봐야 하지 않을까."

라고 같은 교사로서 진지하게 조언해 주었다.

나는 그 말이 일리 있다고 생각하여 다음 날 어머님께 물어 보기로 했다. 어머님은 내가 생각한 것과 달리 나긋나긋하고 부드러우셨다. 나는 어머님께 학교에서의 일을 말씀드리고 조심스럽게

"혹시 집에 무슨 일이 있으신가요……?"
라고 물었다.

그 말을 듣고 어머님이 우셨다. 나는 너무 놀랐다. 내가 큰 잘못을 저지른 것 같은 느낌이 들었다. 어머님은 조용히 아버지와 그 아이의 사이에 대해 말씀해 주셨다. 알코올 중독자인 아버지가 아이를 어릴 때부터 때리고 욕하고 그러면서 아이가 삐뚤어지기 시작했다는 것이다. 나는 어디서 나왔는지 모를 용기와 함께

"혹시 제가 아버님을 만나볼 수 있을까요."
라고 어머님께 말씀드렸다.

그러고 나서 3일 뒤에 아버님을 만났다. 아버님이 술을 드시지 않았을 때는 내가 생각한 것보다 훨씬 정상이셨다. 아버님은 사업에 실패하신 후로부터 매일 술과 함께 살고 있다고 하셨다. 나는 용기를 내어 아버님의 건강과 자녀의 미래를 위해 한 2주 만이라도 술을 드시지 말아 달라고 부탁드렸다. 아버님도 어떻게든 노력해 보겠다고 하셨다.

그 후 2주 동안 난 그 아이를 지켜봤다. 첫 주를 지켜보는데 평소와는 달라지지 않은 모습을 보며 난 낙담했다. 그리고 다시 반을 포기하고 관심을 끊었다. 그러다 그다음 주에 교무실로 그 아이가 찾아왔다.

난 그 아이가 들어오는 모습을 보고 몽둥이부터 찾았다. 하지만 그 아이는 나에게 뜻밖의 것을 들고 왔다. 바로 비타 500 한 통이었다. 들어와서 나에게 인사만 하고 아무 말도 하지 않고 통을 내려 놓고 바로 나갔다. 그 통 속에는 편지가 한 통이 있었다. 내 덕분에 아버지와 사이가 풀렸고 요즘 행복하다는 것이었다. 이제 학교 생활에 열중하여 좋은 곳에 취직하는 걸로 보답하겠다는 반성문이자 감사의 편지였다.

그 아이가 우리 학교에서 가지고 있던 권력이 대단했다는 사실을 난 실감했다. 평소에 조례나 종례, 수업에 다 안 들어오던 놈들이 모두 다 자리에 앉

아 있었다. 가장 문제 반이었던 우리 반이 가장 모범적인 반이 되는 데는 2주도 채 걸리지 않았다.

그 이후로 나는 우리 반 아이들과 함께 소통하며 공감하는 진정한 교사로 거듭나게 되었다.

에필로그

사실 처음 글을 쓰려 할 때 조금 막막했었다. 이때까지 내가 하나의 글을 제대로 써 본 적이 없었다. 그래서 과연 어떻게 써야 재미있고 교훈을 줄 수 있는 글이 탄생할까 스스로 많이 고민했다.

글을 쓰기 위해 책을 골라 보는데 마침 지금 4차 산업 혁명시대에 교육이 나아갈 길을 제시해 주는 흥미로운 책을 발견하여 글을 써 보기로 했다. 책을 읽으며 안의 내용을 보고 깜짝 놀란 적도 많다. 내가 생각해 보지도 못했던 놀랍게 효과적인 방법들이 나와 있었다. 그래서 그때 느낀 점과 거기에 대한 내 생각을 담아 글을 하나 완성하게 되었다. 쓰는 동안 나름 내 사고의 확장을 느꼈고 논리정연하게 내 생각을 서술하는 데 자신감을 얻게 되었다.

소설을 쓸 때에 좀 더 막막했다. 분량도 많아야 했고 무엇보다 재미나 교훈이나 감동 등의 다른 요소들도 많이 고려해야 했기 때문이다. 어떤 주제가 좋을까 하다가 내가 대학에 가서 생길 만한 일과 고민거리 등을 주제로 글을 쓰기로 했다. 쓰다 보니 나도 모르게 소설에 빠져들어서 소설 속 주인공이 된 것처럼 신나게 글을 쓰게 되었다. 이게 바로 소설의 매력인가 생각했다.

격정과는 다르게 영감이 빨리 떠올라 글을 금방 완성하게 되었다. 또 다른 작품은 어떤 것이 좋을까 고민했었는데 과거에서 현재까지 이어지는 그런 구성이 재미있겠다 싶었다. 그래서 과거로 간 주인공을 주제로 이야기를 그려 나갔다. 과거에 대한 정보가 나에게 그렇게 많지는 않아서 혹시 사실과 많이 다르지 않을까 하는 고민을 하며 조심스럽게 글을 썼다. 등장인물들끼리의 연관성을 설명하는 방식을 놓고 고민을 많이 하며 글을 썼다. 나름 글을 완성하고 나니 뿌듯했다.

평소 글을 쓰는 것을 그렇게 좋아하지는 않았는데 이번에 글을 쓰는데 열중해 보니 글을 쓰는 것도 내 취미 중 하나가 될 수 있겠다는 생각이 들었다. 나중에 고민이 생기거나 삶이 따분해질 때 글을 한 편 쓰는 그런 사람이 되고 싶었다.

3

미디어의 별을 쏘다

박지홍

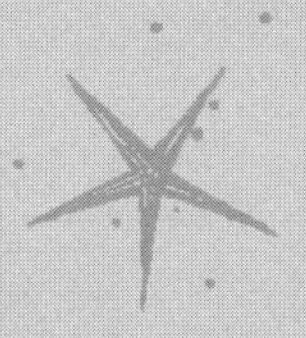

박지홍

– 2학년

1. 작은 행복
2. 어쩌다 여행
3. 에필로그

작은 행복

"아, 드디어 졸업이다. 드디어 끝났네."

"그런데……. 나 뭐하지?"

나도 모르게 이 생각이 떠올라 버렸다. 어렸을 때부터 텔레비전에 미쳐 살았다. 사회 고발 프로그램을 보며 우리 사회의 현실에 대해 고뇌해 보고, 예능 프로그램을 보며 즐거움에 빠지고 좋아하던 예능 프로그램이 끝났을 때나 과거 방영했던 편을 다시 보며 눈물을 흘리기도 했다. 그렇게 텔레비전을 사랑했던 나는 그런 아름다운 프로그램을 계획하고 편집해서 영상을 다시 새롭게 탄생시키는 PD가 되는 것을 목표로 했다. 프로그램의 내용을 만들어 낸다는 점에서 작가가 되고 싶다는 생각을 품은 적도 있었다. 나의 망할 필력을 알기 전까지는 말이다. 글을 쓰는 것에 큰 재능이 없다는 것을 깨달은 뒤로는 PD가 되기로 마음을 굳혔다. 마음을 굳힌 덕분에 PD가 되기 위해 공부한 덕에 세 손가락 안에 드는 대학에 들어갈 수 있었다. 대학에 입학하는 날 나는 이렇게 다짐했다.

"대학을 졸업하고 바로 시험을 봐서 PD가 되는 거야! 내가 꿈꾸던 프로그램을 만들어 내는 거야. 힘 있는 PD가 되지 못해서 그냥 옆에서 돕는 사람이 되더라도 열심히 할 거야!"

여기까지는 좋았다. 괜찮을 줄 알았다. 어떻게든 대학 생활 동안 열심히 공부해서 좋은 학점을 따 내고 PD가 되기 위한 공부를 하면서 방송국에 입사할 준비를 할 거라고 과거의 나는 생각했다. 과거의 나, 그는 나를 잘 몰랐던 것 같다. 중학교 때 인터넷 방송과 텔레비전 방송 속에서 헤엄치며 빠져나오지 못했던 것을 기억하지 못했던 것이다.

고등학교 시절에는 대학 입시다 뭐다 해서 어느 정도 제어가 되었는데 대학에 입학하자 일단 1차 목표를 이루었다는 생각에 고삐 풀린 말처럼 그동안 맛보지 못했던 영상의 쾌락에 빠져 시간을 날렸던 것이다. 완전히 망한 것은 아니지만 내가 처음에 생각했던 것과는 상당히 괴리감이 느껴지는 학점이 나왔지만, 별 대수롭지 않게 여겼다. 그리고 군대 영장이 나왔다. 근 2년의 군복무가 끝나고 사회라는 현실로 돌아왔다.

현실로 돌아오자 바로 말 한마디가 새어 나왔다.

"하하하, 아, 망했다. 나 이제 어떡하지."

취직 생각부터 해야 하는 현실을 깨닫지 못하고 그저 욕망만 채운 자에 대한 벌인가. 그런 생각이 들었다.

"어디 내가 원래 목표로 했던 방송국 PD 경쟁률을 살펴볼까? 어이쿠 250:1이네."

그 해에 합격한 사람들이 나온 사람들의 대학을 보니 보통 내가 나온 대학 정도거나 그보다 좋았다. 내가 서 있을 자리가 없는 걸까? 희망했던 것과 손이 닿지 않는 느낌이 들자 무너져 내리는 것 같았다. 집에 돌아와서는 군대를 제대하고 나서 따뜻한 집으로 돌아왔음에도 행복한 웃음을 지을 수 없었고, 눈물을 흘리며 스스로에 대한 조소를 지을 수밖에 없었다.

그렇게 완전히 현실을 직시하게 된 나는 다시 샤프를 꽉 쥐고 공부에 매진해서 성적을 쭉 끌어올렸다…….라고 말할 수 있었으면 좋았겠지만 3년 가까이 책을 멀리하고 샤프 잡기를 쉬고 있던 눈과 손을 갑자기 쓰려고 하니 잘 될 리가 있나. 그렇게 대학 생활이 허무하게 끝나 버렸다.

"이대로는 못 끝내. 내가 지금까지 했던 노력이 아까워서라도 그만두는 것은 안 돼. 어떻게든 방법을 찾아야 해."

그런 생각으로 그 해에 치러지는 공채 시험에 도전해 보았다. 열심히 서류를 작성해서 떨리는 마음으로 제출했고, 당연히 1차 서류심사도 통과하지 못했다.

"큰 기대는 안 했지만 이건 심각한데, 면접도 못해 보고 그냥 떨어져 버리다니. 이렇게 되면 어떻게 해야 하지? 이럴 줄 알았으면 처음 입학해서 시간이 있을 때 정신 차리고 스펙을 쌓아둘 걸."

하지만 후회해 봐야 소용없는 일. 이제 와서 후회해서 뭐하리. 나는 바보가 되어 버린 걸.

진짜 바보가 된 것 같았다. 멍하니 집에서 천장만 쳐다보다가 TV를 보고 스마트폰으로 인터넷 방송을 보는 생활만 반복하며 몇 달을 허송세월을 보냈다.

그러다 내 인생이 다시 두려워지기 시작했다. 이런 식으로 보내는 것은 아무 도움이 되지 않는다. 무슨 일이든지 찾아서 해 보는 것이 더 좋을 터였다. 일단 가까운 곳에서 아르바이트 같은 것이라도 찾아보려 했다. 그런데 편의점이나 식당은 기계가 사람을 거의 대체하게 되어서 아르바이트 자리가 잘 나오지 않았고, 택배나 운송일도 로봇이나 드론을 사용하면서 일자리를 구하기 힘들었다. 그렇게 계속 노력하던 중 다행히 아직 드론이 택배를 다 수송할 정도로 드론이 널리 사용되지 않은 덕분인지 택배 운송기사 자리 하나가 들어왔다. 흔쾌히 그 일을 나는 승낙했다.

"내가 원하던 일은 아니지만 지금 하고 있는 일도 없잖아. 집에서 놀고만 있는 것보다는 이게 나은 거야. 혹시 알아 이 일을 하고 나면 작아 보이던 느티나무가 다시 커 보일지."

그렇게 자기 위안이 되는 말을 하며 택배기사 일을 시작했다. 물건을 제 시간에 배달하는 것은 여간 힘든 일이 아니었다. 조금만 늦어도 주문자들의 불만이 섞인 전화가 회사로 날아 들어왔고, 당연히 그 책임은 나에게 돌아왔다.

"아니, 거 사람들 너무하네. 그 물건 잠깐 늦게 오는 게 그렇게 문젠가? 그거 늦게 온다고 별로 문제가 생기는 것도 아닌 데 왜 그런데. 진짜 사람들 너무하지 않아?"

오랜만에 친구랑 마주앉아 술 한 잔을 하며 내 속의 응어리를 풀어 내고 있는 데 문자 하나가 왔다.

"죄송합니다. 문제가 생겨 주문하신 물건이 하루 늦게 도착하겠습니다."

"아니, 오늘까지는 배송 완료 된다면서! 이런 식으로 일처리 해도 되냐?"

"너 방금까지 뭐라고 했더라?"

친구가 한심하다는 듯한 눈으로 나를 쳐다봤다.

"알았어. 미안해. 잘못했어."

"나도 결국 똑같았네. 참 이기적인 사람이네. 내가 하면 로맨스고 남이 하면 불륜이라더니 딱 그거네."

그 일이 있은 뒤 손님들의 불평에도 별 서운한 마음이 들지 않았다. 내가 물건을 빨리 손으로 만져 보고 싶어 했던 것처럼 다른 사람도 마찬가지라 생각하니 마음이 편해졌다. 다른 좋은 점도 있었다. 어렸을 때 여행 예능 프로그램을 즐겁게 봤다. 지금도 재미있게 보고 있는 그 프로그램에서 여러 곳을 갔던 것처럼 나도 여러 곳을 둘러볼 수 있게 되었다.

특히 고등학교에 다닐 때는 좁은 공간에서 공부만 하거나 집에서 쉴 때도 방 안에만 있었다. 멀리 여행을 가려고 해도 시간이 잘 나지 않았다. 평일에는 학교에 하루 종일 갇혀 있고 주말에는 매일 학원이나 과외가 있어 시간을 따로 내서 멀리 나갈 수 없었다. 그러다 보니 사람 마음도 자꾸 좁아지고 신경질적으로 변해 갔다. 사람이 날카로워지다 보니 친구들과도 꽤나 다툼이 있었다. 지금 생각해 보면 친구들한테 참 미안하기는 하다. 내가 성적이 안 나온 것인데 그 화를 밖으로 표출하다 보니 그 불똥이 친구들한테도 튀었기 때문이다. 친구들도 자기 나름대로 힘들고 괴로웠을 텐데 배려해 주지 못했었다. 그런데 먼 곳을 돌아다니고 차를 달리면서 높은 산이나 넓은 강도 보다 보니 사람의 마음이 넓어지는 것 같다. 예전에는 불쑥불쑥 짜증이 쉽게 났는데 요즘은 웬만한 일은 웃어 넘길 수 있게 된 것 같다.

그렇게 택배기사 일을 계속하다가 문득 나의 꿈에 대한 생각이 들었다. 그런 생각이 들게 된 가장 큰 이유는 아마도 며칠 전 고등학교 친구들과의 동창회였을 것이다.

"야, 너는 요즘 무슨 일 하냐?"

친구 하나가 질문해 왔다.

"어, 그냥 뭐 아르바이트하면서 그럭저럭 살고 있는데. 그러는 너는 뭐하면서 사는데?"

"나? 얼마 전에 유럽 여행 다녀왔지. 작년에는 3개월 동안 아프리카 여행 다녀왔지. 그리고 재작년에는 남아메리카 여행 다녀왔고."

"너 젊은 애가 무슨 여행을 그렇게 자주 다녀? 너 돈은 있어? 설마 빚 내가면서 여행 다니는 건 아니지?"

"얘 왜 이래. 나 여행 작가잖아. 너 책 안 읽니? 최근에 나 '아프리카의 유리'라고 새로운 책 하나 출판했는데, 본 적 없어? 나름 베스트셀러까지 갔었는데. 아니면 '내가 걷는 이유'라고 남아메리카 여행할 때 겪은 일을 메인 스토리로 하는 책도 있는데 못 들어봤어?"

"미안, 내가 요즘 정신없이 살아서 책을 못 읽었어. 그리고 사람들하고도 최근에 교류를 잘 안 하고 살아서."

그렇게 이야기하고 있는데 다른 친구 하나가 말을 걸어왔다.

"와 우리 이렇게 만나는 거 오랜만이네. 거의 8년 만에 보는 거지? 너희 요즘 어떻게 지내냐?"

친구에게 우리가 아까까지 했던 이야기를 다시 들려 주었다. 이야기를 다 듣고 나서 친구가 웃으면서 다시 말을 걸어왔다.

"오, '아프리카의 유리'가 현우 네가 쓴 책이었구나. 작가 이름이 네 이름이기에 네가 쓴 책일 거라고 생각했었는데 역시 너 맞았구나. 나도 읽어 봤어. 특히 사하라 사막에서 하루 동안 명상하면서 스스로의 삶에 대해 성찰하면서 든 생각들에 대한 부분이 많이 인상 깊었어."

“오, 고마워. 책 열심히 읽었구나. 그런데 너는 요즘 뭐하고 지내냐? 너 그림 잘 그렸었잖아.”

“혹시 너희 이 게임 좋아하니?”

휴대폰으로 모바일 게임 하나를 보여 주면서 말을 했다. 게임을 보니 나도 최근에 꽤나 즐겨하고 있는 게임이었다.

현우가 게임을 보더니 대화를 이어나갔다.

“이 게임 잘 알지. 게임 자체도 재미있긴 한데 캐릭터 일러스트가 좋아서 특히 일러스트로 유명하잖아. 나도 하고 있어. 책 쓰면서 가끔씩 하거나 여행 다니면서 심심할 때 해.”

“사실 말이지, 내가 이 게임 메인 일러스트레이터다 이 말이야. 공모전 열린 데서 1등 해서 일러스트레이터가 됐는데 반응이 좋더라고.”

성공한 친구들의 모습을 보니 도저히 그 자리에 있을 수 없어서 밖으로 나와 집으로 갔다. 친구들은 다들 저마다의 꿈으로 잘 나아가고 있는데 나 혼자서만 뒤처져 있는 느낌이었다. 아니, 느낌이 아니라 현실이었다. 분명 지금 하고 있는 일도 의미 있는 일임은 분명하다. 그러나 내가 처음에 꿈꾸던 일은 아니다. ‘원고지’라는 희곡에 나오는 교수처럼 현실의 일에 시달리며 살고 있지는 않지만 교수가 자신의 젊은 날의 이상이었던 ‘천사’를 잃어 버린 것처럼 나도 나의 이상을 잃어 버린 채로 살고 있었다.

그 일이 있은 후로 혼자 오랫동안 생각해 보았다.

“과연 내가 지금 할 수 있는 게 뭘까? PD가 되기에는 준비시간이 많이 필요하고 최근 그쪽 관련해서는 별로 공부를 하지 않았던 터라 PD가 되기 위한 언론고시를 보기에는 무리가 있어. 그렇다면 다른 방법으로 뭐가 있을까?"

그러던 차에 컴퓨터가 눈에 들어왔다. 머리도 복잡해지고 있었기에 평소 좋아하던 인터넷 방송을 보기 위해 컴퓨터 전원을 켜던 중 생각이 하나 들었다.

"인터넷 방송이라면 나도 지금 가능하지 않을까? 돈 많이 버는 건 기대 못 하겠지만 내 목표는 돈이 아니니까 괜찮을 거야. 일단 돈이 많지는 않으니까 집에 있는 컴퓨터를 팔고 그 돈이랑 통장에 있는 돈 약간이랑 합쳐서 방송용으로 괜찮은 컴퓨터 중에 싼 편으로 컴퓨터를 사야지. 방송 시작한다고 해서 지금 하던 일을 그만두기에는 아무래도 리스크가 있지. 일단 시간 날 때에만 방송을 해야겠다."

그렇게 컴퓨터를 하나 장만해서 방송을 시작했다. 어렸을 때부터 사람들한테 이야기하던 것을 워낙 좋아하던 지라 방송하는 것은 재미있었다. 물론, 댓글에 내 방송을 비난하거나 욕설을 하는 경우도 상당히 있었기에 그런 것들을 볼 때는 마음이 아팠다. 방송을 그만두고 싶기도 했지만 방송하는 것이 오랜 꿈이었던지라 마음을 다잡아먹고 이겨 냈다. 그리고 비난이나 욕설들 사이를 잘 찾아보면 뼈 있는 비판도 숨어 있었다. 엄연히 비판과 비난은 다르기에 그런 비판들은 나에게 큰 도움이 되었다.

"내가 비판을 이렇게 받아들이다니, 참 별일이네. 옛날 같으면 꿈도 못 꿨을 일인데."

예전의 나는 날카로웠던 만큼 남이 내가 하는 일에 대해 이런저런 말을 해주는 것을 그렇게 좋아하지 않았다. 다른 사람들의 조언을 듣더라도 조언대로 잘 행동하지 않는 경우가 많았다. 그런데 택배 아르바이트를 하면서 마음이 넓어지다 보니 이런저런 조언을 귀담아들을 수 있게 되었다.

그렇게 방송과 아르바이트를 하면서 몇 개월이 지나갔다. 아르바이트는 아직도 잘하고 있고, 방송은 당연히 아직 큰 규모가 아니고 시청자도 많으면 백여 명 정도지만 나름의 보람은 있다. 다른 사람들이 내 방송을 보면서 즐거운 시간을 보내는 것이 내가 PD가 되고 싶었던 이유였다. 물론, 남녀노소 온 가족이 둘러앉아 볼 수 있는 프로그램을 만들기에는 텔레비전이 아닌 인터넷 방송으로는 조금 무리가 있지만 그래도 사람들이 방송을 보면서 즐거워하고 있기에 행복했다. 방송은 여러 조언들을 들으며 문제점을 개선해 나가다 보니 더욱 좋아지고 있었다. 그때 어떤 생각이 하나 들어서 스스로에게 질문을 던져 보았다.

"과연 내가 대학을 졸업하고 실패하지 않고 바로 PD가 되는 데 성공했다면 지금처럼 될 수 있었을까? 아마도 다른 사람의 말을 잘 듣지 않고 내 의견만 고집하지 않았을까? 아마도 PD가 되기는 했겠지만 다른 사람들한테 평가가 나빴겠지. 그리고 좋은 프로그램도 만들 수 없었겠지. 방송이라는 건 원래 혼자 만드는 게 아니라 여러 사람들의 의견을 듣고 그렇게 나온 의견 중 가장 좋은 부분들을 절충해서 만드는 것인데 그때의 나였다면 내 의견만 고집하고 내 의견이 받아들여지지 않으면 짜증스러운 얼굴이었겠지. 물론 이렇게 한 번 실패해야 한다는 말은 아니지만 나한테는 어쩌면 이렇게 한 번 실패하고 다시 시작한 게 꼭 나빴다고 말할 수는 없을 것 같네. 오히려 이런 실패가 있어서 나를 다시 돌아보고 새롭게 나아갈 수 있었던 것 같아."

나는 지금 내 원래 꿈인 PD가 되는 것에는 실패했다. 하지만 나는 지금의 나에서 또 다른 행복을 찾았다. 원래의 꿈을 이루기 위해서도 앞으로 계속 노력해 나갈 것이다. 힘든 일이 있어도 나는 앞으로 나아갈 것이다. 또 넘어지더라도 저번에 실패했을 때처럼 다시 박차고 일어설 테니까.

어쩌다 여행

시계가 밤 12시를 가리키고 있었다. 오늘도 야근하고 집으로 돌아오니 이렇게 시간이 늦어 버렸다. 대학 졸업 후 무작정 취직해서 돈 벌어 보겠다고 서울로 올라왔는데 역시 쉽지 않다. 3달 정도는 수도권에 사는 친구 집에 얹혀서 취직자리를 알아보느라 그냥 보내 버렸고 그 후 아르바이트를 전전하다가 간신히 직장을 구했는데 친구가 결혼을 하는 바람에 친구 집에서는 더 이상 지낼 수 없게 되었다. 그래서 최대한 직장 근처에서 괜찮은 집으로 찾아봤는데 역시나 그런 집이 있을 리가. 사실 혼자 지내기에 적당한 집은 몇 군데 있긴 했는데 내 통장 잔고 사정에는 무리였다.

어쩔 수 없이 직장에서는 조금 떨어진 곳에서 지낼 만한 집을 찾았는데 그렇게 눈을 낮춰서 집을 찾아봐도 월세로 살더라도 아파트는 무리였다. 그렇게 고생고생해서 간신히 반지하 집을 하나 찾아냈다. 지금 살고 있는 곳이 그 반지하인데 더 찾아볼까 하는 생각도 없진 않았지만 집을 찾아다니는 동안 너무 지치기도 했고 시간을 지체하다가는 그 집마저도 금방 나갈 것이라는 말에 빨리 계약했다. 불행인지 다행인지 회사에서 거의 매일 야근 하는 덕분에 낮에 빛이 잘 들어오지 않는 것이 평일에는 별로 불편하지는 않다. 다만 주말에 집에서 쉬는 동안에는 빛이 들어오지 않는 불편함이 피부에 와 닿았다. 낮에도 전등을 켜지 않으면 어두운 것이 영 마음에 들지 않는다. 그러다 보니 주말에는 자주 밖에 나가게 되었다.

"내일은 출근 안 하는 일요일이니까 간만에 쉴 수 있겠네. 내일은 뭐 할까? 오랜만에 공원에 가서 책이나 읽을까? 바쁘니 뭐니 해서 요즘 통 책을 읽지 않았으니까 책 읽는 게 좋겠네."

혼자 살다 보니 혼잣말하는 습관이 생겨 버렸다. 잠자리에서 혼자 중얼중얼 거리다가 잠이 들었다. 달콤하게 자고 있던 중 한 줄기 햇살이 내 눈에 비쳐서 잠에서 깨어났다. 눈을 비비고 일어나서 휴대폰으로 시간을 보니 8시를 가리키고 있었다.

"음, 오늘은 웬일로 아침에 해가 잘 들어오네. 어쨌든 아! 잘 잤다. 그럼 어제 아니, 오늘 새벽에 생각했던 대로 공원에 나가서 책이나 읽어 볼까?"

몇 개월 전에 네이버에 스포츠 뉴스를 보려고 들어갔다가 베스트셀러라고 책들이 나와 있기에 신기해서 검색하다가 사게 된 '아프리카의 유리'라는 책을 집어 들었다. 베스트셀러라서 산 것도 있지만 최근 몇 년 동안 해외여행은커녕 당일치기로도 여행을 간 적이 없었기에 여행가는 기분이라도 내보고 싶어서 이 책을 샀다.

책을 펼쳐 드니 '이 글을 쓰게 된 이유'라는 부분이 바로 눈에 들어왔다. '현우'라는 이름의 작가가 아프리카를 여행하면서 본 풍경과 그 풍경들을 보고 느낀 생각들이 이 책에 담겨 있다는 말이었다. 책을 계속 읽어 나가다 보니 시계가 2시를 가리키고 있었다. 시간을 보니 갑자기 배가 고파졌다.

"벌써 점심 먹을 때가 되었네. 그러고 보니 귀찮아서 아침도 안 먹었지. 그런데 내가 신용카드를 들고 왔던가?"

지갑을 열어 보니 신용카드는 어제 장을 보는 데 쓴 뒤 지갑에 넣지 않고 집에 와서 탁자에 놓아 둔 바람에 지갑 안에는 없었다. 교통카드도 쓰기에는 무리가 있었다. 왜냐하면 아까 공원에 나온다고 버스를 탄다고 교통카드를 사용하자

"다음 승차 시 충전이 필요합니다."

라는 따뜻한 소리가 들려 왔기 때문이다. 최근 거의 카드만 사용하고 현금을 사용하지 않은 탓인지 지갑을 뒤져보자 돌아갈 차비를 제외하니 2000원 정도가 남았다.

"어떡하지. 은행에 가서 새로 돈을 뽑아 올까? 귀찮은데."

그렇게 혼자 계속 중얼거리고 있으니 사람들이 이상한 사람을 보는 시선으로 쳐다보는 것이 느껴졌다. 역시 사람은 사람하고 대화를 해야 하는 모양이다. 어떤 사람이 계속 혼자 이야기한다고 생각하니 역시 내가 생각해 봐도 평범하다는 느낌은 들지 않았다.

"몰라, 그냥 대충 때우지 뭐."

편의점에 가서 삼각김밥 하나와 물 하나를 사서 대충 때우고 나서 다시 공원에 가서 책을 읽을까라는 생각이 들었지만 왠지 다시 그 공원으로 돌아가고 싶지는 않았다. 오랜만에 책을 읽다 보니 계속 조용히 책을 읽고 싶은 느낌이 들어서 도서관으로 가고 싶은 생각이 들었다. 도서관에 가려면 버스를 타야 되기 때문에 귀찮기는 하지만 은행에 가서 교통카드를 충전하고 은행에 간 김에 또 지갑에 돈이 없을 때를 대비해서 몇 만 원을 인출한 뒤에 버스를 타고 도서관으로 향했다. 도서관에 도착한 뒤 다시 책을 펼치고 읽기

시작했다. 책을 읽던 중에 작가가 왜 책 제목을 '아프리카의 유리'라고 지었는지에 대해서도 알게 되었다.

"음, 아프리카 여행 중 사하라 사막에서 있었던 일 때문에 책 제목을 이렇게 지었구나."

물론 지금 이 말은 마음속으로 했다. 아무튼 작가가 왜 제목을 '아프리카의 유리'라고 지었는지를 더 자세히 설명하면 대략 이러하다. 작가는 사하라 사막을 여행하던 중 스스로를 되돌아보고 고통을 이겨 내보기 위해서 사막 한복판에서 명상을 했다. 명상을 하며 작가는 스스로가 모래알이 되어 녹아내리는 것 같은 느낌을 받았다. 그리고 낮 동안의 고통스러운 더위가 끝나자 매서운 추위가 사막에 찾아왔다. 그 후 추위를 견디며 자기 위해 텐트를 치던 중 하늘을 올려다보았던 작가는 하늘에서 아름다운 유리구슬들을 보았다.
하늘의 별들은 마치 사막의 모래가 녹아 유리가 된 후 하늘로 올라가 밤하늘 속에서 빛나는 유리구슬이 된 느낌을 주었고 작가 자신 또한 그 일부가 된 것 같은 느낌을 받았다. 그 경험이 너무나도 인상 깊었기에 그때의 하늘을 찍은 사진과 함께 책의 제목을 '아프리카의 유리'라고 지었다는 것이다. 작가가 겪었던 일화는 상당히 인상 깊었다. 그런데 나는 그 다음 말에 더 눈길이 갔다. 사진으로 찍은 밤하늘도 아름답지만 자신의 눈에 새겨진 직접 보았던 하늘이 훨씬 더 아름다웠다는 것이다.

책을 다 읽고 나서 집으로 돌아오는 버스에서 혼자 곰곰이 생각하며 내가 지금 하고 싶은 일이 무엇인지에 대해서 계속 곱씹어 생각해 보았다. 일에 치여 생각하는 것조차 자주 잊고 살았던지라 많은 생각들이 밀려왔다. 집에 돌아오니 시계는 9시를 가리키고 있었고 배고픔이 몰려왔다. 샤워를 먼저 하고 난 뒤 내일 출근해야 되기 때문에 무알콜 소주를 한 병 깐 뒤 라면을 하나 끓여 안주 삼아 먹으며 예능 프로그램을 봤다.

없는 주머니 사정이라 텔레비전은 없지만 유튜브로 좋아하던 예능 프로그램을 다시 볼 수 있어서 거의 항상 밥 먹을 때마다 휴대폰으로 텔레비전을 보고 있다. 지금 보는 프로그램은 내가 어릴 때 좋아하던 프로그램으로 10년도 더 된 것이지만 나에게는 여전히 재미있었다. 그렇게 방송을 보던 중 무알콜이지만 술기운이 올라와서인지 아니면 오늘 하루 종일 여행과 관련된 것들을 보아와서인지는 몰라도 문득 나도 여행을 떠나고 싶다는 생각이 들었다.

오늘 읽었던 책의 작가에 대해서 인터넷에서 찾아보니 나와 나이가 비슷했다. 비슷한 나이에도 불구하고 자신의 꿈을 위해 열심히 여행을 다니며 책을 쓰는 것을 보니 스스로가 부끄러워지면서도 부러운 마음이 들었다. 작가가 관련된 기사에 대해서 추가로 찾아보자 작가 했던 말 하나를 찾을 수 있었다.

"저도 여러분들처럼 돈이 많지 않았습니다. 처음 여행을 떠날 때는 몇 달 동안 아르바이트를 해서 모은 돈으로 시작했습니다. 돈이 부족해지면 여행을 하다가 그곳에서 일을 해서 추가로 돈을 벌어서 여비를 모아 다시 여행을 떠나곤 했습니다. 여행을 떠나는 것에 있어서 돈은 별로 중요한 것이 아닙니다. 물론 제가 했던 여행이 호화로운 여행이었던 것은 절대 아니었습니다. 오히려 최대한 여행 경비를 아끼고 호텔이 아니라 게스트하우스에서 잠을 자거나 야영을 하며 여행했습니다. 하지만 여러분, 그런 여행 속에서만 볼 수 있는 숨어 있는 것들이 있는 법입니다. 그리고 돈이나 다른 이유로 주저하며 아무것도 하지 않는 것보다는 자신의 능력 안에서 가능한 것부터 시작해 보는 것이 중요하다고 저는 생각합니다. 돈은 그 후의 문제입니다. 제가 처음 책을 쓸 때 주변에서 글을 잘 쓴다는 소리를 많이 듣곤 했지만 이렇게 인기가 많아질 것이라고는 생각하지 않았습니다. 그저 제가 여행하면서 좋았던 것들을 다른 사람들도 알았으면 하는 마음에 글을 썼고 그런 솔직한 것들이 잘 전달되어서 지금 이런 위치까지 올 수 있게 되었다고 생각합니다. 제가 마지막으로 여러분께 하고 싶은 말이 있다면 여러분! 하고 싶은 것이 있다면 금전적인 고민을 하지 마시고 도전해 보십시오. 그렇게 계속하다 보면 보람도 얻고 자기가 꿈꿔 오던 곳에서 성공할 수 있을 것입니다."

이 말을 다 읽고 나자 무언가 가슴 속에서 끓어오르는 것 같은 느낌이 들었다. 나도 여행을 떠나 내 자신을 찾아보고 싶은 마음을 참을 수 없게 되어버렸다. 그래서 일단 나한테 돈이 얼마나 있는가를 알아보기 위해서 통장 잔고부터 보았다. 회사에서 일한 지가 1년 정도 되었기에 돈이 꽤 모였을 줄 알았는데 월세 내고 생활비로 쓰고 해서 그런지 비상금을 제외하니까 500만 원 정도밖에 없었다. 해외여행을 다녀오려면 비행기 값으로만 돈이 들더라도 한 번 다녀오기에도 꽤 빠듯한 예산이었다. 그러다가 좋은 생각이 하나 들었다.

"굳이 나도 해외여행을 갈 필요가 있을까? 나는 그 작가가 아니잖아. 해외여행도 가면 좋겠지만 우리나라에도 볼 장소들은 많고 그러다가 또 기회가 되면 해외에 가면 되지."

그렇게 생각을 하고 나서 여행지를 물색해 보기 시작했다. 어떤 여행으로 하면 좋을까 하고 생각하다가 머리가 복잡해져서 다시 휴대폰으로 예능을 보았다. 텔레비전을 보며 머리를 식히던 중 보던 프로그램 덕분에 좋은 생각이 하나 떠오르게 되었다. 그 프로그램에서 과거 우리나라 국도 투어를 한 적이 있었는데 그때 그 프로그램에서는 제주도 국도 여행을 갔었다. 그런데 당시 여행하게 될 국도 후보로는 총 5개가 있었고 제주도는 그중 하나였다. 다른 도로들은 하나같이 제주도보다 길이도 더 길었고 다 내륙에 있으므로 제주도에 가는 것과 달리 따로 배를 타거나 비행기를 타는 데 돈을 쓸 필요가 없었다.

그렇게 나는 국도 여행을 여행의 메인 테마로 잡았다. 여러 국도 여행지 중에서 고민하다가 맨 처음으로 선택한 곳은 바로 7번 국도였다. 7번 국도는 총 길이가 513.4km가 되는 긴 거리기에 처음부터 끝까지 걸어가기에는 무리라는 생각이 들었다. 그래서 나는 자동차를 가지고 있지 않은 관계로 일단 렌트카 한 대를 빌렸다. 처음부터 사표를 내고 회사를 나올 수는 없으니 월차와 연차를 끌어 모아서 휴가를 내고 여행을 떠날 준비를 모두 마쳤다.

그냥 여행만 하는 것은 별로다 싶어서 나도 책을 한 번 써 볼까 생각했다가 내가 글 솜씨가 좋지 않다는 것이 떠올라 책을 쓰는 것은 포기하고 내가 방송을 보는 것을 좋아한다는 것이 떠올라 내가 여행하는 과정을 촬영해보기로 결정했다.

시작점은 강원도로 결정했다. 강원도에서 출발하여 울진까지 가는 길을 촬영하고 잠은 차에서 자는 것으로 계획하여 최대한 경비를 아끼는 쪽으로 여행 계획을 세웠다. 처음에는 출발하면서 별 생각이 들지 않았다. 오히려 몇 년 동안 여행을 다니지 않아서 그런지 어색했다. 내가 지금 이러고 있어도 괜찮은 것인지 무언가 일하고 있어야 할 것 같은 느낌이 들었다. 그래도 다행히 고속도로가 아니라 국도 여행이라서 어색함은 없었다. 부산의 풍경이 서울과 다르기는 하지만 그래도 고속도로처럼 차만 달리는 것이 아니라 주변에 가게도 보이고 사람들 지나가는 것도 보여서 혼자 운전하고 있어도 덜 심심했다.

강원도에서 차를 달려 부산에 도착한 후 주변에 괜찮은 곳을 찾아보니 전포카페거리가 있어 차 한 잔을 하며 잠시 쉬었다. 카페에 자주 가지 않아 어색하면서 다른 사람들이 자연스레 차 마시는 모습을 보자 내가 현실에서 너무 동떨어져 사는 것은 아닌가 하는 생각도 들었다. 차를 다 마시고 울진에 마침내 도착했다. 여행을 떠나면서 가장 가 보고 싶은 곳으로 정했던 곳이 한 군데 있어서 그곳에 내려서 잠시 촬영을 하면서 쉬기로 했다.

가 보고 싶었던 곳은 '망양정'으로 학창 시절 '송강 정철'의 '관동별곡'을 국어 시간에 배웠는데 관동별곡을 배울 당시 정철이 망양정의 아름다운 경치를 고래에 비유한 것이 매우 인상 깊었다. 그런데 마침 내가 가는 경로에 포함되어 있기에 특히 들러보고 싶다는 생각이 강하게 들어 잠시 들르게 되었다. 원래는 자동차에서 자려고 했는데 하루 종일 혼자 운전하다 보니 온몸이 뻐근해져서 편안하게 자고 싶다는 생각이 들었다. 그래서 망양정 근처 민박집에서 방을 하나 얻어 자고 가기로 결정했다. 방을 하나 빌린 후 망양정으로 가서 촬영을 하고 경치를 구경했다. 경치는 훌륭했지만 너무 지쳐서인지 정철이 느낀 것 같은 깊은 감동은 느끼지 못했다. 그렇게 촬영을 다하고 나서 방으로 돌아와서 소주 한 병을 마시고 잤다.

여행을 다녀온 후 내 삶에 대해 다시 생각해 보게 되었다.
'어쩌다가 여행을 하면서도 마음이 별로 신나지 않게 되어 버렸을까?'

어쩌면 같이 여행 갈 친구가 없어서였는지도 모르겠다. 대학생일 때는 그래도 친구들과 함께 돈을 모아서 해외나 제주도 같은 곳으로 배낭여행을 떠나곤 했다. 젊은 혈기에서였는지는 몰라도 그 당시에는 하루 종일 걷거나 자전거를 타고 다녀도 딱히 힘들다는 느낌을 받지 못했는데 지금은 아니다. 어쩌면 사회생활을 하면서 너무 삭아버린 것은 아닐까 하는 생각도 든다. 새로운 것을 찾기 위해 도전 해 봤는데 좋은 경험이었는지 사실 나는 잘 모르겠다. 평소랑 다른 일탈을 누렸기는 했는데 여행 도중 점점 더 쓸쓸해지는 것 같기도 했다. 괜히 옛날 생각나기도 했다.

3주 후

영상도 편집해서 유튜브에 올렸고 휴가 기간이 끝나 회사일로도 다시 돌아왔다. 처음에는 나도 영상 찍고 여행 다니는 일을 하면 잘 할 수 있겠다는 생각이 들었는데 생각만큼 잘 된 것 같지는 않다. 그러던 중 친구 한 명한테서 연락이 왔다. 자기가 밥 한 끼 살 테니 얼굴 한번 보자는 이야기였다. 나도 여행하면서 워낙 친구들이 그리워졌기에 흔쾌히 만나기로 했다. 친구를 만나서 식사를 주문하고 서로 안부를 묻다가 친구가 말 한마디를 꺼냈다.

"너 혹시 보험 필요하지 않니? 이게 말이야 되게 상품이 좋은 거야. 하나 하지 않을래?"

오랜만에 보자는 이유가 이런 이유였다는 것에 대해서 씁쓸하기도 했지만 그보다는 반가움이 더 커서였는지는 몰라도 친구의 이야기를 듣다가 친구를 돕자는 생각에 보험에 가입하기로 했다. 그렇게 대충 계약이 끝나고 내 여행 영상을 보여준 뒤 밥을 먹다가 친구가 다시 말을 걸어왔다.

"그런데 너 그러고 보니 결혼은 했냐? 아니면 애인이라도 있어?"
"결혼 안 했고 애인도 없어. 연애고 뭐고 정신없이 살다 보니 시간은 흐르고 몇 년은 금방 지나가더라고. 또 돈도 없어. 연애든 결혼이든 돈이 있어야 하지."

"그래? 네 영상을 보고 나니까 왠지 부럽고. 나도 저렇게 일상에서 벗어나고 싶다는, 뭐 그런 생각이 들더라고. 근데 나는 안 되겠더라고. 애가 이제 3살인데 벌써 돈이 꽤 많이 들어. 학교 보낼 때까지는 돈 많이 벌어놔야 될 텐데. 그 생각하니까 못 하겠더라고. 나는 못하지만 너라도 자유롭게 살았으면 좋겠네."

그 후 몇 마디 이야기를 더 나누다가 친구와 헤어지고 돌아가는 길에 다시 어떡할까 하는 생각이 들었다. 다른 사람 말 몇 마디에 동요하는 내가 참 귀가 얇다고도 생각했다. 그렇지만 어쩌면 진짜 이대로 포기했다가는 그냥 일만 하다가 끝날 것 같다는 생각이 들었다. 이번에는 뒤로 물러날 곳을 만들지 말자는 생각이 들었다.

"그래, 이번에는 진짜 제대로 해 보자고. 돈 없으면 현지에서 뭐든 해서 돈 벌든지 해서라도 제대로 한 번 해보는 거야."

나는 회사에 사표를 냈다. 다들 갑자기 왜 이러냐는 반응이었다. 뭐, 나조차도 솔직히 사표를 내고 나서 몇 번이나 다시 죄송하다고 말씀드리고 그만둘까 하는 생각도 했지만 그래도 원래 생각대로 했다.

처음에 여행을 떠날 때 몸이 피곤한 것이 제일 힘들어서 무리하기는 했지만 차에서 제대로 쉬기 위해 모아놓은 돈에 퇴직금하고 이런저런 돈을 모아서 할부로 캠핑카 한 대를 장만했다. 저번 영상에 관해서 말하자면 편집 기술 등에 관해서 좋다는 말은 없었지만 국도 여행에 대한 평가는 그리 나쁘지 않았다. 그래서 이번에도 국도 여행으로 결정했다. 그렇게 출발 준비를 마치면서도 마음이 그리 가볍지는 않았다. 사실 걱정되기도 했다. 그렇지만 이미 결정된 일이고 기왕 이렇게 된 거 즐기기로 했다.

이제부터 차와 함께 우리나라 곳곳을 다니며 새로운 것을 보고 느낄 것이다. 늘 반복하며 사는 기계가 아닌 주체가 되어 새로운 것을 경험하며 새로운 나를 찾을 것이다.

"자, 이제 출발할까?"

에필로그

먼저 수필을 쓰면서 들었던 생각은 내가 좋아하던 프로그램을 만들던 사람의 글을 보면서 내가 단순히 보는 것 뒤에 무슨 일이 벌어지고 있었는지를 보면서 새롭고 재미있었던 반응들을 적었다. 수필을 쓰면서 책을 읽을 당시의 감정을 다시금 되새길 수 있어서 좋았다.

사실 수필보다도 더 인상 깊었던 것은 소설을 썼던 것인데 소설을 쓰면서 처음에는 이런저런 다양한 이야기들을 생각해 봤었다. 가상의 이야기를 크게 한 번 만들어 볼까라는 생각도 들었고 아니면 친구가 겪었던 일을 바탕으로 해서 내 진로와 연결할 생각도 했었다. 그러다보니 내용이 잘 써지지 않았고 다시 쓰기를 반복하게 되었었다. 그러다가 그냥 편안하게 소설에 나를 투영하자는 생각이 들었다.

물론 나 자신을 그대로 투영한 것은 아니었지만 내가 겪었던 일과 꽤 비슷하게 적다 보니 글이 잘 써지기 시작했다. 두 소설 다 나를 반영하기는 했지만 아무래도 나를 더 반영한 것은 '작은 행복' 쪽이었던 것 같다. 내가 미래에 무엇을 할지 잘 갈피가 잡히지 않았을 때를 가정해 봤고 특히 실제로 경험한 것은 아니지만 글을 쓰면서 느낀 것은 내가 무슨 일을 하는지도 중요하지만 그보다 더 중요한 것은 내가 어떤 마음가짐을 하고 있느냐가 더 중요한 것 같다고 생각하게 되었다.

'어쩌다 여행'은 여행 이야기가 더 직접적으로 나오고, 인터넷 방송 등의 이야기도 많이 나오는데 현재 하지 못하거나 호기심 가는 것 위주로 쓴 것 같기도 하다. 이 소설을 쓰게 된 이유 중 하나는 사람들이 판타지 소설도 현실에 없는 상상의 세계라고 여기지만 평상시에 책을 읽고 여기저기 여행을 다니면서 평화롭게 지내는 것도 불가능까지는 아니지만 거의 힘들다고 여기고, 나도 그렇기에 그런 것들을 해 보고 싶은 마음이 되어 이렇게 쓰게 되었다.

단적으로 최근에 나오는 텔레비전 프로그램들을 보고 그런 평화롭고 한가로운 분위기를 연출하는 것들이 많은 것으로 보아 누릴 수는 있지만 바쁜 현실 때문에 그런 것들을 누릴 수 없는 현실을 알 수 있었다. 여기서 나오는 성공한 친구나 주인공도 힘들지만 조금씩 자신의 길을 향해 가거나 계속 방황하면서 자신이 원하는 것을 찾아가는 것 또한 그런 원하는 일을 하면서 살고 싶다는 나의 마음이 반영된 것 같다.

이렇게 그린비 동아리에서 수필, 소설 쓰기를 하면서 평소 내가 해 보고 싶었거나, 힘들었던 점, 나의 미래에 대한 상상을 펼치면서 새로운 느낌을 받고 활력을 얻을 수 있었던 것 같다. 다만 이번에 소설을 쓰면서 진로와 연관을 지으려다 보니 아무래도 수필처럼 되어 버렸고, 또 다섯 페이지 정도 되는 양이라서 써 보고 싶었던 내용들을 다 쓰지 못해서 기회가 된다면 다음에는 더 다양한 내용의 글을 써 보고 싶다.

4
과학의
별을 쏘다
김준혁
장민홍
이진욱

김준혁

– 2학년

1. Hydrogen
2. 편의점 5분 거리
3. 에필로그

Hydrogen

내 나이 27, 이제 막 대학을 졸업한 군대 다녀온 남자다. 전공은 화공. 올해가 몇 년도였지? 아, 2030년이었나? 근래까지 졸업논문을 쓰느라 달력 안 보고 산 지도 오래된 듯하다. 그리고 여자 친구인 소이랑도 시간을 많이 보내지 못해 이번에 완공된 달나라 패키지여행을 다녀오려 한다. 아무래도 우주인데 첫 번째로 바로 가는 건 위험하지 않을까. 아마 다른 이들도 그렇게 생각할 것이다. 그래도 이런 데 즐기러 오는 사람들은 분명 소이처럼 특이한 경험을 즐기는 일종의 마니아 기질이 강한 이들일 것이다.

(전화 벨소리)

“어, 소이야.”

“오빠, 우리 여행가는 거 있잖아.”

“달나라? 왜?”

“그거 너무 기대되지 않아? 우주에서 여행이라니~!”

내심 안 가길 바랐는데. 역시 얘는 유별나긴 한 것 같다.

“아…… 그래. 확실히 색다르긴 하지. 그래도 위험하지 않을까?”

“아니야. 그 유명한 NASA에서 추진하는 거잖아. 안정성 체크도 다 완벽하게 통과했대. 게다가 이번에 첫 번째로 가는 여행객들에게는 무려 80%나 할인해 주잖아. 꿈에 그리던 우주여행. 그것도 민간인 최초로 달 여행! 너무 기대돼!”

“역시 우주항공학과 아니랄까 봐. 엄청 기대하고 있구나. 그래, 그럼 전에 약속했던 공항에서 보자."

"응. 오빠 내일 봐."

안부 인사를 마치고 전화를 끊은 나는 기대 반 걱정 반 잠자리에 들었다.

다음 날 아침. 나는 짐가방을 들쳐 메고 내가 살고 있는 대학가 근처의 오피스텔을 나와 공항으로 향했다. 멀리에서 옆에 캐리어를 둔 채 휴대폰을 바라보고 있는 소이가 보였다. 생각해 보면 그녀를 만난 건 참 행운이 아닐까 하는 생각이 든다. 서울대 우주항공학전공. 늘씬한 몸매에 수려한 외모, 조금 독특한 구석이 있어도 마음만은 정말 착한 여자. 나 같은 녀석에게 어울리는지 스스로도 의구심이 들 정도이다. 잠시 스스로에 대한 자책과 회의로 정신을 팔고 있는 사이. 내 정신을 번쩍 들게 만드는 그녀의 목소리가 들려왔다.

"오빠! 오빠! 뭔 생각하고 있는 거야?"

"아, 아니야. 별거."

"어서 가자, 여기서 미국으로 출발해서 바로 또 우주선 타야 하잖아."

"그래. 그렇지. 가자."

비행기를 타고 미국 NASA 본사로 간 후 우주선에 타기 위해 모두들 모였다. 정말 각양각색의 사람들이 모였다. 마치 대규모 지구촌 프로젝트를 보는 느낌이랄까. 중간중간 한국인들도 심심찮게 볼 수 있었다. 아무튼 요즘은 세상이 좋아져서 다른 나라 사람과도 자동번역기로 통역할 수 있어서 다행이었다. 사실 우주선을 타고 정말 우주로 나가기 위해서는 몇 년 전만 해도 수년간의 훈련이 필요했는데, 최근 신기술이 발명되어 전문적인 훈련을 거치지 않은 일반인조차도 약간의 예비교육이면 얼마든지 우주로 나갈 수 있게 되었다. 얼추 수습을 마칠 즈음, 이번 여행 전문 지도인급 정도로 보이는 한 건장한 백인 남성이 우리들 앞에 멈춰 섰다.

"Hey! Everybody listen to me!"

"응? 뭐지? 아 모르고 자동통역이어폰을 벗어놨네. 이건 너무 오래 끼면 귀가 아프다니깐."

귀에 이어폰을 끼우고는 다시 그 남자의 말에 귀를 기울였다.

"역사상 최초로 민간인 달 탐사 여행에 오신 여러분, 선택받으신 것을 축하드립니다."

선택이라니? 누구나 신청 가능한 것 아니었나?

"오빠! 우리가 선택되었대! 뭔가 대단한 사람이 된 것 같아."

얘는 참 천진난만한 것 같다. 아무튼, 선택이란 것이 무엇일까.

"이번 여행은 사실 특별히 엄선된 고급인력들이 모여 일종의 프로젝트로써 진행되는 여행입니다. 여러분은 각 나라의 최고로 뽑히는 대학 졸업생들로 이 프로젝트는 특별히 젊은 청춘의 상징인 대학생들, 혹은 최근에 졸업한 졸업생들로만 구성되어 있습니다. 이번 여행을 통해 여러분들의 학구적 지식 탐구욕을 더욱 크게 부풀렸으면 합니다."

흐음, 특이하군. 설마 이 정도로 대규모의 집단 우주여행에 처음으로 우리 같은 대학생들을 보내는 것은 아니겠지. 적어도 박사 정도의 학식을 갖춘 사람은 먼저 보내어서 사전에 실험해 보았겠지.

"그렇다고 너무 걱정하실 것은 없습니다. 지금 달에는 우주도시가 거의 설립되어 각 분야의 저명한 교수님들께서 도시를 운영하고 계시며 NASA 관계자들도 상당수 거주 중입니다. 또한 여행의 처음부터 끝까지 여러분들과 함께 저를 포함한 약 100명 정도의 안내자들이 동반할 것이므로 여러분들은 그저 편히 저 광활한 우주를 즐기시면 되겠습니다."

부연 설명을 들으니 조금 안심이 되는 것 같았다. 오기 전에 우주에 대해 최소한의 조사와 공부를 하고 오기는 했지만, 과연 그것이 현실에 들어맞을지는 의문이다.

모두 우주에 가기 전 준비훈련을 받고 우주선에 탑승하기 시작했다. 사람들의 행렬이 줄지어 가고 있었다. 아마 여행 내내 느끼겠지만, 나는 현실감각을 잃어 버린 듯 꿈을 꾸고 있는 것 같았다.

"아, 정말 기대된다, 오빠. 꿈만 같아."

"나도 그래. 소이야 꼭 살아서 보자."

"풋. 겁먹기는. 걱정하지 말라고 했잖아. 우주라니. 달이라니. 정말 믿기지가 않아. 오빠랑 함께 이런 경험 할 수 있어서 정말 좋아. 오빠 같은 남자를 만난 건 정말 행운이라니까."

"아니…… 뭘. 내가 다 황송하구만."

주책맞게 저 혼자 설레어 괜히 부끄러워졌다. 다들 우주선에 탑승하고 카운트다운을 준비하였다.

5 4 3 2 1

발사!

발사명령과 동시에 어마어마한 진동이 느껴졌다. 부웅 떠오르는 느낌이라기보다는 내 몸이 지구 쪽으로 짓눌리는 느낌이었다. 소이의 손을 꼭 붙잡고 무사히 이륙하기를 기도했다. 다행히 우주선 이륙은 잘 완료되었다. 대기권을 벗어나자 우주의 검은 영역과 지구의 푸른 영역이 맞닿은 경계가 보였다. 지구에서 조금 더 벗어나자 광활한 우주를 가득 메운 별들이 가득했다. 소이는 유리창에 달라붙을 기세로 바깥의 우주 풍경을 구경하였다.

"오빠 저것 좀 봐! 오리온자리에서 두 번째로 밝은 베텔게우스야! 지구가 푸르다는 건 누구나 아는 사실이지만, 저렇게 아름다울 줄 상상도 못했어! 우리가 사는 곳에서 이렇게나 멀리 나왔다는 것이 정말 감개무량할 정도야."

하긴, 그렇기는 하다. 군대에서 전역하자마자 영국으로 여행을 갔던 것 이후로 이렇게나 집에서 멀리 나온 적이 없으니 말이다.

달에 착륙한 후 우리는 거대한 통로를 통해 곧장 돔 형태의 도시라 부르기엔 많이 작은 마을 크기의 우주 도시의 입구로 들어갔다. 그곳은 마치 미래의 세상 같았다. 모든 것이 자동화 되어 있었고, 인공조명이 가득하였다. 우리는 인원 점검을 마치고 호텔로 들어가 짐을 풀었다. 소이는 신이 난 채 침대 위에서 방방 뛰었다. 하는 짓이 꼭 아이 같았다.

"아이구, 그렇게 신났어?"

나는 짐들을 한쪽으로 치워 놓으며 말했다.

"당연하지! 달이라고 달! 내가 달 위에서 뛰고 있어! 생각해 보니까 지구에서와 중력이 별반 다르지 않네? 지구의 중력과 유사하게 조정해놓은 걸까?"

"그렇겠지 아마. 이제 우주 탐험을 본격적으로 시작해 볼까. 뭐가 있더라. 음…… 우주복 입고 달 트래킹, 별자리 관측하기, 달 테마 파크…… 정말 재미있겠는데. 할 게 엄청 많아!"

"오~. 오빠 우리 그럼 언제 시작해?"

"음, 여기 안내지에 보면 달의 시간에 맞춰진 특별 시계로 오후 4시부터라는데? 테마 파크 먼저 간대."

우리는 그렇게 테마 파크에 가서 놀이기구를 타고 가장행렬, 콘서트 등을 즐기고 있었다. 그러던 중 지진이 심하게 느껴지더니 도시 전체를 울리는 방송이 들려왔다.

"여러분, 모두 집중해 주십시오. 방금 느끼신 지진은 예상치 못한 소행성 충돌로 인해 발생한 것입니다. 잠시 피해 상황을 확인하는 동안 안전한 곳으로 가 계십시오."

"오빠, 뭐지?"

"그러게, 그래도 우리한테 직접적인 피해가 오지는 않겠지. 만약 그랬다면 소행성을 막을 방법을 미리 찾아놓았을 테니까."

"예상치 못한 충돌이었다며. 큰일인 거 아니야?"

"괜찮을 거야. 그 유명한 NASA가 실수를 할 것 같지는 않은데."

"그럼 다행이지만."

"여러분, 다시 한번 방송하겠습니다. 사실 저희들이 계산한 바, 향후 몇십 년간 달로 향하는 소행성은 없을 것으로 나와서 소행성에 대비하기 위한 시설이 갖춰지지 않은 상태였습니다. 원래 이와 같은 사실은 기밀이나, 이번 사태는 우리 모두의 존폐에 위협이 되므로 여기 계신 모든 전문가들의 도움이 필요합니다. 소행성은 전력 저장 시설에 충돌하였으며 그로 인해 미리 다른 예비 저장소에 저장된 한 달간의 전기를 제외하고는 더 이상 전력을 공급받을 곳이 없습니다. 우주선 또한 전력 시설 근처에서 손상을 입었으므로 한동안은 이륙이 힘들 것 같습니다. 이러한 상황에 놓이게 한 것에 대해 진심으로 사과드리며……."

"뭐라는 거야! 미쳤어?!"

방송이 끝마치기도 전에 욕설 섞인 포효소리가 여기저기에 들려왔다.

"오빠, 어떻게 해! 우리 죽는 거 아니야? 아이, 내가 괜히 오자고 졸라서……!"

"…… 아니야, 소이야 분명…… 해결될 거야. 여긴 모든 전문가들이 모여 있는 곳이잖아?"

"그치만……."

소이는 울음을 터뜨리려고 하는 것 같았다. 이 상황을 받아들이기도 전에 누군가가 내 어깨를 쳐서 나를 불렀다.

"이봐, 자네."

"네?"

"나 좀 따라와 보게."

"오빠! 어디 가!"

"저, 잠깐만 제 여자 친구 좀……."

"안 돼. 자네만 가면 되네."

"그래도……"

남자는 더욱 엄중한 목소리로 말했다.

"두 번 말하지 않겠다. 빨리 따라와."

"소이야, 먼저 호텔로 돌아가 있어."

"아니……."

뒤를 잇는 소이의 말을 채 듣기도 전에 그 남자는 나를 이끌고 수많은 인파를 뚫고 갑자기 어디론가 들어가더니 구석진 곳을 한참 내려갔다. 그리고 우리는 보안설비가 되어 있는 엘리베이터를 타고 더욱 아래로 내려갔다. 그곳은 마치 영화에서 비밀연구소 혹은 특수한 사람들이 모이는 회의실 같았다. 남자가 그곳의 문을 열자 안에는 과학자나 공학자로 보이는 이들이 가득히 있었다. 개중엔 아까 보았던 여행객들도 몇몇 보이는 것 같았다.

"자네가 이곳에 온 이유는 사람들을 구하기 위해서라네."

나를 데리고 온 남자가 내게 말했다. 사람들을 구한다고? 그게 가능한 것인가. 갓 대학을 졸업한 내가? 다른 전문가들도 많이 있으니 다행이지만, 왜 차라리 서울대 졸업인 소이를 두고 나를 데려왔지? 그러고 보니 이 남자…… 낯이 익다. 그래, 지난 번 영국 여행에서…….

"나를 기억하는가? 재환 군."

"아…… 네…… 넵. 저작년 가을쯤 영국에서 뵌 것 같은데요. 성함이 제임스 씨였던 것 같은데."

"정확히 기억하는군. 자네가 고생해 줄 곳은 이쪽이야."

그와 나는 넓은 홀 같은 회의실에 있는 큰 계단을 타고 연구실로 보이는 곳으로 올라갔다.

"그런데 아까 사람들을 구한다고 하셨던 게 이번 사건 말씀이신가요."

연구실에 들어서자마자 나는 물었다.

"물론. 자네는 남은 한 달 동안 전력생산을 위한 이곳 연구 개발팀에서 나와 같이 모두의 생존을 위해 방안을 모색하게 될 걸세."

"그럼 그렇게 중요한 임무인데 왜 저를 부르셨나요? 제 여자 친구는 대한민국에서 가장 뛰어난 학교인 서울대에, 항공우주공학과를 졸업했는데요? 저는 그에 비하면 평범한 학교에서 단순한 화학공학과를 겨우 졸업했을 뿐인 걸요."

"자네는 NASA를 뭐라고 생각하지?"

"네? 무슨 말씀이시죠?"

"우리가 고작 대한민국에서 깨나 잘나간다는 대학이름만으로 인재를 판단한다고 생각하는가? 겨우? 우리는 인재를 찾을 때 그 사람의 주변 것들을 보는 게 아니라 그 사람 자체를 본다네. 뭐, 물론 대부분은 주변 상황과 그 사람의 수준이 거의 동일하지만 자네는 달라."

"저는 예전에 잠시 보았을 뿐인데요."

"자네가 그때 나와 어떻게 만났나?"

"지갑을 잃어 버려서 난감한 상황에 경찰서가 어디 있는지 여쭤보려고 말을 걸었었죠."

"그럼, 내가 그때 뭐라고 했지?"

"무슨 이상한 글이 적힌 종이를 제게 주셨죠. 자기는 도저히 모르겠다고 하시면서요. 일단 급한 상황이지만 자신을 도와주면 경찰서 위치를 알려준다고 하셨기에 그 종이를 자세히 들여다봤어요. 뭔가 암호로 된 수수께끼 같았어요. 잠시 뒤에 저는 그 수수께끼의 답이라고 생각되는 걸 말해드렸고 경찰서 위치를 알게 되어 다행히 지갑을 곧 찾았지요. 설마 그 수수께끼를 풀었다고 해서 이곳에 부르신 건 아니겠죠?"

"그때 내가 준 문제는 그냥 수수께끼가 아니야. 사실 세상에서 푼 사람이 몇 되지 않는 창의력이 필요한 수수께끼 암호였지. 그래, 뭐 나는 그쪽 전문은 아니지만 나뿐만 아니라 NASA 동료들 대부분이 못 풀었다고. 그런데 그

걸 자네는 5분도 안 되어 풀어 버렸지 뭐야."

"그래도 그건 좀 이상한데요."

"그것보다도 그때 이후로 자네에 대해 좀 알아봤지. 어린 시절 각종 수학, 과학 대회 최우수상 싹쓸이에 멘사 회원 자격까지. 멘사뿐만 아니라 머리 꽤 좋다는 사람들이 들어가 있는 곳에는 모두 가입되어 있더군. IQ테스트는 어째선지 한번도 한 적이 없고. 학교 성적을 확인해 보아도 수학, 과학은 모두 거의 100점에 근접. 그렇지만 억지로 배워야 하는 나머지 과목들에 대해서는 흥미를 느끼지 못했는지 거의 두각을 드러내지 못하였지. 대학교마저 수학 논술 시험으로 입학했으니. 공학괴짜 느낌이 안 날래야 안 날 수가 없지."

"고작 그 정도로 이런 생사가 걸린 중대한 사건에 연구원으로서 참여한다는 게 여전히 이해가 되지 않는 걸요."

"뭐, 물론. 자네 정도의 사람이 없는 것은 아니지. 그러나 시기가 시기인 만큼 한 사람이라도 더 필요해."

"흐음…… 알겠습니다. 제가 모든 걸 해야 하는 것도 아니고 저보다 대단하신 분들도 수두룩할테니 별로 부담 가지지 않아도 되겠지요."

"그렇다 하더라도 최선을 다해 주게. 이건 자네의 여자 친구뿐 아니라 모두의 생명이 걸린 문제이니 말일세."

"네, 물론이죠."

화학공학자들과 기계공학자들, 공학자란 공학자들은 모두 한데 모여 한 달 뒤면 동이 날 전기를 생성하기 위한 방안을 모색하기 위해 열띤 토론과 아이디어 제시를 하고 있었다. 나는 나의 상사 격이 된 제임스 씨에게 현재 진행 상황에 대해 물었다.

"현재 어느 정도 진전을 보이고 있나요?"

"사실은 상황이 생각보다 좋게 흘러가고 있어. 지금 가장 대두되고 있는 해결책 중 하나가 태양 에너지로부터 전기를 얻는 거야."

"다행이군요. 제가 도울 건 벼로 없겠는 걸요."

"하지만 아직 확신하기는 일러. 예전에 비해 기술이 많이 발전해서 태양광 에너지의 전력 생산 효율이 많이 증가하기는 했다지만, 여전히 효율이 좋지 못한 건 매한가지야. 아직 확실히 계산된 것은 아니지만 생존에 필요한 산소를 위해 산소발생장치에 공급할 최소 전력을 간신히 충당할 수 있을지 모르겠어."

"그 정도면 충분하겠네요. 걱정할 것 없겠어요."

별안간 고함소리가 들려오며 사람들이 심각한 표정을 띤 채 웅성이기 시작했다.

"뭐라고! 무슨 그런 말도 안 되는 소리가 다 있어?! 최근에 소행성 충돌이 달에 일어나는 어처구니없는 일이 일어난 것도 모자라서 갑작스런 화재로 태양광 에너지 생산관리 시스템이 다 망가졌다니! 연결되어 있던 태양광 솔라 패널들도 불규칙한 고압전류에 모두 고장이 났다는 게 사실이야?! 신이 우리들을 버린 것이 틀림없군."

한 사내가 분노하며 비참한 소식을 전한 관리자에게 쏘아붙였다. 모든 이들은 격양된 상태가 되어 그곳은 흥분의 도가니가 되었다.

"이런 이거 큰일이군."

제임스 씨는 침착하게 상황을 되짚어 보는 듯했다. 나는 갑작스런 모든 상화에 너무 피로해져 그만 쉬러 가겠다고 제임스 씨에게 말했다.

"갑자기 이런 일에 휘말리게 해서 미안하네. 상황이 나쁘지 않아서 불러왔건만 이럴 줄이야. 오늘은 그만 쉬고 머리를 비운 뒤에 내일 다시 보세."

"제임스 씨 탓이 아닌 걸요. 별 도움이 되지 못해 죄송합니다."

나는 그만 호텔로 돌아가기로 했다. 객실로 돌아가 보니 소이가 울고 있었다. 나는 놀라서 처음 본 소이의 우는 모습에 놀라서 곧바로 물었다.

"왜 그래, 소이야? 똑똑한 사람들이 다 방법을 찾고 있어. 괜찮을 거야."

"미안, 오빠. 내가 괜히 이런 데 오자고 해서…… 흑흑……."

"아니야. 네가 잘못한 것은 아무것도 없어. 그저 운이 안 좋았을 뿐이야."

소이를 달래고 나서 옆자리의 침대에 누워 잠을 청했다. 눈을 감고 팔을 그 위에 얹은 채로 오늘 있었던 일을 되새겨 보았다. 참 많은 일들이 하루만에 일어났던 것 같다. 애초에 지구에서 달까지, 아니 집에서 여기까지 오는 것만 해도 상당히 피곤한 일인데 말이다. 너무 피곤한 나머지 소이에게 잘 자란 말도 못하고 잠에 빠지기 시작했다. 내일은 좀 더 희망찬 하루가 되길 바란다.

"오빠…… 오빠!"

소이의 목소리가 나를 깨우고 나는 일어나서 왜 그러냐고 물었다.

"그 사람이 다시 왔어."

"누구?"

거기에 대한 대답도 들을 필요 없이 나는 바로 알아챘다. 문을 두들기며 밖에서 나를 부르는 제임스 씨의 목소리가 들렸기 때문이다.

"재환 군. 어서 나오도록 해. 오늘 아침에 단체 회의가 있다네."

나는 알았다고 말한 뒤 소이에게 키스를 한 후 다녀오겠다는 인사를 한 뒤 문 밖을 나섰다.

"무슨 방법은 알아냈나요?"

"…… 그닥 없는 것 같군. 여러 대체 에너지에 대해서 방안을 논의해보고 있기는 한데. 마땅한 것이 없어."

"흠…… 그렇군요. 저도 뭔가 도울 게 생긴 것 같군요. 대체 에너지라."

우리는 다시 어제 갔던 비밀연구소 같은 곳으로 향했다. 화학연구동으로 들어가니 많은 사람들이 옷을 아무렇게나 입은 채로 열심히 토의를 하고 있었다. 어제의 혼란으로 인해 다들 잠을 제대로 못 잔 것 같다. 옆에서는 남자 둘이 커피를 마시며 이야기를 하고 있었다.

"달이 구체적으로 무엇으로 이루어져 있는지 최근에 밝혀졌다며?"

“그렇지. 지각에 상당한 양의 석고와 적지 않은 백금이 있다던데.”

옆의 말소리를 듣는 동안 내 시야에는 어떤 과학 장치가 보였다. 그리고 그 옆의 물로 가득찬 정수기가 보였다.

“제임스 씨, 저거 혹시 전기 분해 장치 아닌가요?”

“음. 그렇군. 물의 전기 분해 장치인 듯한데. 왜 물었나?” “잠깐만요. 방금 뭐라고 하셨죠?”

나는 방금까지 이야기하고 있던 남자에게 물었다. 남자는 당황한 듯.

“네?”

“방금 달에 뭐가 많다고 하셨죠?”

“석고랑 백금이요. 별 쓸모없는 얘기인데.”

“제임스 씨. 수소 연료 전지와 관련한 의견이 제시된 적 있나요? 혹시나 해서 묻는 말씀인데.”

“생각해 보니 그쪽은 전문가들이 많이 없어서 제대로 된 의견이 나온 적이 없는 것 같군.”

물을 전기분해하면 수소와 산소를 분리해 얻을 수 있다. 이때 전류를 흘려 주어야 하는데, 결국 전기를 써야 하는 것이다. 그러나 이를 역으로 이용한 발전이 있다. 수소 연료 전지다.

“수소 연료 전지에는 수소, 산소, 촉매제가 필요한데. 석고에는 수소가 포함되어 있고 그를 통해 수소를 얻을 수 있으며, 촉매제인 백금 또한 달에서 필요한 만큼 얻을 수 있죠. 아직까지 여분의 산소가 있으므로 산소 또한 문제가 없고요.”

“전기를 생산해도 산소가 부족해지면 위험한데.”

“아니요. 전기를 만들어내기 위해 사용한 산소보다 발전된 전기로 산소 발생 장치를 가동시켜 얻는 산소가 더 많을 것입니다.”

“…… 만약 자네 말이 옳다면, 자네는 우리 모두를 구한 것이 될지도 모르겠군!"

"방금 떠오른 것이라 잘 먹힐지는 모르겠네요."

나의 얘기가 곧 전체 회의에서 발표되었고 문제 해결 가능성을 검사했다. 시뮬레이션을 돌려본 결과 완벽히 가능하다는 결론이 나왔고, 모든 이들이 감탄을 했다. 우레와 같은 박수와 함성 소리가 회의장 전체에 울려 퍼졌다.

"자네가 해냈어!"

"얼떨떨하네요. 정말 우연히 떠올랐을 뿐인데."

물론 내가 이런 해결책을 떠올리게 된 것은 우연도 있겠지만 사실 나는 어릴 적 TV에 나온 "하이드로젠맨"이란 만화영화를 보고 거기에 나오는 주인공처럼 나도 수소 연료 전지 연구원이 되고 싶다고 꿈꾸었었다. 이번 달 여행은 내게 마치 어린 시절로 돌아간 듯한 느낌을 주었다. 설렘과 기대가 가득한. 철없던 어린이의 천진난만한 꿈이 이런 결과를 나을 줄이야.

일은 일사천리로 진행되어 거대 수소 연료 전지가 만들어져 우주 도시의 모든 인원과 시설이 필요로 하는 전력을 생산해냈다. 지구에 있는 NASA와도 교신이 되어 최대한 빨리 지원을 온다고 하였다. 파괴된 시설들도 다시 고칠 수 있게 되었고 걱정했던 산소 문제도 별 탈 없이 해결되었다. 모든 것이 다 순조롭게 흘러갔다. 소이의 얼굴에도 다시 미소가 번졌다. 다시 지구로 돌아온 나는 쉴 시간도 없이 곧바로 수상식에 참가하게 되었다. 한국인 최초로 노벨 화학상을 수상하게 되었다. 화학자로서 최고의 영예로 상징되는 노벨 화학상을 내가 받는다는 것이 믿기지 않을 정도였고 정말로 영광이었다. 그 후에는 기자회견까지 열려 정말 정신이 없었다.

"미안, 소이야. 쉬지도 못하고."

나는 나 때문에 힘든 여행 끝에 집에 돌아가지 못하는 소이에게 미안한 마음이 들었다.

"아니, 아니야! 난 오빠가 너무 자랑스러운 걸. 나는 오빠랑 달라서 체력 좋네요."

"하하……."

뉴스에 이번 사건이 올랐는지 곧바로 부모님께 전화가 왔다.

"여보세요."

"아들아~! 얼마나 걱정했는데~!"

전화를 받자마자 고막이 터질 듯이 큰 말소리에 나는 깜짝 놀랐다. 부모님뿐 아니라 옆에 다른 친척들도 다 있는 것 같았다.

"괜찮아요. 다 해결되어서 이렇게 다시 지구로 왔잖아."

그렇다. 다 끝났다. 더 이상 불안에 떨며 생명의 소중함을 깨닫지 않아도 되는 것이다.

편의점 5분 거리

여주: 송주현 남주: 김건우 친구: 이민우

삑- 삑-

"7,300원입니다. 10,000원 받았습니다."

손님이 건네주는 만 원짜리 지폐를 받아 계산대 속 지폐보관함에 넣고 잔돈을 빼내어 손님에게 거슬러 준다.

"2,700원 거슬러 드렸습니다. 안녕히 가세요."

손님이 문을 열고 나갔다.

"아…… 힘들어…… 벌써 7시 반이네. 손님도 없는 것 같으니까 얼른 폐기 먹어야겠다."

오늘은 라면이다. 평소에는 샌드위치도 있는데 오늘따라 남는 샌드위치가 없다. 그래도 괜찮다. 내가 제일 좋아하는 참깨라면이 남았으니까! 평소에는 잘 안 남는데 오늘은 운이 좋다. 라면에 뜨겁게 데운 물을 붓고 3분 기다린 후 나무젓가락을 뜯어 돌돌 비벼서 라면을 맞이할 채비를 했다. 뚜껑을 여니 아름답게 그지없는 라면의 자태가 구름 같은 김과 함께 나타났다.

"후~, 후~, 후르릅. 후릅. 후릅."

따라랑

손님이 들어왔다.

'손님이다!'

"읍! 큭! 푸흐어! 어서…… 컥…… 오세요……."

"푸훗……."

'나보고 웃은 거겠지? 하아…… 쪽 팔려.'

나는 재빨리 라면을 옆으로 치웠다.

"저기요."

"네?"

나는 놀라 대답하며 손님을 올려다보았다. 팔꿈치 즈음까지 오는 검은색 티에 검은색 모자를 쓰고 있었다.

"말보로요."

"말보로 뭐요?"

"말보로가 말보로지 아님 뭐예요?"

"말보로 종류요?"

"아, 제, 제가 처음 펴봐서 그러는데 뭐뭐 있는데요?"

"이거는 레드고, 이건 미디엄, 옆에 골드, 실버, 블랙/화이트 후레쉬, 하이브리드, 아이스 블라스트, 징 있어요. 뭘로 하실래요?"

"아, 그냥 레드 주세요."

"근데 그 전에 신분증 좀 보여 주세요."

"아, 깜빡하고 집에 두고 왔는데 그냥 주세요."

"성인이셔도. 여기 규칙이라 신분증 없이는 어쩔 수가 없어요."

"아…… 씨……"

"손님?"

"아, 그냥 좀 주면 안 돼요?"

"혹시…… 학생 아니죠?"

"네? 아, 아니에요."

그래 이 얼굴로 학생일 리 없지. 이런 얼굴은 대학생이라도 조금 나이 들어 보이는 얼굴이다.

"사실 저 고등학생인데 장난으로 한번 피워 보고 싶어서 거짓말했어요. 죄송합니다."

"음? 아, 네…… 학생한테는 술, 담배 판매가 불법이라 팔 수 없습니다."

"안녕히 계세요."

따라랑

남학생이 나갔다.

"말도 안 돼. 저게 고등학생이라고? 완전 노안인데? 그나저나 이 시간이면 야자 째고 나왔나 보네. 재 공부 안 하나? 하긴 고3인데 이 시간에 편의점 알바하고 있는 내가 할 소리는 아니지. 하…… 한숨만 나온다."

나는 인근의 관광고등학교에 다니고 있다. 중학교 때 부모님 두 분 모두 돌아가셔서 정말 방황을 많이 했던 것 같다. 공부는 물론이고 다른 것들도 모두 손에 잡히지 않았다. 친구도, 학교도. 그렇게 흘러가는 대로 시간만 죽이다 보니 정원 미달인 학교로 배정되었고 그게 마침 지금 다니는 학교였다. 고등학교 진학 후에도 할 일을 찾지 못해 멍하니 보낸 것 같다. 그래도 친구 관계가 나쁜 편은 아니라 따돌림은 당하지 않았다. 다행이라면 다행이라 할 점이다. 부모님이 돌아가신 후에 할머니 할아버지랑 같이 살고 있지만 집안 사정이 넉넉한 건 아니라 지금처럼 편의점 알바라도 할 수밖에 없다. 학비, 식비 등등 나가는 돈이 꽤 되니까 말이다. 우리 학교 학생들을 괜히 마주치고 싶지 않아서 학교에서 조금 거리가 되는 곳에서 일을 하게 되었다. 7시에 출근해서 12시에 퇴근하는 파트타임 알바다. 요즘은 5시간만 일하는 알바자리를 구하는 게 힘든데 마침 주인분의 사정과 잘 맞아 운이 좋게 일할 수 있게 되었다.

일을 하다가 보니 어느새 시계는 11시를 가리키고 있었고, 나는 시간에 맞춰 온 다음 직원에게 인수인계를 마친 뒤 집으로 향했다. 이제는 익숙해질 법도 한데 아직도 깜깜한 밤길을 걷는 것은 역시 무서웠다.

"아~ 힘들다. 생각해 보니 다른 애들은 하나둘씩 다 남자 친구 만드는데 나는 언제 생기나~? 집에 갈 때 누가 같이 걸어 주기라도 하면 좋겠다."

나는 누가 내 말을 들은 건 아닌지 확인하려고 괜히 몸을 푸는 척 허리를 돌려 주변을 봤다. 그때 내 옆에 있던 골목에서 누가 걸어오는 것이 보였다. 아까 편의점에 왔던 남자애였다. 아까는 앉아 있어서 눈치채지 못했는데 조금 떨어져서 보니 확실히 컸다. 족히 180은 넘어 보였다. 그에가 내가 더 가까이 오기 전에 나는 가던 길을 쭉 그대로 걸어갔다. 그렇게 조금 걷다 보니 그 애가 이제 자기 방향으로 찾아 갔을 법도 한데 계속 뒤에서 발소리가 들려왔다. 슬슬 무서워지기 시작했다.

'나를 쫓아오는 건 아니겠지? 에이, 예쁜 여자면 모를까 나같이 평범한 애한테 볼일이 뭐 있다고. 쓸데없이 피해의식 가지지 말자.'

평정심을 유지하려고 하면서도 발걸음은 나도 모르게 계속 빨라졌다. 그런데도 발걸음 소리는 내게 멀어지기는커녕 점점 가까워지고 있었다. 결국 우리 집에 도착했고 나는 1층 문 앞에 섰다. 내 뒤에 있는 사람이 아까 그 남자애였는지 아님 중간에 다른 사람으로 바뀌었는지 기억도 나지 않지만 아무튼 지금 바로 내 뒤에 있다! 나는 뒤돌아볼 용기가 나지 않아서 그냥 빨리 집에 들어가기로 했다. 빌라 1층 유리문을 밀고 재빨리 계단을 뛰어 올라가 비밀번호를 누르고 집 안으로 들어가 버렸다. 내가 집에 들어가고 지친 숨을 고르고 있는 동안 아래쪽에서 몇 번 쿵쿵 거리는 소리가 나더니 문이 열리는 소리가 들리고 뒤이어 누가 자기 집으로 들어가서 문을 닫는 소리가 났다.

"헉, 뒤에 있던 사람이 그냥 우리 빌라 주민이구나. 나 혼자 뭐한 거지. 아, 쪽팔려. 그 사람은 나를 뭐라고 생각할까…… 으아아악."

"주현이 왔니?"

"네, 할머니. 저 왔어요."

나는 피곤한 몸을 이끌고 방에 들어가 잠옷으로 대충 갈아입고 그대로 씻지도 않고 침대에 드러누워 잠을 잤다.

'진짜 걔가 우리 아래층에 사는 건가? 이때까지 한 번도 마주친 적이 없는데. 아니겠지.'

이런저런 생각을 하다가 스르르 잠들었다.

다음 날 아침, 학교를 가려고 제대로 떠지지도 않는 눈을 비비며 억지로 뜬 채 교복을 입고 대충 화장을 하고 바로 나갔다. 1층에 내려가던 나는 시선이 내 발 아래의 계단에서 앞을 향했고 그 순간 끔찍 놀랐다. 어제 나이 들어 보이던 남자애였다. 걔는 나를 흘긋 보고는 바로 빌라를 나가 버렸다. 골목길로 돌아 휙 사라지는 그 뒷모습을 보고는 나는 저번에 이삿짐센터 사람들이 우리 빌라 앞에 있던 것이 기억났다.

"아, 그때 이사 왔나 보다. 지금 내가 이럴 때가 아니지."

나는 개의치 않고 곧바로 학교로 향했다. 학교는 버스로 대여섯 정거장만 가면 되었다. 그다지 먼 편은 아니다. 교문 앞을 지나갈 때 늘 학생주임 선생님께서 여학생들의 용모 상태를 체크하신다. 늘 몇몇 여학생들이 붙잡혀서 선생님께 혼이 나곤 한다. 그 외에는 남학생들이 지각하거나 슬리퍼 신고 학교 올 때 혼나는 것을 보았다. 나는 기초화장만 티 안 나게 해서 여태껏 별문제 없었다. 오늘도 들키지 않고 자연스럽게 빠져나와 곧바로 교실로 향했다.

"야~ 송주현, 오늘 뭐하냐? 설마 또 알바? 그냥 째고 노래방이나 가자."

"안 돼, 나 잘려. 그러면. 어떻게 구한 건데 열심히 해야지. 주말에 가자."

"아, 나 주말에 학원이란 말이야."

"학원 째."

"야, 자기는 안 된다면서. 그건 좀 아니지 않냐."

"하하하."

오랜만에 만난 친구들끼리 떠들고 있다가 갑자기 선생님이 교실로 들어오셨다.

"자~자! 다들 자리 앉고 출석 부르겠다."

'아, 이제 진짜 학교생활이 다시 시작하는구나.'

선생님이 학생 한 명 한 명의 출석을 부르고 조회를 끝내셨다.

"새 학기라고 너무 들떠서 사고 치지 말고 공부 좀 해, 이것들아."

"네~."

고등학교에서의 마지막 학년이 시작되었다. 누군가에게는 떨리지만 동시에 설레는 시기일 것이고, 누군가에게는 걱정이 많아지는 시기일 터이다. 앞에서 열심히 떠들고 있는 선생님의 목소리는 귀에 들어오지 않는다. 무슨 소리인지 전혀 모르겠다. 그저 이렇게 멍하니 시간이 가기를 기다릴 뿐이다.

'공부를 하려 해도 당최 무슨 말인지 알아먹을 수 있어야 하지. 아, 인생 답 없다. 공부를 포기하면 다른 거라도 잘해야 할 텐데. 나는 나중에 뭐해야 할까. 아, 짜증나. 생각하기 싫어.'

수업이 내게 아무 의미가 없지만 그래도 예의상 자지는 않았다. 사실 혼나는 게 싫었을 뿐이다. 정규 수업이 끝나고 자습시간이 주어지면 나는 부족한 잠을 보충하기 위해 잔다. 그러고는 편의점에 다시 알바를 하러 간다. 내가 퇴근하기 한두 시간 전에, 그 남자애는 꼭 편의점에 들렀다. 자주 보다 보니 안면을 트게 되었고 서로 자기소개도 하였다. 건우라는 남자애였고 나보다는 한 살 어린 고2였다. 그리고 차츰 집에 갈 때 그 애랑 같이 가는 경우가 많아지게 되었고 이윽고 일주일에 2일 정도는 건우랑 집에 돌아가게 되었다. 나는 건우랑 같이 갈 때면 나를 옆에서 지켜 줄 남자가 생겼다는 게 은근히 안심이 되었다.

그런 편안한 생활이 지속되던 중, 사건이 발생했다. 어느 날 퇴근 시간이 찾아올 무렵, 갑자기 현관문이 열리는 것을 알리는 종소리가 소름끼치게 울렸다. 건우는 그날 웬일인지 오지 않았다. 얼굴이 붉게 상기된 아저씨가 편의점 안으로 들어왔다. 술에 취한 듯 보였다. 조금이라도 쓰러질 것처럼 비틀거리는 두 다리는 몹시 위태로워 보였다. 아저씨는 나를 슬쩍 보더니 다시금 나가 버렸다. 나는 참으로 이상하다 싶어서, 조금 무서워졌다.

집으로 가는 으슥한 골목길. 오늘은 건우가 없어서 그런지, 오랜만에 나 혼자라 그런지, 집에 가는 길이 유난히 어둡게 느껴졌다. 공포심이 스멀스멀 밀려왔다. 길고양이도 불길하게 울었다. 그때 누군가가 내 팔을 붙잡았다.

"꺄악! 누구세요?!"

"저기…… 아저씨가 할 말이 있어서 그런데…… 같이 어디 좀 가자. 응?"

나는 공포에 몸이 잠식당한 채 어떠한 대처도 하지 못하고 겁먹은 강아지마냥 덜덜 떨고 있었다. 팔을 빼내려 했지만 떨리는 팔에는 힘이 들어가지 않았다. 아저씨는 내 팔을 너무 세게 부여잡는 바람에 팔이 너무 아팠다. 아무런 생각을 할 수가 없었다. 그저 누가 구해 주기만을 마음속으로 간절히 바랄 뿐이었다.

'제발…… 누가 나 좀 도와줘!!' 눈을 질끈 감은 채로 나는 마음속으로 크게 외쳤다.

"뭐하는 거야!"

건우였다. 건우는 아저씨의 팔을 떼어냈고, 나는 그로 인해 풀려날 수 있었다.

"당신 뭐하는 사람이야! 경찰에 신고할 거야!"

"아니…… 내가 뭐 했나?"

"이 사람이 정신을 제대로 못 차렸구만. 딱 기다려. 경찰서로 연행될 생각이나 해."

아저씨는 경찰이라는 소리에 화들짝 놀랐는지 빠르지도 느리지도 않은 종종걸음으로 어디론가 가 버렸다.

"저 사람이! 저거 잡아야 되는데. 누나 괜찮아?"

나는 너무 무서워서 아무 말도 못하고 곧장 건우에게 안겼다. 말보다는 행동으로 위안받고 싶었다. 보호를 받고 싶었다. 겨우 진정이 되고 나서 나는 건우랑 같이 집으로 향해 걸어가기 시작했다. 그러다 먼저 말을 꺼내게 된 것은 나였다.

"편의점 알바 끝나고 혼자 집에 갈 때면 솔직히 늘 무서웠었어."

나는 아무 생각 없이 한 말인데 갑자기 건우가 예상치 못한 제안을 해왔다.

"그럼, 이제부터 하루도 빠짐없이 찾아올게. 오늘은 편의점 안 들르고 그냥 집에 가려 했는데 천만다행이게도 누나를 발견했어."

"그래도 돼? 학교는?"

"야자는 11시까지니까 괜찮아. 시간 좀 남으면 편의점에서 기다리지 뭐."

"네가 굳이 이렇게까지 친절하게 구는 이유를 모르겠어."

"음…… 뭐 집에 가는 길이도 하고 같은 아파트 주민이잖아? 무엇보다도 여자 혼자 밤길을 걷게 하는 건 위험하니까. 오늘도 큰일날 뻔 했잖아."

"그렇게 해 주면 고맙긴 한데. 갑자기 집에 들어가는 시간이 늦어지면 부모님이 걱정하시지 않으실까?"

"학교에서 공부 좀 더하고 왔다고 하지 뭐."

"그…… 그래? 고마워, 건우야. 이제부터는 좀 안심할 수 있겠다."

분명 만난지 얼마 되지도 않았지만 나는 왠지 건우를 신뢰하고 있었다. 이유는 모르겠지만 의지가 되는 아이였다. 어느새 집에 도착했다. 집 대문 옆 벽, 누렇다고 해야 할지, 붉다고 해야 할지 모르겠는 은은한 빛의 가로등이 우리 둘을 비춰 주었다.

우리는 약속이나 한 듯이 둘 다 발걸음을 멈추었다. 건우는 아무 말도 하지 않고 이 밤과 같은 짙은 검은색 눈동자를 아래로 향할 뿐이었다. 눈동자만큼이나 짙은 눈썹도 한결 처져 있는 것 같았다. 우리는 그렇게 정적 속에서 한밤중 골목이라는 무대에서 스포트라이트를 받듯이 가로등 아래에 잠시 멈춰 서 있었다. 마치 극 중 남녀 배우가 결정적인 장면을 맞아 기억에 남을 대사라도 말해야 될 것 같은 순간이었다. 나는 떨리는 목소리로,

"거… 건우야?"

건우의 눈빛은 사뭇 진지해졌다.

"누나, 누나는 내가 지켜 주고 싶어. 나랑 사귀어 줄래?"

나는 오늘 당황스러운 일이 너무 많이 벌어져 혼란스러웠다. 그렇지만 거절하고 싶지는 않았다. 괜히 오래 끌 필요도 없는 질문이었으니까.

"응! 제발 내 곁에 있어 줘."

후에 알고 보니 그때 그 아저씨는 성추행 전과가 있는 전과자였고 나는 그 사실을 알고 난 후 한번 더 소름끼쳤다. 그렇지만 이제 내 곁에는 건우가 늘 함께 해 주어 안심이다.

에필로그

살면서 글을 써 보게 될 줄은 몰랐는데, 이번 기회에 소설도 써 보게 되어 꽤 뜻깊었다. 예전부터 나도 소설을 써 보고 싶다고 생각만 하고 실천에 옮기지 못하였는데, 어떻게 하게 되었다. 일단 나에게 놀란 점은 시간이 꽤 걸렸지만 그래도 글을 끝까지는 써냈다는 것이다. 무언가를 시작하면 처음에만 크게 벌여 놓고 마무리를 좀처럼 못 짓는 성격인데, 이번에는 그래도 끝을 맺기는 했다. 이 점에서는 예전과 비교해 조금이나마 달라진 나에게 유일하게 칭찬해 주고 싶은 부분이다.

사실 처음에는 글 쓰는 것, 특히 소설은 별것 아니라고 생각했었다. 베스트셀러 소설을 읽어 보면 그저 그런 문체에, 이렇다 할 심오한 내용 없이 술술 읽혔기에 그 안에 들어가는 노력의 양이 적을 것으로 생각했다. 무식하면 용감하다고 해야 할까. 뭣 모르고 마냥 머릿속으로만 생각했을 때는 쉬울 줄 알았는데. 정말 거짓말 하나 안 보태고 너무 어려웠다. 소설이든 뭐든 그냥 글을 쓴다는 것 자체가 나에게는 너무 어려운 일이었던 것 같다.

계속 화면을 들여다본다 해서 글이 써지는 것은 아니었고, 그렇다고 기분 전환을 한답시고 딴짓을 하면 글은 더더욱 써지지 않았다. 일단 글을 쓸 때 가장 큰 난관은, 아무런 생각이 나지 않는다는 것이다. 글은 모름지기 작가의 경험에서 우러나오기 마련인데, 나의 인생을 돌아보았을 때 독창성 있는 아이디어를 떠오르게 해 줄 만한 경험이나 추억이 없었던 것 같다. 그래서 그런지, 떠오르는 글감이나 플롯, 주제, 배경, 이야기의 전개와 중요 장면 모두 그저 그랬다. 새로움은 느껴지지 않았고, 어디선가 본 듯한 글을 베껴 쓰는 듯한 착각을 불러일으킬 정도의 글 수준에밖에 미치지 못했다. 글은 전체적으로 실망스러웠고 자질구레했다.

문장의 길이 역시 적절하지 못했다. 긴박한 순간이면 문장의 길이를 짧게 유지해 글의 흐름에 속도감을 부여해야 하는데, 원래 말하는 스타일이 한 문장을 길게 늘여 장황하게 설명하는 타입이다 보니 글을 쓸 때도 한 문장을 극한으로 늘여서 상황을 일일이 설명하려고 했다. 지금 막 쓴 문장만 봐도 그러하다. 이건 내 생각이지만, 고등학교 공부를 하다 보면 긴 영어지문이나 국어지문을 많이 보게 되는데, 그 영향일지도 모르겠다. 이런 습관은 읽는 이로 하여금 숨을 막히게 하고 이해에 어려움을 주어, 글의 가독성을 떨어뜨린다. 의식적으로 짧은 글을 많이 쓰다 보면 나중에는 이런 부분이 조금이나마 나아지지 않을까 생각해 본다.

전개와 관련한 내용인데, 이것도 아마 경험과 비슷할 것 같다. 유사한 상황을 겪어 보지 않으니 이야기를 떠올리기 힘들었다. 특히 연애소설. 도저히 모르겠다. 어떻게 하면 여자 주인공과 남자 주인공이 자연스럽게 엮이면서 친분을 쌓고 그 안에서 애정이 싹트는지 모르겠다. 계기를 마련하기 어렵다는 뜻이다. 명분이 있어야 접촉하게 되고 안면을 트는데, 요즘 같은 시대에 모르는 사람끼리 그럴 기회가 어디 있는지 잘 모르겠다. 발단, 전개, 위기, 절정, 결말의 구성을 기반으로 글을 쓰고 싶지만 늘 위기에서 정말 말 그대로 위기가 찾아온다. 글이 아닌 나에게. 주인공에게 어떤 시련을 주어야 하는가?

그걸 지금까지 내가 서술해 온 인물이 충분히 극복할 만하며, 극복해 내었을 때 그 타당성이 공공연하게 드러나는가? 그와 동시에 주어진 분량 내에서, 혹은 감당할 수 있는 분량 내에서 글을 마무리지을 수 있는가? 위기를 맞이하고 그걸 해소한 뒤에 결말은 어떻게 하는가? 좋은 끝이란 건 무엇이지? 단순한 해결로 끝나는 것은 너무 뻔한 클리셰가 아닌가? 그렇게 되면 글 전체가 뻔한 글. 정말이지 내가 혐오하는 글이 되지 않는가? 이런 모든 의문, 고민이 나를 덮쳐올 때면 나는 키보드에서 손을 떼고 싶어지고 실제로 그렇게 한다.

장민홍

– 2학년

1. 족쇄 그리고 열쇠
2. 지구의 바이러스, 인간
3. 에필로그

족쇄 그리고 열쇠

“일어나 학교 가야지~”

아, 엄마가 부른다. 말없이 일어나 밥을 먹으러 식탁에 앉는다.

“엄마, 나 돈 좀 줘.”

“어머, 얘 좀 봐라. 용돈 준 지가 언젠데, 돈을 달라고 하고 있어.”

“아, 돈 좀 필요하다고.”

“안 된다고 했지?”

“씨, 돈 주는 게 어려워?”

“뭐? 너 엄마한테 말버릇이 그게 뭐야?”

“학교 다녀오겠습니다.”

‘쾅’

오늘도 엄마랑 대판 싸우고 집을 나선다. 돈이 필요한데 엄마가 돈을 주지 않는다.

어제 비가 왔는지 집 앞에 웅덩이가 생겨 있다.

학교까지는 20분 정도 걸어야 한다.

터벅터벅……

부우우웅…… 좌악

“아씨, 거기서.”

끼이익,

"거기 학생 뭐라 그랬어?"

"아니 아줌마 그렇게 빨리 가시면 어떡해요. 옷 다 젖었잖아요."

"아…… 학생 그건."

"됐고, 돈이나 줘요. 세탁하게."

"아, 자 여기……."

난 돈을 낚아채고 다시 길을 나섰다. 평소 사람들의 말을 잘 듣지 않았던 나의 성격 탓인지 예전부터 내 주변에 좀 논다는 친구들이 모이기 시작하더니 이젠 나 또한 또래 친구들 중 좀 나간다고 하는 아이들 중 한 명이 되었다.

학교에 도착하고 교실 문을 열었다.

드르륵,

"어 왔네, 옷이 그게 뭐냐?"

"아 오다가 차가 물 튀겨서 다 젖었다. 그 덕에 2만 원 받았고. 하하."

"오 개이득이네? 나한테 갚을 돈 있지 않나?"

"뭘 갚아, 몰라 임마."

"아니 얼마 전에 택시 탄다고 만 원 빌렸잖아."

"언제? 난 빌린 적 없다. 그만해라."

난 이렇게 산다. 맞다. 다른 이들의 의견은 나와 상관없다. 나는 나의 의견만 세울 뿐이다. 어떤 방식이든지 난 나의 의견을 펼치기 위해 노력한다.

다른 이들의 의견은 무시해도 된다고 나 스스로 배웠고 그렇게 행동했다.

나의 큰 목소리면 어떤 문제든지 쉽게 해결되었다.

그러던 어느 날이었다. 그 일로 인해 나의 삶은 생각할 수도 없이 바뀌어 버렸다.

그날은 어느 아침과 다르지 않았다. 내가 집 밖을 나오기 전까지.

"학교 다녀오겠습니다."

학교를 가기 전 골목에서 담배를 한 대 하고 가려고 입에 담배를 물었다.

그때 골목 끝에서 한 어르신의 목소리가 들렸다.

"아 새끼야, 그기서 담배 끄래이, 느그들 때문에 집에 창문을 못 열어둔다."

"할아버지가 뭔데 이러라 저러라야?"

"어린놈의 자식이 어른한테 말머릇이 뭐야? 야, 이 자식아 따라와."

"아아, 할아버지 놓아, 귀 떨어진다."

"따라와 이 자식아~ 학교 교무실로 가자."

"아아 이거 놓으세요."

"여기, 이 아 선생이 누구요?"

"아, 예 접니다 어르신, 넌 또 뭔짓을 했길래 어르신한테 귀를 잡혀 오냐?"

"흐흠, 이 아가 저짝 학교 골목에서 담배를 필라 그랬소."

"아, 예 그렇습니까? 예, 제가 알아서 처리하겠습니다. 감사합니다. 어르신."

"예, 수고하십시오. 선상님."

"야, 임마 저번 학기부터 담배 끊는다고 각서 쓰고 센터 가서 교육 받던 건 기억 안 나는 거냐, 학교 수업 끝나고 다시 와라 알겠냐?"

"네, 선생님."

후, 오늘 아침부터 할아버지한테 걸리고 선생한테 닦이고 개고생이네. 오늘 날이 아닌가 보네.

드르륵……

"얌마, 돈 갚아라."

"오자마자 뭔 돈이냐, 내가 돈 빌린 적 없다고 했잖아."

"닥쳐라. 돈 내 놔."

"뭐?"

"닥치고 돈 내놓으라고, 이제 발뺌하지 말고 그냥 돈 내라."

"아, 알았다. 임마 표정 좀 풀어라. 돈 몇 푼 가지고 왜 그러냐? 친구사이에."

"뭐 친구? 돈 뺏고 안 갚고 빼기는 것도 친구냐?"

"아, 알았어. 마, 그만해."

후 오늘 왜 이러냐? 맘대로 되는 게 한 개도 없네.

한숨 자고 일어나야겠다.

"임마, 수업 끝나고 오라 그랬잖아. 선생 말이 말 같지 않아?"

"아, 선생님 죄송해요 잠들어서…… 늦게 왔어요."

"그래, 내일부터 센터로 다시 가면 된다. 전화는 이미 해뒀다."

"아…… 네 알겠습니다."

"하…… 또 센터로 가야 하네 진짜 귀찮겠네. 내일부터."

"일단 애들이랑 PC방이나 가자."

"애들아 PC방 가자."

"오늘은 가기 싫단다. 애들이."

"왜 맨날 갔잖아. 가자."

"애들이 가기 싫다잖아."

"아, 시X 아까부터 왜 나한테 지X이야, 진짜 돌아버리겠네."

"야, 니가 우리한테 했던 행동을 생각해 봐라. 맨날 돈 빌리고 안 갚고 억지로 PC방 끌고 다니고 너 때문에 애들 담배도 다 시작한 거 아니냐. 그리고 제발 애들 말 좀 들어줘라. 니 말만, 니 주장만 말하지 말고."

"아니 니들도 좋아서 따라다닌 거 아니냐?"

"하…… 이제 그만하자."

그 이후부터 우리 반에 아니 우리 학교에 내 친구는 없었고 모든 생활을 나 혼자 하기 시작했다. 이런 생활이 하루이틀 그리고 일주일 점점 더 지속될수록 외로움이란 그림자는 내 마음을 뒤덮었고, 아침에 잠에서도 깨기 전 학교에 가기 싫다는 마음으로 가득 찼다.

시간이 지날수록 처음 있던 분노와 외로움은 나에 대한 자책과 원망으로 바뀌었고 매일 저녁 자살이라는 것에 대해 수천 번 아니 수만 번 혼자 생각하고 생각했다. 난 그날이 운이 나쁜 날들 중 하루일 것이라고 생각했다.

그날이 시작이었다. 그날 이후 난 아무에게도 말을 건네 받지 못했고 오로지 나 혼자 세상을 살아가는 듯했다.

여기까지가 나의 이야기다. 난 오늘부터 나의 말에 대한 신뢰를 잃었고, 내가 했던 것처럼 다른 이들에게 똑같은 처지로 받았고 난 그제서야 내가 했던 일들이 얼마나 무례하고 예의 없었던지 알게 되었다.

이 이야기에서 자신과 비슷한 점을 찾지 않았는가? 혹은 자신의 주변에 있는 사람들과 비슷하지 않던가?

위 이야기는 현재 그리고 미래 사회의 문제이자 꼭 해결해야 할 소통의 부재라는 키워드를 내포하고 있다.

소통은 현대 사회에 꼭 필요하지만 잘 찾아볼 수 없는 것이라고 생각한다.

우리는 아침 밥상부터 형제, 자매 혹은 부모님과 다투며 이웃 주민들과의 불화, 학교에서의 문제 등과 같이 소통의 부재로 인해 많은 갈등을 겪고 있고 갈등 속에서 살아간다. 그러나 현대 사회에서 사람들에게 소통은 그리 중요하게 여겨지지 않는 듯하다. 사회가 빠르게 변화하면 변화할수록 사람들 간의 말이 줄어들고 개인의 삶만을 바라보는 이들이 늘어나고 있다.

우리는 어려서부터 어린이집을 가고 유치원을 가며 8살부터 19살까지 초, 중, 고등학교 교육을 받으며 더 가서는 고등학교 졸업 후 배움을 위해 대학교에 간다. 많은 시간을 사회성을 기르기 위해 또래 친구들과 지내며 생활하지만 현대 사회의 사람들을 보면 이런 교육이 무색할 정도로 소통이 잘되고 있지 않은 것 같다. 학교에서도 마찬가지이다. 가끔 학교에 강연을 하러 오시면 강연 마지막 부분에 질문을 할 수 있는 시간이 주어지게 된다. 이 시간에 자신이 궁금한 점을 여쭈어 보는 학생이 있는 반면 이들은 무시하고 자신들의 이야기로 빠져드는 학생들이 대부분이다.

학교는 사회에 나가기 전 작은 사회를 경험하고 큰 사회에서 적응하기 위해 사회 적응성을 기르고 여러 사람들을 만날 수 있는 기회가 된다. 그러나 우리 사회에서 이 기회는 좋은 기회가 아니다. 어떤 학생들은 상대방을 배려하고 사회에 나가 잘 적응할 수 있는 기회를 만드는 반면 대부분의 학생들은 이 기술을 학교에서 배우지 못한다. 그렇기에 사회에서도 사람들은 사람들끼리 험담하고, 시기와 질투로 가득한 사회에서 살고 있다고 말할 정도로 과언이 아니다.

좋은 소통을 위해선 '경청'은 빼놓을 수 없다. 위 강연에서도 학생들은 경청의 자세를 가지지 않았기에 자신들의 이야기 속으로 빠져들었다고 할 수 있다. 경청은 소통의 기본자세이자 상대방에 대한 배려이다. 미국의 기업가이자 자선 기업가인 카네기는 이런 말을 했다.

'다른 사람의 이야기를 진지하게 들어주는 경청의 태도는 우리가 다른 사람에게 나타내 보일 수 있는 최고의 찬사 가운데 하나이다.'

카네기의 말처럼 경청은 우리로 하여금 상대방에게 마음을 얻을 수 있고 신뢰를 얻을 수 있으며 그 사람을 존중한다는 뜻까지 전할 수 있는 중요한 소통의 열쇠다. 소통은 유용한 기회이자 중요한 역할을 하는 열쇠의 역할을 할 수도 있지만 당신의 발목을 잡는 족쇄가 될 수도 있다. 이 두 가지 갈림길을 결정하는 것은 자기 자신이다.

빠르게 변화하는 현대 사회에서 우리는 족쇄를 찰 것이 아니라 이 열쇠를 잡고 사람과 사람 사이를 열 수 있을 정도로, 관계의 힘은 소통에서 비롯된다는 것을 알고 소통의 힘과 기술을 키울 필요가 있다.

지구의 바이러스, 인간

얼마 전 농약에 노출되면 인지능력이 약 3배 가량 떨어진다는 뉴스 기사를 본 적이 있다. 이 기사를 보고 예전에 읽었던 『침묵의 봄』이라는 책을 다시 찾아보게 되었다. 이 책은 레이첼 카슨가 1962년에 쓴 책이다. 책이 쓰일 당시 많은 학자들과 지식인들에 의해 핍박받았다고 한다. 그러나 이 책은 일반 사람들과 무지식한 학자들에게 화학 약품, 농약. 제초제 등이 얼마나 위험한지 알려 주었으며 전 세계에 화학 물질의 위험성에 대해 경고하는 책이다. 1948년 파울 헤르만 뮐러라는 화학자는 해충 박멸을 위해 강력한 화학 물질인 'DDT'를 발명해 노벨상을 수상했다. 그로부터 약 10년 후 이 책이 세상에 등장했다. 레이첼 카슨은 DDT와 같은 화학 물질들로 인해 새들이 지저귀던 산이 조용해지고, 상류로 올라가던 연어들이 모두 눈이 멀고 죽음에 다다르며, 살아 있는 모든 것들의 생명을 앗아가며, 해충 박멸을 위해 만들어졌지만, 화학 물질에 저항성 있는 해충이 생겨나고, 인간들은 더욱더 강력한 화학 약품을 생산하며 그 피해는 고스란히 우리에게 다시 돌아온다고 경고한다.

우리는 DDT, 농약과 같은 화학 물질뿐 아니라 일상 속에서도 정말 많은 화학 물질과 화학 약품들로 만들어진 물건들을 사용한다.

여러 물질을 사용하기 위해 인간은 공장을 돌리고 약품처리를 위해 대규모의 자원들을 사용한다. 이 과정에서 벌목, 미세먼지, 황사 등의 환경오염 문제들이 나타난다. 이 재앙들로 인한 피해는 다시 인간에게 돌아오게 된다.

인간을 이롭게 하고 편하게 하려 했던 것들이 인간에게 독약으로 돌아온다는 것이다. 사람의 인위적인 손길로 인해 자연은 쉽게 파괴되며 다시 되돌아오기 쉽지 않다.

내 주변의 환경들을 보더라도 인간의 손으로 인해 과거와는 달라진 것들을 쉽게 볼 수 있다. 내가 초등학생 때 집 근처에 있던 작은 개울엔 여러 물고기들과 생물들이 살았지만 사람들이 인위적으로 강폭을 넓히고 개울 주변에 인간의 편의를 위한 여러 시설들을 만들게 되면서 개울의 생명들은 빛을 잃었고 물은 탁하게 변해 갔으며 우기가 되기 전까지는 이끼와 악취로 가득하게 된다. 단지 인간의 편의로 인해 자연을 회손시켜도 될까?

어릴 때 시골에 있는 할머니, 할아버지 댁에 가면 여름철에 항상 아버지랑 고기를 잡으러 간 기억이 있다. 족대를 가지고 돌 밑을 들추면 물고기가 많이 잡혔고 그 물고기의 이름들도 생생히 기억난다. 언제부턴가 시골 마을에 도시 사람들이 물가에서 휴가를 즐기러 여러 명이 오기 시작하더니 어느 순간부터 물고기가 사라지기 시작했다.

지금은 송사리 종류의 물고기밖에 보이지 않게 되고 하천 주변 여기저기서 플라스틱, 비닐봉지 등 쓰레기가 발견되었다. 개개인의 작은 실수에도 자연은 민감하게 반응될 수 있으며 떠나간 자연은 적어도 내가 죽기 전까지는 돌아오지 않을 것이다.

자연을 잃어가는 모습을 직접 본 나로서는 혼자의 힘으로는 어떤 행동도 취할 수 없었다. 공사를 하지 못하게 막을 수도 없었으며, 시골 마을에 사람들이 놀러 와 더럽히는 것을 막을 수도 없었다.

생물의 종이 하나둘씩 감소할 때마다 먹이 그물의 그물은 하나둘씩 끊어지고 있는 셈이다. 바다에서 멸치를 잡는 촘촘한 그물은 구멍 한두 개가 났을 때 표시가 나지 않을 수도 있다. 그러나 그 작은 구멍으로 인해 시간이 지나 언젠가는 큰 구멍이 만들어질 것이고 그 구멍으로 인해 어부는 노력해 왔던 모든 것들을 잃을 수도 있는 것이다. 자연도 이와 같다고 생각한다.

이 책에서 인간에 의해 제거되는 동식물 역시 생명계를 구성하는 거대한 네트워크의 일부라고 말하는 부분이 있다. 이를 읽고 인간의 이용 가치에 의해 어떤 동식물은 길러지고 어떤 동식물은 죽음과 멸종에 처해 그 생태계 전체가 위험에 처할 수 있는 상황까지 갈 수 있다는 것을 느꼈고, 이런 면에서의 인간은 생태계의 일부가 아닌 생태계라는 거대 네트워크의 바이러스가 아닌가라는 생각이 들었다.

약 60년 전 쓰인 책임에도 불구하고 우리나라에서 이러한 시사는 최근에 관심이 쏠리고 있다. 라돈 침대, 석면 발암물질, 가습기 살균제 등 여러 화학물질들로 인해 피해 받은 많은 사람들이 있다. 무지한 소비자들은 이러한 사실을 모른 채 독을 마시며 살아가고 있다.

현대인들은 화학 약품의 바다 안에서 산다고 할 정도로 많은 약품들에 의해 영향을 받으며 살아간다. 우리도 위험으로 가득한 지구 속에서 레이첼 카슨처럼 환경 문제에 관심을 가지고 모두의 보금자리인 지구를 지키기 위해 노력해야 하지 않을까?

에필로그

학기 초 선생님으로부터 그린비 동아리에 들어오라는 권유를 받았다. 글을 쓰는 자율동아리라고 소개해 주셔서 자율동아리가 없었던 나는 동아리에 들어가겠다고 말씀드렸다. 그 후 동아리 활동을 하며 내가 원하는 주제를 가지고 수필, 소설을 쓰게 되었다. 평소 쓰기엔 하나도 관심이 없었던 나에게 '글쓰기'라는 활동을 처음 시작할 때 어디서부터 어떤 방식으로 손을 대야 할지도 막막했던 것 같다. 그래서 글 쓰는 방법을 찾아보고 관련 글을 읽고 여러 작품을 접하는 등 노력을 했다. 그러고 나서 글을 쓰기 위해 내가 쓰고자 하는 글의 소재를 막 적어본 것 같다. 그리고 거기에 살을 조금씩 붙이고 마지막엔 그 내용들을 바탕으로 돌을 조각하듯 조금씩조금씩 다듬어 나갔고 결국엔 꽤 그럴듯한 글을 완성할 수 있었다.

글쓰기를 마무리하고 나선 조금만 더 잘 써 볼 걸이라는 생각도 들었던 것 같다. 글을 쓰면서 가장 힘들었던 과정은 글의 뼈대와 내용을 거의 다 쓴 후 수정하는 작업이었다. 글을 볼 때마다 수정해야 할 부분이 보여서 하기 힘들었다. 그러나 수정을 다하고 마지막에 완성할 작품을 생각하며 즐겁게 활동할 수 있었다.

글쓰기를 처음 시도할 때, 글쓰기를 썩 좋아하지 않던 나의 마음과 달리, 글쓰기에 대해 배우려는 열정을 가지고 하고자 했을 때 성과를 얻고 좋은 결과를 얻을 수 있었다. 막상 글을 쓸 때에는 글을 쓰고자 하는 관심과 흥미가 있었기에 즐거운 마음으로 참여할 수 있었다. 만약 처음 글에 쓸 때 하기 싫기에 관심을 가지지 않았더라면 절대 작품을 완성할 수 없었으리라고 생각한다. 글쓰기가 아닌 다른 활동들도 자신이 하기 싫은 일임에도 하고 싶고, 해야 한다면 그것에 대한 조금의 노력만 쏟고, 처음 한발자국만 내딛는다면 어떤 일이든지 충분히 해 나갈 수 있으리라고 생각한다.

그린비 활동을 통해 내가 쓰고 싶은 글의 소재를 통해 글을 쓰고, 친구들과 토의를 통해 글을 수정하고, 동아리 부원들과 책 한 권을 만드는 과정에서, 고등학교 학창 시절에서 책 한 권을 만들었다는 성취감을 느낄 수 있었고, 다시는 얻을 수 없을 좋은 작품과 추억을 만들 수 있어서 뜻깊은 활동이었다고 생각한다.

이진욱

– 1학년

1. 일상
2. 에필로그

일상

2019년 대학의 한 강의실

"물리학에서는 미래로 가는 시간여행은 이론상으로 가능하다. 그리고 과거의 사건을 관찰하는 것도 가능하다. 본인이 과거로 돌아가는 시간여행을 하는 경우에도 일반 상대성이론을 어떻게 적용하느냐에 따라 가능할 수도 있다."

교수는 목소리를 높이며 학생들에게 강의를 하고 있었다. 학생들의 반응은 가지각색이었다. 어떤 남학생은 수업을 열심히 듣고 있었고 어떤 여학생은 친구와 떠들며 수업은 듣지도 않고 있었다. 그리고 해가 질 무렵, 교수는 집에 갈 준비를 했다. 모든 수업이 끝나고 집으로 노래를 들으며 가는 것이 교수의 일과였다.

여느 때와 같이 돌아오던 길 교수는 이상한 것을 보았다. 교수의 집 뒷마당에 어두컴컴한 구멍이 생겼던 것이었다. 교수는 자리에 멈춰 서서 한참 그 구멍을 쳐다보았다. 돌멩이를 넣어보고 끝을 보려고 구멍을 쳐다보았다. 그리고 구멍을 향해 소리를 지르려는 순간 그의 귀에 있던 이어폰 하나가 구멍으로 떨어지고 말았다. 아차 싶었지만 이미 그의 눈에 보이지 않을 정도로 떨어졌고 교수는 재수가 없음을 느끼면서 뒤에 있던 쓰레기들로 그 구멍을 덮어 버렸다. 그리고는 기분이 나빠진 것을 잊으려는 듯 곧장 방으로 들어와서 컴퓨터를 켰다. 하지만 컴퓨터를 켠 그 순간 교수의 손에 있던 남은 한쪽의 이어폰이 이상한 기계음을 내며 교수의 방 안을 맴돌았다. 교수는 놀라서 허겁지겁 이어폰을 밖으로 던졌다. 한 차례의 충격음이 들리고 그 이어폰은 잠잠해졌다. 하지만 그의 몸에는 웅웅 울리는 듯한 이상한 느낌이 여전히 남아 있었다.

다음 날 여느 때와 다름없이 학교로 가서 수업을 하고 있었는데 그날은 뭔가 좀 이상했다. 교수의 수업에는 수업을 듣는 한 여학생이 있다. 그녀는 교수의 수업을 열심히 듣는 학생 중의 한 명으로 내주는 과제도 완벽히 해오고 예의도 좋아 기억하고 있었다. 하지만 그날은 무언가 무심한 표정으로 교수의 얼굴을 쭉 응시하며 수업은 듣지도 않고 그냥 시종일관 내내 그의 얼굴을 쳐다보고 있었다. 교수는 그녀가 쳐다보고 있다는 것을 느꼈지만 시선이 마주치면 일부러 대수롭지 않은 척을 했다. 그리고 마침내 교수의 수업이 끝났다. 그녀는 오늘 계속 쳐다보기는 했지만 수업에 방해되는 태도는 일절 없었다. 그리고 교수는 왠지 모를 불안감을 느끼면서 집으로 향했다. 집으로 가는 골목길, 교수는 가방에서 이어폰을 꺼내려고 했다. 하지만 주머니를 뒤적여도 아무것도 찾을 수 없었다. 교수는 어제 이어폰을 빠뜨렸다는 것을 깨닫고는 다시 한적한 거리를 걷고 있었다.

그의 집 쪽에는 커다란 벚꽃나무들이 줄지어 있는 운치 있는 골목이 있는데 때마침 벚꽃이 지는 시기여서 벚꽃이 지고 있었다. 그 길을 걸어가는 것은 매우 좋은 일이었다. 벚꽃이 그의 머리로 한 잎씩 떨어지는 가운데 어디선가 여자의 목소리가 그를 향해 다가왔다. 그는 놀랐다. 그녀가 앞에서 있었기 때문이다. 수업을 열심히 듣는 그녀였다. 위에서 떨어지는 꽃에 정신이 팔린 나머지 보지 못했었나보다. 교수는 그녀에게 인사를 하고 그녀가 오늘 자신을 쳐다본 것에 대해 물었다. 그리고 그녀는 아무 말도 하지 않았다. 그리고 그의 몸에 무언가 꽂혔다.

혼란스러운 교수는 상황 속에서 가까스로 마음을 추슬렀다. 심장이 떨리고 식은땀이 교수의 이마를 타고 흘러 내렸다. 냉정해질 수 없는 마음을 다잡고 상황을 파악하기 시작했다. 하나, 분명히 말할 수 있는 것이 있었다. 교수는 죽었다. 분명히 칼에 찔렸다. 교수는 혼란스러웠다. 그리고 그 다음 주변을 살피던 중 교수의 눈에 들어오는 것이 있었다. 눈앞에 끝을 알 수 없는 검은 구멍이 보였다. 분명 바로 어제 교수의 집 뒤에서 대수롭지 않게 여기고는 덮어 놓았던 구멍이었다. 이미 이어폰은 빠트리고 만 후였다. 교수에게는 의문밖에 들지 않았다.

갑자기 교수에게 큰 고통이 밀려왔다. 복부에서 강렬한 아픔이 느껴지기 시작했다. 구멍이 뚫린 것 같은 아픔이 전해져 왔다. 교수가 고통에 휩싸여서 배를 쥐여 잡고 있을 때, 뒤에서 목소리가 들려왔다.

깜짝 놀라서 아픔을 참고 뒤를 돌아보니 처음 보는 아주머니가 있었다. 아주머니가 무슨 일이 있냐고 물었다. 비명소리가 들려 황급히 왔다고 한다. 그는 일단 고통을 참으며 아주머니를 돌려 보내려고 억지로 웃으며 괜찮다고 했다. 그렇게 아주머니는 가려고 하는데 교수가 뜬금없이 무언가를 물었다. 교수는 혹시 모른다는 생각에 가려던 아주머니를 붙잡았다.

"아주머니 혹시 말인데요…… 오늘 몇 월 며칠인가요?"

"오늘 말하는 거유? 오늘은 **월 **일이…… 자…… ㄴ……ㅏ……

교수는 그날 밤 악몽을 꿨다. 정신적 피로와 고통 때문에 자신에 대해 생각할 시간도 없이 밤을 보냈다. 그렇게 일어나서는 남아 있는 정신으로 교수는 자신의 상황을 생각해 보았다. 분명히 집으로 돌아오기 전 그 여학생을 만났고 그 여학생에게 찔렸다. 그리고 검은 구멍을 본 순간으로 돌아왔다. 자신이 미친 건가라고 생각도 해 보았지만 그러기엔 복부 주변의 감각이 너무 생생했다. 아직까지도 떠올리면 욱신거린다. 머릿속에 든 의문들을 떨치지 못한 후 교수는 일단 대학교로 갔다. 그녀를 만나 보아야겠다고 생각했다. 나가는 게 좀 꺼려지긴 하지만 그런 마음을 깊숙이 넣고 집에서 나왔다.

교수가 대학교에 도착하자마자 한 여학생이 인사를 했다. 그녀였다. 교수는 마음속으로 소스라치게 놀랐지만 억지웃음을 지으며 인사에 대한 대답을 했다. 인사를 한 후 곧장 교수는 그녀의 손을 붙잡고 그녀에게 무슨 일이 없냐고 물었다. 그리고 물음을 받은 그녀는 갸우뚱 고개를 기울이고 당황해하며 아무 일도 없다고 했다. 그리고 곧바로 교수는 오늘 예정에 대해 물어보았고 여자는 놀란 표정을 짓더니 고개를 숙이며 쑥스럽다는 듯이 아무 예정이 없다고 대답했다. 그리고는 항상 그랬던 것처럼 미소를 지으며 쳐다보았다. 그 웃음에 왠지 모를 혐오감을 느끼면서 교수는 정말 자신이 정신병이라도 걸린 것인가라고 생각했다. 솔직히 그녀는 자신을 죽일 이유도 없었고 그럴 만한 학생도 아니었다. 무엇보다도 죽었는데 다시 살 수 있을 리가 없었다. 하지만 불안한 마음을 떨치지 못한 채 교수는 머리의 현기증이 나 조퇴를 하고 집에 돌아갔다. 그리고 모든 일을 잊어 버리기 위해 잠을 청했다. 교수의 방에서 인기척이 느껴지고 시간이 꽤 흐른 뒤, 교수는 눈을 떴다. 그의 눈앞에 그 여학생이 있었다. 교수는 무슨 말을 하려고 했으나 말하지 못하고 다시 잠에 들었다. 다시 교수는 익숙한 곳에서 눈을 떴다. 검은 구멍 앞에 또다시 서 있었던 것이다 교수는 깨달았다. 이것은 우연이 아니라는 것을. 그리고 또다시 고통을 느꼈다. 이번의 아픔은 쉽게 사그라지지 않았다.

몇 시간이 지난 후, 고통이 잠잠해지자 교수는 여학생에게 전화를 했다. 그는 흐느끼면서 사과를 했다. 그러자 여학생은 무슨 일이 있냐며 걱정하는 듯한 목소리로 교수에게 위로의 말을 건네자 교수는 감정이 다시 북받쳐 오르며 여학생에게 욕설을 퍼부어댔다. 그러고는 전화를 끊었다. 교수가 생각한 것은 하루 빨리 여학생과 멀어지는 것이었다. 교수는 도망치고 도망치고 또 도망쳤다. 그렇게 한나절 걸려 도망치다가 눈치챘을 때는 아는 사람이 아무도 없는 외딴 마을에까지 와 있었다. 어느 새 날은 하루가 지나 있었고 교수는 그 마을의 허름한 폐가에 들어가서는 쭈그려 앉았다. 그가 죽은 시각은 대체로 정해져 있었기에 그 시간만 넘기면 괜찮다고 판단한 결과였다. 교수는 손톱을 아득아득 갈며 시간이 빨리 흐르길 원하고 있었다. 마침내 해가 떨어지려 하자 그는 아무 일도 일어나지 않는 것에 안도했다.

"이대로 끝나는 건가, 그래, 이건 안 좋은 꿈이었더……."

혼잣말을 내뱉던 중 갑자기 비행기가 교수의 위를 지나가 소리가 희미해졌다.

"아, 빨리…… 집…… 에나…… 가야겠…… 다."

교수는 혼잣말을 하며 폐가를 떠날 준비를 하는데 비행기 소리는 점점 커져갔다. 단지 그의 위를 지나가는 것만은 아닌 것 같다. 교수는 하늘을 올려다보았다. 그 순간 교수의 안도감은 불안감으로 바뀌었다. 그리고 엄청난 굉음이 교수를 향해 다가오고 있었다. 그는 이번에도 아무것도 하지 못하고 죽었다.

또다시 눈을 떴다. 또한 또다시 교수의 앞에는 검은 구멍이 놓여 있었다. 그리고 그에게, 엄청난 격통이 찾아왔다. 온몸을 짓누르는 듯한 고통이었다. 지금까지의 고통 중 가장 컸다. 바로 쓰러질 것만 같았다. 여러 번의 죽음으로 아픔이 무뎌지는 것은 전혀 없었다. 그리고 그는 정신을 잃었다.

그는 몇 시간 후에 눈을 떴다. 여전히 검은 구멍이 눈앞에 있었다. 주위를 살펴보니 붉게 물든 노을은 없어지고 어두컴컴했다. 교수는 절망했다. 이번의 죽음은 순전히 우연이었다. 비행기가 떨어진다는 것은 말이 안 되는 확률이다. 세상에서 그의 죽음을 정했고 그것은 바뀌지 않는 것이나 다름없는 이야기였다. 그리고 어째선지 죽으면 이 검은 구멍을 본 순간으로 되돌아온다. 교수는 생각했다. 이것이 더한 고통이라고 죽음을 받아들이지도 못하고 아픔만을 계속 느끼고 있었다. 이제 그의 눈은 충혈되고 다크서클이 진하게 깔려 있었다. 어디로 도망치든 그는 죽을 것이다. 하지만 교수는 생각했다.

생각하고 또 생각했다. 그리고 그는 이 원인 자체를 찾기 위해 그의 조교에게 전화를 했다. 교수가 전화를 건 것은 조교였다. 매우 늦은 시각이었다. 하지만 이 사건에 대해 의지할 만한 사람은 그밖에 없었다. 수차례의 전화 끝에 조교가 전화를 받았다.

"헤? 교수님, 이 늦은 시각에 웬일이세요?"

"정말 뜬금없는데, 타임리프의 원인이 뭐가 있을까?"

"뭐 웜홀이나 시간 왜곡 현상 등 가능성은 많지 않나요 근데 혹시 술 드셨어요?"

"그건 됐고 지금의 기술력으로는 불가능하지 않나?"

"뭐 블랙홀만큼의 막대한 에너지나 저희가 모르는 이론이 있다면 저희도 모르는 새 가능할 수 있죠. 혹시 새로운 연구 주제인가요?"

(그러면 우리 집 뒤의 검은 구멍 안 끝에 블랙홀만큼의 막대한 질량 에너지와 이어져 있는 것인가?)

"오, 드디어 정신이 나가셨네요. 구멍에 블랙홀이 있을 수 없다구요? 그리고 지구 안에 엄청난 질량이 있다면 지구는 이미 존재할 수도 없어요."

"만약 그게 사실이라면 어쩔 것 같나."

"그건 저도 모르죠, 하지만 그 검은 구멍 자체가 말이 안 되지 않나요? 애초에 교수님이 말하시는 것도 미친 사람이 말하는 말이에요."

"그래도 지구 안에 아직 우리가 모르는 것이 있다면……."

"만약 블랙홀이 있고 그 안의 사건의 지평선에 영향을 받은 무언가가 우리에게 영향을 준다면, 그 안에서의 물리법칙은 아무도 모르니까 생각지도 못한 영향일 수도 있겠죠. 하지만 빛조차도 빠져나가지 못하니까 들어간다고 해도 우리에게 영향을 끼칠 수 없어요."

"빛이 아니더라도 우리의 예상을 뛰어넘는 무언가가 나의 안에 들어가 나의 시공간을 바꿨다면."

"애초에 이미 인간의 범주를 벗어난 게 아닐까요?"

(그러면 왜 나는 왜 항상 시간을 반복할 때마다 계속 죽고 있는 거지?)

"교수님 죽고 계신 건가요? 잘됐네요."

"뭐라고?"

"그것보다도 교수님의 망상 속에서 교수님이 항상 죽고 있다면, 교수님이 죽는다는 확정적인 미래를 가지고 있는 시공간들의 사이에서 계속 죽어가고 있는 건지도 모르겠네요."

"그러면 어떻게 하면 그 미래를 바꿀 수 있을까?"

"뭐 언젠가는 교수님이 죽지 않는 시공간의 세계까지 갈 수밖에 없지 않을까요?"

"그럼 나는 계속 죽으라는 말인 겐가?"

"아니면 교수님의 운명을……"

전화가 끊겼다. 교수는 다시 전화를 걸었다. 하지만 받질 않았다. 수차례의 전화 끝에 끝까지 대답이 없자 교수는 그의 집을 찾아갔다. 택시를 타고 몇 번 와 봤던 그의 집 앞에 도착하니 인기척이 들리지 않았다. 혹시나 모르는 생각에 황급히 들어가 보니 조교는 바닥에 싸늘히 누워 있었다. 조교는 죽었다. 아마도 자신의 전화 때문일 것이다. 교수는 자신의 무력함에 한탄했다. 그리고 후회했다. 자신의 선택으로 그를 말려들게 했다. 그리고 이번 시공간에서는 실패했음을 깨달았다. 그는 다음 기회에 그를 꼭 죽이지 않겠다고 다짐했다. 그리고 그녀에게 죽었다.

교수는 다시 눈을 떴다. 눈앞에 익숙한 검은 구멍이 있었다. 저번 시공간에서는 아마도 그가 조교에게 전화를 건 탓에 조교가 죽는 결과를 불러 일으켰을 것이라고 그는 생각했다. 그러면 이번 세계에서 아무 연락도 취하지 않으면 조교는 죽지 않을 것이라 생각했다. 그래서 전화를 하지 않고 하루를 보냈다. 하지만 결과는 똑같았다. 그는 다시 죽었다. 그는 당혹감을 떨쳐

내지 못했다. 1번째, 2번째에서는 죽지 않았었다. 그의 얼굴을 대학교에서 봤던 것을 똑똑히 기억하고 있었다. 하지만 저번 일을 계기로 그는 이제 자신의 시공간에 말려들어 이유 없이 죽게 된다. 그리고 그는 한 번 다시 그를 되살리기 위해 죽었다.

여러 번의 죽음으로 인해 알아낸 것이 있다. 교수가 죽는 것은 필연이고 다음 날 저녁쯤이 되면 죽지만 그 전에 죽어도 상관은 없는 것 같다. 그리고 조교도 자신의 선택으로 인해 계속 죽게 됐다. 그리고 그는 이 시공간을 벗어나기 위해 다시 조교에게 전화를 건다.

"헤? 교수님, 이 늦은 시각에 웬일이세요?"

"정말 미안한데, 타임리프의 원인이 뭐가 있을까?"

"뭐 웜홀이나 시간 왜곡 현상 등 가능성은 많지 않나요. 근데……."

"술은 안 마셨어. 하지만 지금의 기술력으로는 불가능하지 않나?"

"뭐 블랙홀만큼의 막대한 에너지나 저희가 모르는 이론이 있다면 저희도 모르는 새 가능할 수 있죠, 혹시……?"

"따로 연구하는 건 아니고, 우리 집 뒤의 검은 구멍 안 끝에 블랙홀만큼의 막대한 질량 에너지와 이어져 있어"

"오, 드디어 정신이 나가셨네요. 구멍에 블랙홀이 있을 수 없다구요? 그리고 지구 안에 엄청난 질량이 있다면 지구는 이미 존재할 수도 없어요."

"만약 그게 사실이라면 어쩔 것 같나."

"그건 저도 모르죠, 하지만."

"아니 말이 돼. 그리고 미친놈은 아니니까 걱정 마."

"빛이 아니더라도 우리의 예상을 뛰어넘는 무언가가 나의 안에 들어가 나의 시공간을 바꿨어."

"그건 애초에 이미 인간의 범주를 벗어난 게 아닐까요?"

"푸흡."

"도대체 왜 웃으시는 거죠? 지금은 웃을 타이밍이 아닌 것 같은데요. 그리고 오늘 따라 제 생각을 잘 아시네요, 마치 알고 있었다는 것처럼."

"그냥 변함이 없어서, 그리고 미안해."

"마지막으로 내가 계속 그로 인해 어쩔 수 없이 죽고 있다면 내가 죽지 않는 시공간으로 갈 때까지 타임리프를 계속 하는 것외의 빠져나갈 다른 방법이 있나?"

"음…… 교수님이 계신 시공간의 운명을 바꿀 만한 대사건을 일으키면 그에 따라 다음의 시공간도 바뀌지 않을까요?, 교수님이 계속 시공간의 연장선 사이에서 죽는 것이라면 새로운 방향으로 시간을 되돌려 죽지 않는 운명의 시공간으로 가는 거죠."

"흠…… 고마워 언젠가 답례를 하지."

"……."

전화가 꺼졌다. 교수는 시간이 끝났음을 느꼈다. 하지만 이번에 알아낸 것이 있다. 만약 조교에게 전화를 해서 질문을 한 것이 큰 사건으로 여겨져 조교가 죽는 시공간 선의 연장선으로 이동한 것이라 생각하면 모든 게 들어맞는다.

교수는 약간의 후련함을 느꼈다. 그리고 그에게는 목표가 정해졌다. 수많은 시행착오를 거쳐 모두가 죽지 않고 끝나는 해피엔딩을 만들 때까지 계속 반복하는 것이다. 죽을 때마다 마음이 꺾이겠지만 포기하지 않겠다고 생각했다. 이미 자신에게 말려든 사람이 있다. 그는 그의 제자 한 명이 나쁜 짓을 저지르지 않을 때까지 조교가 죽지 않고 자신이 죽지 않는 시공간에 도달할 때까지 여러 가지 일을 반복한다. 죽어서 다시 살아나는 것을 반복한다. 그렇다 해도 죽지 않는 미래는 도달하지 않을지도 모른다. 그래도 그는 계속 나아간다.

489번째

교수는 학교에 나간다. 학교에 들어서니 눈을 초롱초롱 빛내는 여학생이 있다. 생긋 미소를 지으며 인사를 한다. 그 후 바로 조금은 모자란 새파란 조교 한 명이 교수에게 달려들어 불평을 한다.

에필로그

글을 쓰는 과정보다 어떠한 주제로 글을 쓸 것인지에 대해 더 고민했던 것 같습니다. 몇 주간 지웠다 써 보고를 반복하면서 결국 제가 적으려고 결심하게 된 것은 제가 글을 쓸 당시 흥미를 느꼈던 아인슈타인의 상대성이론이었습니다. 상대성이론에 관심을 갖게 된 것은 영화, 만화, 공부 등 꽤 다양한 이유가 있었는데 그로 인해 시간과 관련된 타임리프 소설을 쓰게 되었고, 수필 또한 상대성이론에 관련된 것이었습니다.

『상대성이론이란 무엇인가』는 세상을 바라보는 관점을 바꾼 상대성이론과 과학자 아인슈타인에 대한 책인데 이 글을 통해 제가 최종적으로 전하고자 했던 바는 아인슈타인에 대한 존경과 업적입니다. 평생을 살면서 아인슈타인이라는 이름은 들어봤어도 그가 한 일에 대해 자세히 알지 못하는 사람은 부지기수입니다. 하지만 어느 누구라도 그의 과학적 사고방식과 그가 제시한 빛과 중력의 새로운 틀에 대해 접하게 된다면 누구든지 흥미를 가지게 된다고 단언할 수 있습니다.

이 글을 쓰면서 머리가 아팠지만 상대성이론에 대해 찾아보며 견식이 넓어지는 듯한 느낌이 들었고 지금까지 살면서 아무렇지 않게 생각하던 것에 대해 생각해 보게 되었습니다. 또한 과학이라는 학문의 무한한 가능성을 느끼며 저 또한 과학에 이바지하여 과장되게 보일 수 있겠지만 세상을 바꾸는 과학의 일환이 되고 싶다고 생각했습니다.

"일상"은 간단히 말해 타임리프 소설로서 다른 타임리프 소설과 차별화되어 쓰려고 노력했던 소설입니다. 결국에는 제가 가지고 있는 타임리프 소설의 틀에서 벗어나지 못해 다른 소설과 별반 다르지 않게 되었지만 독자 분들의 넓은 아량으로 이해해 주기를 바랍니다. 또한 처음 쓰는 소설이다 보니 단어 선택이 이상할 수 있고 장면의 전환이 유연하지 않을 수도 있습니다.

마지막으로 말하고 싶은 점은 글을 써 본 경험이 별로 없다 보니 읽으면서 눈살이 찌푸려지고 마땅치 않게 여겨질 부분이 많습니다. 그런 점이 매우 아쉽고 또한 처음 글을 적기 시작할 때는 혼자 망망대해에 던져진 듯했고 글을 쓰는 과정은 그 바다에서 나침반만 들고 땅에 찾아가라는 듯한 느낌이었습니다.

그럼에도 글을 쓰는 과정에서 각각의 문장을 쓰고 마침내 그 문장이 모여 한 페이지로 완성되었을 때 일종의 성취감과 달성감이 느껴져 뿌듯했고 저 자신이 자랑스러워진 듯한 느낌까지 들었습니다. 또한 친구들과 무엇을 쓸 것인지와 어떻게 쓸 것인지에 대해 여러 이야기를 나누며 서로 도와가며 책을 만들 수 있었고 친구들이 쓴 이야기를 보며 웃고 떠들며 정말 재미있었고 뜻깊은 추억을 만들 수 있었습니다. 좋은 경험이었고 다음번에도 기회가 된다면 더 실력을 키워서 제 이름으로 된 책을 한 권 출판해 보고 싶습니다.

5

IT의 별을 쏘다

정희균
석호영

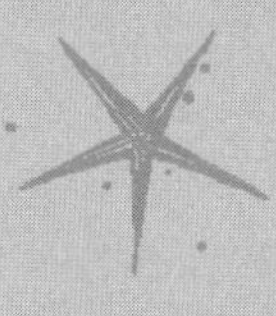

정희균

– 1학년

1. 타임슬립
2. 에필로그

타임슬립

'빠빠빠빰빠~ 굿모닝~ 빠빠빠빰.'

덜컥. 입학 첫 날이라니…… 정말 학교 가기 싫다. 17년 인생 중에 정말로 귀찮은 날이라고 생각했다. 침대에서 일어나 씻기 위해 화장실로 갔다. 흠 오늘도 잘생겼군.

"은찬아~ 학교 가야지! 얼른 나와!"

"알겠어요. 엄마."

첫날부터 지각하면 안 되지 빨리 나가야겠다. 현관문에서 신발을 신고 엄마에게 말했다.

"다녀오겠습니다."

"그래~ 조심히 다녀와. 챙길 것 다 챙겼지?"

"그럼요."

문 앞을 나서고 학교를 향해 걸어갔다. 가는 길에 못보던 구멍이 바닥에 있었다. 싱크홀인가? 그냥 아무렇지 않게 지나쳤다. 지나가는 순간 하늘에 구름이 가득 끼더니 번개가 갑자기 내리쳤다. 내 앞에 번개가 내리친 순간 나는 정신을 잃었다.

"이봐, 일어나 봐."

뭐지? 무슨 일이 일어났던 거지. 이런 생각이 내 머리 속을 스쳐갔다. 그리고 누군가의 목소리가 들려왔다.

"괜찮은 거야?"

눈을 떠 보니 어떤 아저씨가 서 있었다.

"아, 네. 괜찮아요."

"아까 전에 왔더니 쓰러져 있었어."

머리가 아팠다. 시계를 보려 휴대전화를 꺼냈는데 번개 때문인지 켜지지가 않았다. 할 수 없이 아저씨에게 시간을 물어봤다.

"저, 지금 몇 시인지 알 수 있을까요?"

"지금? 8시 조금 지났는데?"

"아, 감사합니다."

이상했다. 분명 내가 있던 곳에는 작은 슈퍼가 있었는데, 지금은 웬 꼭대기가 보이지 않은 거대한 빌딩이 서 있었다. 마치 미래에 온 것처럼 말이다. 생각해 보니 나를 도와준 아저씨도 차림새가 보통 아저씨가 입는 옷이 아니었던 것 같다. 주위를 둘러보니 엄마가 쓰레기를 버리고 있었다.

"엄마! 엄마!"

"응? 나 말하는 거니?"

"네, 엄마."

"얘가? 난 네 엄마 아니란다."

그럴 리가. 분명 엄마랑 똑같이 생겼는데 엄마가 아니라니. 도무지 이상한 일만 있어서 머리가 복잡하다.

"죄송합니다. 착각했나 봐요. 저, 혹시 오늘 몇 년 몇 월 며칠인지 알 수 있을까요?"

"음…… 보자…… 오늘은 2131년 9월 19일이야."

말도 안 돼. 그럼 정말로 미래에 온 거란 말이야? 왜? 내가 뭘 잘못했다고. 정신이 하나도 없다. 나는 그저 2019년에 살고 있는 고등학생일 뿐이라고. 빨리 과거로 돌아갈 생각을 해야 한다. 분명 싱크홀을 지나고 번개를 맞았더니 미래에 왔다. 그렇다면 어떻게 하지? 모르겠다. 일단 싱크홀이라도 찾아보자. 돌아다니다 보면 있을지도 모르잖아?

"자네…… 고민이 있어 보이는데?"

바닥에 앉아 있는 어떤 할아버지가 나에게 말을 걸었다.

"네…… 제가 과거에서 왔는데 어떻게 해야 돌아갈 수 있을까요?"

할아버지에게 자초지종을 설명하니 왼쪽에 보이는 높은 빌딩 10층에 가면 도움을 줄 수 있을지도 모른다고 말해 주었다. 그 빌딩에는 NEXT-Z라고 써 있었다. 들어가서 엘리베이터를 타고 10층까지 올라갔다. 10층에 도착하니 젊어 보이는 여자가 앉아 있었다.

"무슨 일이시죠?"

"저…… 아까 어떤 할아버지께서 여기로 오면 저를 도와주실 수 있다고 해서……."

"뭘 도와드리죠?"

"제가 과거에서 왔는데 다시 돌아가려면 어떻게 해야 될까요?"

"잠깐만 거기 앉아 보세요."

앞에 있는 의자에 앉혀 놓고 오른쪽에 있는 방에 들어가서 어떤 남자와 대화를 나누기 시작했다. 한 5분이 지날 때쯤 그 여자와 남자가 함께 나왔다.

"일단, 얘기를 들어볼까요?"

두 사람에게 자초지종을 설명했다. 그들은 놀랍지 않다는 듯이 나를 보았다.

"또 이건가."

"그런 거 같군."

"무슨 일인데요?"

"당신 말고도 지금까지 몇몇의 사람들이 과거에서 미래로 왔어. 그것도 같은 방식으로 말이지."

"네? 정말이요?"

두 사람 말로는 매년 이맘때쯤이면 갑자기 타지 사람이 온다는 것이었다. 원인은 알 수 없지만 돌아가기 위해서는 어떤 일을 마치면 돌아갈 수 있다는 것이었다. 생각을 해 보니 아까 일어났을 때 주머니에 무슨 종이가 있었다. 종이를 펼쳐 보니 프로그래밍 대회에서 우승을 하라고 적혀 있었다. 어렸을 때부터 컴퓨터에 대한 관심이 많아서 간간이 독학으로 공부를 했다.

"그렇구만…… 우리가 자네를 도와주겠네."

그 남자는 말했다. 처음 보는 사람을 도와주는 것이 수상하긴 했지만 상황이 상황이니 그냥 받아들였다. 그들은 한 프로그래머를 나에게 소개했다. 나는 그 사람을 찾으러 갔다. 생각보다 동네가 많이 낙후된 지역이었다. 똑똑

"저기요? 누구 있어요?"

"누구세요?"

"아, 네. 저 NEXT-Z에서 어떤 분이 소개해 줘서 왔는데요."

"아하, 들었어요. 프로그래밍 대회에서 우승해야 한다면서요?"

"맞아요…… 어떻게 해야 될까요?"

"저만 믿으세요. 제가 최고로 만들어 드리죠."

그렇게 나는 그 프로그래머와 3개월 동안 기초부터 차근차근 배우면서 특훈을 했다. 처음보다는 확연히 실력이 늘어난 게 체감되었다. 그렇게 내일 있을 프로그래밍 대회를 준비하였다.

"지금부터 제 102회 컴퓨터 프로그래밍 대회를 개최하겠습니다!"

설레기도 하고 긴장되기도 했다. 차근차근 집중하며 문제를 해결했다. 그렇게 결승까지 진출한 나는 마음이 한시름 놓였다.

"결승전에 참가하는 참가자는 단상 위로 올라와 주시길 바랍니다."

상대는 유력한 우승 후보였다. 결승이 시작되었다. 문제가 어렵지만 배운 기술을 가지고 열심히 해결해 나갔다. 그러다 처음으로 난관에 봉착했다. 갑자기 스승님이 나에게 '많은 경우 사람들은 원하는 것을 보여 주기 전까지

는 무엇을 원하는지도 모른다.'라고 말씀하신 것이 기억이 났다. 이 말을 되새기면서 결국 나는 결승에서 우승하게 되었다.

"우승자는 바로 이은찬입니다!"

그 순간, 하늘에 구름이 많아지더니 번개가 쳤다. 너무 밝아서 눈을 뜰 수가 없었다. 눈을 떠 보니 내 방 침대에 앉아 있었다.

"은찬아! 아직도 안 갔어? 늦겠네, 정말!"

벙쪄 있는 나는 엄마 말을 듣고 정신을 차렸다.

"아…… 금방 나가요!"

그건 무엇이었을까? 어째서 나에게 일어난 일일까? 영문도 모른 채 나는 일상으로 돌아갔다.

에필로그

최근에 인터스텔라를 TV에서 방영하는 것을 보게 되었습니다. 나는 미래에 인류가 식량 부족으로 새로운 별을 찾게 된다는 설정이 매우 인상이 깊었습니다. 이 영화에서 과학이 미래에 세상을 바꿀 수 있다는 사실에 매우 놀랐습니다. 나는 평소에 과학의 발전에 관심이 크게 없었지만, 그 영화를 보고 과학의 발전이 인류와 지구를 바꾸게 될 것이라는 것을 알고, 관심이 생겼습니다.

그 뒤로 나는 과학의 발전에 대해 알아보았습니다. 그래서 과학 기사와 뉴스 등을 찾았습니다. 그러나 나의 과학에 발전에 대한 호기심을 해소시킬 수는 없었습니다. 그래서 책을 찾아보기 위해 도서관에 갔습니다. 그곳에서 나는 『세상을 바꿀 미래 과학 설명서』라는 책을 찾게 되었습니다.

그 책을 읽고 난 뒤에 그린비에서 책에 대한 독후감을 써야 하는 기회에 그 책에 대한 독후감을 쓰게 되었습니다. 그 책에선 현재 우리의 삶을 바꾸고 있는 첨단기술들과 이에 관한 논쟁을 다루고 있는데, 예를 들면 이세돌 9단을 이긴 알파고나 자율주행 자동차 등이 있습니다. 이러한 기술들은 분명히 우리의 생활 수준을 한 단계 높여 줄 수도 있지만, 이에 불편함을 느낄 수도 있습니다.

가령 이세돌 9단을 이긴 알파고는 인공지능이 인간의 지능을 넘어설 수 있다는 생각을 사람들에게 심어 줄 수도 있습니다. 분명히 인공지능은 인간들에게 안 좋은 점이 있습니다. 두려움을 심어 주는 것도 안 좋은 점이라고 할 수 있습니다. 그렇지만 그 점을 극복할 만큼 인공지능은 우리의 삶을 증진시킬 것입니다. 미래를 준비하고 있는 나의 입장에서는 이 책이 우리들에게 매우 필요한 책이라는 느낌을 받았습니다. 또한 소설을 쓰면서 컴퓨터 프로그래머라는 직업에 대해 많이 조사해 볼 기회가 되었던 것 같습니다.

나는 이번 기회를 통해 내가 꿈꾸고 있는 프로그래머라는 직업이 미래에 어떤 영향을 주고 우리의 삶을 어떻게 바꿀지를 생각해 보게 되었고, 나의 꿈을 이루게 된다면 사람들에게 더 편의를 주게 해 주고 싶다는 꿈을 넘어서는 꿈을 가지게 되었습니다.

독자 여러분도 자신이 관심이 있는 책을 읽고 글에 대해 생각을 지인들과 주고받고, 글도 써 보면서 자신의 꿈을 펼치는 기회가 되었으면 좋겠습니다.

석호영

– 1학년

1. 선택
2. 에필로그

선택

- 인물, 사건, 배경은 실사와 관련이 없음을 미리 알립니다.-

[07:00]

"아빠, 아침이야. 일어나!"

딸 소윤이가 이른 아침부터 날 흔들어 깨운다. 침대 위와 침대 옆 탁자에 쌓여 있던 서류들이 떨어지며 큰 소리가 났다. 그러곤 귀여운 목소리가 들려왔다.

"아, 진짜! 저번 주에 하루 종일 나 놀아 준다고 했잖아! 근데 아직도 자? 나 아빠랑 노는 거 목 빠지게 기다렸다고!"

고개를 돌렸더니 작은 얼굴에 하얀 피부, 큰 눈, 작고 오뚝한 코, 포동한 볼살, 이렇게 귀여운 아이가 볼을 부풀린 채 날 깔고 앉았다. 이 아이가 내 아이라는 것에 행복했지만 그것도 잠시, 소윤이의 손짓은 날 깨우는 수준이 아니라 때리는 수준이었다.

"그만 하렴 소윤아, 아빠 피곤하셔. 그리고 오늘은 아빠가 소윤이 못 놀아 주셔."

곧 서연이가 들어와 소윤이를 들어 올려 안고서 말했다.

"미안해, 소윤아. 오늘은 아빠가 급하게 일이 생겼어. 다음에 놀자. 응?"

오늘은 주말이긴 하지만 갑자기 새로 개발한 AI자동화 기차를 첫 운행하는 날이다. 기존의 차량인 시속이 최대 330km/h까지 올라가는 SRT보다 약 70km/s 빠른 400km/s를 평균속도로 내는 녀석이다. 또한 AI자동화라 기관사의 관여 없이 스스로 선로를 변경하며 달린다. 하지만 혹시라도 생길 수 있는 사고를 방지하기 위해 기관사와 기관조사가 항상 이 기차를 타고 운행해야 한다. 그래서 오늘은 내가 그 역할 중 기관사로서 휴일임에도 출근을 하는 것이다. 소윤이는 내 말을 듣고는 볼을 부풀려 화난 체하며 방을 나갔다.

"아, 나가 버렸네."

나는 바로 침대에서 일어나 머리를 긁적이며 소윤이의 방으로 갔지만 방문이 잠겨 있었다.

"소윤아, 아빠가 미안해. 다음에 날짜 잡아서 놀자 응?"

"……."

대답을 하지 않는다. 아마 당일 날에 약속을 어긴 것에 실망을 한 것 같다. 나는 돌아 나와 세수를 하고 옷을 갈아입었다. 그러나 소윤이는 아침식사를 할 때도 방에서 나오지 않았고, 불러도 반응조차 없었다. 나는 마음속으로 미안함이 몰려왔다. 그 미안함과 약속을 어긴 것에 대한 죄책감으로, 나는 소윤이의 기분을 풀어 주기 위해 소윤이에게 줄 선물을 궁리했다. 최근 장난감엔 성운철도888에 나오는 기차가 다시 유행하는 것 같아서 그 기차 장난감을 선물로 사 주기로 했다. 소윤이의 선물을 아내와 이야기하며 아내의 포옹을 받고 집을 나온 뒤, 난 곧장 오늘 첫 탄생일인 기차가 있는 기차역으로 출발하였다.[08:40]

[07:20]

"아침부터 시끄럽군. 거 참."

이른 아침부터 시장의 집 앞에는 제조직 노동자, 실업자들이 모여 시위를 하고 있었다. 이는 시장이 어떠한 외국 기업에서 개발한 자동제조로봇를 보고, 자기 시의 산업단지의 생산량을 극대화시키기 위해 시 예산으로 각종 산업 시설에 자동제조로봇 구매를 지원해 주었기 때문이다. 그렇게 된다면 이 시의 생산량은 점차 증가하여 기업의 이득은 늘어날 테지만, 노동자, 실업자들에겐 자신들의 일자리를 빼앗기고, 그 자리를 로봇과 같은 기계들이 차지하여 실업이 높아지고 취직 또한 더욱 어려워질 것이기 때문에 노동자와 실업자들은 반대하며 분노하여 시위를 하였다. 그렇지만 시장은 그에 굴하지 않고 이것이 우리 시를 더욱 잘살게 하기 위한 계획이라며 시위대의 말을 듣지 않았다.

'느긋하게 식사하다 보니 벌써 시간이 이렇게 되었군, 서둘러야겠어.'

여느 때와는 달리 좋은 향이 나는 샴푸와 바디워시, 린스를 사용해 씻고 깔끔히 면도도 한 그는 짙은 청색의 깔끔한 양복을 입고 포근함과 친근함이 묻어나는 향수를 뿌리고 머리에 왁스를 발랐다. 그렇게 준비하다가 시장은 시계가 벌써 8시를 가리키는 것을 보고 서둘러 준비를 마치고 집 뒷문으로 나왔다.

'그래도 언론에 잘 알리지 않은 이 기차사업이 잘 진행된다면 이 시는 더욱 잘살 거야. 그러면 언젠간 그 실직자, 노동자들도 보상받을 수 있을 때가 올 거야. 다들 조금만 참으라고.'

시장은 집 뒷문에서 대기 중이던 비서의 차를 타고 오늘 뱃속에서 나오는 기차가 있는 기차역으로 생일파티를 하러 갔다.[9;00]

[10;00]

"말도 없었던 계획 때문에 휴일에도 직장이라니, 참 대단한 세상이야."

시장보다 먼저 기차역에 도착하여 한숨을 돌리고 기차를 수 차례 점검 후 마지막으로 점검하는 동안 다른 기관사들과 얘기를 나누었다. 다들 나를 보며 첫 운행하는 기차를 담당할 수 있게 된 것이 부럽다며 본인들의 출중한 직업의식을 보여 주었지만, 나는 달랐다.

난 이 기관 내에서 기차운행, 정리, 설비 등 모든 것을 할 수 있는 몇 안 되는 능력을 가진 사람 중 하나지만 그다지 기차를 좋아하지 않는다. 하지만 이 기관사라는 직업은 수입이 좋고 안정성이 높아서 좋다.

비슷한 계열의 기업으로 한국철도공사가 있지만 지금 내 직장인 TOK(Train Of Korea)는 전철, 철도계의 신생기업으로서 같은 공기업인 한국철도공사에게 조금 적대적 관계에 놓여 있다. 신생기업인 우리 TOK에 입사한 내가 내걸 수 있는, TOK가 한국철도공사와 대적할 만한 이유는 바로 근무 방식이 한국철도공사와는 편한 쪽으로 다르고, 채용방법도 까다롭지 않고 몇 가지 중요한 조건이 충족된다면 복잡한 절차 없이 채용하기 때문에 입사도 편했다. 이런 면도 있고, 특히 다른 직업들과는 다르게 기관사는 지역적으로 이동이 잦을 뿐 오늘 개막하는 기차 운행식 같은 행사에도 기관사는 할 일이 그다지 없어 보였다. 그래서 그런 모습만 봐 온 나는 가장 힘들지 않으며 멋있어 보일 것 같은 기관사를 하게 된 것이다.

'근데 왜 하필이면 나냐고, 짜증나게 말이야. 주말엔 쉬고 싶다고."

이런 생각을 하게 된 계기는 주말임에도 불구하고 위에서는 실적과 성적, 성격 등을 거르고 걸러 내가 여러 기관사들 중 가장 나은 능력을 가졌으니 오늘 개통할 기차의 첫 운행을 담당하라며 자기들 멋대로 정하고 명령투로 말했다는 것이다.

물론 위에서 내린 말이라 하겠다고는 했지만 그 후의 내 여건은 하나도 들어주지 않았다. 게다가 그것으로 딸의 미움도 같이 샀다. 이건 내 의지는 없던 선택이었다. 이와 같은 이유들이 너무나도 많지만 또 다른 이유로, 난 이 기차의 출생 자체가 정말 싫다.

이 기차는 세간에서 TOK 주도적으로 만들었다고 하지만 사실상 이 기차 제작에 투입된 기술력, 인력 등을 보면 외국에 의존한 부분이 약 80%라고 한다. 물론 마땅한 대가는 지불하고 80%나 되는 것을 받았겠지만 그 정도의 돈을 부어서 80%나 끌어들일 바에야 시간이 걸리더라도 기술력과 인력을 성장시키고 보충할 방안을 만드는 게 성장의 제일 기초적인 것이 아닌가 하고 인상 짓게 했다. 그리고 이 기차를 만드는 데 든 돈도 여간 평범한 양의 돈도 아니었다. 그 외에도 이유는 엄청나게 많지만 결론적으로 이 기차는 그저 돈만 부어 만든 대단한 걸작이 되었다. 말 그대로 진짜 퍼부었다. 거의 주문 제작이나 마찬가지였다. 좀 더 자세히 살펴 보면 이 기차를 위해 투입된 비용 중에 기술 연구비만 500억이 넘어갔다고 하는데, 물론 이 기차를 만드는 프로젝트의 주도는 우리나라였지만 무슨 다 된 밥상에 숟가락 얹는 데 500억인가.

또 이 TOK 기차가 선로에 들어서며 기존 한국철도공사의 기차의 선로를 개량해야 했기 때문에 코레일의 기차가 들어서지 못하며 TOK는 선전포고를 날렸다. 그럼에도 한국철도공사는 어찌할 방도가 없어 그저 볼 뿐이었다. 신생기업인데 외국과의 교류가 뛰어나 정부의 해외 진출에 꽤나 영향을 끼쳤기 때문에 정부에서도 좋게 보고 있었기 때문이다. 어쨌든 이러한 이유들 외에도 여러 이유가 있지만 결론적으로 난 이 기차를 보면 한숨밖에 나지 않는다. 내가 싫어하는 기차의 첫 운행을 맡게 되다니 나를 향한 주위의 부러움을 과연 그 사람들과 똑같은 감정으로써 좋게 받아들여도 되는가 싶었다.

동료 기관사들과 대충 이런저런 기차와 시사에 관련된 이야기를 하다 보니 어느새 시장이 곧 도착한다는 소식을 접했다. 동료들이 내 복장을 다시 가다듬어 주니, 곧 더욱 깔끔한 차림이 되었다. 시장이 도착했다. 내가 보기에 시장은 키가 작지만 덩치는 꽤나 커서 키가 더 큰 나조차 꽤 중압감을 느낄 정도였다. 시장은 곧 내 옆의 기관사들과 악수를 시작했고, 마지막으로 나와 악수를 하였다.

"안녕하세요, 첫 운행을 맡게 된 최상호라고 합니다."

“아, 이분이시구나. 이름은 벌써 들었습니다. 시장 한서국입니다. 잘 부탁합니다.”

그의 손은 두껍고 단단했으며 약한 악력으로도 무겁게 느껴질 정도의 위압감을 느꼈다. 그리고 노동자와 실업자들이 시장에게 사퇴하라는 시위를 한다는 것의 전말을 알기에 그런 일의 중심인물을 만난 것이 조금 신기했으며, 또한 좀 긴장되기도 하였다.

“네, 시장님 안녕하세요. 여러분, 1시간 뒤인 12시 30분쯤에 시장님과 함께 점심식사를 하겠습니다. 조금만 기다리세요.”

‘시장이랑 밥을 왜 같이 먹을까. 이러려고 일찍부터 부른 건가? 기관사가 무슨 하인인가?’

기관장이 한 말에 주말에 출근했다는 사실로 났던 화가 속에서부터 끓어올랐지만 조용히 1시간을 기다리기로 했다. 가족과의 시간을 비용으로 했기 때문에 이 시간을 헛되이 할 순 없었다.[11:30]

[8:40]

‘기관장님도 참, 그 기차 첫 운행을 왜 남편에게 시키신 건지…….’

남편은 시시때때로 갑작스럽게 주말에도 출근한다. 기관장에게 무슨 짓을 하기라도 한 걸까. 매번 가족과 같이 주말에 시간을 보낼 약속을 잡으면 그는 빠짐없이 어떠한 일로 출근했다.

‘나조차 많이 아쉬운데 소윤이는 더 그렇겠지.’

소윤이가 아빠와 놀지 못해 아쉬워하는 마음이 더욱 커지기 전에 나라도 아빠의 빈자리를 채워 줘야겠다고 생각했다. 나는 소윤이의 방 문 앞으로 가서 소윤이를 불렀다.

“소윤아~ 아빠 갔어. 이제 나와서 아침도 먹고, 씻어야지? 응?”

“…….”

대답이 없다. 단단히 화난 걸까, 아니면 슬퍼서 그러는 걸까.

"우리 소윤이 오늘 아빠랑 못 놀아서 많이 속상하구나?"

"응……. 저번에도, 그 전에도 쭉 아빠는 나랑 놀아 준다 해 놓고 어디론가 가 버렸어! 이젠 아빨 봐도 보는 것 외에 다른 기대는 못할 것 같아……. 게다가 오늘 아빠 늦게 들어오겠지?"

바쁘게 사는 아빠가 아침 일찍 출근, 저녁 늦게 퇴근해서 늘 이른 아침, 늦은 저녁에만 아빠를 봐 왔던 소윤이는 그 시간이 참 길게 느껴졌나 보다.

"그럼 우리 같이 아빠 보러 갈까??"

"……."

방문이 벌컥 열리더니 소윤이가 말똥말똥한 눈망울로 나를 쳐다보며 말했다.

"정말?"

"정말이지 그럼! 아빠가 오늘 운행하는 기차의 선로를 지나가면서 기차가 오면 손을 흔들어 주는 거야. 소윤이 저번에 엄마랑 한 번 가 봤지? 건널목 두 개가 나란한 곳 말이야. 건널목 지나면서 아빠를 보는 거야. 아빠 양복 입고 멋있게 일하고 있을 걸?"

이렇게 말하자 소윤이는 갑자기 얼은 듯이 가만히 있더니 이내,

"엄마 무슨 말이야, 건널목을 지나면서 인사한다니. 게다가 기차 속도가 평균 400km/h라 하지 않았어? 저번에 자동차에 탔을 때 아빠가 옆에 반대로 엄청 빠르게 지나간 차가 우리 기준으로 시속 120km로 지나간 거라 했었는데, 시속 400이면 너무 빠른 거 아니야? 거기서 어떻게 아빠를 보냐구."

"얘도 참, 엄마가 아빠한테 좀 물어 봤는데, 그 기차는 이번에 선로를 교체하면서 있었던 토의에서 나온 안건으로 건널목에서는 안전을 위해 멈춘단다. 어차피 그 기차는 제로백이 뛰어나서 잠시 멈춰도 금세 300km/h를 넘으니까 괜찮아. 그리고 건널목이 열리면 반대로 기차가 정차하니까, 우연하

게 지나는 척하면서 아빠랑 인사하면 되잖니? 오늘은 그 기차에 선정된 사람만 탈 수 있으니까 아빠를 보려면 그것밖엔 없어."

"제로백이 뭐야 엄마?"

"제로백(zero百)이란 자동차가 정지 상태에서 시속 100킬로미터에 이르는데 걸리는 시간이란다. 기차에 비유할 수도 있지. 제로백이 뛰어나면 잠깐 멈춰도 금방 높은 속도로 달릴 수 있겠지?"

"그렇네! 그럼 기차가 건널목에서 정차할 때 제대로 인사할 수 있겠다!"

"소윤이는 아빠가 일하시는 모습 본 적 없지? 이번 기회에 잘 봐 둬. 아빤 일할 때도 멋있단다."

소윤이는 오늘 아침 아빠는 안 멋있었다고 장난치며 이내 좋다는 듯 활짝 웃어 보이며 끄덕였다. 나는 소윤이에게 나가는 길에 마트도 들렀다가 아빠를 보고 키즈카페에 가서 시간을 보내자고 했더니 아빠 볼 생각에 좋은지 다시 환히 웃으며 받아들였다. 그때 폰에 알림이 울렸고, 미리 남편에게 물어본 덕분에 남편은 2시쯤에야 첫 운행을 할 것 같다고 출발일정을 알려 줬다. 일정은 이렇게 됐으니 이제 집안일을 처리하고 나갈 채비를 해야겠다.[9:20]

[12:30]

"자 다들 우리의 합작품 기차의 첫 운행을 위해 건배!"

건배를 치기 전 주위를 둘러봤다. 시장의 지위를 느낄 수 있는 장소였다. 화려한 뷔페식 식당, 1인 식사비용도 만만찮은 그 식당을 통째로 대여했다. 그러곤 기차 개통식에 참여하는 모든 사람들을 초대했다. 그 자리에서 시장, 기관장, 각종 고위 공무원들, 후원사 관계자 등 뷔페에 모인 모두가 음료가 든 잔을 들고 건배를 외쳤다. 시장은 테이블 주위 장관들과 고위 직원들에게 둘러싸여 음식과 함께 담화를 나누었다. 고위 직원들은 자신의 발을 넓히기 위함이고, 장관들 또한 위함이었으리라. 다만 그 담화를 엿들어 보니

"시장님 시위대 때문에 골치 아프지 않으신가요?"라던가 "자동화기계도입이 저희 시가 처음이랍니다! 역시 시장님 대단하시네요." 등의 말은 한 마디도 못 들었을 뿐더러 서로 눈치를 보며 시위대, 자동화기계와 관련된 얘기는 일체 하지 않았다. 물론 시장도 그것에 대해 눈치는 보는 듯 말을 계속 돌려 시의 다른 정책에 관련해 공무원들과 이야기를 나누었다. 나는 그 정도만 엿들은 뒤 혀를 차며 내 동료기관사들이 있는 테이블로 돌아왔다.

"시장이 저 모양이니 저소득층들이 노하며 눈물 흘리지 쯧."

"너무 그러지 말어, 시장도 진심으로 자기가 시장이 되고 싶어 시장이 된건 아니잖나? 당에서 적당한 인물 내세워 영역 차지하려는 속셈이었으니 일시켜 주면 적당히 하는 저런 사람을 내세운 거지. 뭐 이번 정책은 확실히 적당히의 도를 넘어섰지만."

동료기관사들도 별일 아니니 우리가 관여할 일이 아니라며 뷔페음식을 즐겼다. 나는 지위, 명성, 돈 등에는 예민한 사람이다. 그래서 앞서 말한 요소들과 관련이 깊은 시장이 마음에 들지 않았고, 기차 운전을 하며 저런 시장과 다른 이들이 대화하는 것을 들으며 몇 시간 동안 운행해야 한다니 솔직히 역겨웠다. 난 며칠 전 시장의 집이란 곳을 지날 일이 있었다. 시장 집 앞을 지나 그 집의 옆길로 들어서 집 뒤쪽에 다다랐을 때, 나는 보았다.

시위대가 시장의 집 앞문에서 소리 지르며 시위하고 있었고, 집 뒷문에는 대기하던 고급스러운 외제차와 비서가 시장을 차에 태워 가는 모습을. 그건 도망이었을까, 무시였을까. 지금이라도 오늘 운행을 다른 기관사에게 넘긴다고 말해야 할까 아니면 지금껏 들인 시간을 생각해서 운행을 해야 할까. 이러한 선택에 갈래에 놓인 나에게 기관장님과 시장이 왔다.

"시장님, 아까 보셨던 오늘 기차를 운행할 기관사입니다. 저희 기관사들 중 가장 능력이 뛰어나죠. 그 옆의 분들은 동료 기관사들입니다."

"네, 저도 아까 뵈었습니다. 식사는 입에 맞으신가요?"

시장은 가까이 오면서 친근하게 말을 붙였다.

"네, 그럭저럭 먹을 만합니다. 근데 반찬에 김치가 없는 것이 좀 별로네요."

"하하 어쩔 수 없잖습니까? 서양식 뷔페니까요."

지금 생각해도 매우 극단적인 생각이긴 하지만 순간적으로 서양식에 미친 사람인가 싶었다. 저 한 마디에 여태 시장의 행동들이 머리를 스쳐 지나가며 화를 돋우었다. 시장은 식사 맛있게 하란 말을 하고 지나갔고, 그 뒤로 기관장이 나에게 다가왔다.

"성호씨, 이런 뷔페에서 김치를 바랍니까? 당신 마음 잘 압니다. 휴일인데 불러서 미안해요. 대신 보너스도 따로 드리고 유급휴일도 제공할 테니 오늘 하루만 좀 고생해 봅시다. 또 나중에 회식비도 제가 사겠습니다. 동료기관사들 몫까지요. 그러니 오늘 하루만 힘내 봅시다 우리."

난 저때까지 내 시장의 역겨움과 화를 이겨낼 일이 생길 줄 몰랐다. 나는

"네."

라고 대답했고, 후에 있을 일이 벌써부터 보이는 듯했다. 마음 한 편에서는 돈 때문에 줏대 곧지 못한 내가 창피하고 쥐구멍, 아니 바늘구멍에라도 숨고 싶었지만 이미 엎질러진 물이었다. 다시 기관장에게 찾아가 오늘의 운행을 다른 기관사에게 넘기겠다고 하기엔 손해가 컸고, 용기도 안 났다. 한 입으로 두말 하는 것이 창피했다. 그래서 오늘 하루 동안 참고 시장을 무시하기로 했다. 그것이 나에게도 좋고, 모두에게 이득인 선택인 듯했다. 식사를 마치고 나니 대략 1시 30분이었다. 동료 기관사들은 맛있게 먹었다며 나에게 인사하고 하나둘씩 기차운행을 하러 갔다. 난 맛은 모르겠고 배만 채운 느낌이었다. 그리고 30분을 기다리며 천천히 화를 가라 앉혔다.

2시가 거의 다 되었다. 이제 운행을 시작해야 한다. 난 시장과 다른 참석자분들이 기차에 올라타는 것을 확인하고 기관조사와 자리에 앉았다. 이어서 열차 내 방송 마이크로 기차에서 안전수칙들을 이야기했다. 참고로 시장

과 비서는 나와 같은 기차의 앞머리에 탔고, 기관장도 같이 탔다. 그 외에 시장과 가까운 고위 공무원 2명 정도가 같이 탔고, 다른 탑승자들은 모두 바로 뒤 칸에 탑승했다. 이제 운행을 시작할 때이다.[14:00]

[13:00]

주변 사람들이 되게 시끄럽다. 지친다. 나에게 아부하는 것일까. 나는 표정은 웃고 있지만 커피를 홀짝 마시며 거의 웃어 주기만 했다. 기관장과 다른 공무원들. 모두 나에게 웃으며 이런저런 사적인 얘기, 아는 사람 얘기 등 공적인 얘기 수준이 아니었다. 재미도 없을 뿐더러 거의 모두가 발을 넓히기 위한 말이었다. 한참 지쳐 있던 찰나, 기관장이 슬슬 운행하러 가기 전 기관사들과 다른 참석자분들하고 한 번 인사를 도는 게 어떠냐고 묻는다. 난 지쳐 있었기에 웃으며 승낙했다. 지루한 시청 고위 공무원과 부인들, 기관사들, 역무원들을 만나다가 오늘 운행할 기관사를 다시 만났다. 나는 친근하게 다가갔다. 인사를 했더니 나에게 불만을 숨기는 듯한 표정으로 대답했다.

운행이 싫은 것일까? 아니면 부담이 심한 것일까? 그런데 솔직히 그가 어떻든 나는 상관할 바가 아니다. 운행은 운행이고, 생각은 자기 생각이니까. 운행을 안 한다고 하진 않을 것이다. 내가 지나가니 기관장이 따라 붙어 방금 그 기관사를 설득하는 듯하다. 당연한 것일 듯싶다. 기관사와 관련해서 일에 차질이 생기면 본인의 책임이 되니까 말이다. 나는 그렇게 식당을 한 바퀴 돌며 인사를 하고 먼저 나와 옷매무새를 단정히 했다.

곧 있으면 2시다. 커피 자판기의 커피를 뽑아 마시고 있었더니 기관장이 날 찾았다. 커피를 다 마시고 나는 첫 번째로 기차에 탑승했고, 그 뒤로 사람들이 탑승했다. 난 지루한 사람들과 떨어져 앞머리 칸에 탔는데, 나와 친한 공무원 2명과 비서가 차례로 들어오는 것을 보고 그나마 편안해졌다.

이어서 기관사와 기관조사, 기관장이 들어와 인터폰을 들고 방송으로 안

전수칙을 안내했다. 난 이 기차 운행 중엔 조용히 쉬기로 했다. 점심식사를 하며 기를 거의 다 뺐기에 소박하게 이 칸에서만 이야기하며 쉬다가 가기로 정했다. 방송이 끝나고 바로 운행을 시작했다. 이것만 끝나면 집에 가는 건가.[14:00]

[13:50]

"오 우리 소윤이 팔 힘세졌네?"

"당연하지, 이제 7살이라고!"

나는 소윤이와 12시쯤에 집에서 나와 마트에서 장을 보고 나왔다. 장을 본 게 많았는데 소윤이가 엄마만 무거워 하는 게 싫다며 한 비닐봉투를 뺏어가 들어주었다. 날이 갈수록 소윤이가 건강하게 쑥쑥 자라는 것을 느낄 수 있어 뿌듯했다. 한편, 저 멀리 두 개의 건널목이 보이기 시작했다. 이 일 자로 곧게 뻗은 길은 시장을 품고 두 개의 건널목을 지나 언덕까지 이어져 있었다. 나는 문득 나와 그 이가 결혼 전 아직 사귀던 때, 벚꽃이 펴 이 긴 거리가 분홍빛으로 물들었던 시기에, 서로 손을 잡고 건널목 신호를 기다리다 마침 지나가던 기차바람에 흩날린 벚꽃에 아름다움과 더불어 행복까지 느꼈던 때가 기억났다.

'그땐 참 예뻤지. 그땐 그랬지.'

머릿속으로 그때를 떠올리며 남편이 나에게 청혼했던 장면을 상상하기 시작한 순간,

"엄마! 아빠 언제 온대?"

소윤이의 큰 목소리에 정신이 번쩍 들었다. 소윤이는 나를 쳐다보며 웃고 있었고 나도 활짝 웃어보였다. 그러곤 대답했다.

"여기 건널목 지날 때쯤이면 2시 30분 정도라던데? 2시에 곧장 출발해서 오는 거니까. 그 기차역에서 이 건널목까진 기차로 30분 정도 걸린다 했어.

왜? 빨리 보고 싶어?"

"당연하지! 일하는 아빠 모습은 본 적이 없는 걸? 아까 엄마 말처럼 분명 멋있겠지?"

"그럼! 엄마는 세상에서 너희 아빠가 제일 멋있었단다."

소윤이는 나와 아빠에 대한 이야기를 하며 길을 걸어갔다. 가는 길에 중간중간 군것질을 하고 천천히 걸어가니 2시 18분 쯤 기차선로차단기가 내려가 있는 건널목에 도착했다.[14:20]

[14;05]

'기대된다. 나를 맞이하러 잠깐 와 준다니. 약속도 못 지키는 못난 아빤데.'

아내에겐 늘 고맙다. 이렇게 시간 관리 못해서 딸과 약속도 파토 내는 사람인데도 아내는 항상 내 주위에서 격려해 주고 힘들 때면 튼튼한 버팀목이 되어 따뜻한 품으로 날 감싸 안았다. 소윤이도 마찬가지로 나에게 용기를 내게 해 주고, 힘을 실어 주었다. 우리 가족 모두 나에게 있어 보물과는 비교할 수 없을 만큼 소중한 존재이다. 그런 가족을 위해 오늘 하루 희생해서 더 남부럽지 않을 남편, 그런 아빠가 되려고 마음먹었다. 곧 있으면 나와 아내가 결혼하기 전, 내가 아내에게 청혼했던 그 건널목에 도착한다.

'그때 참 예뻤는데, 내년 봄에 소윤이도 데리고 다시 건널목에 찾아가 볼까.'

문득 건널목에 대한 추억이 스쳐갔다. 잠깐의 스침만으로도 행복과 기쁨을 가지게 만드는 그 추억이 좋았다. 멍 때리며 그런 생각을 하던 나에게 기관조사가 말을 걸었다.

"선배, 갑자기 기분 좋아 보이시네요?"

기관조사의 신기하다는 듯한 표정을 지으며 한 그 말에 나는 정신을 차리고 운행에 집중했다. 물론 내가 직접 운행하는 것 없이 자동으로 운행되는 기차였지만 각종 버튼과 레버, 표시등 등의 수동운행 장치가 있어 기존의 기차와 그다지 다른 점은 없었다. 대신 내가 기억해야 할 건 기존의 기차와 다른 운행법이었다. 난 다시금 생각했다. 이 기차는 건널목에서 정차한다. 이건 사람의 안전을 기차운행의 이익보다 더 높게 평가하여 도출한 결정이었다. 이러한 결정으로 인해 자동으로 이 기차는 건널목에서 운행반대방향으로 1km 떨어진 곳에서부터 감속하기 시작해 건널목과 10미터 정도를 띄어두고 정차한다. 건널목에서 기차는 약 2분 정도 정차한 후 건널목의 사람이 빠져나가면 차단기가 열려 기차가 다시 운행하는 식이었다. 이 건널목에서 운행반대방향으로 100미터 떨어진 곳에는 선로변경레일이 있어 왼쪽의 선로로 가면 다른 지방으로 쭉 이어져 서울로 가고, 오늘 지나갈 선로인 오른쪽 선로는 이 지방과 주변 지방을 지나 다시 돌아오는 특이한 선로다. 이 기차의 기념식은 시장과 관련된 일이기 때문에 이번에는 오른쪽 선로를 탈 예정이다. 나는 전엔 못 봤던 계기판의 빠르게 점멸하는 등을 인지하고 의문을 품었을 때 자동으로 방송이 나왔다.

"이번 정차는 건널목입니다. 승객분들은 놀라지 마시고 안전하게 탑승해 있어 주시면 감사하겠습니다."

방송이 나온 후 난 곧 불길해졌다. 계기판에 어떤 등이 빠르게 점멸하며 깜빡이기 시작했고, 기차의 속도가 줄고 있지 않았다.

[14;20]

[14:10]

지루하다. 점심을 먹고 난 후라 식곤증이 몰려온다. 피곤하지만 잘 수 없었다. 내 좌우에서 나에게 계속 말을 걸었다. 기관장, 공무원이 얘기를 주고받으며 나 또한 빼놓지 않고 호응을 요구했다. 그렇게 지칠 대로 지친 나에게 비서의 전화가 왔다. 내 일정을 앎에도 기어이 전화를 한 비서에게 짜증이 난 나는 전화를 받으며 말했다.

"김 비서, 지금 중요한 개막식 진행 중인 거 모르나?"

"죄송합니다. 시장님. 하지만 지금 시위대가 시장님이 타고 계신 기차가 지날 건널목으로 향하고 있습니다. 시위대의 이동을 미처 막지 못했습니다. 죄송합니다."

"뭐?……알겠네."

나는 대답한 뒤 폰을 내려놓았다. 머리에 갑작스런 통증이 왔다. 내가 머리를 부여잡고 뒤로 기대자 공무원 둘은 약상자를 찾으러 뒤 칸으로 이동했다.

'이제 와서 알게 되다니.'

생각해 보니 지금 기차 뒤 칸에서는 방송3사의 카메라맨들도 와 있었다. 방송으로 인해 이 기차의 출발소식이 퍼진 것이다.

'과연 방송에서 나를 시위하는 시위대의 모습이 찍히면 어떻게 될까.'

착잡했다. 지역방송에는 시위대의 모습이 가끔 비춰졌지만 이는 무시하면 됐었다. 하지만 지금 이 일은 무시할 수도 없다. 게다가 이 시위대가 선로의 건널목을 막고 버틴다면? 기차가 출발하지 못해 난항을 겪을 것이고 그것 또한 방송으로 퍼질 것이다. 난 해결책을 찾기 위해 계속해서 머리를 굴렸지만 저 멀리 건널목이 보이기 시작했다. 그리고 시위대의 높이 든 팻말과 많은 사람의 모습이 점에서 점점 커져서 사람의 형태로 보이기 시작했다.[14:18]

[14:00]

"뭐라고? 지금 시장이 기차 개막식에 참석해 기차에 탑승하고 있다고?"

시위의 주도자는 어떤 시위자에게 시장이 기차 개막식에 참석해 있다는 것을 전해 들었다. 한참 시위대가 시위하는 동안에도 시장은 다른 곳에서 태평하게 기차 개막식이나 참석하고 있다니. 울분이 찼다.

"여러분 다들 들으셨습니까! 미련한 시장이 지금 저희의 시위에도 기차 개막식에 참석하고 있답니다! 이게 무슨 말이랍니까! 모두 다 같이 가서 보란 듯 시위합시다!"

100명보다 좀 더 많은 수의 사람들이 괴성 비슷한 환호성을 질렀고 주도자와 시위대는 바로 인터넷으로 시장이 탑승한 기차가 지나가는 선로를 찾았고, 마침 그 근처에 건널목이 있어 그곳으로 향했다. 하지만 시위대는 기차가 지나갈 선로를 기차기준 왼쪽 선로로 착각했고, 그 좌측의 건널목을 시위대의 인파로 막아섰다. 그렇게 서 있다 보니 저기 멀리서 기차가 달려오는 것이 보이기 시작했다. 그러자 거의 모든 시위자들이 팻말을 들고 소리를 외쳤다. 그러나 그들의 목소리는 닫지 않았고, 그들은 그때까지도 건널목의 차단기는 내려가 있었지만, 기차의 속력은 줄지 않고 있단 것을 알아차리지 못했다.[14:19]

[14:22]

'저 사람들은 뭐지?'

나와 소윤이가 서 있던 건널목의 건너편 건널목에 갑자기 무슨 시위대가 나타나 건널목 길을 통째로 가로막아 버렸다. 무슨 일인지 궁금했지만 어차피 기차는 이 선로로 지나갈 테니 문제가 없을 것이라 여겨 신경 쓰지 않기로 했다.

"엄마, 저 사람들은 뭐야?"

"아, 그냥 시위하는 사람들이란다. 신경 안 써도 돼. 저런 사람들도 있어. 그것보다 곧 아빠 오신다? 환하게 배웅해 드리자."

"응!"

갑작스런 시위대의 등장에 기분은 별로였지만 기차가 지나고 나면 흩어질 것이었으니 더는 생각하지 않았다. 드디어 저 멀리서 기차가 달려오는 게 보였다. 그런데 정차를 하기 위해 감속을 시작해야 하는 거리인데 감속하고 있는 것 같지 않았다. 기분 탓인 걸까.[14:20]

[14:21]

1분이 지나도 기차는 여전히 감속은 되지 않고 오히려 가속되고 있다. 어찌된 일일까.

"선배, 여기 등이 깜빡이는데 이거 무슨 의미에요?"

"나도 모르겠어. 이건 나도 처음 보는 등인데? 기차 안내서에도 안 적혀 있던 것 같아. 거기 오른쪽에 비상시 매뉴얼이 있어. 그거 한 번 봐."

기관조사가 매뉴얼을 찾아 꺼내들고는 읽기 시작했다. 몇 초가 지났을까 짧은 매뉴얼을 읽더니 기관조사는 얼굴이 창백해지며 말했다.

"지금 깜빡이는 등, 기차가 자동제어 불가하다는 신호라는데요……?"

"뭐?"

난 갑작스런 폭언에 매우 놀라 그 후배를 어이없어하며 쳐다봤다. 그러고서 물었다.

"그럼 내가 직접 수동운행 해야 한다는 거야?"

"네, 아마도 그런 것 같아요. 근데 지금 속도면 자동제어 아니면 못 멈추지 않나요? 저 건널목 신형 차단기하고 이 기차와 선로는 서로 시스템이 개별화 돼 있어서 차단기 시간에 맞춰야 하는 걸로 알고 있는데 이대로 가면 부딪히게 생겼어요."

"어쩔 수 없이 차단기를 부수고 가야 하나. 기관장님. 이걸 어떡하죠?"

"기다려 보게. 내가 관리서에 바로 전화하지."

나는 내 뒤에 있던 기관장님께 그렇게 말했고, 고개를 숙였다가 다시 한 번 오른쪽 건널목을 쳐다봤다. 그 순간, 나는 이 기차의 엔진처럼 심장이 쿵쾅대기 시작했다. 어떤 여자와 어린 아이가 그곳에 서 있었다. 그리고 난 인사하러 나오겠다던 아내와 소연이를 떠올렸다. 1000M, 950M, 900M, …… 빠르게 줄어드는 건널목까지의 거리를 느끼며 나는 이 선로의 진행방향에 서 있는 가족을 보고 머릿속이 새하얗게 됐다. 그러곤 어떡해야 할까라며 심각하게 고민하다가 조심스레 떨리는 손으로 선로변경 버튼을 누르려 했다. 그러자 언제 여기까지 왔는지 모르게 내 뒤에 있던 시장이 내 오른손을 잡아챘다.

"안 돼! 더 많은 인명피해를 유발할 셈이냐! 정신 차려라!"

그 한마디에 나는 온갖 생각이 스쳐 지나갔고, 폭발했다.

"닥쳐! 당신이 우리 가족 목숨 보장할 거야?"

"저 두 사람이 당신 가족이든 뭐든 최소한의 인명피해가 우선이야!"

"당신은 저 사람들이 당신에게 시위하는 시위대여서 그런 거 아니야? 저 사람들을 치고 나서 당신이 이 기차에 탑승해 있었단 게 알려지면 당신이 묻힐까 봐!"

내 마지막 한 마디에 시장은 잠깐 흠칫하더니 곧 비장한 표정을 하고 내 손목을 낚아챘다. 그러곤

"그래도 난 최소한의 인명피해로 가는 게 우선이야!"

라며 최상호를 뒤로 던져 버리고 자신이 기관석에 앉았다. 시장은 최상호가 선로변경 버튼을 누르지 않게끔 오른손으로 최상호의 온몸을 막아섰고, 최상호는 버튼을 누르기 위해 발버둥쳤다.

"안 돼! 피해. 서연아 소윤아!"

빠른 속도로 달려가는 기차, 마지막으로 본 계기판의 기차의 시속은 378km/h이었다. 더욱 가속했다. 약 초속 100m/s를 웃도는 속도로 달리던 기차는 점으로만 보였던 건널목의 사람들에게 달려갔고, 그 점은 점점 커지며 다가왔다. 선로변경레일에 완전 다가간 순간, 시장의 손에 밀려 포기하려 한 최상호는 모든 힘을 짜내 선로를 바꿔야 하나 아니면 이대로 가족을 쳐야 하나라는 선택지 중 하나를 택해야 했고, 마침내 최상호는 모든 힘을 써서 두껍고 단단한 시장의 손으로 가려진 버튼을 그의 손으로 시장의 손을 통째로 눌러 버렸다. 순식간에 벌어진 일에, 모두들 놀랐고, 소리를 지르며 기차는 빠르게 달려가 퉁하는 소리를 내더니 들이박았다. [14:30]

[20:24]

"…괜찮으세요? 정신 차려 보세요."

최상호는 눈을 떴다. 기차가 들이박는 충격에 정신을 잃었다. 그가 주위를 둘러보니 병원 침실이었다. 그는 기차가 무엇을 들이박았는지, 그 후 무슨 일이 일어난 것인지 알지 못했다. 그는 그렇기에 가족을 떠올리며 눈물을 머금고 앉아 있던 자세를 엎드려서 서럽게 울기 시작했다. 그러던 중 갑자기 아내와 소윤이가 침실에 들어온다.

"여보! 괜찮아? 나 여기 있어! 울지 마!"

"아빠! 나도 여기 있어! 괜찮다고!"

한없이 서럽고 비참하게 울던 최상호가 그 두 목소리에 고개를 들어 올려 봤더니 틀림없는 자신의 아내와 딸 소윤이었다. 그러곤 너무 놀란 나머지 숨을 제대로 못 쉬는 듯 뒤로 쓰러졌다. 아내와 소윤이가 놀라 빠르게 다가가자 더욱 눈물 흘리는 최상호.

"정말, 어떻게 된 줄 알았어…… 다행이야. 정말로 다행이야."

"나랑 소윤이도 엄청 놀랐어. 갑자기 기차가 이도 저도 아닌 그냥 탈선해 버렸지 뭐야."

"…탈선?"

"그래. 두 선로 사이로 딱 탈선해서 풀숲 사이로 들어 가서 나무들도 치고 풀들도 치면서 탈선치고는 꽤나 얌전하게 착지했다니까? 풀숲 덕분에 감속이 자연스레 돼서 다친 사람은 있지만 가벼운 중상 정도가 다야. 그 이상 인명피해도 안 났지. 다행이야 정말."

서연이에게 그 뒤의 여러 이야기를 들어 보니 지금까지 정신을 잃고 있던 건 최상호뿐이며, 시장은 깨어나자마자 자신의 집으로 돌아가 집 앞의 시위대에게 사퇴선언을 했다고 한다. 기관장은 별 탈 없이 약간의 머리 부딪힘만 있었고 이상증세는 없었다. 기관조사로 따라온 후배 또한 마찬가지로 큰

증세는 없었고, 뒤 칸의 탑승객들도 안전벨트로 인한 아픔만 있었고 넓은 좌석 크기 때문에 뭔가 부딪힐 일은 없었다고 했다.

시위대가 있던 건널목과 아내, 소윤이가 있던 건널목 사이의 너비는 꽤나 넓어서 기차가 오는 선로 위에만 있었던 서연이와 소윤이와 그 외 사람들 모두 기차에 부딪힐 일이 없어 지장이 없다고 했다. 여기까지의 서연의 말에 최상호는 다시 기억을 되새겨 보았다. 버튼을 누르던 순간. 시장의 손이 버튼을 눌렀고. 최상호는 시장의 손으로 맞아 뒤로 튕겨갔다. 그리고 기차는 통 소리를 내더니 앞 유리창이 푸르게 물들고 이내 정신을 잃었었다. 최상호는 기차가 어떻게 된 건지 곰곰이 되새겨 보았다.

'선로변경레일 위에 기차 가장 앞바퀴가 올랐을 때 버튼을 눌러서 선로에 연결 안 된 레일에서 앞바퀴가 벗어난 건가.'

속으로 정말 운이 좋았다고, 천운이 따랐다고 해도 과언이 아닐 만큼 대단한 결과였다. 그리고 그는 그가 한 선택이 정말 잘한, 최고의 선택이었다고 자부하며 피곤한 정신에 다시 잠이 들었다.

에필로그

'선택'과 '우리는 우주 속에 산다'라는 글을 쓰게 된 석호영입니다.

'선택'에서는 지금 현재 과학기술의 발전으로 인해 앞으로 미래에 이루어질 사회상에 대해, 특히 과학적인 발전과 윤리적인 부분에서의 충돌을 이야기하고 싶었습니다. AI시대가 오며 AI가 해야 하는 일의 범위가 넓어지며 발생한 그에 관한 윤리적인 부분에서의 충돌이 그다지 먼 미래의 이야기가 아닐 것이라 생각했습니다.

인간의 판단을 대신해서 대신 옳고 맞는 일을 해 주고 대신해 주는 AI. 인간으로서 없앨 수 없는 부분인 감정. 그것을 배재한 AI의 극히 이성적인 판단에 우리는 과연 수긍할 수 있을까요? 저는 그것과 더불어 사람의 인성에 관해서도 이야기해 보고 싶었습니다. '선택'에서 저는 시장, 한서국과 최상호 간의 대립 구조를 만들었는데요. 한서국은 소설에서 끝맺은 부분과 같이 사퇴를 시장의 자리를 나오며 자신이 소속했던 당도 나오게 됩니다. 그러곤 집에서 쉬며 일생을 돌아보게 되죠. 그렇게 돌아본 자신의 인생은 너무나도 수동적이고 의미 없었다고 생각하게 되고 조금씩 후회를 하게 됩니다.

사실 시의 정책과 계획 등의 일들은 전부 그의 머리에서 나온 게 아니었습니다. 그의 밑에 있던 공무원들이나 그 당에 같이 소속했던 의원들의 의견들을 비판하지 않고 순수하게 모두 수용해서 그 의견들을 모두 납득하게 되고 자신도 모두 이해했으며 틀린 것이 없다고 생각하게 된 상황에 이르게 된 겁니다. 너무나도 수동적이었죠. 그래서 가끔씩 최상호를 되새기게 됩니다. 그가 했던 선택이 엄청난 선택이었던 것을 느끼며 말이죠. 그렇게 시장은 여태껏 자신의 선택을 해 줬던 사람들을 잊고 자신이 직접 선택하는 삶을 찾아가게 됩니다.

그럼 최상호는 어떻게 되었을까요? 최상호는 시장의 사퇴선언에 더 이상 적의를 가지지 않기로 했습니다. 사퇴하기를 바라왔거든요. 그리고 사퇴 후의 그의 변천사를 접하다 보니 그가 진정 능동적인 사람이 된 것을 느끼게 되고 그때 그 일을 용서하기로 합니다.

'우리는 우주 속에 산다'라는 글도 썼습니다. 정말 창피하지만 미완성작이 되어 버렸네요.

미완성이지만 후의 줄거리에 대해 얘기 드리고 싶습니다. '우리는 우주 속에 산다'에 나왔던 주인공은 후에 혼자 있던 곳에서 그 우주가 담긴 병을 깨게 되고, 그 작은 소우주를 경험하게 됩니다. 거기서 또 블랙홀도 보고 경험하게 되죠. 주인공은 우주에 존재한다는 평행우주를 그 소우주를 통해 관찰해 봅니다.

매우 많은 평행우주가 존재하고. 이야기의 전개가 모두 다른 우주가 존재하는 것을 알고는 충격을 받습니다. 그러고는 어떤 우주를 보게 되죠. 힘듦과 고통이 없는, 불행이 없고 행복이 가득한 그런 우주를 봅니다. 그곳에서는 직급도, 돈도, 외모도 필요 없습니다. 그저 다 같이 살아가는 겁니다. 하지만 주인공은 그 우주를 싫어했죠. 감동이 없었습니다. 불행이 있어야 행복도 느낄 수 있는 것이라고 깨닫습니다. 그러곤 현실로 돌아와서 그 소우주를 다시 새 병에 담고 불행을 느끼고 있는 자신의 처지를 극복하기 위해 열심히 공부해서 성공하게 됩니다. 그리고 그는 커서 다시 한번 그 소우주를 경험하게 됩니다. 그리고 다시 그 우주를 접했을 때, 그는 부러웠습니다. 행복함을 거의 무한대로 느낄 수 있는 그 우주에. 그리고 나이를 먹을수록 그것을 갈망하게 되죠. 사회가 변화하며 소외계층이 많아지고 소득불균형이 심화되지만 어느 정도 소득이 있고 직급이 있는 그는 더 이상 뭔가를 갈망하지 않게 됩니다. 그리고 평범한 일상 속에 그 소우주가 담긴 병을 들고 다니다가 잃어 버리게 되죠. 그의 인생은 밋밋하게 흘러가 결국 끝이 납니다. 하지만 그 병을 주운 어릴 때 주인공과 똑같은 처지의 아이는 그 병을 들고는 주인공과 똑같이 깨뜨리고 소우주를 경험하고, 성장해서 성공하길 원합니다.

저는 이 글에서 얘기하고 싶었던 바가 두 가지 있습니다. 첫 번째는 사회의 불균형을 깨달았고 알고 있었음에도 무언가 조치를 할 수 없는 부정적인 현실을 비판하고자 하는 것이었습니다. 두 번째로는 악순환이었습니다. 모두가 성공한 이만 바라보며 그렇게 되고, 정작 중요한 모두가 성공하는 법을 갈망하지 않는. 그러한 사회를 비판하고 싶었습니다.

감히 고등학생인 제가 이런 생각을 하고 발설하냐고 느낄 수도 있겠지만, 지금까지 모두 옳게 적용된 것이 있었나요? 이 질문을 던지고 싶습니다. 사회에 대해 무엇이 정답이고 무엇이 오답인지는 저도 잘 모릅니다. 그러니 최선의 방식을 찾아가는 수밖에 없을 것 같습니다. 최선을 찾는 것이 최선입니다.

6
공학의
별을 쏘다
이민호
오정규
이은찬

이민호

– 1학년

1. 조선에서 넘어온 외계인
2. 에필로그

조선에서 넘어온 외계인

'삐리리리리리리리릭, 삐리리리리리릭'

시끄러운 알람벨 소리에 김디기는 잠을 깼다. 회사에 도착한 김디기는 직원들의 인사를 받으며 들어섰다.

"대표님, 안녕하십니까?"

직원들이 김디기를 반겼다. 김디기는 자기 방에 들어가서 부족한 잠을 취했다. 김디기는 아눅스 사의 대표이다. 그는 2031년의 최고의 과학자들 중 하나로서, 2027년에는 노벨 물리학상 후보로 등재되기까지 했다. 그는 한땐 아눅스 사의 직원들 중 하나였으나, 공로를 인정받아 2029년 3월 즈음에 아눅스 사의 대표로 부임되었다. 아눅스 사는 세계 5대 기업 안에 들어갈 정도로 큰 기업으로, 우주 개발을 목적으로 한다. 김디기는 우주의 천문학 현상을 연구하였고, 화성까지 최소한의 비용으로 가는 방법을 제시하였다.

"대표님!"

비서가 김디기를 깨웠다.

"빨리 3시 회의에 가셔야 합니다. 지금 3시까지 5분 남았습니다."

김디기는 재빨리 일어나 회의장으로 달렸다.

"오늘 회의 자료 어디에 있죠?"

김디기가 비서에게 물었다.

"저한테 있습니다. 빨리 회의장에 가기만 하면 됩니다."

다행히 3시 전에 김디기는 회의장에 도착했다.

"그럼 '화성 개발로봇 후보 선출'에 관한 오늘의 회의 시작하죠. 화성 개발로봇 후보 숫자가 어떻게 되나요?"

김디기가 물었다.

"290개 정도 있습니다. 그럼 첫 번째 후보부터 시작할까요?"

직원이 말했다.

"그러죠."

김디기는 그렇게 5시간 동안 회의를 하였다.

"그 다음 스케줄은 무엇인가요?"

김디기가 말했다.

"오늘 저녁 9시에 미팅이 있습니다. 그리고 그게 오늘 스케줄 마지막입니다."

비서가 대답했다.

"그래요? 그럼 40분 정도 여유가 있으니깐, 잠시 화장실 좀 다녀오겠습니다."

"알겠습니다. 그럼 차 대기시켜 두고 있겠습니다."

김디기는 화장실에 도착했다. 그런데 화장실 안에서 바람이 불어오기 시작했다.

'뭐지?'

김디기는 의심에 가득차 화장실 문을 열기 시작했다. 그런데 눈 앞에 밝은 빛이 나타났다.

"으…… 으아악!!"

비서가 비명소리를 듣고 바로 그곳으로 달려갔으나, 그 자리엔 아무도 없었다.

"으으윽……."

김디기가 신음소리를 내며 일어났다.

"여긴 어디지?"

김디기는 요리저리 둘러보며 자신의 위치가 어딘지 침착하게 생각해보았다.

"일단, 초가집이 있는 것을 보아하니 대한민국인 것은 확실한데……."

갑자기 김디기에게 사람들이 다가온다.

"거기 누구시오?"

사람들 중 한 명이 말했다. 김디기는 깜짝 놀라 재빨리 도망갔다.

"거기 서 보시오!"

사람들이 말했다. 김디기 뒤로 사람들이 쫓아왔다. 김디기는 넘어져 결국 사람들에게 붙잡혔다.

"당신 어떻게 여길 들어왔소? 여긴 함부로 들어올 수 있는 곳이 아니오!"

사람들 중 우두머리로 보이는 사람이 말했다.

"갑자기 밝은 빛이 앞에 나타나더니 의식을 잃고 여기로 왔습니다. 그런데 여기는 어딥니까?

사람들은 김디기의 얘기를 듣고 자기들끼리 대화를 했다. 그 뒤 우두머리가 나에게 다가왔다.

"일단, 우리 마을로 가 봅시다."

김디기와 사람들은 마을로 간 뒤에 그 마을에서 가장 큰 집이 있는 곳으로 갔다.

"초면에 실례해서 미안하네. 나는 이 마을의 우두머리이자, 이장인 장영실이라고 하네. 자네는 이름이 무엇인가?"

우두머리가 말했다. 김디기는 속으로 '내가 아는 장영실이 맞나?'라고 생각했다.

"저는 김디기라고 합니다. 그런데 혹시 어르신, 혹시 세종대왕님 시대에

활동하시던…… 그 장영실 대감님이 맞으신가요?"

김디기가 조심스럽게 물었다.

"세종대왕님이라…… 아, 폐하께서 붕하신 뒤에 불리는 성함이 세종대왕이셨군. 자네가 말하는 그 장영실 대감이 아마 내가 맞을 게야."

장영실이 말했다.

"그런데 제가 알기로는 마차가 부서진 뒤로는 유배를 가셨다고 들었는데……."

김디기가 말했다.

"자네 말이 맞네. 아마 자네가 알기로는 그렇겠지. 그러나 나는 사실 유배간 것이 아니라 어느 한 신선을 만나 여기로 이동된 것이라네. 자네도 마찬가지겠지. 자네가 만난 빛은 아마 그 신선일게야."

김디기는 이 말을 듣고 고민에 빠졌다.

"그럼 그 신선은 지금 어디에 있죠?"

그러자 장영실은 의미심장한 표정을 지었다. 그러고는 마을 사람들과 같이 이야기를 잠시 하였다. 김디기는 이것을 보고서 마을사람들과 장영실이 무언가 자신에게 숨기는 것이 많다는 것을 직감하게 되었다.

"자네, 외계인이라고 아나?"

한참 뒤에 장영실이 말을 꺼냈다. 김디기는 이 말을 듣고 당연하다는 듯이 고개를 끄덕였다.

"사실 이 마을사람들은 진짜 사람이 아니라 다른 별에서 온 외계인이라네. 이들은 지구로 오려던 목적은 아니었으나, 오던 중에 돌 파편에 의해 그들의 배에 큰 구멍이 뚫리게 되어 여기로 불시착하게 되었네. 이들은 이곳 마을사람들에게 신고를 받은 관인들에 의해 끌려가 임금님 앞에 도착했다네. 그러자 이 자들은 자신들의 기술력을 뽐내면서, 임금님과 거래를 하였다네. 나는 자세한 거래 내역은 모르지만 임금님의 밀명을 받고 이들의 배를 고쳐야 했지. 그래서 나는 임금님이 가마가 부서진 것을 구실로 이들의 배가 있는 곳으로 가서 배를 고치는 것을 도왔다네. 그러나 배가 너무 어렵게 구성되어 어려움을 그들에게 토로하자, 이들은 도와줄 도우미를 부르겠다며 자네를 데리고 왔다네. 일단 처음에 자네를 속이려 한 점은 미안하네, 그러나 결코 나쁜 목적에 속이려 한 것은 아니라네."

이 말을 들은 김디기는 처음에는 자신을 이곳으로 데리고 온 장영실에게 화가 났지만, 조금 더 생각해 보니 외계인이라는 처음 보는 생명체를 직접 볼 수 있게 된 기회라는 생각에 오히려 좋은 기회일지도 모르겠다는 생각이 들었다.

"그럼 외계인들에게 필요한 것이 무엇인가요?"

김디기가 반짝이는 눈빛으로 물었다.

"화성에 있는 그들의 기계라네. 그들의 배에 구멍이 뚫리면서 가장 핵심적인 부품이 떨어지게 되었지."

김디기는 납득을 하면서도 한편으로는 장영실이 현대어를 잘 안다는 것과 자신이 시간여행을 한 것이 맞긴 한 건지 궁금했다. 그래서 장영실에게 물어보기로 마음먹었다.

"그럼 제가 시간여행을 한 건가요?"

장영실은 이 말을 듣고는 고개를 저었다.

"자넨 시간여행이 아닌 차원이동을 한 것이라네. 자네의 시대와 나의 시대는 완전히 다르지만, 큰 역사적 사건 진행은 비슷할 것이라네. 내가 자네 시대의 말을 잘 아는 것도 차원의 언어를 배워왔기 때문이야."

장영실이 말했다.

"그럼 오늘은 여기까지 하고 내일부터 작업에 착수하세. 앞으로 1달 정도면 충분히 화성에 갔다 올 수 있을게야."

김디기는 이 말을 듣고 고개를 끄덕였다.

-1달 뒤-

"대감님, 드디어 완성했습니다."

"이 기회가 처음이자 마지막일세."

김디기과 장영실 대감이 말을 주고받았다.

"저도 알고 있습니다. 그래도 성공하도록 최선을 다해 봐야지요."

이렇게 말하면서도 김디기는 한편으론 불안해 했다.

"그런데 이 일이 끝나면 돌아갈 수 있는 거 맞나요? 이렇게 했는데도 돌아가지 못하면……."

김디기가 이 말을 하자 장영실 대감도 자신없는 말투로 말했다.

"나도 모르겠네. 그렇지만 자네 말대로 최선을 다해 보는 게 좋지 않겠나. 하물며 자네 시대의 기술력이라면, 이 우주왕복선은 충분히 작동할 거야. 그 외계인이라는 작자도 그렇게 말했으니. 무사히 화성에만 되돌려 놓으면 될 거야."

장영실 대감의 말을 들은 김디기는 긴장이 풀렸다. 그렇게 1달간의 점검과 계산의 검산 끝에 드디어 출발 날짜가 되었다.

"그 기계만 들고 와야 하네. 우주에서 그 우주복으로는 4시간 정도밖에 못 버틸 게야."

장영실 대감이 걱정에 가득찬 목소리로 말했다.

"저도 잘 알고 있습니다 걱정하지 않으셔도 됩니다."

김디기와 외계인 3명이 같이 우주선에 탔다.

"그럼 출발하겠습니다."

"알겠네."

장영실과 김디기는 인사를 주고받았다.

'3초 카운트 뒤에 출발합니다. 3 2 1 출발'

-1년 뒤-

화성에 도착한 김디기와 외계인들

"흐음…… 지도를 보아하니 이쯤인 것 같은데……."

갑자기 외계인들이 소란스러워지더니 김디기에게 기계의 위치를 알려주었다.

"오! 찾았어. 이제 착륙만 하면 되겠군."

김디기와 외계인들은 아주 조심스럽게 착륙한 뒤에 내려 기계를 챙겼다.

"이제 돌아가자."

김디기와 외계인들은 다시 지구로 돌아가기 위해 우주선을 타고 돌아갔다.

-1년 뒤-

취이이이익

"오, 자네 왔나?"

"네, 어르신."

김디기와 장영실 대감은 다시 재회했다.

"그런데 이제 어떻게 돌아가죠?"

"어떻게 돌아가는지는 모르지만 여기서 빠져나가는 방법을 알았네."

장영실이 의미심장한 눈빛으로 김디기를 쳐다보았다.

푸우욱

갑자기 외계인이 김디기의 등을 칼로 찔렀다.

"아…… 아니…… 왜…… 크어어억…… 배신을 하다니……."

"진정하세. 그거에 찔려야지 돌아갈 수 있네."

이 말은 김디기는 갑자기 정신이 말짱해졌다. 김디기를 찔렀던 칼도 사라졌고, 외계인도 사라졌고, 장영실 대감도 사라졌다. 그렇게 김디기는 평온한 일상으로 다시 돌아갔다.

2034년 3월 14일 뉴스입니다. 오늘 전라남도 북동쪽 지역에서 조선시대의 민갓집으로 추정되는 마을이 발견되었습니다. 이 지역은 특이하게도 비밀기지로 쓰인 것 같다는 전문가의 의견이 있습니다. 그곳에선 그 당시에 백성들이 입었던 것으로 추정되는 옷도 있었다는데요, 화면으로 보시죠.

"와! 그곳이 존재하던 곳이었구나! 한 2년 전쯤이었나…… 그때 참 다사다난 했었는데……."

김디기가 혼잣말로 말했다. 김디기는 현실로 돌아온 후에 회사를 세계 1위의 회사로 만들었고 화성으로 진출하는 계획에 성공하여 기계가 발굴되었던 곳도 찾았다. 이후 지구는 다른 생명체도 찾기 시작했고 결국 김디기가 만났던 외계인도 찾게 되었다.

에필로그

최근 한국사 시간에 조선시대의 과학기술의 발달에 대한 수업을 듣게 되었다. 나는 그중에서도 장영실이 만든 앙부일구와 자격루, 혼천의 등의 발명품 등이 인상깊게 들렸다. 장영실은 내가 어릴 때 보았던 위인전에서 가장 처음 보게 되었는데, 이 이후로 내가 가장 존경하는 과학자들 중 한 명이 되었다. 그래서 내 소설에 장영실을 넣기로 결심했고, 주연은 아니지만 조연으로라도 출연시키기로 마음먹었다.

소설을 쓰기 위해서 장르를 먼저 정해야겠다고 생각했다. 그래서 내가 가장 좋아하는 장르인 SF 장르를 쓰기로 결심했고, 가장 전형적인 SF 상징인 외계인을 출연시켰다. 그리고 현 시대의 가장 뛰어난 과학자와 과거 조선시대의 가장 뛰어난 과학자의 만남이라는 소재를 생각해 내게 되었고, 그래서 나는 '김디기'라는 가상의 인물을 내세우게 되었다. 그러나 글을 쓰는 도중에 계속하여 장영실이라는 캐릭터를 활용하는 방법에 막히게 되었다. 그래서 나는 장영실이 전성기였던 시절이 아닌 가마가 고장나 유배간 그 당시의 장영실을 쓰기로 마음먹었다. 그래서 김디기가 사는 시대에 김디기가 이동했고, 또한 장영실이 유배간 마을이 발견되게 하여서 현실감을 주려고 했다. 그리고 김디기가 무사히 조선에서 다시 김디기가 살던 2031년으로 돌려보내면서 이 글을 마무리지었다.

이 글을 쓰고 난 뒤에 나는 김디기라는 인물이 과연 현실성이 있는가를 생각해 보기로 했다. 처음의 김디기는 주변에서는 찾기 힘든 엄청난 독보적인 천재이자 세계 1위의 부자이고, 매우 예쁜 아내와 주변 모두에게 인정받는 인성을 통해 엄청난 엘리트라는 점을 부각해 두었고, 그 와중에도 겸손함을 잃지 않게 하였다. 그러나 이렇게 완벽한 인물로 설정해 놓으니 다소 현실적 감각과 동떨어진 면이 있는 것 같았다. 그래서 시대가 약 10년 뒤의 미래인 만큼, 나는 김디기라는 인물이 최소한 현실에 존재할 만한 인물이어야 될 것 같아서 독보적인 천재에서 유명한 과학자들 중 하나로, 세계 1위의 부자에서 세계 5위권 안에 드는 회사의 노력을 통해 올라간 대표로 설정했다. 그리고 아내에 대한 이야기는 넣지 않음으로써, 김디기에 관한 설명을 간략하게 하였다. 그런 와중에도 인성에 대한 부분은 그대로 두어야지 교훈적인 면이 있을 것 같아서 잘 드러나지는 않지만, 그래도 누구에게도 꿀리지 않는 인성의 소유자로 설정해 두었다.

나는 이 소설을 쓰기 전에 '어벤져스 엔드게임'이라는 영화를 보았는데, 그 영화에서도 주인공이 과거로 시간여행을 가 조언자를 만나며 결국에는 온 지구를 구하게 되었다. 나는 그 영화에서 영감을 받아 이 글의 주인공이 지구를 구하는 것은 아니더라도 다른 행성에서 온 외계인을 도와주는 이야기와 장영실이라는 조언자를 만나게 되면서 이 소설이 배드엔딩이 되지 않게 하였다.

오정규

– 1학년

1. 양자역학
2. 에필로그

양자역학

한 고등학교, 어쩐 일로 12시에 학생들이 우르르 쏟아져 나온다. 시험이 끝난 것이다. 그중에는 설아도 섞여 있었다. 설아는 오늘 막 물리시험을 치고 나오는 길이었다. 설아의 손에 구김이 가득한 물리 시험지가 보인다.

“대체 물리 같은 것은 왜 배우는 거야? 대학교 갈 때에는 쓸지 몰라도 안 배워도 될 내용이 한가득인 것 같은데. 이래서 내가 과학이 싫다니까.”

문득 지난번 시험 결과가 떠올랐다. 설아는 성적이 좋았지만, 과학만큼은 성적이 안 좋았다. 특히 물리에서, 물체의 운동을 감을 전혀 못 잡고 있었다.

“아, 과학 진짜 싫다.”

“그게 정말 과학의 전부라고 생각해?”

설아는 움찔했다.

‘방금…… 나보고 한 소리인가? 하지만 누가?’

“너희가 아는 과학은 너희가 볼 수 있는 과학인 거지.”

“그게 무슨 소리야. 원자는 나도 안다구. 그런데 넌 어디 있는 거야?”

“건물 뒤쪽으로 와 봐. 재미있는 걸 보여 줄게.”

설아는 시계를 들여다보았다.

‘학원까지 1시간…… 잠깐이면 괜찮을지도 몰라.’

“나 학원 가야 되니까 잠깐밖에 못 있어.”

건물 모퉁이를 도는 순간, 설아는 기분이 묘해졌다. 자신의 몸이 약간 사라지는 느낌을 받은 것이었다. 그리고 설아 앞에 무언가가 보였다. 그 정체는 은색 펭귄이었다.

"안녕? 내 이름은 실더야. 내가 널 불렀어."

그렇게 말하는 펭귄과 그 옆에는 또 다른 설아가 있었던 것이다. 새로운 설아는 정말로 원래 설아랑 똑같았다. 마치 거울보다 더한 일치감이 느껴졌다.

"어떻게 펭귄이 말을…… 아니, 그보다 쟤는 나 아니야? 쟤는 대체 누구야?"

"너도 너고, 얘도 너지. 과연 너는 어디 있을까? 헤헤."

그 순간, 실더는 실더의 옆에 있는 설아에게 손을 대었다. 그러자 설아는 눈 깜짝할 사이에 실더의 곁으로 왔다!

"오호, 네가 진짜 설아구나. 어때, 신기하지?"

"너, 장난치지 말고 진짜 내가 묻는 거만 똑바로 대답해. 방금까지 일어난 일들은 전부 뭔지 다 말해 줘."

"오호, 드디어 흥미가 생긴 건가?"

"누구든지 이런 거 보면 흥미고 뭐고 당연히 신기해하지!"

"좋아. 아직 부족하지만 알아듣기 쉽게 간단히 설명해 주지. 내가 말한 네가 모르는 과학 있지? 그 과학이란 것이 바로 이런 거야. 너는 방금 네 위치나 내 옆에 있을 수 있는 가능성을 모두 가지고 있는 거지. 그리고 내가 만지는 순간, 그 가능성이란 것이 확인이 되어 버리면서 다른 너는 사라지게 된 거야! 사실 확인은 네가 보는 순간부터 되지만 네가 어려워할 것 같아서 특별하게 준비했지."

"그게 무슨 말이야. 있으면 있고 없으면 없는 거지, 있는 가능성이나 없는 가능성은 과학적으로 없어. 네가 틀린 것 같은데?"

"으음…… 지금 여기선 내가 틀린 것 같네."

"지금 여기서라고? 다른 곳이 있다는 거야? 네가 말한 게 맞는 그런 곳?"

"응응! 내가 온 곳은 내가 한 말이 맞고 네가 한 말이 틀렸어."

설아는 의심의 눈초리로 실더를 봤다.

"…… 혹시 다른 세계 같은 판타지 같은 건 아니지? 그런 거라면 나는 정말로 안 믿어."

"하하, 너 참 재미있네. 다른 세계라면 다른 세계라고 말할 수도 있겠다. 하지만 분명한 것은 너는 이미 내가 말한 세계에 살고 있다는 거지. 볼 수는 없지만."

설아의 눈이 동그랗게 커졌다.

"내가 살고 있는 세계인데 볼 수가 없다고?"

"그렇지. 내가 문제 하나를 내볼게. 너 학교 과학시간에 원자는 배웠지?

"응 당연하지. 원자는 원자핵과 전자로 이루어져 있고, 원자핵은 양성자와 중성자로 이루어져 있지. 어때, 똑똑하지?"

"좋아 좋아. 공부 열심히 했네. 그럼 원자의 공간이 거의 비어 있는 것도 배웠겠네?"

"음…… 그거 선생님께서 말하신 것 같아. 원자 크기가 축구장이라면 원자핵은 축구공, 전자는 모래보다도 작다고 들은 것 같아."

"그럼 원자랑 원자는 만날 때에 원자핵끼리 부딪힐 일은 없겠다, 그치?"

"어, 그렇겠다. 빈 공간이 너무 넓어서 못 만날 거야."

그러자 실더가 웃으면서 물었다.

"그러면 어떻게 만져?"

설아는 순간 당황했다.

"응?"

실더는 여전히 웃으면서 말했다.

"그러면 어떻게 만지냐구. 내가 뭘 만지면 물건이 내 손에 닿잖아. 그거는 내 손의 원자랑 컵의 원자랑 만나서 닿는 걸까? 하지만 빈 공간이 너무 넓어서 잘 못 만나는걸."

"음…… 네 말을 듣고 보니 그렇긴 해. 닿는다는 것은 원자세계에서 무슨 의미일까?"

실더의 얼굴이 환하게 변했다.

"원자세계! 내가 할 말을 네가 먼저 꺼냈구나. 내가 말한 세계는 바로 원자세계야."

"하지만 원자세계도 우리가 사는 세계인걸. 아주 작다고 해서 그런 일은 일어나지 않을 거야."

돌연 실더의 분위기가 차갑게 변했다.

"않을 거야라고? 너 지금 추측한 거야? 네가 직접 경험해 보지도 못하고 어떻게 그렇게 말할 수가 있어?

놀란 설아는 화가 난 실더를 이해하지 못했지만 한편으로는 화를 달래 줘야겠다고도 생각했다.

"미안해, 내가 너무 성급하게 생각했나 봐. 그러면 거기는 어떤 일이 일어나는데?"

"음…… 좋아. 내가 차근차근 설명해 주지. 너 혹시 힘이 무슨 힘이 있는지 아니?"

"힘? 힘에도 종류가 있어?"

"하하, 힘의 종류라니, 그렇게 말하니까 더 편할 수도 있겠다. 일반적으로 우리가 있는 자연적인 공간을 자연계라고 불러. 그 자연계에는 4가지의 힘이 있단다. 바로 중력, 약력, 전자기력, 강력이야."

"어, 나 중력은 뭔지 알아. 지구가 당기는 힘!"

"맞아, 바로 그 힘이야. 중력은 지구의 만유인력이지. 만유인력은 질량이 있는 물체끼리 서로 당기는 힘이야."

설아는 무언가를 기억하려는 듯 힘든 표정을 지었다.

"그리고 또 들어본 것이 있는 것 같아. 전자기력이었나? 어디서 많이 들어봤단 말이야."

"오오 전자기력 들어봤어? 사실 전자기력은 전기력과 자기력이 합쳐진 말이야. 자석의 +극이랑 -극 있지? 그거랑 전기에서 +극이랑 -극끼리의 힘을 말하는 거야."

"그런데 나머지 두 힘은 완전 처음 들어봐. 약력? 강력? 대충 힘의 크기는 알겠는걸."

"좋은 추측이야. 4가지 힘에도 크기가 있어. 아까 내가 말한 순서대로 중력, 약력, 전자기력, 강력 이렇게 점점 강한 힘 순서가 있어."

설아는 처음 듣는 과학이야기에 점점 빠져들었다.

"우와 신기하다. 그러면 약력이랑 강력은 뭐야?"

"약력이랑 강력은 약한 핵력과 강한 핵력인데, 둘 다 원자만큼 작은 곳에서 일어나는 힘이야. 거리도 짧은 곳에서 일어나겠지? 약력은 약한 힘, 강력은 강한 힘이라는 뜻이야."

"그러면 그 힘들도 다른 힘처럼 작용하는 곳이 있겠지? 그건 뭐야?"

"약력은 원자 안에서 여러 가지 입자들이 부서지는 원인이 되는 힘이야. 원자 속의 여러 가지 입자들은 가만히 있지 않고 끊임없이 부서지고 움직이는데, 그 이유가 바로 약력 때문이지."

"으음, 약간 엔트로피 같은 건가?"

"우와, 너 엔트로피도 알아? 보기보다 똑똑한걸."

설아는 똑똑하다는 말에 기분이 좋아졌지만 기분이 상한 척했다.

"보기보다라니, 내가 좀 똑똑하긴 해."

그 모습을 실더는 말없이 지켜보다가 말을 이어갔다.

아무튼 엔트로피랑은 조금 다른 거야. 엔트로피는 에너지가 점점 무질서

하게 된다는 거지. 컵에다가 잉크를 떨어트리면 색이 퍼지지.

"그거야 당연하지."

"이것도 고민할 필요가 있는 거야. 왜 잉크는 다시 모이지 않을까? 그건 바로 엔트로피 때문이야. 거기에 따르면 세계는 무질서해지려고 하는 성질이 있다고 해. 약력은 그냥 입자가 붕괴될 때 그 이유를 찾다 보니까 나온 힘인 거야. 붕괴할 때 에너지가 나오는데, 이것 때문에 생명체가 살아갈 수 있어."

설아는 약력이 뭔지는 알겠지만, 왜 약력인지는 잘 이해가 되지 않았다.

"이 설명만으로는 강력은 무슨 힘인지 전혀 감이 안 오는걸."

"그야 당연하지. 강력이랑 약력은 같은 힘을 보고 강하거나 약한 것을 말한 게 아니라, 원자핵 안에 있는 힘들 중에서 강한 거랑 약한 거라고 붙인 거니까."

"아아, 찾고 나니까 구분이 힘들어서 이름을 붙인 거구나."

"그렇지. 사실 과학에선 그렇게 다 이름이 지어지는 거지. 자, 이제 강력에 대해 설명해 줄게. 그러려면 전자기력으로 설명하는 게 편하겠다. 너 +극이랑 +극이랑 만나면 어떻게 되는지 알고 있지?"

설아는 자신을 무시하는 것 같아서 기분이 나빠졌다.

"당연히 알지! 서로 밀어내는 거야. -극이랑 -극끼리 만나도 서로 밀어내."

"그치? 하지만 원자세계에서는 달라질 수 있어. 에너지를 받아서 만약 +극인 입자들끼리 아주아주 가까워진다면? 그럴 때는 둘이서 아주 강력하게 붙어 버려! 멋있게 말하자면 전자기력을 초월하는 힘인거지. 그래서 강한 핵력이라고 말하는 거야."

설아는 난생 처음 들은 과학이야기를 이해해서 기분이 좋았다.

"아아, 그래서 이 네 가지 힘이 자연계에 있다는 거지? 좋아, 이제 다 알겠어."

기분이 좋아진 설아. 하지만 시계를 들여다보고 처음과는 다르게 아쉬운 마음이 가득 들었다.

“나 이제 시간이 다 돼서 가 봐야 할 것 같아. 네가 알려준 것들 절대로 잊지 않을게.”

“이 힘들을 다 알면 너는 이제 겨우 원자세계를 이해할 수 있는 도구를 가지게 된 거야. 원자세계에서는 이 힘들이 모여서 아주 놀라운 일들이 일어나고 있어. 너도 이제 이 이야기들을 들을 날이 올 거야. 그때까지 공부 열심히 해야 해. 알겠지? 나중에 다시 만나게 되면 얼마나 수준이 높아져 있을지 기대가 되는걸. 안녕!”

실더는 말을 마치자마자 설아가 아까 전에 그랬듯이 눈 깜짝할 사이에 사라졌다. 설아 주위는 텅 빈 건물벽뿐이었다.

에필로그

처음에는 책을 쓴다는 생각에 들떠서 막연하게 기분이 좋았었다. 과학에 대한 지식을 알릴 수 있는 좋은 기회라고 생각했기 때문이다. 하지만 막상 글을 쓰려고 자리에 앉으니 생각보다 잘 떠오르지 않아서 꽤 힘들었다. 글의 소재는 분명했지만, 어떻게 전개해야 할지, 그리고 어떤 형태로 글을 만들어야 할지 고민하는 것이 힘들었다. 그리고 같은 양자물리학 범주이긴 하지만 담을 내용이 마주하고 보니까 너무나 범위가 넓어서 소설로 표현하기에는 너무 길게 써야 하고, 그러다 보니 길어질수록 스토리라인과 과학내용을 맞추기가 힘들어 붕괴되는 상황이 많이 발생하였다.

나의 한계를 느낄 수 있었던 좋은 기회고, 그로 인해서 작가의 역량이 얼마나 뛰어난 능력인지 알게 되었다. 그래도 계속 쓰려고 노력하다 보니까 새로운 시각과 능력이 생겨서 나중에는 보다 능숙하게 쓸 수 있었던 것 같다. 좋은 아이디어가 떠올라도 그것을 좋은 글로 바꾸는 데에는 큰 노력이 따른다는 것을 깨달았다.

글을 창작한다는 일이 얼마나 수준이 높은 일인지를 새삼 느끼게 되었다.

이은찬

– 1학년

1. 자연 보호 투게더
2. 에필로그

자연 보호 투게더

"자연을 사랑하는 마음이 고질병이 되어……."

언제나 들어도 멋있는 말인 것 같다. 자연을 얼마나 사랑하면 저렇게 될 수 있을까? 관동별곡은 너무 멋있는 것 같다.

"희균아, 오늘 끝나고 시간 돼?"

"아, 미안. 오늘 끝나고 유기견보호소에 밥 주러 가야 해."

"그럼 그거 끝나고 뭐하는데?"

"딱히 할 거 없어. 넌 학원은 안 가?"

"학원? 그냥 끊었어. 그만 갈려구. 재미도 없고. 암튼 끝나고 전화 해!"

"알겠어. 잘 가~"

김한빛 재는 공부 안 하는가? 요즘 화장하고 노는 거 같은데. 이쁘긴 하지.

"안녕하세요! 저 왔어요! 어라? 근데 오늘은 왜 강아지가 3마리뿐이죠?"

"아, 희균아. 어제 젊은 부부가 와서 두 마리 입양했어. 부부 인상이 좋아 보이더라고. 그래서 걔네들도 행복하게 잘 살 거야."

"정말요? 아, 다행이다. 빨리 요놈들도 좋은 주인 만나서 편하게 살았으면 좋겠어요."

여기는 강아지가 뛰고 놀기에는 턱없이 좁기만 하다. 우리 인간들도 이렇게 편하고 자유롭게 사는데 요놈들이 편하게 살지 못할 이유는 뭔가.

"맞다. 희균아. 이번에 2인 1조로 참가해서 환경 보호하는 활동 나왔더라. 관심 있으면 친구랑 해 봐. 되게 좋은 것 같아."

"앗, 감사합니다. 그럼, 저 가 볼게요. 안녕히 계세요!"

"그래. 잘 가렴~"

이제 밥도 줬고…… 오랜만에 애견 카페나 가볼까? 이 근처에 새로 생긴 곳이 하나 있다던데. 잠깐만, 아! 김한빛! 아쉽지만 다음에 가야겠다.

따르르릉

"여보세요? 정희균? 다 끝났어?"

"어. 지금 어디야? 난 여기 유기견보호소 앞이야."

"지금 집인데, 걸어서 5분이면 돼. 조금만 기다려 줘!"

"오늘은 갑자기 왜 보자고 한 거야?"

"어, 그게…… 너 동물 잘 알지? 그…… 그…… 우리 집 고양이가…… 아픈 것 같아!"

"뭐라고? 동물병원은 가 봤어?!"

"어…… 시간이 없어서 못 갔어. 너 괜찮으면…… 우리 집 가서 한 번 봐 줄래?"

"그래, 빨리 가자."

갑자기 김한빛이 미소를 짓는다. 자기 반려동물이 아프면 걱정되서라도 표정이 굳지 않나? 아닌가.

"뭐야, 아무런 이상 없는데? 밥도 잘 먹고, 변도 정상적이고. 어디가 아파 보인다는 거야?"

"내가 잘못 본 거 같아. 다행이다! 그치?"

"물론, 다행이기는 한데…… 앞으로 뭔 일 생기면 바로 동물병원에 가 봐.

알겠지?"

"알겠어! 근데 너 바로 갈 거야?"

"응. 왜? 고양이 때문에 나 부른 거 아니야?"

"아니 그렇기는 한데…… 너무 빨리 끝났고…… 너 시간 괜찮으면 공부하는 거 좀 도와줄래?"

공부까지 도와달라고? 너무 피곤한데. 김한빛 오늘따라 왜 이래. 도와달라는데 거절할 수도 없고.

"알겠어. 30분만 도와주고 갈게."

"앗, 고마워!"

……

"오늘 고마웠어, 희균아. 집에 조심히 들어가고 내일 봐. 집에 도착하면 톡해 줘."

엥? 톡? 뭐야, 얘 나 좋아하나? 아니야 그럴 리가 없지.

"아, 어. 내일 봐."

……

'야, 나 도착했어. 됐지? 톡했다? 내일 봐.'

그냥 보내지 말 걸 그랬나. 괜히 부끄럽네.

'잘 도착했어? 오늘 고마워. 너 덕분에 우리 고양이도 안 아프고 모르는 문제도 알게 됐어. 앞으로 공부할 때 자주 도와주라.'

뭐야, 앞으로 도와 달라고? 진짜 나 좋아하는 거 아니야? 너무 앞서 갔는가. 몰라!

‘도움이 되었다니 다행이야. 나중에 또 도와줄게.’

공부 말고도 더 같이 할 수 있는 거 없나? 뭐 하지? 아, 봉사활동!

‘김한빛, 너 혹시 나랑 봉사활동 같이 해 볼래?’

‘그래, 좋아!’

뭐야 설명도 안 했는데. 아무튼 다행이다.

‘내일 학교에서 만나면 설명해 줄게. 고마워. 잘 자.’

‘웅, 너도 잘 자고 내일 보자.’

근데 진짜 한빛이가 나 좋아하면 내일 어떡하지?

거기까지 생각이 미치자 희균의 얼굴이 얕게 붉어졌다.

하…… 몰라 그냥 자야겠다.

……

“안녕, 희균아.”

“어? 어. 안녕 김한빛.”

어제 나 혼자 생각을 이상한 상상을 해서 그런지 너무 어색해. 어떡하지..

“맞다. 어제 나랑 한다고 했던 봉사활동 말이야. 환경 보호하는 건데 이번 주말에 같이 하천 주변에 쓰레기 줍는 거야. 그래도 괜찮겠어?”

“상관없어. 너랑 하는 거.”

“어?”

목소리가 너무 작아서 들리지 않는다.

“나랑…… 그리고 뭐라고 했어?”

“아니야! 청소 좋지! 하하!”

근데 김한빛 얼굴은 갑자기 왜 빨개졌지?

“너 괜찮아? 갑자기 얼굴빛이.”

"응? 아하하. 아무렇지도 않아. 걱정하지 마. 그럼 주말에 보자!"

"그래. 나중에 연락할게."

대화가 끝나자마자 김한빛은 교실을 뛰쳐나간다. 진짜 뭔 일 있는 건 아닌지 걱정되네.

……

"김한빛 여기야!"

오늘따라 김한빛의 외모가 눈이 부시다. 오늘 하천 청소한다고 말 안했었나? 너무 차려입었는데?

"아, 희균아, 조금 늦었지. 미안해."

"아니야. 괜찮아! 그나저나 오늘따라 왜 이렇게 이뻐."

"응? 뭐라고?"

"아니, 늦겠다고 빨리 가자!"

하…… 내가 갑자기 무슨 말을……

청소할 곳에 도착한 나는 하천의 상태를 보고 말이 막힌다. 물줄기는 거의 끊길 수준이고 바닥에 곳곳에 버려진 쓰레기들이며 악취가 심한 오염된 물이 흘러나오는 하수구와 죽은 물고기들.. 어떻게 인간이란 존재는 자연을 이렇게나 함부로 대하면서 떳떳하게 살 수 있는 건지..

"김한빛, 괜히 너한테 오자고 해서 미안해. 이렇게 심각한 상황일 줄은 몰랐어. 불편하면 먼저 갈래?"

잠깐 아무 말 없이 하천을 멍하니 바라보다가 입을 연다.

"많이 심각하구나. 우리가 편하게 사는 동안 이 하천에 사는 생물들은 얼마나 힘들었을까."

김한빛도 자연을 생각하는 마음이 깊구나. 오늘 처음 알았다. 나랑 비슷한 점도 있구나.

"이렇게 오게 된 거 우리가 하천 살리고 가자!"

"고마워 김한빛. 너랑 와서 정말 다행이야!"

서로 미소를 지으며 청소를 시작한다.

3시간 후

"하…… 정말 고생했어. 김한빛. 손 많이 아프지? 괜찮아?"

"조금 아픈데 너무 뿌듯하고 좋아. 오늘 불러 줘서 고마워 희균아."

하천 근처에 벤치에 앉아서 지는 노을을 바라보면서 말한다.

"김한빛."

"응?"

"나는 지금까지 나 혼자 열심히 자연을 보호하면서 열심히 살아온 것들이 많은 변화를 가져오는 줄 알았는데 지금 와서 보니까 나 혼자서 해결할 수 있는 일들이 너무 없는 거 같아. 그래서 오늘 느낀 건데 앞으로 다른 사람들이랑 같이 환경 보호 활동을 하면 더 효과도 있을 것 같고 덜 힘들고 더 행복할 것 같아. 그래서 말인데 앞으로 너 나랑 함께 활동하자. 그리고……."

"그리고?"

"어…… 오늘 정말 예쁘기도 했고……."

"또. 그다음은 없어?"

"그…… 그 나랑 같이 붙어 다닐래?"

으익, 내가 지금 무슨 말을 한 거지? 너무 분위기에 취해서 막 말한 거 같은데 이상하게 생각하면 안 되는데.

"뭐야, 정희균. 지금 고백한 거야?"

"응! 응? 어? 아니, 그게 고백이라기보다."

"풉! 이런 고백은 또 처음 받아보네. 좋아! 자연 보호하는 거 좋아! 너도 좋아."

노을을 보면서 아무 말 없이 손을 잡는다.

"희균아, 이제 갈까?"

"그러자. 집에 가서 푹 쉬고 내일부터 공부 열심히 하자!"

"그래! 내일 봐. 들어가서 푹 쉬어!"

"응, 너도 조심히 들어가. 안녕, 한빛아!"

내가 한빛이랑 사귀다니 꿈만 같아. 내일부터 한빛이랑 공부하고 놀아야지. 그나저나 오늘 할 일은 다했나? 뭔가 빼먹은 것 같은데. 아, 원래 주말에는 분리수거하러 가기로 했지. 오늘은 좀 늦었지만 그래도 하루라도 빼먹으면 자연이 잘 보존될 수 있겠어? 우리가 살아가는 자연은 매일같이 우리가 관리해 줘야 돼. 아무런 생각 없이 자원을 소비하는 사람 때문에 하루라도 내가 안 하면 금방 오염되고 말 거야. 모두가 나처럼 생각하고 행동한다면 지금보다 훨씬 더 깨끗하고 쾌적한 환경에 살 수 있지 않을까? 피곤한데 빨리 하고 쉬어야지.

'……이 새는 바다새 중 하나인 붉은발슴새입니다. 그러나 이 새의 사체를 보면 몸 안이 플라스틱으로 가득 차 있는 모습을 볼 수 있습니다…….'

아니, 도대체 이게 뭔 일이야? 플라스틱.. 환경오염이 얼마나 심하면 뉴스에까지 나오는 거야! 이번 방학에는 해외에 나가서 청소를 하고 와야겠어.

"한빛아, 몸은 좀 어때? 어제 너무 무리한 거 아니야?"

"아! 희균아! 난 괜찮아! 네가 더 걱정이야. 어제 혼자서 다했으면서!"

"같이 해서 별로 안 힘들었어! 그런데 한빛아."
"응? 왜 희균아? 뭔 일 있어?"
"내가 어제 뉴스를 봤는데 해외에 있는 환경오염 문제가 심각하더라고. 그래서 이번 방학에 해외에 봉사활동을 하러 갈까 하는데 너도 같이 갈 수 있어?"
"남는 게 시간이긴 하지만.. 해외는 더 위험하지 않을까?"
"위험할 수는 있지만 그렇다고 안 한다면 지구에 사는 모든 생물이 더 위험해질지도 몰라. 그래서 난 이번에 꼭 가야 해. 해외에 봉사활동가는 건 정말 좋은 경험이기도 해. 너만 괜찮다면 같이 갈래?"
잠시 머뭇거리다가 피식 웃으며 말한다.
"너처럼 자연을 보호하기 위해 두 발 벗고 나서는 사람이 있어서 우리가 이렇게 쾌적한 환경에서 계속 생활할 수 있는지도 모르겠어. 좋아! 이번에도 좋은 일 하러 같이 가자!"
"고마워 한빛아. 우리 같이 매점 갈까?"
"좋아!"

……

드디어 오늘 기다리고 기다리던 해외 봉사를 나간다. 한빛이랑 같이 하러 갈 생각에 더없이 기쁘다. 이번 기회에 해외에 가서 지구에 환경문제를 폭넓게 알게 되는 좋은 경험이 되었으면 좋겠다.

공항에 도착해서 바로 비행기를 타고 간다.
"한빛아, 하늘에서 보면 이렇게 아름다운데, 가까이 가면 갈수록 보이는 쓰레기 때문에 마음이 아파."

"……."

"자?…… 잘 자."

한빛이가 많이 피곤한가 보네. 나도 좀 자볼까?

……

"희균아! 희균아! 우리 다 왔어!"

"응? 벌써 도착했네."

"희균아, 오늘은 무슨 봉사활동이야?"

"바닷가에서 모래사장에 있는 쓰레기들을 치우는 거야. 참가자들이 많아서 금방 끝낼 수 있을 거 같아."

"그래? 빨리 하고 쉬고 싶어. 피곤해."

"힘들면 바로 말해 알겠지? 무리하지 마."

바닷가에 도착하자마자 펼쳐진 쓰레기 광경에 다시 한번 멍하니 바라보기만 한다. 한빛이도 말을 잇지 못한다.

"희균아, 저기. 저쪽에 새 죽은 거 맞지?"

"어. 맞는 거 같아."

"지금 새 뱃속에 플라스틱이 들어가 있는 거야?"

"맞아. 내가 지난번에 봤다고 했던 뉴스에서도 이런 새들이 나왔어."

한빛이가 갑자기 털썩 주저앉는다.

"너무 불쌍해. 플라스틱을 먹이로 착각해서 먹고 또 먹고…… 결국……."

눈물을 흘린다. 나는 한빛이의 곁으로 다가가서 눈물을 닦아준다.

"이제부터 우리가 하나씩 치워 나가자! 할 수 있어 한빛아!"

자신 있게 말했지만 너무나도 많은 쓰레기양에 한편으로는 마음이 불안하고 한편으로는 화가 난다. 이렇게 많은 플라스틱들은 인간이 쓴 것이 아닌가, 그리고 인간이 버린 것이 아닌가, 너무나도 무책임한 것이 느껴진다.

"희균아, 너랑 사귀고 나서 정말 도움이 되는 좋은 경험을 많이 하게 되어서 좋아. 그리고 많이 배운 거 같아. 이 일을 다 끝나고 다시 돌아가면 난 아마도 너처럼 그 누구보다 자연을 사랑하고 보호하는 사람이 되어 있을 것 같아. 우리 마지막까지 최선을 다하자!"

"맞아, 한빛아! 우리 모두가 자연을 사랑하고 아껴 주지 않으면 결코 상황은 나아지지 않을 거야. 우리 끝까지 지구를 살려보자!"

에필로그

평소에 생명과학을 좋아하고, 관심도 많았으며 동물에도 많은 사랑이 있었기에 인간사회에서 일어나는 문제를 동물들의 사회를 통해 해결할 수 있다는 『생명이 있는 것은 다 아름답다』를 읽었다. 이 책에서는 인간 사회에서 일어나는 문제점을 하나의 잘 갖추어진 체계 같은 동물들의 생활모습에 빗대어 인간이 본받아야 한다고 말했다. 나는 이 책을 읽고 다시 한번 자연의 소중함을 깨달았고 우리가 살아가는 데 있어서 '인간이 세상의 주인이다'라는 생각으로 자연을 방치하고 환경을 고려하지 않고 소비하고 생산하는 것이 정말 잘못되었다는 것을 깨달았다. 또한 억울한 입장의 동물들이 나왔는데 이러한 내용을 동물들을 단지 싫다는 이유로 학대하고 못살게 구는 사람들에게 보여줌으로써 그들도 다시 한번 자연의 소중함에 대해 생각해 보게 되고 반성하게 되는 계기가 되었으리라 생각하여 그들에게 보여줄 각오로 작성하였다.

초반에 소설을 쓰기가 막막하여 주제를 정하지 못하고 방황하였다. 친구의 도움을 받으려고 같은 그린비 친구에게 물어보니 그 친구는 자신의 진로와 관련이 없지만 자신이 관심이 있는 분야에 소설을 작성했다. 이에 나도 자신감을 얻어 꼭 진로와 관련이 없더라도 내가 관심이 있고 세상에 알리고 싶은 내용인 '자연사랑'에 대해 소설을 작성하기 시작했다. 처음 도전해 보는 것이라 시작부터 어떻게 해야 할지 막막했지만 선생님의 지도를 따라 생각나는 대로 막 적어 보았다. 그리고 친구의 추천에 따라 추리소설과 연애소설 중 무엇으로 할까 고민하다가 남들이 잘하지 않는 연애소설로 해 보면 재미있을 것 같아서 연애소설을 통해 자연을 사랑하는 마음을 전개해 나갔다. 주인공인 '정희균'은 자연을 매우 소중히 여기고 사랑하는 사람이고 그의 여친 '김한빛'은 같이 자연보호를 위해 활동을 하면서 깨달아가는 사람이다. 자연환경을 보호하는 이야기를 구성하기 위해 환경오염의 사례들을 찾아보았고 세계 곳곳의 환경문제가 심각하다는 것을 알았다. 그것을 해결하기 위해서는 수많은 사람들의 노력이 필요하다는 것을 알았고 지속적이어야 한다는 것을 깨달았다. 이러한 깨달음을 독자들에게 전달하기 위한 이야기를 구성하였다.

글을 쓰고 나서 지금 일어나는 환경오염의 심각성과 환경을 보존하기 위해 노력해야 할 것을 다시 한번 깨달았으며 내가 살아가는 삶 속에서도 물 아껴 쓰고 샴푸 적게 쓰고 빨래 몰아서 하는 등 여러 가지 방법이 소설 속 환경오염문제를 해결하는 데 큰 도움이 되는 것을 다시 한번 깨달았고 실천하며 살아가야겠다는 다짐을 하게 되었다. 그리고 봉사활동을 통해 사람들에게 심각성을 알리는 것도 중요하지만 무엇보다 실천이 중요하고 자연환경을 보호할 기술을 개발하는 것에 관심을 가지게 되었다.

글을 직접 써 보니 분량이 아무리 적다고 해도 나의 생각대로 이야기를 구성하여 작성해 나가는 것이 어렵다는 것을 알았다. 그리고 내가 하고 싶은 말을 직접적으로 표현하기 어려웠으나 하나의 줄거리에 간접적으로 드러내는 것이 재미있었고 시간이 지나면서 점점 자연스러워지고 글을 작성하는 데 속도가 붙는 것을 느끼면서 재미있어졌다. 무엇보다 연애소설을 읽어 본 적이 없어서 그런지 모르겠지만 초반에는 내용이 흥미로웠으나 후반에 가면 갈수록 글의 분위기를 끌어올리기가 힘들다는 것을 깨달았다.

다음에 책을 쓸 기회가 온다면 내가 가고 싶은 대학교를 주제로 글을 써 보고 싶다.

7

의학의 별을 쏘다

박기현
진수현

박기현

– 2학년

1. 금방 지나갈 소나기처럼
2. 에필로그

금방 지나갈 소나기처럼

나는 입시를 준비하면서 바쁜 생활을 하는 고등학교 2학생이다. 매일 열심히 공부하면서 나의 목표를 이루기 노력하는 시기를 보내고 있다. 가끔 답답하고 상쾌한 공기가 필요할 때다 싶으면 우리 집 뒤 작은 숲의 산책로에 가서 산책을 하곤 한다. 숲을 이루는 나무는 하늘을 덮고 있고 그 사이 빛이 마치 기다란 바늘처럼 들어온다.

나무들은 마치 숲에 사는 세입자처럼 숲에 거주하면서 이산화탄소를 빨아들이고 산소를 내뿜으면서 집세를 내는 것 같다. 봄이면 꽃이 활짝 피면서 꽃향기를 조금씩 풍기고, 여름이면 서로의 짝을 부르는 것인지 매미 소리가 숲을 덮는다. 가을을 지나 겨울이 되면 숲은 마치 깊은 잠에 빠진 것처럼 조용하고 평화롭다. 이 산책로를 걸으면서 잠시나마 바쁜 일상으로부터 벗어나 편안히 아무 생각 없이 산책로를 걸을 수 있다.

때는 2학년 1학기 기말고사를 치기 3, 4일 전이었다. 중간고사를 조금 못 쳤기 때문에 당연히 기말고사 때는 반드시 성적을 올려야겠다는 다짐을 하면서 공부하고 있었다. 하지만 내 마음속에는 잘 쳐야지 하는 의지 속에 '불안'이라는 작은 씨앗이 있었다. 시험이 다가오면서 내 마음속 의지는 계속 사그라들고, '불안'은 싹이 펴서 점점 자라고 있었다. 계속 마음속으로 '만약 이번 시험을 못 치면 어떻게 하지.', '지금 열심히 공부한 게 아무 소용이 없으면 어떻게 하지.'라는 생각이 계속 들었다. 주위에서 격려의 말들이 있었지만, 나는 점점 긍정적으로 미래를 내다보는 힘을 잃고 있었다. 나의 열심히 하고자 하는 의지는 말 그대로 사라지고 흔적도 없이 없어지고 있었다.

걱정을 덜고 힘을 내고자, 우리 집 뒤 산책로를 찾아갔다. 여름이 막 시작될 찰나여서 덥고 습했지만, 상쾌했다. 아무 생각 없이 멍하게 걷고 싶어서 노래를 들으면서 산책로를 걸었다. 'IOI'의 '소나기'라는 노래를 들었다. 그 노래 가사 중 '괜찮아요. 금방 지나갈 소나기죠~'라는 가사가 문득 무의식 속에 들렸다. 원래 '소나기'의 가사의 의미는 IOI 해체 당시 '지금은 슬프지만 다시 만날 수 있을 것'이라는 희망의 메시지를 담고 있다. 즉, 막 비를 퍼붓지만 금방 지나가는 소나기처럼 지금은 슬프지만 곧 이 슬픔은 지나가고 희망이 올 것이라는 의미이다.

나에게도 마찬가지이다. 어찌 인생이 순탄하게 잘도 잘 흘러갈 수 있겠는가? 행복함 뒤에는 불안과 시련이 찾아오고, 그 뒤에는 다시 기쁨이 찾아오는 것이 순리이자 진리이다. 시험을 치기 전, 못 칠 것 같은 불안함은 언제나 찾아오기 마련이다. 하지만 이런 불안도 소나기처럼 금방 지나갈 것이다.

나는 내 자신에게 말했다. 지금 이런 걱정을 해 봤자 무슨 소용이겠냐? 어차피 이런 걱정을 금방 사라질 텐데. 열심히 공부한 만큼 결과 나오면 가장 이상적인 것이고, 못 나오면 내가 어디서 공부가 부족했는지 한번 되돌아보고, 이를 발판으로 삼아 나아가야 한다. 나에게 있는 불안함은 만성적인 것이 아니라 금방 지나가는 소나기인 것이다.

그때 산책을 하면서 들은 IOI의 '소나기'는 나의 생각을 바꿔놓았다. 내가 그때그때 하는 걱정과 나에게 온 시련은 어차피 매우 짧은 시간을 차지하면서 사라질 것이다. 따라서 너무 걱정할 필요가 없다. 어차피 내 자신의 의지와 행동이 결과를 만들어 내는 것이니까.

나 말고 다른 사람들도 자기 자신만의 걱정거리가 있을 것이다. 그들에게 말해 주고 싶다.

'너무 걱정하지 마세요. 당신이 지금 겪는 시련은 어차피 소나기처럼 금방 사라져 버릴 것이니까요.'

에필로그

폴 칼라니티가 쓴 『바람이 숨결이 될 때』를 읽으면서 폴이 이제 막 의사로서의 생활을 시작할 36살에 암 말기 환자라는 것이 믿겨지지 않았다. 과연 나에게도 이런 일이 올 수 있는 것인가는 생각이 들기도 했었다. 그리고 그때 마치 할머니께서 암에 걸리셔서 아프셨다. 마음이 아파서 찢어질 것 같았다. 그래서 한번 삶과 죽음에 대해 고민하게 되었다. 우리는 언제 죽음이 닥쳐오는 줄 모른다. 그러기에 항상 주체적으로 우리의 삶을 즐기면서 살아야 한다. 고민이 있으면 주위 친구들과 상담을 하고, 하고 싶은 일이 있으면 몸소 체험하는 것이 올바르다. 다른 이들도 항상 행복하게 살기를 권하여 이 글을 쓴다.

첫 2학년이 되어 적응하는 시기는 나에게 꽤 힘든 시기였다. 1학년 때보다 중요 과목 수도 늘었을 뿐만 아니라 과목 수준도 늘어났기 때문이다. 더군다나 점점 고등학교 생활을 하면서 체력도 점점 떨어져서 많이 지쳐 있었다. 나도 가끔씩 바쁜 일상에서 벗어나 휴식이 필요했다. 웃긴 TV 프로그램을 보거나 음악을 들으면서 쉬었다. 그리고 산책을 자주 했다. 나는 생각해 봤다.

'나 말고도 힘든 사람이 얼마나 많겠어. 이 힘든 시간도 곧 있으면

지나갈 것이야.'

이런 마음가짐으로 버티고 우리들의 목표를 향해 나아가야 한다. 내가 산책하면서 몸소 깨달은 것과 우리들이 가져야 할 마음가짐에 대해 알리고자 글을 써 본다.

진수현

– 2학년

1. 의료계에 대한 나의 단상
2. 에필로그

의료계에 대한 나의 단상

책을 읽고 나서 나는 우리나라에 대해 생각하게 되었다. 내가 듣기로는 우리나라는 의료보험이 참 잘 되어 있어서 의료 선진국인 줄 알았는데 왜 이렇게 책 내용에서는 우리나라가 의료 후진국처럼 나올까 하는 의문이 사라지지 않았다.

아픈 사람들을 살리기 위한 것은 똑같은데 어째서 가벼운 질병들을 치료하는 데는 많은 돈을 투자하면서 뼈가 부서지고 살이 짓뭉게진 그런 사람들을 치료하는 데는 조금만 매뉴얼을 벗어났다고 돈을 팍팍 깎아 버리는 것일까.

닥터헬기 그게 뭐가 그렇게 어렵다고 해주질 못하는가. 시민들은 어째서 사람들을 살리기 위한 헬기소리가 시끄럽다고 못 뜨게 하는가. 이런 생각을 하고 나니 자랑스러워 했었던 우리나라의 의료보험이 부끄러워지기 시작했다.

물론 우리나라 의료보험 체계는 매우 훌륭하다. 그러나 모든 것이 그러하듯 완벽하지는 못하다. 그러다 보니, 응급환자의 생명을 살리기 위해서 과하게 투입되는 자원에 대해서는 너그럽지 못하다. 이 환경에서 이국종 교수가 반대 방향으로 뛰고 있는 것이다. 보는 이의 관점에 따라 다르겠지만, 감기몸살 걸린 노인과 어린이들이 편안하게 돈 걱정 없이 병원을 다니게 할 것인지 반대로 이것은 의료자원의 낭비이니, 위독한 생명을 살리는 것에 집중해야 할 것인지. 생존확률이 낮은 사람들의 응급치료를 위해서 수많은 사람들이 병원을 가지 못하고 편의점에서 파는 감기약만 먹으며 큰 병을 키우고 있을 상황을 방치할 것인지. 윤리적인 측면과 경제적인 측면 등을 다 따져서 우리 사회가 추구하는 가치가 그 정의를 결정할 터이니 옳고 그름을 논하는 것은 미뤄 두고, 현재의 현실은 대중 치료의 확대가 중심이 되어 있는 것이 우리나라 의료보험의 틀이다. 이 틀에서 이국종 교수는 자기만의 목소리를 내면서 좁아서 발 디디기도 힘든 그 길을 자신만의 길이라고 전력 질주로 달려가고 있는 것이다.

내 의견을 말하자면 둘 다 신경쓰는 게 옳다고 생각한다. 하지만 둘 중 하나만을 골라야 한다면 아마 나는 지금 이 상태를 유지하고 싶지 않을까. 그렇게 생각하는 가장 큰 이유는 내가 그렇게 다칠 것이라고 생각하지 못하기 때문이다. 아마 대부분의 사람들이 그러지 않을까. 자신이 다치기 전까지는 자신이 다칠 것이라고 생각도 못하는 게 일반적일 것이다. 나도 그런 이기적이고 평범한 사람들 중 한 사람일 것이다.

이국종 교수의 책을 읽고 나서는 당연히 지금 아니면 죽는 그런 사람들을 위해서 돈을 투자해야지 별로 아프지도 않은 사람들이 병원을 가서 감기약이나 타가는 데 돈을 투자해서 되겠냐는 그런 생각을 했다. 그런데 조금 시간이 지나니 책을 읽은 직후 가지고 있던 분노와 울분은 어디갔는지 그런 생각이 들지 않는다.

나 스스로를 돌아보고 느낀 결과 우리 사회가 조금 더 약자를 위한 사회가 되려면 우리들의 의식, 시민의식이 길러질 필요가 있다고 느낀다. 헬기소리가 시끄럽다고 민원을 넣는 사람들이 과연 자신이 크게 다친 상황에서도 그런 말을 할 수 있을까.

너무 급격히 발전해 버린 우리나라는 이기주의와 개인주의, 물질만능주의가 만연해 있다. 우리는 마음은 자라지 않고 몸만 커 버린 어른 같은 상태이다. 자신의 이익이 아니라 다른 사람의 이익을 위해 자신을 희생할 수 있게 되었을 때 의료체계는 비로소 완전해지지 않을까?

예를 들어 앰뷸런스 같은 것을 생각해 보자. 현재 시민들의 양보로 큰 성공을 거두고 있다. 뉴스에서도 시민들이 비켜서 환자를 살렸다는 소식을 심심찮게 들을 수 있다. 하지만 과연 사람들이 앰뷸런스에게 차선을 비켜 주지 않는다면? 앰뷸런스는 지금 같은 모습이 아닐 것이다. 이런 것처럼 사람들의 배려와 시민의식이 성장했을 때 의료체계는 진정한 모습을 찾고 만들어진 목적을 완전히 수행할 수 있을 것이다. 이것이 진정 우리가 배워야 하고 알아야 하는 것들이 아닐까 나는 생각한다.

에필로그

글을 쓴다는 것은 저에게 참 새로운 도전이었습니다. 2학년이 되어서 저는 많아진 과목과 학업에 점점 떨어지는 체력으로 심신이 모두 지쳐 가고 있었습니다. 스스로를 돌아볼 시간 없이 그저 앞만 보고 바쁘게 달리는 경주마의 삶과 같았습니다. 잠시의 휴식은 동시에 괴로움이 되었고 저는 저 스스로와 끝없는 싸움을 이어 나가고 있었습니다.

그러던 와중 저에게 위로를 전해 준 게 바로 글쓰기입니다. 사실 저는 원래 그린비 소속은 아니었습니다. 글을 쓸 생각도 없었습니다. 하지만 선생님께서 제가 글을 쓰면 좋겠다고 하시고 저에게도 도움이 되는 활동일 거라고 하셨고 처음에는 거절했지만 나중에는 써 보는 것도 나쁘지 않겠다 싶어 늦게나마 합류하게 되었습니다.

처음에는 글 몇 편만 가볍게 쓰고 말자는 마음으로 참여했습니다. 늦게 참여하기도 했고 마땅히 쓸 내용도 생각나지 않았기 때문입니다. 그냥 제가 평소에 관심을 가진 주제로 글을 써 보기로 했습니다. 최근에 감명 깊게 읽었던 책 한 권을 소개하고 제 감상을 적기로 결정하고 글을 적기 시작했습니다. 글을 적기 시작하면서 새로운 사실을 알게 되었습니다.

생각을 글로 적기는 쉽지 않다는 점. 제가 처음 쓴 글을 보니 참 두

서없이 작성했다는 것이 눈에 보였습니다. 글을 눈으로 읽기만 했지 내 생각을 글로 표현하자니 이전에는 모르던 새로운 고민들을 하게 되었습니다. 생각만 하던 것을 순서 맞추어 글로 적고 있으니 제 생각이 훨씬 명쾌해지고 제가 기존에 가지고 있던 생각보다 훨씬 더 나아갈 수 있었습니다. 게다가 저에게만 집중할 수 있는 시간을 가지게 되었고 저 스스로를 조금 더 잘 이해할 수 있게 되었습니다. '나'와의 화해에 점점 가까워지는 것을 느꼈습니다.

돌아보니 참 힘든 일투성이였던 2학년 시기를 어쩌면 글쓰기를 통해 위로받은 것 같다는 생각을 하고 있습니다. 이번 계기로 집에서 혼자서라도, 조금씩이라도 글을 쓰게 될 것 같습니다.

8
미지의
별을 쏘다
박진현
임민규

박진현

– 1학년

1. 청예단
2. 에필로그

청예단

'퍽…… 퍼…… 퍽…… 퍼퍽…….'

어두운 골목길에서 사람 때리는 소리가 들려온다.

"흐윽…… 제발 한번만 봐주세요. 다음부턴 제대로 돈 드릴게요."

"크큭. 뭐래. 그냥 더 맞자."

그때 검은 머리의 건장한 체격의 고딩이 소리친다. 그의 이름은 주성.

"동작 그만! 거기 사람 때리고 있넌 놈 다 나와. 좀 맞자."

"뭐래 저 병신."

하면서 비웃는 소리가 들린다. 그중 대장으로 보이는 일진이 말한다.

"야. 우리 누군지 모르냐. 우리 '독사파'다. 알겠으면 그냥 조용히 꺼져라."

"독사파인지 뭔지 모르겠고 일단 맞자고."

주성의 눈에서 으스스한 기운이 뿜어져 나온다.

"야 저 새끼부터 혼내고 다시 올게. 딱 기다리고 있어라."

깡패 4~5명이 한꺼번에 검은 머리에게 달려간다.

'퍽…… 퍼벅…… 퍼…… 퍽…….'

조금의 시간이 지난 후, 놀랍게도 서있는 사람은 주성 밖에 없었다.

"앞으로는 착하게 살아라. 자식들아."

주성이 뒤돌아 가려 할 때 누군가 그의 어깨에 손을 얹었다.

"응? 너는 누구냐?"

뒤돌아보며 주성이 물었다.

"너 싸움 좀 하더라? 너 우리 회사에서 알바 할 생각 있냐?"

의문의 남자가 대답했다.

"너 누구냐고 새끼야. 갑자기 뭔 알바야."

주성이 성질을 내며 답한다.

"음. 내 소개가 늦었네. 내 이름은 정희균. 청예단의 사장이다."

"청예단? 그건 뭔 개소리야."

주성의 성질에 희균이 답한다.

"우리 청예단은 학교 폭력 피해자 학교에 침투해서 피해자가 의뢰한 가해자를 참교육시키는 아주 좋은 회산데 들어올 생각 없어?"

주성은 그냥 무시하고 그냥 간다.

"잠깐, 너 아까 보니 깡다구가 장난 아니던데……. 그 정도 깡다구면 웬만한 동네 일진들은 다 잡겠더라."

주성은 계속 무시하고 가던 길을 간다. 희균은 씨익 웃으며 다시 말한다.

"보수도 있는데, 내가 조사해 보니까 네 집 형편이 어렵던데 우리가 도와줄 수 있어."

이 말에 주성은 휙 돌아보며 희균에게 말한다.

"진짜야? 진짜 보수도 줘? 얼마 정도 주는데?"

"보통 한 건당 20~30. 비싸면 100만 원 넘길 때도 있고."

희균이 대답한다.

"오케이, 가입할게. 진짜 보수 주는 거 맞지?"

"당근이지."

"일단 이 근처 카페에서 계속 얘기하자."

두 사람은 근처 카페에서 얘기하고 있었다.

"근데 너는 이름은 뭐냐?"

"나는 주성."

희균이 활짝 웃으며 말한다.

"그래 주성아, 우리 회사부터 지금 가자. 멤버 소개시켜 줄게."

주성이 당황하며 말한다.

"지금 바로?"

"그래 바로 가자."

"청예단은 총 6명으로 구성된 조직으로 모두 고등학생으로 이루어져있어. 근데 우리 모두 고등학생이라서 사무실이 그렇게 좋지는 않아. 이해해 줘."

희균이 쑥스러운 말투로 설명했다.

"와…… 넓다…… 돈 별로 없다며. 적어도 30평은 넘을 것 같은데."

주성이 감탄하며 말한다.

"자, 구경은 이 정도면 된 것 같고 이쪽이 우리 멤버. 왼쪽부터 은찬, 이안, 민서, 민규, 소진 그리고 나. 이렇게 구성되어 있어. 자 애들아 여기는 신입 주성이라고 한다. 다들 인사해."

동시에

"안녕하세요."

라는 소리가 오간다. 주성이 씨익 웃으며 말했다.

"여기 맘에 드는데? 다 고등학생이란 말이지."

희균이 대답한다.

"응, 나도 너랑 같은 고2, 소진이는 고1, 그리고 나머지는 다 고3 형들이야. 조금만 앉아 있어."

잠시 후 희균은 손에 계약서를 들고 나온다. 탁자에 앉아 있는 주성의 맞은편에 앉아 말한다.

"자 계약서, 여기에 사인하면 너는 이제부터 정식 청예단 멤버가 되는 거야."

주성은 한 치의 망설임도 없이 계약서에 사인을 했다.

"이제 된 건가?"

주성이 웃으면서 말했다.

"그래 주성아, 열심히 해 보자!"

5개월 후…….

주성은 6년 동안 쌓은 복싱 실력으로 자신에게 주어진 임무를 빠르게 완료해 갔다. 그 속도가 얼마나 빠르던지 기존의 멤버보다 월등히 빠른 속도로 임무를 완료해 갔고, 급기야 회사의 에이스로 인정받게 되었다. 주성 덕분에 학생들 사이에 청예단의 인지도가 올라갔고, 고객도 많이 늘러 돈도 저번보다 많이 벌 수 있게 되었다. 사무실도 저번보다 더 좋은 곳으로 옮겼고 주성이 번 돈으로 할머니의 병까지 치료했다. 모든 것이 잘 풀려갈 때 소진이 어두운 표정으로 사무실에 들어왔다. 방금 사건접수를 하고 오는 길이었다. 평소에는 잘 볼 수 없었던 어두운 소진의 표정을 보고 주성이 물었다.

"야, 뭔 일이냐? 표정이 왜 이렇게 어두워?"

소진이 한숨을 쉬며 대답했다.

"오빠, 일 들어왔어. 피해자는 천명고등학교 1학년 여학생이고 3학년 짱한테 2주간 괴롭힘 당하고 있었대. 말을 들어 보니까 폭력도 당한 것 같아. 얼굴에 상처가 심하게 있더라."

"얼굴에 상처라니…… 피해자는 여성이라며."

희균이 묻는다.

"근데 가해자 녀석이 워낙 막 나가는 녀석이라…… 처리할 수 있겠어?"

소진이 걱정하며 말한다.

주성이 미간을 찌푸리며 대답한다.

"내가 젤 싫어하는 게 뭔지 알아? 내가 젤 싫어하는 게 바로 여자 때리는 거야. 특히 얼굴…… 천명고 3학년이라고 했지? 그 자식 이름 뭐야."

"천명고 3학년 7반 김동준인데 그게."

소진의 표정은 더욱 어두웠다. 소진이 다시 입을 열었다.

"그게 그 녀석 사람 죽인 전과범이야. 13살 때 어머니를 때리던 아버지를 칼로 찌르고 도망가다가 경찰에 붙잡혔대. 그 후에도 고1 때 반에서 장애인이었던 왕따 한 명을 때리다가 경찰에 신고 당해서 소년원에 있다가 한 달 전에 나왔어."

소진이 억지로 웃음을 지으며 다시 말했다.

"역시 무리겠지? 그냥 가서 취소하고 올게."

주성이 입을 열었다. 주성의 목소리는 이때까지 들어보지 못한 으스스한 목소리였다.

"소진아, 그 새끼 여자 때린 나쁜 새끼라며. 나는 이런 나쁜 새끼들이 아무렇지도 않게 돌아다니는 모습 보면 미치겠어. 그 일 내가 맡을게."

소진의 얼굴에 잠깐 미소가 번졌다. 그러나 곧 어두운 표정으로 다시 돌아왔다.

"정말 괜찮겠어? 그 녀석 진짜 위험해."

주성이 경쾌하게 웃으며 말했다.

"괜찮아! 나 싸움 잘하는 거 알지? 그런 녀석 금방 처리할게."

주성은 말은 이렇게 했지만 마음속에는 걱정도, 근심도 있었다. 하지만 소진의 웃고 있는 모습을 보자 싹 날아가는 듯했다.

"걱정 하지 마!"

주성은 웃으며 소리쳤다.

이틀 뒤……

회의실에 소진이 주성에게 대상에 대해 설명하고 있다.

"이름은 김동준, 나이는 19살, 키 192cm, 몸무게 103kg, 싸움 스타일은 주짓수 경력 4년, 유도 경력 2년, 상대하기 힘든 녀석이야. 천명고에 재학 중이고."

소진이 빠르게 브리핑했다.

"기간은?"

"3달 안에 해결해야 돼."

휴우 하고 주성이 한숨을 내쉬었다. 소진이 걱정하며 물었다.

"정말 괜찮겠어? 너무 무리하지 말고……."

주성이 괜찮다는 듯 손사래 치며 대답했다.

"난 정말 괜찮다니까. 그런 자식은 5분 컷 할 수 있다고."

"그럼 믿고 있을게!"

소진이 웃으며 말한다.

'예쁘다.'

주성은 생각했다.

그날 이후 두 달간 주성은 임무완수를 위해 훈련에 들어갔다. 주성은 소진의 미소를 다시 보기 위해서라도 이번 임무는 크게 다치지 않고 완료해야겠다고 생각했다. 두 달 후 훈련을 마친 주성은 곧바로 미용실로 갔다.

"어떻게 해 드릴까요?"

미용사가 묻자 주성이 대답했다.

"양아치처럼 보이게 해 주세요."

결전의 시간 하루 전, 주성은 사무실로 돌아왔다. 주성이 도착하자마자 은찬이 놀란 얼굴로 물었다.

"주성아, 머리는 왜 그래? 완전 양아치 같아 보이는데."

주성이 부끄러운 듯 머리를 긁적이며 대답했다.

"아니, 그냥 좀 쎄 보이게 하려고요. 막상 싸우러 갔는데 병신처럼 보이면 곤란하잖아요."

"하하, 맞는 말이네."

은찬이 웃어 넘겼다. 다음 날 주성은 최대한 싸우기 편한 옷으로 갈아입고 사무실에서 나섰다. 주성 혼자는 위험할 수 있다며 은찬과 희균도 함께 길을 나섰다. 은찬의 손에는 야구 방망이가 있었다. 은찬은 중 3때까지 학교 야구부였다. 그런 그가 야구 방망이를 들고 혼자서 아마추어 조직을 혼자 박살내었다는 얘기를 들었을 때 주성은 감탄을 금치 못했다. 이제 몇 걸음만 더 가면 김동준의 본거지가 나온다. 큰 결전을 치르기 전 은찬은 동준에게 말했다.

"조심해라. 이번 건은 이때까지 했던 녀석들과는 달라. 이 녀석은 이 일대의 양아치란 양아치들은 모두 자기 조직에 가입시켜 그 수만 약 20여 명이다. 다시 한번 말하지만 조심해라."

바로 희균이 이어 말했다.

"계획 기억하지? 일단 나랑 주성이가 따까리들 처리하고 그동안 은찬이 형이 김동준을 상대로 버틴다. 나랑 주성이가 최대한 빠르게 따까리 처리하고 은찬이 형과 합류. 알겠지?"

"오케이!"

둘 다 우렁차게 대답한다.

"이제 도착인가."

"할 수 있어!"

"다치지 말고 빨리 끝내고 고기나 먹으러 가자!"

"파이팅!"

'덜컥-끼이이익'

폐건물의 문을 열며 주성이 소리친다.

"여기 깡패 새끼들 다 나와! 한판 붙자!"

당황한 깡패들은 어영부영하다가 김동준의 명령에 각자 빠따 하나씩을 들고 세 사람에게 돌진했다. 수가 생각보다 많았다.

"은찬이 형, 20명 맞아요? 이 새끼들 적어도 35명은 넘을 거 같은데……."

주성이 말했다. 그러자 희균이 소리치며 말했다.

"상관없어! 그냥 싸워!"

"얘들아, 너 네 둘이서 이 정도는 힘들어 보이네. 일단 나도 같이 싸운다."

'우와와' 하는 함성과 함께 깡패들이 세 사람을 향해 돌진했다.

'퍽…… 퍼벅…… 으악…… 쿠당탕…… ㅍ…… 퍽……'

세 사람은 10여 명의 깡패들을 순식간에 처리했다. 깡패들은 생각했던 것보다 훨씬 강한 상대 앞에서 우물쭈물 거리며 타이밍만 잡고 있었다.

"이제 우리 차례인가?"

주성이 여유 있는 표정으로 말했다.

"간다!"

주성의 외침을 선두로 옆에 있던 두 사람도 같이 깡패들을 향해 달리기 시작했다. 항상 사무실 일만 하고 있어 비리비리해 보였던 희균이 생각보다 잘 싸우는 모습에 주성은 속으로 놀랐다.

"형! 이제 여기는 우리가 맡을게요. 형은 김동준 그 녀석을 부탁해요!"

희균이 소리쳤다.

은찬은 서둘러 김동준이 있는 곳으로 달려갔다. 주성과 희균은 얼마 남지 않은 깡패들을 상대하고 있었다.

잠시 후, 은찬이 달려간 곳에서 은찬의 비명소리가 들렸다.

"형! 무슨 일이에요?"

희균이 소리쳤다. 그때 김동준은 쓰러진 은찬을 질질 끌며 모습을 드러냈다.

"이게 너희 두목이냐? 형편없군. 니들도 곧 그렇게 만들어 줄 테니 조금만 기다려라."

희균은 분노한 나머지 김동준을 향해 달려가려 했다. 그때 한 녀석이 희균의 머리를 빠따로 강하게 내리침과 동시에 퍽 소리가 나며 희균이 머리에 피를 흘리며 쓰러졌다. 주성은 크게 분노하였다. 자신의 사람을 이렇게 만든 김동준을 죽이고 싶었다. 그의 눈에서 나오는 살기에 김동준의 부하들은 겁을 먹고 꼼짝도 못하고 있었다.

"저 녀석 눈이 맘에 드는군. 니들은 다 나와 있어."

"이 새끼…… 내가 꼭 죽인다……."

"덤벼라."

김동준이 평온한 얼굴로 말했다. 주성은 엄청난 분노에 휩싸였다. 이때까지 느껴 보지 못한 강한 분노가 자기 자신에게도 느껴졌다. 주성은 옆에 쓰러진 깡패가 끼고 있던 너클을 꼈다. 호신용 핑거 너클이었다. 주성은 천천히 걸어 김동준 앞에 우뚝 섰다.

'역시 엄청난 거구다.'

주성은 생각했다. 주성이 먼저 공격을 시작했다. 잽, 잽 하지만 김동준은 거구와 맞지 않는 빠른 스피드로 공격을 피했다. 김동준이 반격을 준비했다. 그 틈에 주성은 김동준의 얼굴에 스트레이트를 날렸다. 그 후에 그의 턱에 엘보우를 날리고 바로 왼쪽 턱에 훅을 날렸다. 예상치 못한 공격에 김동준은 당황한 듯했지만 금세 여유로운 표정을 되찾았다. 그가 나지막한 목소리로 중얼거렸다.

"음. 확실히 아까 야구 빠따, 그 녀석보단 괜찮은 실력이군."

"그 입 다물지 못해!"

주성은 다시 그에게 달려들었다. 김동준은 주성을 엎어 쳐 넘어뜨리고 클로즈드 가드에서 트라이앵글 쵸크를 시도했다. 주성은 있는 힘껏 방어했다. 그러자 그는 그대로 오모플라타로 연결한 다음 다시 트라이앵글 쵸크를 시도했다. 주성은 팔을 빼앗기지 않고 고개와 허리를 돌려 방어했다. 그러나 바로 김동준의 암바에 걸려들었다. 주성은 점점 숨이 막혀갔다. 조금 있으면 온몸에 힘이 풀려 쓰러질 것 같았다. 그 순간 바닥에 희균의 모습이 눈에 아른거렸다. 그 뒤 은찬의 모습이, 화목했던 사무실의 모습이, 쓰러져 웃고 있는 소진의 모습이 떠올랐다.

주성은 갑자기 온몸에 힘이 솟았다.

'나는 더 이상 잃을 것이 없다. 반드시 이 새끼 죽이고 희균이랑 은찬이 형을 구한다.'

주성은 김동준의 오른쪽 허벅지를 세게 깨물었다. 그가 크게 소리를 지르며 암바를 풀었다. 그의 허벅지에는 피가 흐르고 있었다.

'허벅지, 지금 녀석의 약점은 오른쪽 허벅지다.'

주성은 훈련 중 잠깐 희균에게 배운 로우킥을 김동준의 오른쪽 다리에 날렸다. 그의 다리가 접혔다.

'이때다.'

주성이 김동준의 다친 허벅지를 발로 찼다. 그는 소리를 지르며 주성의 어깨를 붙잡았다. 그는 엄청난 괴력으로 주성을 집어 던졌다. 주성은 벽에 세게 부딪혔다.

'윽, 사람을 집어 던질 정도의 힘이라니.'

주성은 코에서 난 피를 스윽 닦았다. 김동준의 허벅지에서는 아직도 피가 흐르고 있었다. 주성은 손에 끼고 있던 너클을 풀었다. 너클을 낀 손가락에서 피가 나고 있었다.

"이렇게까지 싸워본 건 오랜 만이군. 너의 실력을 인정하마. 이제 끝내 주지."

김동준은 주성에게 달려갔다. 뜻밖에도 주성은 유도의 자세를 하고 있었다.

'병신, 한번 본 것만으로 내 기술을 따라할 수 있다고 생각……'

그때였다. 거구의 김동준의 몸이 붕 떠 바닥에 내리쳐졌다.

"이건 무슨……"

김동준이 몸을 일으키며 당황한 듯 말했다.

"이 새끼가!"

김동준이 소리치며 달려갔다.

주성은 달려오던 김동준의 팔을 잡고 엎어 쳐 넘어뜨리고 바로 클로즈드 가드에서 트라이앵글 쵸크를 걸었다. 주성은 그 상태에서 김동준의 머리를 팔꿈치로 계속 내려찍었다. 주성의 허벅지를 잡고 있던 김동준의 손에서 힘이 스르륵 풀리는 것을 주성은 느꼈다.

"이야아아악"

김동준이 최후의 저항을 했다. 그는 젖 먹던 힘까지 짜내어 방어를 하려 했다. 그 순간 주성이 그 상태에서 그대로 오모플라타로 김동준의 팔을 제압하고 암바를 걸었다. 주성은 있는 힘껏 김동준의 손목과 손바닥을 잡고 비틀었다.

후드드둑

"아악…… 으으아아악!"

주성은 아파 비명을 지르고 있는 김동준의 얼굴에 스트레이트를 꼽았다. 김동준은 으으윽 소리를 내며 기절했다. 드디어 긴 결투가 끝난 것이다. 그때 소진이 경찰들과 함께 현장에 나타났다. 오랜 시간 돌아오지 않는 세 사람을 걱정한 소진이 인근의 경찰들을 최대한 끌어 모아 현장에 간 것이었다.

"어머…… 오빠, 괜찮아? 얼굴에서 피가."

"나는 괜찮으니까, 저 두 사람이나 도와 줘."

주성은 경찰들의 도움을 받아 힘겹게 일어나고 있는 은찬과 희균을 보며 말했다.

"오빠 상태나 보고 말해. 내가 안 왔으면…… 어머, 오빠! 주성오빠! 여기도 좀 도와……"

주성의 눈이 스르륵 감겼다.

얼마나 많은 시간이 흘렀을까. 주성이 다시 눈을 떴다.

"으음…… 여긴 어디지?"

"오…… 이제 정신이 들어? 너 이틀째 계속 자기만 했다고.기억나?" 희균이었다.

"으응. 사건은 잘 마무리됐어?"

희균이 기쁜 듯 말했다.

"근데 너, 김동준 그 새끼 기술은 어떻게 따라 한 거야? 너는 복싱이랑 내가 알려준 발차기 밖에 모르잖아. 쓰러져 있는데 니 모습이 희미하게 보이더라."

"내가 산 속에서 뭐 훈련했는지 알아? 바로 주짓수랑 유도야. 상대를 알면 이기기 쉽다는 말도 있잖아? 그래서 그 녀석의 스타일인 주짓수랑 유도를 빡세게 연습했지. 아마 그 연습이 없었다면 이기기 힘들었을 거야."

주성이 대답했다.

"와…… 너 진짜 똑똑하……"

그때 희균의 말을 끊고 소진과 은찬을 비롯한 멤버들이 병실 문을 열고 들어왔다. 소진은 눈물을 왈칵 흘리며 주성의 품에 안겼다.

"오빠 못 일어났으면……그럼 나……."

소진이 서럽게 울며 말했다.

"괜찮아, 괜찮아. 나 진짜 멀쩡하니까."

주성이 소진의 등을 토닥이며 말했다.

"어머, 둘이 무슨 사이?"

은찬이 히죽거리며 놀렸다.

"아니 그게 아니라."

소진은 주성의 품에서 뛰쳐나와 수줍은 듯 말했다.

"피해자는 어떻게 됐어?"

주성이 물었다. 소진은 얼굴이 빨개진 상태로 대답했다.

"경찰에게 사정을 말하고 이안, 민서, 민규 오빠가 피해자 집에 김동준을 질질 끌고 갔지. 그리고 피해자를 집 근처 공원에 불러 놓고 김동준이 사과하도록 시켰어."

소진이 여전히 부끄러운지 손으로 부채질을 하면서 말을 이어갔다.

"그 뒤에는 다른 오빠들한테 물어 봐."

소진은 병실을 뛰쳐나갔다.

"그래서 민규형, 그 뒤에는 어떻게 됐어요?"

주성이 궁금한 듯 물었다.

"처음에는 하지 않으려고 했는데 우리가 협박을 좀 했지. 우리도 한 따까리 하잖아?"

민규가 웃으며 대답했다.

"음. 그래서 결론은 사건이 잘 마무리됐단 얘기죠?"

"근데 주성아."

"왜요?"

"그 가해자 부모님으로부터 추가 보상금이 들어왔는데, 생각보다 그 금액이 많더라. 우리도 처음 보고 깜짝 놀랐어."

"대체 얼만데 그래요?"

민규는 조금 뜸을 들이다 민서와 눈이 마주쳤다. 민서가 웃으며 큰 소리로 말했다.

"200만 원! 무려 200만 원이나 들어왔다고!"

"아. 200만 원, 생각보다 많이 들어…… 잠깐 200만 원? 진짜로? 미친 진짜 대박이다!"

주성과 청예단의 멤버들은 즐겁게 웃으며 서로를 꼭 껴안았다.

"그래서 그 돈은 다 어디에 쓰기로 했어?"

주성이 여전히 웃으며 말했다.

“그 돈은 학교 폭력으로 피해를 입은 이들에게 기부하기로 했어.” 희균이 말했다.

“잘했다. 역시 착한 일을 하면 기분 째진다니까? 하하하!”

주성이 크게 웃으며 말했다. 주성은 이때까지 살면서 한번도 느껴 보지 성취감을 느꼈다.

‘이 맛에 이 일 하는 거지.’

주성은 생각했다.

오늘따라 창밖의 하늘이 유난히 푸르게 보였다.

에필로그

내가 이번에 쓴 소설의 주제는 학교 폭력에 관한 내용이다. 이 소설을 쓰면서 얼마나 내가 학교 폭력에 무관심했었는지 알게 되었다. 평소에 나는 학교 폭력은 나와 전혀 상관없는 일이라고 생각했다. 최근 네이버 웹툰에서 학교 폭력에 관련된 내용이 잠깐 나온 적이 있다. 그 내용을 보니 학교 폭력도 내 주변에서 일어날 수 있는 일이라고 생각하게 되었다. 그래서 이 소설은 그 웹툰의 학교 폭력 퇴치에 관한 내용에서 영감을 얻어 제작하였다.

이 소설을 쓰면서 학교 폭력 예방 단체들을 많이 알게 되었고, 또한 학교 폭력 대처법에 대해서도 더 잘 알게 되었다. (소설에서는 등장하지 않지만……) 이 소설을 계기로 앞으로 학교 폭력에 대해 더욱 관심을 가져야겠다는 생각이 들었다.

또한 그린비 활동으로 소설 쓰기 활동을 하면서 내가 평소 즐겨 읽어 왔던 소설을 보는 눈이 매우 달라졌다. 나는 주로 추리 소설을 많이 읽었다. 그냥 아무 생각 없이 재미로 말이다. 하지만 이 활동을 한 이후 소설을 쓰는 일이 매우 힘든 일이라는 것을 알게 되었다. 다른 장르에 비해 추리 소설은 여러 가지 트릭이 존재하고 또 여러 가지 추리들도 존재한다. 그냥 소설도 쓰기 힘든데 그러한 트릭들과 여러 가지 추리들까지 생각해야 한다니.

내가 주로 선호하는 작가는 히가시노 게이고, 귀욤 뮈소이다. 둘의 특징은 모두 추리 소설이 많다는 점이다. 내가 쓴 소설의 장르는 액션이다. 나는 소설을 쓰는 경험이 없었기에 일단 싸우는 장면에 비중을 두다 보니 스토리 부분은 부족한 점이 많았다.

앞으로 이 활동을 통해서 소설을 쓰는 능력을 더욱 키우도록 하겠다.

임민규

– 1학년

1. 한 전지적 작가의 실험
2. 에필로그

한 전지적 작가의 실험

1. 하늘에는 전지적 작가가 살고 있었습니다. 하루는 그가 생각에 잠겼습니다.

'사람들은 공부하고, 일하고 놀고, 싸우고, 자고, 속이고, 베풀고 여러 가지 일을 하지. 그런데 왜 그렇게 행동할까?'

그는 생각해 보고 또 생각해 보았지만 높은 하늘에는 공기가 희박해서 머리가 안 돌아가 해답을 찾지 못했습니다. 그는 겨우 자신이 전지적 작가이고 사람들을 관찰할 수 있다는 것을 깨달았습니다.

그는 먼저 학생, 직장인, 주정뱅이, 폭력배, 봉사자의 일상을 관찰하고 수첩에 기록하기로 했습니다.

학생의 하루
일찍 일어난다.
씻는다.
밥먹는다.
등교한다.
1교시 국어수업
2교시 수학수업
.
.
.
.
.

7교시 영어수업
방과후한다.
저녁 먹는다.
야자한다.
하교한다.
자습한다
잔다.

직장인의 일상
일찍 일어난다.
씻는다.
밥먹는다.
회사간다.
작업한다.
프린트 한다.
.
.
.
.
집으로 간다.
저녁 먹는다.
아이와 놀아준다.
아이를 재운다.
술마신다
잔다.
주정뱅이의 한 날
늦게 일어난다.
술 마신다.
해코지 한다.

.
.
.
.
.
.
.
.
.
.
.
술 마신다
욕 쓴다.
곯아떨어진다.

2. 폭력배와 자원 봉사자의 하루도 그의 생각과 별다를 게 없었습니다. 하지만 관찰하려고 산소가 많은 땅으로 내려왔기 때문에 조금 더 고차원적인 생각을 할 수 있게 된 그는 자신의 능력 하나를 더 떠올렸습니다. 그건 바로 아래에 사는 사람들의 영혼과 대화할 수 있다는 것, 그는 기뻐하며 또 다른 행동을 구상하게 되었습니다.

'먼저 영혼들을 데려와야겠지?'

그는 자신이 관찰했던 학생, 직장인, 주정뱅이, 폭력배, 자원봉사자의 영혼을 데리고 하늘로 옵니다. 한번도 영혼의 상태로 있어 본 적 없는 사람들은 하늘을 마음껏 휘젓고 다닙니다. 다음으로 사람들에게 질문해야겠다고 계획한 그는 하늘 더 높이 열권 부근에 살고 있는 전지적 작가보다 높은 임민규가 노하여 그에게 말했습니다.

"너는 나의 허락 없이 이 신성한 하늘에 영혼을 데리고 왔다. 그럼, 그 대가를 치르게 해주지."

갑자기 번개가 치더니, 그를 하늘에서 떨어뜨렸습니다.

3. 눈을 떠보니 나는 침대에서 누워 있었다. 방을 찬찬히 둘러보니 교복도 있고, 책상도 있었다.

'어? 왜 이 풍경이 눈에 익지?'

나는 잠깐 생각하다가 여기가 얼마 전에 자신이 관찰한 여학생의 방임을 알았고, 또한 내가 그 여학생이 되었음과 동시에 가지고 있던 능력을 잃음에 슬퍼졌다. 무력해진 채로 한참 동안 밤하늘을 바라보았다. 후에 동이 트며 해가 보이기 시작했고 나는 생각했다.

'그래, 비록 이 모습이더라도, 내 존재가 없는 것보단 나을 거야.'

내가 수첩에 적어놓은 학생의 일정을 떠올려 내려고 노력하며 하루를 시작했다.

'우선 일어나는 척 하고…… 씻어야겠지?'

두 번째 일부터도 난관이었다. 비누를 잡으니 자꾸만 미끄러지고 머리를 감는 법조차 몰랐기 때문이다. 샤워한 것마냥 머리에 물칠만 하고, 밥도 이 아이의 부모들이 먹는 것을 보며 어설프게 먹었다. 며칠 전의 관찰을 되새기며 버스를 타고 학교에 갔고 수업을 들었다. 1교시 국어라고 쓰인 걸 보고, 교과서를 꺼냈다. 조금 뒤에 한 어른이 들어오며

"오늘 소설의 시점에 대해 발표하기로 한 거 맞지? 누가 제일 먼저 하기로 했어?"라고 물어 봤다.

"전지민이 발표하기로 했어요."

아이들이 대답했다.

전지민은 내가 얼마 전에 관찰했고, 내가 그녀의 몸 안에 있었으니 내가 발표해야 한다는 뜻이었다.

"그래 너는 전지적 작가에 대해 설명하면 되겠구나."

선생님 말을 듣고 발표하러 앞에 나왔다. '나에 대해서 설명하라는 것이라 깜짝 놀랐고,

'어떻게 나에 대해 알지?, 나보고 나에 대해 설명하라고 했으니 다행이다.'

여러 가지 생각이 들었지만, 결국 원래 나의 특징에 대해 아주 자세히 설명했다. 이렇게 말하는 게 맞았는지 선생은 잘했다고 칭찬했다. 이 외의 영어, 수학, 방과후 시간도 그럭저럭 지나갔다. 물론 이해는 거의 되지 않았다.

아직 이 생활에 적응하지 못했으니 대화는 피해야 할 것 같아서 많은 시간을 자는 척했는데 친구들끼리 시험에 대해, 대학교에 대해, 직업에 대해, 미래에 대해 하는 이야기를 들었다. 그러다 공부를 잘하면 잘될 거라는 생각이 들고, 앞으로 더 열심히 노력해서 공부해야겠다는 다짐이 들었다. 자율 학습 시간에 공부를 하려고 노력했지만 한 번도 이런 일을 해보지 않았기 때문에 잘되지 않았다. 시간이 끝나고, 다른 아이들을 따라 집으로 가는 버스를 탔다. 힘든 하루에 쉬고 싶어서 빨리 집 앞까지 뛰어왔다. 문득 생각이 들었다.

'앗 비밀번호!'

한참을 되새겼다. 관찰할 때 당연히 내가 그녀가 어떤 번호를 누르는지 보았을 리가 없다. 보았더라도 머리에 집어넣지 않았을 것이다. 머리에 있더라도 너무 흐릿해서 끄집어낼 수도 없었다. 갑자기 한 여성이 걸어왔다.

"지민아, 너 여기서 뭐 하고 있니? 집에 들어가지 않고,"

어느새 그 여성 아니 엄마는 번호를 누르고 들어가고 있었다. 들어가서 피

곤하다고 말하고 방에 들어가서 많은 복잡한 생각을 정리했다.

'그때 번호를 봤어야 했는데, 오늘은 넘어갔지만 내일은 들키는 것 아닌가? 그리고 공부가 중요하다고 했으니 해야지, 아 맞다.'

내가 궁금해 했던 게 떠올랐다. 왜 사람들이 이런 갖가지 행동을 하는가, 내가 왜 오늘 같은 행동을 했을까?

"아 알겠어!"

몸 아니 그 전지적 작가의 영혼이 갑자기 공중으로 떠올랐다. 그의 옆에는 몸의 주인인 학생의 영혼이 그를 지켜보고 있었죠. 그녀가 말했다.

"그래서, 깨달았니?"

"응. 그건 바로 행복하기 위해서야."

"맞아, 나를 위해 하는 일, 남을 위해 하는 일, 잠깐을 위해 하는 일, 오랫동안을 위해 하는 일, 지금을 위해서 하는 일, 미래를 위해서 하는 일 목적, 생각, 행동이 달라도 모두들 다 무의식적으로 행복하려고 해."

"그럼, 이제 어떻게 할거야?"

"다시 원래대로 돌아가자."

"할 수 있어?"

"할 수 있어."

하늘에서 비가 갑자기 내리다가 번개가 쳤다. 몇 시간이 지나고, 날이 다시 밝았다. 전지적 작가는 원래 대로 돌아왔고, 누워 있던 그 학생은 침대에서 일어나더니, 그와 눈을 마주치고는 방을 나갔다.

에필로그

첫 번째 글은 내가 평소에 관심이 있는 장난감을 주제로 썼다. 몇몇 사람들의 장난감에 대해 가지고 있는 편견을 깨고 장난감도 많은 고뇌, 과학, 창의성, 예술 등 이 들어간 멋진 작품이라는 것을 알리고 싶었다.

첫 내용은 내가 중학교 시절에 좋아했던 장난감인 팽이에 담긴 물리에 대해 썼다. 전에 가지고 놀 때, 물리법칙들을 작은 회전체에 담은 것이 정말 신기했다. 두 번째 내용은 레고의 호환성에 대해 썼다. 책에서도 언급했지만, 몇 안 되는 블록들로 무수한 종류의 조합을 만들 수 있을 만큼 결합 부위를 많이 만들었다. 세 번째는 로봇 건담의 디자인에 대해 서술했다. 건담은 갑옷을 입은 하나의 멋진 사람의 형상을 하고 있다.

두 번째 글에서는 어릴 적 내가 고민한 내용, 행복에 대해 '전지적 작가 시점'으로 서술하는 '전지적 작가'를 주인공로 하여 시점을 확장해 이야기를 썼다.

내용은 하늘에 살고 있는 (인간과 떨어진 곳에 사는) 전지적 작가는 사람의 행동에 원인을 찾으려고 실험을 하다가 영혼을 하늘로 데리고 온 잘못을 하여 이야기 속의 더 높은 위치의 작가(임민규)에게 심판을 받고 그로 인해 겪는 과정에서 진정한 행동의 원인을 찾아내어 그가 성장하는 내용이다

글을 쓰려고 오랫동안 앉아서 생각했다. 뭔가를 만드는 꿈, 발전이 많을 것 같은 미래, 좋아하는 것, 그리고 나에 대해서. 내가 쓴 글이 다른 이들에게 선한 영향을 미쳤으면 좋겠다. 또한 글을 쓴 이 과정이 나의 미래, 나의 진로, 나의 꿈을 펼치는 데 한 걸음 더 다가갔으면 좋겠다.

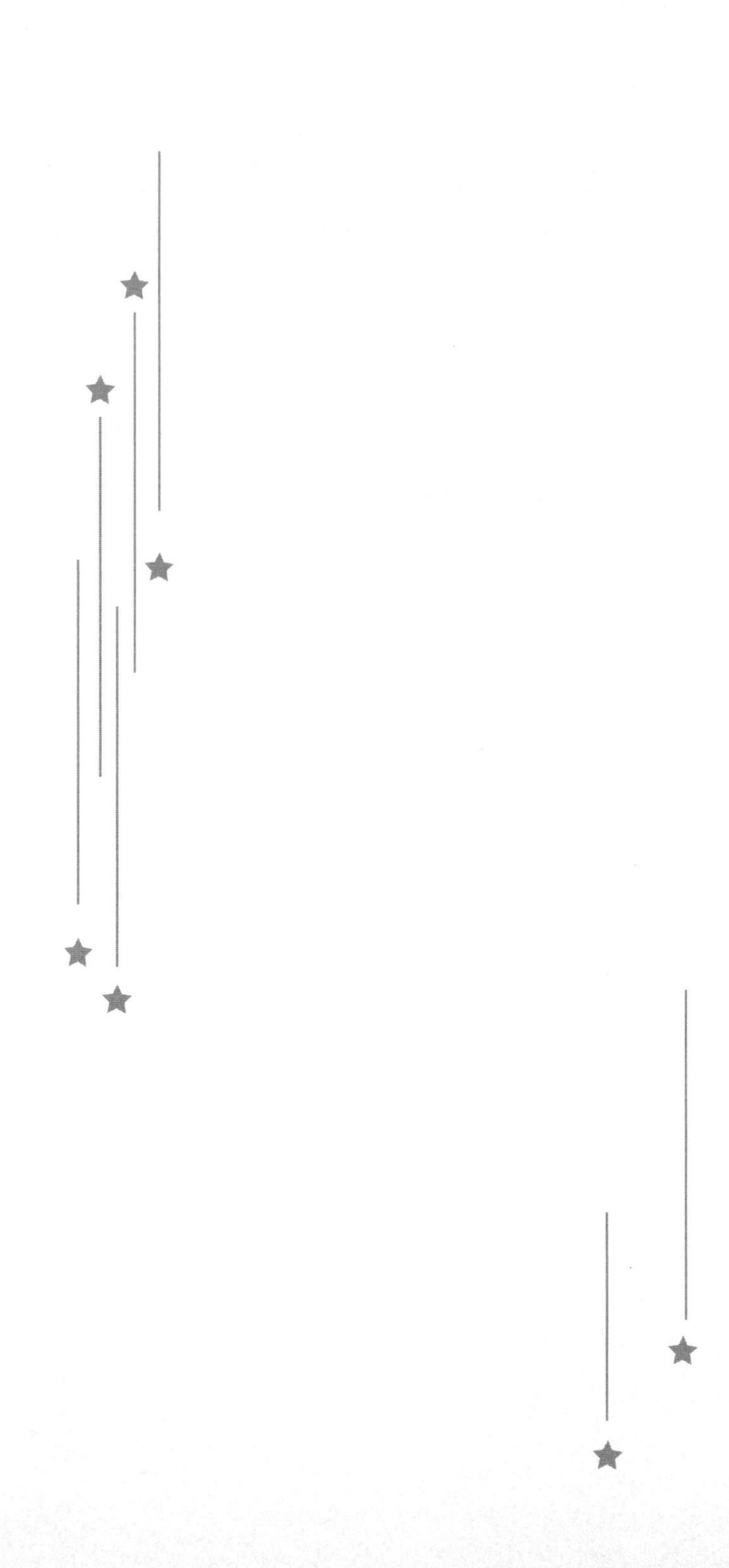

제2부 그린비, 별을 굽다

가지 않는 길

'내 모든 습관은 여행에서 만들어졌다'를 읽고

2학년 정현우

●

나의 중학교 때까지의 꿈은 로봇 공학자였다. 로봇을 만드는 것을 좋아했고, 창의적인 무엇인가를 생각해 내는 것이 좋았기 때문이다. 그 때문에 과학 영재원도 다녀 보고, 여러 가지 과학 대회도 나가고 커뮤니티에도 참여하면서 커리어를 쌓고자 했다. 하지만 중학교 내내 결코 내 학교 생활이 즐겁다고 느낄 수 없었던 것 같다. 진로에 대한 고민이 점점 더 고조되어 가자, 로봇 공학자라는 나의 막연한 꿈이 실현 불가능할까 봐 두려워졌고, 뭔가 하지 않으면 뒤처지게 된다는 두려움과 위협이 나날이 나의 내면을 덮쳐 왔다.

결국 신중한 고민 끝에 나는 고1이 되면서 문과로 전과했고, 현재는 누구보다 행복한 삶을 살고 있다. 하지만 불과 얼마 전까지 나는 문과로 전향한 이후에도 꿈을 좇지 못해 안달나고 두려움에 떨었었다. 이 책이 내가 내 안의 두려움을 물리치는 데 큰 도움을 주었기에, 남기고자 독후감을 쓰기로 다짐했다.

때는 바야흐로 이번 여름 방학, 내가 몽골 여행을 가기 직전의 일이다. 나는 한창 내가 좋아하는 것이 무엇인가에 대해서 고민하고 진로를 정하고자 했던 차였다. 그 결과 여름방학 전에 내가 하고 싶은 것이 '여행', '봉사', '글쓰기'라는 것을 알게 되었고 조심스레 여행작가라고 진로를 잡아 보았다.

하지만 진로를 정한 후 나는 또 다른 큰 벽에 부딪혔다. 어쩌면 가장 큰 벽이라고도 할 수 있는 성격의 벽이었다. 나는 원체 기질이 소심하고 병약한 이미지가 있어서 가장 적극적이고 모험적인 것들 중 하나인 여행을 하는 직업에 맞을지 걱정이었다. 그 걱정이 계속되어 나는 우울해지고 점점 더 학교 가기가 싫어지기도 했다.

몽골 여행을 계획 후 학교를 몽골 가는 것을 기다리면서 다녔다. 마치 통과해야 할 관문 같은 양. 그러다가 방학 보충수업 영어 시간에 여행 때문에 수업을 빠지게 되었다고 선생님께 말씀드리던 때였다. 공교롭게도 그 선생님께서도 여행을 정말 좋아하시는 분이셨다. 안면도 별로 없던 내게 흔쾌히 여행 관련 책을 빌려 주실 정도였으니 말이다.

그렇게 해서 내가 읽게 된 책이 바로 '내 모든 습관은 여행에서 만들어졌다.'이다. 이 책은 PD로 일하는 '김민식'이라는 사람이 지은 책으로 자신에게 여행이란 무엇인가? 여행의 의미란 무엇인가? 등에 관한 질문에 답을 독자 스스로 한 번 내볼 수 있게 한 책이었다.

이 책은 작가가 여행을 다닌 곳들과, 여행을 자신의 삶의 일부에 포함시키면서 자신의 다사다난했던 삶을 겪어 오면서 느꼈던 많은 것들을 적어낸 일기장 같은 느낌이었다. 경험에 집중해선지 많은 깨달음을 문장으로 적은 교훈, 좋은 글귀들이 이 책의 부제목들을 장식하였다.

작가는 자신이 편하고 안락한 삶과는 운이 맞지 않는다는 것을 이야기하면서 그 누구보다 많이 했던 경험들을 이 책에 고스란히 녹여낸다. 자신의 여행 이야기, 직장 이야기, 가족 이야기 등등을 말이다.

내가 이 책을 읽으면서 가장 집중했던 것은 다름아닌 용기와 두려움을 이겨 낸 장면들이었다. 그즈음 앞에서도 말했듯 그것에 되게 스트레스를 많이 받고 있던 상태였기 때문이었다.

작가도 처음부터 쾌활하고 유쾌한 성격이 아니었다고 한다. 오히려 키가 작고 까무잡잡해서 더욱 자신감이 없었다. 그러나 자신을 끊임없이 성찰하고, 사회에서 실패를 두려워하지 않고 무조건 부딪혀 보면서 사회생활을 배웠고 그에 따라 두려움이 조금씩 사라지는 모습을 이 책에서 그렸다.

그걸 보면서 많이 느꼈다, 기성의 여행 관련 저서는 그냥 그 여행지에 대한 정보나, 자신이 단편적으로 느낀 것만 서술하고 현장만 읊어 주는 게 다였지만, 이 사람은 자신의 인생 전체와 여행을 연관 지으면서 글을 썼다는 것을 알았고, 또한 얼마나 작가가 정성들여서 글을 썼을지 알게 할 정도로 잘 다듬어진 글이었다.

나는 지금 학교 가기 싫기는커녕, 공부하는 것이 오히려 조금씩 즐거워지고 꿈을 향해 나아가는 것이 무엇보다 즐겁다고 느끼고 있다. 이것을 얻기까지 이 책의 도움이 컸다. 이 책은 항상 '도전'을 중점으로 두고 교훈을 던지고 있다. 프롤로그에서부터 나오는 것처럼, 해보지 않으면 알 수 없다는 사실을 초반부터 깔아 두고 계속해서 도전과 관련된 많은 말들을 던진다.

왜냐하면 책을 읽어 보면 작가 자신의 삶은 하나부터 열까지 도전 그 자체의 삶이었고, 남들이 안하는 일들로 나아갔기 때문이었다. 그럼 의미에서 나랑 취향이 맞았고, 그것이 나의 읽는 속도를 더더욱 빠르게 만들었다.

칠레의 sube 카드 이야기를 보면서 웃기도 하고, 아이들을 떼어 두고 아내와 둘이 온 제주도 여행을 읽으면서 결혼 생활이 이런 거구나, 전혀 다른 곳에서 감동을 잠시 느껴 보고, 많은 장르가 망라된 이 책에서 나는 재미와 교훈을 같이 느낄 수 있었다.

특히 자신의 약점과 관련하여 작가가 써 둔 챕터에서 집중했는데, 길을 모를 때는 일단 직진하라, 내 약점을 강점으로 만들어라 와 같은 깨달음들이 나의 가슴을 후벼파고 나를 더 각성하게 만들었다.

그러다 보니 조금씩조금씩 두려움이 사라지기 시작했다. 여행은 좋지만 밖에 나가서 나 혼자 무언가 하기엔 너무나 겁이 났던 내가 이 책을 보면서 조금씩 용기를 얻어 나가기 시작했던 것이다. 세상이 어떻게 되든 내가 여행을 좋아한다는 사실은 바뀌지 않고, 그것은 지금보다 어른이 되어 직접 부딪히면서 배우는 게 때로는 더 낫다는 것을 살짝이나마 깨닫게 되었던 것이다. 나를 가로막던 두려움이 이겨내야 할 대상으로 바뀌면서 나에게 조금씩 투기를 주고 있었다.

이렇게 책을 보면서 많은 것을 느끼고 희노애락을 경험해 본 것이 참으로 오랜만에의 일이라 책을 떠나보내기 아쉬웠지만, 그만큼 내가 배운 것이 많다는 것이 내게 조금이나마 힘을 준 것 같다.

앞으로 나는 이 책과 같은 여행 관련된 책들을 많이 섭렵하고 그와 다른 길을 가보고 싶다. 내가 삶에서 가장 중요하게 여기는 것은 바로 언플래트닝, 다른 관점으로의 접근이다. 그러기 위해서 많은 간접경험으로 다른 사람들이 해 왔던 것들을 보고, 나는 그것과는 다른 새로운 길을 찾아 개척하고 싶다.

"우리가 바라는 꿈은 계속할 용기만 있다면 모두 이루어진다."

미국의 사업가 월트 디즈니가 한 명언 중 하나이다. 나 역시 지금 내가 겪고 있는 많은 두려움이 성공을 가기 위한 문턱이라고 생각한다. 지금도 못하는 것도 많고 무시당하는 일도 많지만 절대 포기하지 않을 것이다. 내 사전에 포기나 굴복이란 말은 없다는 마음으로 끊임없이 나아갈 것이다.

파란만장한 삶을 살아 내었던 작가와 같이 나 역시도 내가 하고 싶은 일을 마음껏 하면서 세상을 호령하고 싶다.

눈을 감고 그 날을 조용히 그려 보면서 이만 글을 마친다.

제국의 품격

1학년 송도형

●

이 책은 작은 섬나라에서부터 최강대국으로 거듭난 대영제국의 서사기를 제도, 경제, 군사, 정치 등의 관점으로 서술하여 대영제국의 발전과 더불어 제국주의국가들의 영토 팽창에 대한 이유도 서술하였다.

이 책을 처음 접했을 당시 작가가 서울대 서양사학과 교수라고 나와 있어 눈길이 많이 갔던 책이었다. 그렇게 구입을 한 후 책을 읽고 있는데 첫 부분에는 되게 받아들이기 거북했었다. 왜냐하면 나의 인식에는 영국이란 옛 제국주의 국가의 선두를 달리는 국가이며 아프리카의 민족과 종교를 무시한 채 임의의 국경선을 그어 버린 국가이다. 또한 자국의 이익을 우선시하는 정책을 실시하는 것은 옳지만 영국은 부당한 방법으로 그들의 이익을 챙긴 국가로 인식하고 있는 나였다. 그렇게 나는 처음 이 책을 읽으면서 저자가 혹시 친제국주의 성향을 띄고 있는 역사학자인가? 라는 생각과 동시에 무척이나 영국을 찬양하고 있는 이 책이 의심스럽게 느꼈다.

그렇게 그런 생각을 갖고 있으면서 책을 읽어 나가기 시작했다. 그렇게 첫 주제가 나타났는데, 그 주제는 영국이라는 자그마한 섬나라가 어떻게 초강대국으로 발돋움할 수 있었는지에 대한 아주 기본적인 이유를 담아내고 있었다. 바로 그것은 군사력이다. 그리고 그 군사력을 키운 군주 엘리자베스1세의 이야기와 영국해군의 전설을 만든 넬슨 제독에 대한 이야기를 다루었다.

그 시작은 바로 영국과 스페인의 갈등에서부터 있었는데, 그 당시 스페인제국은 영국의 왕위를 노리고 스페인 측에서 원하는 왕을 세우기 위해 영국과 전쟁을 시작했다. 하지만 당시 영국해군은 정식으로 해군이지도 않을뿐더러 그 수와 질이 스페인제국의 무적함대와 비교하면 초라하기 짝이 없었다. 하지만 엘리자베스1세는 드레이크선장 등 해적들과 민간선박을 이용하여 좁은 해역에서 맞서 싸우는 등 지리적 이점을 활용하여 승리로 이끌었다. 그렇게 당시 최강이었던 스페인제국의 무적함대를 무력화시키고 새롭게 떠오르는 해상견제력을 지니게 되었다. 그렇게 오랜 시간이 흘러 영국은 정식적으로 해군을 양성하게 되고 나폴레옹의 프랑스제국과의 해전에서 넬슨 제독이 뛰어난 전술로 나폴레옹의 함대를 격침시킴으로써 영국해군이 당시 유럽 및 전 세계의 해상을 지배하는 계기가 되었으며 이를 통해 전 세계의 경제권을 쥘 수 있는 기회를 마련해 준 것이 바로 영국해군의 역할이었음을 알려 준다.

두 번째, 바로 영국이 산업혁명이 유럽에서 가장 먼저 일어날 수 있었고, 그것이 안정적으로 빠르게 정착이 되며 19세기에서 20세기 초까지의 세계경제를 흔들 수 있었던 이유는 바로 무엇일까? 바로 민주주의 정착이다. 영국은 명예혁명을 통해 전 세계에서 가장 먼저 수상을 정계원수로 하는 의원내각제(내각책임제)를 도입하였다. 그렇게 정치적으로 안정이 가장 빠르게 되었으므로 다른 국가사업도 빠르게 순탄하게 진행될 수 있는 이유였다. 이 내용을 읽으면서 현대국가의 발전을 위해선 반드시 안정적인 민주주의가 정착이 되어야 운영이 된다고 알게 되었다. 그렇게 민주주의 빠른 정착으로 인하여 산업혁명이 발생하였고 산업혁명으로 인하여 영국은 근대국가로 발돋움할 수 있는 계기가 되었다.

나는 이 과정을 보았을 때 영국인의 뛰어난 지능과 과학적 지식도 한 몫은

했지만 제도적인 도움이 아마 가장 크지 않았나 싶다. 국가에서도 아이들과 시민들에게 과학적 지식을 전도하려는 국가적 노력이 있었고, 그리고 그것을 흡수하여 아이작 뉴턴 등 유명한 과학자가 대거 탄생하게 만든 제도적인 도움이 가장 컸다고 생각한다. 그렇게 이 책은 인도를 점령하고 수에즈운하를 통해 무역으로 대거 엄청난 돈이 거래되었다는 이야기와 팍스브리타니카를 이끈 세계경찰, 영국해군 등의 이야기들을 다루고 있다.

나는 이 책을 고른 이유를 한 가지를 더 들어 보자면 사실 사람들은 영국에 대해선 신사의 나라라는 이미지만 가지고 있는 사람들이 거의 대다수다. 혹은 영국이 인도를 식민지화했는 건 알아도 그리고 전 세계의 3분의 1을 식민지화를 했다는 것을 알아도 그 속에 참혹한 군사행동과 그 속에서 죽어간 식민지민의 고통을 아는 사람들은 거의 없을 것이다.

나는 이 이야기를 미디어에 인문학적 소재로 담아 사람들이 기본소양으로 또 상식으로 한 사물 및 매체를 보았을 때 어느 정도의 배경지식을 바탕으로 비판적 사고를 하는 바람으로써 인문학콘텐츠를 제작하고 싶다.

4차 산업혁명 시대 창의 인재를 만드는 미래의 교육

2학년 김태준

●

사실 나는 중학교 때까지만 해도 학교를 왜 다니는지, 학교의 시스템은 어떻게 돌아가는지, 교육과정은 누가 어떻게 바꾸는지에 대하여 관심이 없었다. 그런데 대학 입시와 직접 마주하고 있는 고등학교에 입학하자 내가 받고 있는 교육 현실에 관심을 가지지 않을 수 없었다. 지금 우리나라의 교육이 나는 좋은 방향으로만 가고 있지는 않다고 생각해서 미래의 우리나라의 인재들이 올바른 교육 환경을 가질 수 있도록 방법을 찾아보고자 책 한 권을 읽었다. 이제 우리 세대가 맞이하고 있는 것은 4차 산업혁명 시대 아닌가! 그래서 4차 산업혁명 시대에 창의적인 인재를 길러낼 수 있는 교육 방법과 관련된 이 책을 읽어 보았다.

'시험이 모든 것을 측정할 수 없다.'

이 문구가 평소 내가 하고 있던 생각을 간결하게 함축하여 잘 말해 주는 것 같다. 이 책에서는 성과를 중요시하는 동양 교육 정책을 비판하고 있다. 공통 교육 과정을 설정해 시험만을 중요시하여 시험에 들어가는 과목에만 투자하고 시험 과목에 들어가지 않는 창의력, 예술 등을 도외시하는 점을 강하게 비판하고 있다.

우리나라는 시험 성적을 토대로 학교 별로 줄을 세워 평가를 하기 때문에 학교에서는 전년도 기출 문제를 가지고 시험 요령을 가르치느라 시간을 허비하고 있다. 또한 학생들의 창의력이 조금이나 발휘될 수 있는 서술형 평가에서도 엄격한 기준에 따라 정답이 정해져 있는 문제만을 출재하여 학생들이 자유로운 생각을 서술할 수 있는 기회를 주지 않는다.

사실 나도 그렇다. 평소에 답이 정해진 문제들로만 가득 찬 세상에서 살며 답이 나오는 문제들만 마주치며 살았기 때문에 토론하는 것에 익숙하지 않고 내 생각을 표현하고 아이디어를 생각해 내는 데 어려움이 있다.

나뿐만 아니라 나와 같이 학교를 다니며 같은 것을 배운 친구들도 마찬가지이다. 사실 우리나라에서는 나와 같은 아이들이 모범생이니 바른 아이니 똑똑한 아이니 하며 인정받으며 살아가지만 나는 그래서는 안 된다고 생각한다. 미술 등 예체능을 전공하려 하는 친구들을 보면 사실 나보다 뛰어난 경우가 많다. 학교에서는 그 아이들의 재능이나 창의력, 기지가 돋보일 일이 많지 않지만 나는 종종 그러한 것들을 목격하곤 했다.

사소하게 스승의 날 칠판꾸미기 행사를 할 때도 자신의 미적 감각을 이용하여 놀랄 만한 아름다운 결과물을 만들어 내기도 하고, 컴퓨터로 배경화면을 아름답게 꾸며 보기도 하는 모습을 주의 깊게 들여다보면 칭찬할 만한 가치가 충분하다. 그러한 아이들의 가치가 드러나려면 창의력 교육을 위한 풍토 조성이 필수다.

아무리 좋은 싹이라도 좋은 토양과 물, 햇빛이 있어야만 성장할 수 있는 법이다. 스티븐 잡스가 아이폰을 만들어 낼 수 있었던, 그러한 인재가 성장할 수 있는 풍토 말이다.

먼저 어떤 아이가 호기심을 통해 흥미를 유발할 수 있도록 해야 한다. 어린 아이에게 수학을 가르칠 때 도형 모형을 준비하여 직접 만져보고 돌려보고 할 수 있도록 하는 것, 아이에게 돈의 개념을 가르칠 때 집에서 물건을 사고파는 놀이를 하는 것과 같이 아이들이 직접 체험하고 이를 공부가 아닌 처음에는 놀이로 생각하도록 하는 것이 중요하다고 생각했다. 놀이를 통해 얻어진 흥미는 그 분야에 대한 열정으로 발전할 수 있기 때문에 중요하다.

또 아이가 뚜렷하고 높은 목표를 세우고 시련을 극복할 수 있도록 해주어야 한다. 사람은 시련과 실패를 겪으며 그를 통해 배움을 얻고 더 단단해져 더 큰 시련을 이겨 낼 수 있는 강인함을 얻게 된다. 뚜렷하고 높은 목표를 세우고 그를 이루려는 과정에서 겪는 시련들을 통해 성장하여 전문성을 갖게 되면 창의적 열망을 가진 아이로 발전할 수 있다. 어떤 것에 흥미를 갖고 잘하게 되면 그것에 대하여 최고가 되기 위하여 최선을 다하는 열망이 생겨나기 마련이다.

나도 지금까지 살아오며 크고 작은 시련들을 겪었다. 학교에서 중간고사를 잘 치지 못한 후 동기 부여를 통해 기말고사를 준비하며 얻은 위기관리 능력, 영어 스피킹 시험 중 내용을 잊어버린 순간에서 배운 임기응변 능력 등 사소하다면 사소하다고 할 수 있는 일들에서 삶의 큰 지혜를 얻곤 했다.

자유로운 분위기를 형성해 주는 것도 필수이다. 지금 우리나라의 학교에서 튀는 행동을 하는 학생들을 문제아라고 규정하거나 이상하다고 보는 분위기가 형성되어 있어서 학생들이 자유로운 행동을 하고 싶은 욕구를 억지로 억누르고 있다. 사람마다 모두 성향이 다르고 취미가 다르고 특기가 다른데 다수가 그렇다는 이유로 다른 사람들을 속박해서는 안 된다. 아이들이 생각을 자유롭게 말하고 재능을 마음껏 펼칠 수 있도록 배경을 마련해 주어야 한다. 시험에서 중요한 국,영,수 말고 음악, 미술, 체육과 같은 수업 시간을 좀 더 비중 있게 다루어 학생들이 소홀히 하지 않고 자유로운 분위기에서 창의력을 기를 수 있도록 해 주어야 한다.

책을 읽으며 우리나라가 좀 더 좋은 나라가 되었으면 좋겠다는 마음에 교육을 어떻게 바꾸면 좋을까 고민해 보는 시간을 가졌다.

백년대계(百年大計)인 교육이란 것이 한 나라의 가장 중요한 농사 중 하나인 것처럼 쉽게 바꾸어서도 안 되지만 더 나은 방법이 있다면 조금씩이라도 바꿔 나갈 수 있으면 좋겠다.

어차피 레이스는 기니까

2학년 박지홍

고등학교에 올라오고 나서 대학이라는 인생에 나름의 중요한 관문과 직면하게 되다 보니 생각이 많아졌다. 1학년 때는 그런대로 되었는데 2학년이 되고 나서 중간고사, 기말고사가 꼬이면서 더욱 생각이 늘어나다 보니 나에 대해 다시금 생각하게 되었다. "내가 지금 잘하고 있는 걸까? 지금 나는 똑바른 길을 걷는 걸까?"와 같은 생각을 혼자 하다 보니 뭔가 해답을 찾고 싶어졌다.

그때 나영석 PD의 '어차피 레이스는 길다'라는 책이 떠올랐다. 어렸을 때 '1박 2일'을 굉장히 좋아했고 그 후로 PD가 되고 싶다고 하자 어머니께서 사주셨던 책인데 책의 내용뿐만 아니라 이름부터가 왠지 현재의 나에게 해답을 줄 것 같아서 그 책을 다시 읽게 되었다. 책에서 나영석은 1박 2일의 메인 PD 자리에서 물러난 뒤 얻게 된 휴가 기간 동안 새로운 것을 경험하기 위해 오로라를 보러 간다. 제대로 알지도 못한 채 오로라를 잘 볼 수 있다는 여러 관광지나 호텔들을 찾아다니는 모습을 보면서 어쩌면 지금 내가 저런 모습이 아닌가 하는 생각이 들었다. 무언가 정해진 확고한 목표는 있지만 그 목표를 향해 나아가는 방법을 잘 알지 못하고 상당히 방황하며 고생하는 것이 지금 내 모습이라고 생각하게 되었다.

오로라라는 뚜렷한 하나의 목적이 있지만 나영석 PD는 그 외에도 여행 도

중 블랙 샌드 비치, 가이저(간헐천), 만년설 빙하와 같은 다른 아이슬란드의 유명한 관광지도 보러 돌아다닌다. 내가 PD가 되겠다는 꿈을 꾸며 그 꿈을 이루기 위해 좋은 대학에 가기 위해 공부하고 있지만 가끔 유튜브를 보거나 텔레비전으로 내가 좋아하는 나영석 PD의 프로그램을 보면서 쉬어가는 것이 이런 여행 중의 다른 목표나 삶의 낙이라고 생각한다.

이 책에서는 나영석PD가 대학 생활을 하던 당시 PD가 되겠다는 생각을 하지 않았고 연극을 좋아해서 작가가 되어 보고 싶다는 등의 내용도 담겨 있었다. 어쩌면 나는 지금 확고한 목표가 있으니 더 편하다고 생각할 수도 있긴 하다. 내 장래에 대한 목표가 변하는 것은 없지만 어쩌면 수시가 실패하더라도 나PD가 작가가 아닌 다른 길을 찾은 것처럼 다른 방향으로 길을 찾아보는 것도 좋은 방법이 될 수 있다고 생각한다.

또 아까도 말했듯이 나PD도 단순히 연극이 좋아서 거기에 한 때 미치다시피 살았고, 그 후로 연극과 관련된 일을 계속해서 찾아나가 보니 이렇게 훌륭한 PD가 된 것처럼 나도 내가 원하는 진로의 방향으로 계속해서 노력해 나가다 보면 언젠가는 그 꿈을 이룰 수 있을 거라고 생각한다.

나영석 PD의 아이슬란드 여행 내용과 더불어 과거 '1박 2일' 메인 PD시절의 이야기도 한다. 워낙 좋아해서 좋아하는 편들은 가볍게 10번은 넘게 봤을 정도라, 특히 1박 2일과 관련된 파트는 여러 번 주의 깊게 봤다.

1박 2일과 관련된 이야기 중 가장 인상 깊었던 것은 준비하는 사람의 자세였다. 내가 프로그램을 볼 때는 단순히 재미있게 봤던 장면이 사실은 보이지 않는 사람들이 세심한 노력이 뒤에 숨어 있다는 것을 다시금 깨달을 수 있었기 때문이다. 가령 눈이 많이 내려 운동장이 눈에 뒤덮인 상황에서 방안에서는 제대로 분위기가 달아 올라서 게임하자고 하는 데 운동장이 아직 눈밭이라서 잠깐 기다렸다 해야 한다면 그 열기는 가라앉아 달아 올랐을 때의 그 열기를 카메라에 담을 수 없다는 것이다.

이게 방송에만 적용되는 것이 아니라 현실의 여러 방면이나 어쩌면 나 혼자 안에서도 적용될 수도 있다고 생각한다. 나 또한 마음잡고 공부에만 몰두하겠다고 자주 생각한다. 처음에는 열기가 불타오른다. 마치 매일 밤새면서 죽어라 공부에만 매달릴 것처럼 말이다. 그런데 그 열기는 어느 순간에 사라진다. 샤프를 잡고 공부를 한 시간쯤 하다가일 때도 있고, 집에 가서 그 집이 가져다 주는 안락함에 빠져 마음이 풀려서 열기가 식을 때도 있다. 그런 상황의 주된 공통점은 보통 순간적으로 공부를 하겠다는 열기가 생기나 그 의지를 받쳐 줄 준비가 되지 않은 상태에서 마음만 앞선다는 것이다. 무언가 공부할 환경을 만들어 놓거나 계획도 철저히 세우지 않는 즉, 보이지 않는 작은 준비가 안 된 상태에서 달려드니 그 준비를 하다 보니 어영부영 하다가 의지는 사라지고, 결과는 시원찮게 되는 것이다. 최근에는 공부한 시간을 기록하면서 조금 나아지고 있지만 그것마저도 마음이 풀려 초반보다 덜하게 되는 것이 부끄럽다. 아무래도 마음을 다시 단단히 먹을 시간이 온 것 같다.

지금은 우리나라 최고의 PD 가운데 하나라 불릴 정도로 큰 인물이 되었지만 PD가 된 초창기에 나PD는 말을 잘 건네지 못해 출연자들이 방송에 나가야 하는 시간을 잘 전달하지 못해서 방송 사고를 일으킨 적이 있었다. 내가 지금 방황하고 성적이 나오는 것도 어쩌면 처음이라서 그런 것이 아닐까? 처음이라 서툴고 어색해서 어려운 것은 아닐까? 그런 생각들이 나를 더 성숙하게 했고, 더 깊은 생각을 할 수 있게 만들었다.

앞으로 나아가다 보면 사람은 무조건 시련을 겪게 된다. 그 시기가 언제 오는 지는 사람마다 다르지만 한 번은 다들 겪게 된다. 그런 때를 견뎌 내면 사람은 성장한다. 다른 사람은 몰라도 나는 그렇게 성장한다. 학교 선생님께서 하신 말씀이 있다.

"살다 보면 기회가 여러 번 온다. 그 기회를 잡기 위해 늘 준비하고 노력해야 하고, 그 기회가 왔을 때 잡아낼 수 있어야 한다."

이 말이 최근 내 뇌리에 계속 맴돌고 있다. 나도 사춘기 시절 스스로를 괴롭히며 방황했고 사춘기가 끝나면서 마음을 다잡게 되어 공부했고, 기숙사에 들어가는 등의 내 나름의 기회를 잡아 열심히 달려왔다, 그때 나는 내가 이렇게 어느 정도 다시 일어날 것이라고 생각하지 못했다. 지금 힘들지만 나는 선생님의 말씀과 그 때처럼 힘든 시기가 잘 지나가면 다시 기회가 찾아 올 것이라고 생각한다.

책에는 나오지 않는 내용이지만 이후 나PD는 KBS를 떠나 tvN으로 행하고 그곳에서도 자신의 기량을 유감없이 발휘한다. 오랫동안 머물렀던 한 장소에서 다른 곳으로 옮긴다는 것은 쉽지 않은 선택이고 어쩌면 자신에게 큰 리스크가 될 수도 있다. 하지만 나PD는 새로운 곳에서도 잘 적응했고 참신한 형식의 다양한 예능 프로그램을 만들었다. 내가 PD가 되어 다양한 변화를 시도해야 하는 것뿐만 아니라 사람들이라면 누구나 새로운 것에 도전해야 한다. 그리고 살다 보면 긴 시간 동안 머물렀던 곳을 떠나 새로운 곳으로 향해야 할 때도 있다. 그럴 때 새로운 것을 만들어 내고 낯선 장소에서 자신의 원래 실력을 발휘해 내는 사람이야말로 진짜 실력이 있는 사람이지 않을까?

만약 그게 잘되지 않는다면 어떻게 해야 할까? 아까도 말했듯이 나영석 PD도 처음에는 어색해했고 낯설어 했다. 그저 계속 하면서, 노력하면 시간이 흐르면서 실력이 느는 것이다. 그렇게 하는 것이 힘들다고 생각이 들기도 할 것이다. 하긴 나도 내가 그렇게 잘하고 있는 것인지 모르겠다. 그렇게 하는 게 맞는지 모르겠다면 다시 생각해 보고 다른 방법으로 시도해 보는 것도 좋은 방법인 것 같다.

시간이 너무 많이 걸린다고 생각되기도 한다. 하지만 살다 보면 운전하는 것처럼 짧은 길을 바로 가로질러 가기도 하고, 긴 거리를 빙 돌아가기도 한다. 그래도 어떻게든 목적지에 도착한다는 것은 같다. 시간이 조금 걸려도 부딪히기도 하고 넘어지며 여러 길을 통해 앞으로 나아가다는 것이 중요한 것 같다. 시간이 조금 걸리더라도 괜찮지 않을까?

어차피 인생은 기니까.

미술관에 간 화학자

2학년 김준혁

●

미술에 그렇게 큰 관심은 없었다. 그저 화학과 미술이라는 연관성이 별로 없어 보이는 예술계와 과학계를 관련시킨 책이라 흥미로워서 읽어 보았을 뿐이다. 이 책에서는 다양한 유명 예술 작품과 관련한 이야기들과 제목에 걸맞게 화학과 관련된 부분도 알려 준다. 예를 들어 에이크의 '아르놀피니의 결혼'이라는 작품을 들어 유화 물감에 대한 설명을 해 주었다. 유화 물감에는 불포화 지방산인 아마인유가 들어 있어, 지방산 사슬 중 불포화기를 가지고 있어서 녹는점이 낮아 상온에서 액체 상태인데, 이것이 시간이 지나 굳어서 도막을 형성한다. 이를 통해 정밀한 묘사가 가능해져 사람들은 유화의 등장으로 인해 정밀한 묘사가 가능해졌다고 한다. 여기서 나는 기억에 남았던 작품 설명 몇 가지를 적어 보려 한다.

- 최후의 심판 : 미켈란젤로

첫 번째로 나를 맞아 주는 작품은 미켈란젤로의 '최후의 심판'이었다. 미켈란젤로의 이름은 많이 들어본 적 있다. 조각가로 알고 있었는데 이렇게 유명한 작품을 그린 화가였는지는 처음 알았다. 이 그림을 보면서 '가운데에 있는 나체의 남성은 예수인가?'라는 의문을 가졌는데 작가가 이런 궁금증을 어떻게 알았는지 친절하게 설명해 주었다. 미켈란젤로는 하나님을 그린 것이었다. 그는 원래 인간의 벗어진 모습이 하나님의 형상이므로 어찌 보면 당연히 나체로 하나님과 성인들을 그려 놓았다. 그러나 교황은 알몸의 형상이 너무 선정적이라고 여겨 미켈란젤로에게 생식기 부위를 가리라고 하였다. 그러나 고집이 강한 미켈란젤로는 결코 그림을 고치는 일이 없었고, 이후에 그의 제자가 그림 속 인물에게 하나하나 자연스러운 기저귀를 채웠다. 그래서 그는 기저귀 채우는 사람으로 불리기도 했다고 한다. 이는 상당히 재미있는 이야기가 아닐 수 없다.

- 미인도 : 신윤복

이 책을 펼쳤을 때, 온갖 서양 미술 작품으로 가득한 차례에서 눈길을 끈 것이 있었다. 서양 명화가 가득한 가운데 한국의 예술 작품이 몇 점 있었다. 우리가 잘 아는 화가의 작품이 그중에 있었다. 신윤복. 김홍도, 김득신과 함께 조선시대 3대 풍속화가로 일컬어지는 화가인 그의 작품 '미인도'에 나오는 미인의 속치마 고름의 붉은색은 '진사'라는 광물에서 얻어진 것이라고 한다. 이는 사실 황화수은(HgS)으로 독성이 매우 강하지만 변색되지 않는다고 책에서 설명한다. 작가는 신윤복 그림에 나타난 에로티시즘에 대한 이야기도 하였다.

- 라부아지에 부부의 초상 : 다비드

화학에서 절대로 빼먹을 수 없는 사람을 나는 이 책에서 발견하였다. 그가 미술 작품 속 자신의 모습을 남겼으리라고는 상상도 못했다. 물론 그가 그린 것은 아니지만 이런 책에서 보게 될 줄은 정말 몰랐다. 라부아지에. 당대 과학자들이 정설로 여긴 플로지스톤을 반박하고 화학의 세계에 새로운 패러다임을 제시하여 '화학 혁명'을 이끈 그는 화학 역사에서 가장 중요한 인물이라고 해도 과언이 아니다. 그런 그가 미술세계에 자신의 부인과 함께 있는 모습을 미술사에 드러냈다는 것이 신기했다. 책에서는 라부아지에와 그의 부인의 말년에 대해 말해 주었다. 1794년에 라부아지에는 그의 세금징수원 경력으로 인해 혁명파에 의해 단두대에 처형되었다. 그의 아내, 마리 또한 체포되었으나 혁명파의 몰락으로 풀려났다.

- 해돋이 : 모네

'인상주의'라는 이름이 유래된 모네의 '해돋이'가 책에 소개되었다. 이 작품은 최근 '독서' 교과 시간에 관련한 내용으로 본 적이 있어서 더욱 기억에 남았던 것 같다. 후기 인상주의 화가였던 세잔이 나중에 나오게 될 입체파에 어떤 영향을 미쳤는지에 대해 이야기하며 인상주의에 대한 설명이 나왔는데, 거기서 소개된 대표적 인상주의 작품이 모네의 '해돋이'였다. 당시 뉴턴에 의해 프리즘에 의한 색 스펙트럼 분할이 밝혀져 모네는 빛의 변화를 탐구하기 시작했다. 인상주의는 물체 고유의 색을 부정하고, 그 물체의 표면이 반사한 빛이 만드는 순간적인 인상을 표현한 것이다. 인상주의 화가들은 물체의 실질적 형태보다는 순간적인 인상, 그것에 집중하였다. 인상주의 화가들은 점을 통한 색의 분할로 이것을 표현하였다. 모네는 짧게 끊어지는 터치를, 쇠라는 일정 크기의 작은 색 점을 과학적 비율로 병치하여 혼합의 효과를 극대화하였다. 이러한 인상주의자들의 표현 원리는 후에 점묘법의 근간이 되었다.

원래 책을 별로 안 좋아하는 성격이라 읽다가 중간에 그만둔 경우가 너무 많아 선뜻 읽기가 두려웠는데, 다행히 이 책은 내가 계속 붙잡을 수 있도록 해 주었다. 특히 그림의 서사적인 부분을 알려 주어 재미있게 읽었던 것 같다. 그림이 탄생하게 된 배경, 그림의 수정, 변천 등. 그림을 그 자체로 보면

고정된 모습에 지루하지만, 그 이면에 숨겨진 뜻과 그림에 얽힌 사건을 얘기해 주니 읽기가 한결 나았다. 이 책을 읽고 나서 미술에서도 화학을 발견할 수 있었고 미술에서 가능하다면 우리 생활의 전반적인 부분에서도 역시 화학을 발견할 수 있지 않을까 하는 생각에 다다르게 되었다.

진로 연대기

2학년 장민홍

●

나의 진로는 로봇 공학자이다, 아니 로봇 공학자였다. 때는 바야흐로 중학교 1학년 학교에서 포항으로 체험학습을 갔다. 여러 곳을 돌아보던 중 포항 로보라이프 뮤지엄이라는 곳에 갔다. 이곳에서 나는 나의 진로를 정하게 했던 한 로봇을 만나게 된다. 그의 이름은 '파로', 심리치료 로봇이다. 작고 아담하게 생긴 작은 물개 로봇이지만 치매 노인, 독거 노인, 우울증 환자 등을 치료할 수 있는 강력한 힘을 가진 로봇이었다. 사람도 하기 어려운 일을, 사람의 마음을 치료하는 일을 하고 있는 로봇을 보고 나도 저런 로봇을 만들고 싶다는 생각이 들었고, 그 후 쭉 로봇 공학자라는 직업을 마음속에 품고 있었다. 사람을 도울 수 있다는 것, 아주 큰 행복이라고 생각한다. 로봇 공학자를 꿈꾸며 '로봇 다빈치, 꿈을 설계하다'라는 책을 읽게 되었다.

책의 내용 중 가장 인상 깊었던 내용은 시각 장애인이 탈 수 있는 자동차를 만드는 과정을 담은 부분이었다. 시각 장애인이 그냥 손을 놓고 마음 놓고 탈 수 있는 자율주행 자동차도 좋지만 시각 장애인에게 운전 경험을 제공할 수 있게 직접 운전할 수 있는 자동차를 만들었다. 시각 장애인이 정보를 전달받을 수 있도록 손끝과 의자에 진동 센서와 같이 여러 장치들을 이용해 자동차를 만들었다. 2011년 1월 29일 데이토나 국제 경기장에서 시각 장애인이 직접 운전을 하는 장면이 전 세계에 공개되었고, 시각 장애인들에게 큰 희망을 주었다. 불가능한 일에 도전하고 이를 성공시킨 것, 기술이 단지 사람의 삶을 더 나아지게 하는 것이 아니라, 정말 필요한 곳에 적절하게 쓰였다는 것, 사회적 약자의 시각에서 바라보았다는 것, 모든 것들이 나에겐 대단하고 존경스럽다고 느껴졌다. 이 책을 읽은 후 '데니스홍'이라는 로봇 공학자를 내 삶의 멘토로 정하게 되었고 나 또한 그와 같이 전 세계를 무대로 삼는 로봇 공학자가 되길 원했다.

그 후 중학교를 졸업하고 성광고등학교에 입학하게 되었다. 고등학교에 입학하고 막 적응한 뒤 1학년 2학기 기말고사가 끝난 후 장 지글러의 '왜 세계의 절반은 굶주리는가?'라는 책을 읽게 되었다. 평소 식량, 기아, 빈곤 등 세계의 주요 문제에 관심이 많았던 나에게 내 인생의 두 번째 터닝 포인트를 마련해 주었다. 이 책을 읽고 난 후 우리 주변뿐 아니라 전 세계에 음식을 못 먹어서 죽는 사람이 많지만, 사람이 먹을 식량은 현재 인구의 2배가 먹을 양이라고 한다. 전 세계의 많은 축산업과 식량업계의 큰손의 물가 조정으로 인해 남아도는 식량을 버린다고 한다. 식량이 없어 굶어죽는 이들에게 식량이 가기는커녕 자신들의 부를 채우기 위해 애쓰는 사람들의 모습을 보고 위선적이고 이기적이라는 생각이 들었지만, 이를 막을 사회적 제도나 사람들의 시선이 충분하게 만들어지지 않은 탓도 있다고 생각한다. 2050년 전 세계 인구는 100억 명을 넘어가게 될 것이며 이를 해결하기 위해 현재 식량 생산량의 2배를 늘려야 한다고 한다. 그 후 한국의 식량 문제뿐 아니라 전 세계의 식량 문제는 꼭 해결되어야 할 것이며 내가 이 일을 맡고 싶다는 생각을 가지게 되었다. 그래서 농업 씨앗 종자 개발 관련 일 혹은 도시농업 관련 일에 관련된 정보를 찾고 관련 서적을 찾아 읽었다. 현재의 나의 진로는 로봇 공학자와 농업 사이에서 갈등하고 있다.

아직까지 나의 진로를 확실하게 정하지 못했다. 난 나의 길을 찾기 위해 관련 서적을 읽고, 어떤 분야로 나아가야 할지 매일 고민하고 있다. 아직 나의 정확한 길을 찾진 못했지만, 내가 생각하기에 자신의 길을 찾기 위해 필요한 것들 중 가장 중요한 것은 자신만의 시간과 경험을 갖는 것이라고 생각한다. 주변 친구, 가족 등 여러 사람들과 만나 소통하고 활동하는 것도 좋지만 자신이 무엇을 해야 할지 어떤 길로 나아가야 할지를 판단하기 위해서는 나 혼자만의 시간을 가지고 찬찬히 고민하고 사색하는 것은 필수다. 나 또한 나의 길을 찾기 위해 혼자 활동할 수 있는 시간을 늘리기 위해 노력하고 있다.

경험은 돈으로는 살 수 없는 귀한 자산이고 내가 아닌 그 누구도 대신할 수 없다. 실패한 경험을 통해 피드백을 하고 이것들을 마음속에 새겨두어 다시는 똑같은 실패를 경험하지 않도록 하고, 더 나아진 자신을 발견할 수 있어야 한다. 좋은 경험은 마음속에 두고 자신이 힘들 때 마음 한편에서 꺼내 자신을 회복할 수 있는 능력을 지니고 있다. 실패하거나 행복하거나, 여러 경험들은 자신의 가치관과 신념을 정하는 데 있어 큰 영향을 미친다. 좋은 경험을 만드는 방법 중 가장 쉬우며 언제나 실천할 수 있는 것은 바로 독서이다. 독서는 저자와 독자의 소통 방법이며 저자의 인생과 가치관을 독자가 간접 체험하는 것이다. 많은 경험을 쌓기 위해서 독서의 양과 질을 향상시키기 위해 노력해야 한다.

학창시절에 필요한 것은 위 2가지, 자신만의 시간과 경험을 충분히 가지는 것이라고 생각한다. 충분한 자신의 시간과 많은 경험만 있다면 진로를 정하는 데 큰 기둥이 될 것이며, 만약 진로를 정하는 데 실패할지라도 다시 일어설 수 있는 원동력이 될 것이다.

자신의 진로를 정했다면 그 꿈을 이루기 위해 노력해야 한다. 꿈을 이루기 위해선 무엇보다 인내와 노력이 필요하다. 중학교 수업시간에 선생님께서 이런 말씀을 하신 적이 있다.

"공부는 큰 항아리 안에 작은 항아리가, 작은 항아리 안에 더 작은 항아리가, 더 작은 항아리 안에 더더 작은 항아리가 들어가 있는 방식이라고, 그래서 우리는 작은 항아리부터 물을 채워 나가야 하고, 어느 순간이 되면 다음 단계로 또 어느 순간이 되면 더 높은 단계로 올라가는 것이다."

항아리의 물을 가득 채우기 전까지는 물이 얼마나 차 있는지 얼마나 더 해야 하는지 알기 어렵다. 그래서 끈기와 노력이 필요한 것이다. 그렇기에 자신의 꿈을 정하고 이를 이루기 위해 강인한 의지의 끈기와 노력을 계속한다면 언젠간 이루어지지 않을까라고 생각한다.

상대성이론이란 무엇일까?

1학년 이진욱

●

'상대성이론이란 무엇일까?' 엊그저께 읽은 책의 제목이었다.

'$E=mc^2$', 아인슈타인이 허물어버리고 다시 쌓은 틀은 단언컨대 물리학 역사 중 가장 획기적이고 변혁적이라고 말할 수 있다. 당대 뉴턴에 의해 도입된 절대시간과 절대공간이라는 개념은 물체의 운동을 세 가지 법칙으로 요약했고 이것이 당대의 통념으로써 그 시대를 지배했다.

그때 아인슈타인은 뉴턴역학으로 해결할 수 없는 '빛'에 대해 관심을 가졌고 맥스웰과 하위헌스 등에 의해 빛이 연구되기 시작하고 물리학 역사 중에 기적의 해라 불린 1905년 광전효과를 설명하면서 빛의 이중성을 밝혔다. 그리고 그는 특수상대성이론에 관한 논문을 발표했고 맥스웰 방정식의 빛의 속도가 불변이고 속도의 합이 이루어질 수 없다는 전자기학에서 출발해 아무도 가지지 않았던 의심을 가지고 갈릴레오의 속도의 상대성에서 빛의 속도가 불변일 때 생기는 모순을 부수게 된다.

그는 속도의 상대적인 특성을 빛에 적용해 본다. 이를 통해 속도 덧셈의 법칙을 포함한 모든 물리 법칙은 갈릴레이의 상대성원리가 적용되지만, 빛은 속도 덧셈의 법칙이 성립하지 않는다, 그리고 이 이유는 움직이는 사람의 시간이 다르게 간다는 결론에 이르렀다. 마치 지동설을 주장했던 코페르니쿠스와 마찬가지인 것처럼 말이다. 그는 오로지 진리를 추구하기 위해 고정된 사고를 가지지 않았고 유연하게 생각해서 이를 발견해 내고 지금까지 그가 물리학계에서 가장 크다고 여겨지는 위치에 서 있는 이유가 된다.

물론 아인슈타인의 혼자의 힘으로 시간의 절대성을 부수지는 않았다. 맥스웰의 방정식에서 특수상대성이론을 찾아냈고 광전효과 또한 맥스웰이 빛이 파동성을 지닌다는 것을 밝혀냈기에 빛이 이중성을 지닌다고 입증할 수 있었다.

그럼에도 불구하고 그는 끊임없이 의심했고 유연하게 사고했으며 그 결과 지금의 과학계에서의 전체적인 구조를 제시했다. 그리고 이 틀은 지금까지 매우 많은 영향을 미치고 있다. 이것은 필히 물리학계에서 역사적인 발견이라고도 칭해져야 하는 게 분명하다. 그리고 이것은 과학적 발견에서만 국한되는 것이 아니다. 천동설을 지지했던 시대, 지동설을 주장했던 코르페니쿠스와 사형을 받지 않기 위해 뜻을 굽혔음에도 지동설을 주장했던 갈릴레오 갈릴레이가 지금까지 많이 거론되는 것처럼 그는 똑같이 사고하고 똑같이 행동하지 않았고 의심이라는 그의 무기로 당대의 관념을 깨고 새로운 것을 발견했고 개척했다고 말할 수 있다.

이는 현대의 과학자들과 제2의 제3의 아인슈타인이 되고자 하는 사람들에게도 뜻을 시사한다. 책의 내용으로 돌아가서 그가 5년 후에 발표한 일반상대성이론에서는 특수 상대성이론에서의 사례가 적용되지 않는 때를 밝혀 설명했는데, 이것 또한 본격적으로 뉴턴이 정의한 중력과 관성력을 가짜힘으로 생각하고 관성과 중력을 동일시하는 등가원리를 생각해 냈고 중력이 공간과 시간에 미치는 영향을 생각하고 중력이 공간을 일그러뜨린다고 생각하고 그렇게 되면 빛이 지나가는 길도 일그러지고 시간이 느려지게 된다고 생각했다. 그리고 100년이 지난 지금 일반 상대성원리를 통해 예측한 중력파가 관측됨으로써 100년 전의 아인슈타인이 밝힌 일반 상대성이론은 지금에 이르러서는 더욱 확고한 지위를 갖게 되었다.

그의 사고는 우리가 우주를 이해하는데 큰 역할을 하고 있다. 그가 결국 일반 상대성이론을 통해 자신이 원하던 정적이고 영원한 우주에는 도달하지는 못했지만 우주론 자체가 번창하는 데 큰 역할을 한 것에는 틀림없다. 그리고 철학사에까지 영향을 미쳤는데 19세기 말까지 물질의 영원함을 믿었던 사람들은 특수 상대성이론의 질량과 에너지가 변환될 수 있다는 사실을 통해 물질의 불변성을 훼손받고 물질의 절대성을 없앤 새로운 철학적 관점이 제시되었다.

이외에도 아인슈타인이 시공간의 절대성을 없애고 관측자에 의해 변할 수 있음을 제시해 그가 존재하기 전과 후의 과학의 방향을 매우 크게 바꾸었다. 또한 역사적으로도 아인슈타인이 밝힌 $E=mc^2$은 이후의 핵물리학에 크게 영향을 주고 원자폭탄의 발전에까지 이어진다. 그는 원자폭탄이 사용된 '맨헤튼 프로젝트'에까지 영향을 크게 미쳤다고 할 수 있다. 이 사건은 세계사에서 부정적이긴 하지만 큰 영향을 끼친 사건이라고 여겨진다.

아인슈타인의 뜻이 있었든 없었든 그의 상대성이론은 과학의 발전 외에도 역사적인 부분이나 철학적 부분을 통틀어 예술적인 부분에까지 영향을 끼쳤다. 물론 원자폭탄 프로젝트처럼 그가 의도치 않았어도 반인륜적인 행위를 하게 되었다고 생각할 수도 있겠지만 그만큼의 긍정적인 영향으로 우리가 지금 덕을 보고 있는 것도 수도 없이 많다.

그는 머리가 좋다 나쁘다를 떠나서 항상 의심을 지니고 과학에서의 진리를 찾기 위해 노력했던 과학자였으며, 인종차별을 반대하기도 했고 원자폭탄을 만들고 평생을 후회했던 미련한 과학자였으며 평화를 추구하던 위대한 과학자였다. 물리학의 역사는 그가 태어나기 전과 후로 나누어도 부족함이 없다. 우리는 그의 발자취를 아직까지도 대학에서 고등학교에서도 사회 곳곳에서도 느끼고 있다. 하지만 우리도 그를 머리가 좋고 천재였던 과학자로만 보지 않고 항상 의심하고 가장 노력했다는 한 명의 사람임을 깨닫고 적어도 한 번씩 생각해 보며 삶을 살아야 할 필요가 있다.

특수 상대성원리는 서로 등속운동을 하는 경우에만 적용되고 일반 상대성원리는 가속하는 시공간에서 적용된다.

세상을 바꿀 미래 과학 설명서

1학년 정희균

미래의 우리 삶은 어떨 것인가? 우리는 현재에 살아가지만 동시에 미래를 준비해야 한다. 미래는 우리가 정확하게 예측할 수 없다. 그러나 자율주행 자동차, 사물 인터넷, 에너지 하베스팅 같은 떠오르는 첨단 기술은 지금과는 다른 완전히 새로운 세상을 만들 것이다.

이런 기술에 관심을 가지던 중 도서관에서 '세상을 바꿀 미래 과학 설명서'라는 책 제목을 보았다. 세상을 바꿀 미래 과학 설명서, 이것은 내가 미래를 준비하도록 도와줄 것이라고 확신했다. 세상을 바꿀 미래 과학 설명서는 과학 선생님들이 모여 인공지능, 에너지 등과 같이 최근에 주목받고 있는 과학 기술과 이에 관한 논쟁을 다룬다.

가령 세계에서 가장 바둑을 잘한다고 하는 이세돌을 이긴 알파고는 어떻게 바둑을 배우고 이겼는지, 사람이 운전을 직접 하지 않고 스스로 길을 찾아서 가는 자율주행 자동차, 미래의 로봇은 어떻게 우리 삶에 정착하고 어떤 이로움을 줄 것이며, 영화 '터미네이터'처럼 인공지능 로봇이 인간을 공격할지와 같이 과학 선생님들은 현재 쟁점이 되고 있는 과학 기술에 대해 다양한 예시를 보여 주며 친절하게 설명한다.

또한 사물과 사물이 정보를 주고받는 사물 인터넷의 원리, 빅데이터의 원리와 효과, 현실, 그리고 가상의 세계를 이어 주는 증강현실과 가상의 세계속을 즐길 수 있는 가상현실은 우리의 삶을 어떻게 바꾸고 편리하게 만드는 것과 같이 과학 지식을 다채롭게 알려 준다. 더불어 미래 과학 기술의 부정적인 모습에 대해서 어떻게 생각하고 이에 우리가 해야 할 방향을 가르쳐 주고 생각할 기회를 준다.

먼저 처음으로 자율주행 자동차에 대해서 설명을 하는데 자율주행 자동차는 운전자가 차량을 조작하지 않아도 스스로 움직이는 자동차로 구글을 비롯한 많은 회사가 자율주행 자동차 사업에 투자하고 있다. IT 기업이 자동차 사업에 뛰어드는 건 이상한 일이 아니다. 그런데 자율주행 자동차의 핵심은 자동차를 제조하고 속력과 같은 기술이 아닌 정보통신 기술이다. 구글은 자율주행 자동차 기술에 인공위성과 클라우드 서비스를 통해 저장된 빅데이터를 이용하여 사업에 투자하고 있다.

자율주행 기술은 크게 0~5단계로 나뉘는데, 0단계는 시스템이 차량의 주행에 영향을 주지 않아서 운전자가 직접 차량을 제어하는 단계이다. 5단계는 완전한 자율주행 단계로 우리가 흔히 생각하는 자율주행의 단계라고 볼 수 있다. 즉 모든 상황을 시스템이 제어하는 최종 단계이다. 라이더 센서, 초음파 센서, 레이더 센서 등으로 주변 환경을 감지하고, 각종 정보를 받아들인 컴퓨터가 계산을 통해 자동차를 제어한다. 이를 보고 자율주행 자동차가 보편화된 세상을 상상해 보았는데 정말로 편할 것 같다는 생각이 들었다.

그러나 편리함에는 부작용이 따르는 법, 자율주행으로 인해 사고가 나면 그 책임은 누구에게 있는지에 논란이 크다. 무엇을 우선순위에 하느냐에 따라 결과가 달라질 수 있는데 이 부분은 법적으로 제한할 필요가 있다고 생각한다.

그 다음은 기계학습, 즉 머신러닝이다. 최근 이세돌 9단과 인공지능 알파고의 바둑 대결은 우리에게 큰 충격을 주었다. 무한대에 가까운 경우의 수가 있는 바둑에서 인공지능이 사람을 이길 수는 없다는 의견이 많았는데, 결과는 알파고의 압도적인 승리였다. 알파고가 바둑에서 이기게 된 비결은 바로 인공지능이다. 인공지능은 강인공지능과 약인공지능으로 나뉘는데 강인공지능은 마치 사람처럼 스스로 생각할 수 있지만 약인공지능은 명령에 따라 주어진 문제를 해결하는 인공지능이다. 알파고는 약인공지능에 속하는데 알고리즘에 따라 자체적으로 학습하여 이세돌을 이길 수 있었다. 이처럼 인공지능의 발달은 무시할 수 없을 정도로 빠르게 진행되고 있다. 주어진 자료를 스스로 학습하는 것이 이 기술의 핵심이라고 볼 수 있는데 이 인공지능은 현재 뉴스도 만들고, 암 진단 및 치료, 법률 서비스를 제공하는 등 많은 업무를 수행하고 있다.

그러나 이 인공지능이 발달할수록 일자리가 대체되어 실업률이 많이 상승할 것이기 때문에 반갑지만은 않다. 미래에는 서비스 로봇이 우리 일상에 한 일부분이 될 것이다. 의사나 법률가의 업무를 도와주거나 공공기관에서 방문객을 안내하는 일을 한다.

또한 병원에서 환자의 재활 훈련을 돕기도 하며, 혼자 사는 사람들의 외로움을 달래 주기도 한다. 이런 로봇은 대부분 사람을 닮은 로봇인 '휴머노이드'이다. 이것도 마찬가지로 우리 삶을 편리하게 해 주지만 오히려 혼자 사려는 사람은 늘고 일자리가 줄어든다는 점에서 아쉽다.

최근 드론을 조종하는 사람을 적지 않게 볼 수 있는데, 드론을 가지고 놀기 위해 쓰는 사람도 있지만 촬영이나 배달에도 드론이 쓰일 수 있다. 그러나 높은 곳에서 추락하면 위험하기 때문에 아직은 드론으로 배달을 하는 것이 활성화되지 않았다. 또한 아파트 같은 공동주택이 많은 우리나라에서는 오히려 드론 배달이 불편할 수도 있다. 단점만 개선된다면 충분히 좋을 것이다. 양치를 하면 치아 상태를 수집하여 알려주는 칫솔과 같이 사물과 사물을 인터넷으로 연결하여 할 수 있다. 그러나 보안이 다른 인터넷을 사용하는 것보다 취약하여 해킹 당할 수도 있다.

증강현실(AR)은 최근 '포켓몬고'라는 게임을 통해 많이 알려지게 되었다. 증강현실은 현실을 바탕으로 컴퓨터가 가상의 객체를 재현한 것이다. 'SNOW' 역시 증강현실을 이용하여 얼굴 사진에 캐릭터를 넣거나 재미있게 얼굴을 왜곡시키는 서비스이다. 이러한 기술 모두 각종 과학 지식이 결합 및 융합된 최첨단 기술이지만, 책에는 어려운 내용은 빠지고 청소년이 쉽게 이해하고 재미있게 읽도록 쓰였다. 불과 몇 년 전만 해도 지금과 같은 삶을 살고 있지 않다.

예전에는 문서 작업을 수작업으로 직접 했지만 이제는 컴퓨터로 쉽게 작성하고 전송할 수 있다. 또한 스마트폰이 나온 지 그리 오래되지 않았는데 기술의 발전으로 아주 빠르게 성장하고 있다. 미래에는 지금보다 더 편리해질 것이다.

하지만 그만큼 예상치 못한 위험도 많이 나타날 것이다. 개발자들이 아무리 안전하게 설계한다 해도 분명 완전히 안전하지 않다. 인공지능도 인간을 위협하는 무기가 될 수도 있다. 빅데이터와 사물 인터넷은 개인을 감시하고 사생활을 침해하는데 쓰일 수도 있다. 각종 제도적 장치가 마련돼야 하고, 사용자의 의식도 높아져야 비로소 안전하고 유용하게 기술의 혜택을 누릴 수 있을 것이다.

또한 현재 가상현실은 단지 시각과 청각에 초점을 맞추고 있지만 앞으로 기술이 발달하면 촉각, 후각뿐만 아니라 미각도 구현해 낼 수 있다. 가장 기대되는 점 중 하나이다. 그러나 가상현실이 현실보다 더 중시되어 각종 문제를 일으킬 수 있다. 영화로도 나온 소설 '레디 플레이어 원'에는 특정 기업이 가상현실 장치를 독점해 가상현실로 먼 거리를 이동하려면 많은 비용을 치러야 하는 사회가 등장한다. 이러한 독점 체제로 인해 사람들 간에 갈등이 발생하고 정부는 이 현상을 제대로 다루지 못하게 된다.

따라서 우리는 기술을 바탕으로 긍정적인 방향으로 발전해 나가야 할 필요가 있다. 과학에 관심이 많고 미래를 준비해야 할 청소년들에게 추천할 만한 책이다. 비록 앞으로의 세상 변화가 이 책처럼으로만 된다고 확신하지 못하더라도 분명 현재 갈망하고 있는 청소년에게는 좋은 배움이 된다고 생각한다. 또한 세상을 바꿀 미래 과학 설명서 2편과 3편도 있어서 더 다양하게 미래 과학에 대해서 배울 수 있다.

우주에 우리는 산다

1학년 석호영

- 프롤로그

우리는 우주에 살고 있다. 정확히는 우주 속의 지구라는 행성에서 살고 있다. 이전까지 지구에서만 지냈던 우리는 23세기 중반에 들어서며 21세기 초부터 이어져 온 급속한 기술의 발달로 기하급수적으로 발달하여 우린 선조가 꿈만 꿔왔던 것들을 거의 모두 이뤄 내었다. 그것으로 인해 우린 지구뿐만 아니라 화성, 금성 등 다른 행성에도 여행을 갈 정도가 되었다. 그러나 그런 이들은 전체 인구 중 소수에 불과하다.

22세기 초· 중반에 걸친 대대적인 경기침체와 대공황의 여파로 아직까지 소득양극화가 거의 줄지 않고 있으며, 소득 상위 20%와 소득 하위 20%의 소득격차가 약 15배가 넘어갔지만 소득격차가 약 25배를 넘어갔었던 22세기 말보다는 나아진 편이다. 그렇지만 여전히 빈익빈부익부 현상은 진정되지 않고 있고, 소득상위 1분위에 있는 가계들은 자생능력이 거의 0%에 수렴할 정도이다. 이러한 환경 속에서 우리는 재능 있고 똑똑하며 예체능, 외모 등 다방면으로 완벽해야 돈을 벌 수 있다는 능력자본주의라는 생태계에서 살아남기 위해 어릴 때부터 공부라는 달리는 법을 습득하고, 시험이라는 언덕을 넘으며 마침내 '대학수학능력시험'이라는 에베레스트 산맥을 넘어야 하고, 그래야 어른이 되며, 돈을 벌고, 무언가 할 자유를 얻을 수 있다. 그러나 역으로, 우린 그 거대한 산맥을 넘기 전에는 공부 외에 어떠한 행동도 보장되지 못하고 있다.

23세기 초, 아직 경제 불황과 침체의 여파가 잔존하던 시절에, 국가인권위원회는 지금의 시국에는 국가의 부흥을 다시 일으키기 위해 국가에 희망이 있는 새싹들을 많이 길러야 한다는 취지로 공부 외의 행위를 억압하여 인재들을 속출해 내려고 하던 교육청의 취지를 받아들여 학생들은 헌법에서 보장하는 기본권조차 보장받지 못하게 되었다. 이에 우리 같은 학생들과 그 부모님들, 심지어 선생님들까지도 거의 매일같이 시위를 했지만 우리의 목소리는 억압되고 묵살되며, 더 이상 말로 취급받지 못했다. 짐승보다 더한 취급이다. 비록 우리는 우주엔 살고 있지만, 더 이상 지구엔 살고 있지 않다.

"삐빅- 대출금을 내지 않은 사람들을 잡아와라-"

이른 아침부터 소동이다. 빈민가로 이사를 온 지 1년 만에 점점 수색 기간 사이의 간격이 좁아졌던 것 같다. 마지막에 수색했었을 때는 기간 간격이 3주였었는데, 요번에는 일주일 만에 수색이다. 나는 창문을 열고 밖을 내다봤다. 경찰로봇들이 고개를 돌리며 생체신호를 찾고 있다. -찌릿- 눈을 마주쳤다. 나는 목례를 하며 인사를 했고 로봇 또한 인사로 대답을 해 줬다.

문득 나는 아직도 대출을 하는 사람이 있는 것이 신기하기도 하고 한편으론 어리석게도 느껴졌다. 왜냐하면 이자가 월마다 붙는 것이 아닌 매주마다 붙을 뿐만 아니라 상환 기한도 길어봤자 6개월이다. 과연 그 새에 대출금보다 많은 이자를 벌어낼 수 있을까.

나는 부유도시에서 전교 상위권을 하던 고등학생이다. 그러다 아버지께서 실수로 발을 헛딛으셔서 부장님 머리에 커피를 쏟았던 사건 이후로 빈민가에 이사오게 되었다. 하필 그 날, 부장님은 제일 좋아하시던 포마드 비슷한 가발을 쓰고 계셨는데 하필 그때 커피를 쏟아서 가발을 더 이상 못 쓰고 버리게 되었다.

부장님은 바로 이성의 끈이 잘린 것처럼 아버지를 자르셨고, 아버지께선 그 사건으로 유명해지고 실직자로 찍혀 다른 기업에서도 받지 않았다. 어머니께선 계속 일을 이어나가셨지만 생활비와 내 학원비, 동생 학원비와 학교 등록비 등 너무 많은 지출을 간신히 맞벌이로 막아내고 있던 터라 아버지의 수입이 끊기자 우리 가족은 지출을 감당하지 못하여 부유도시의 집을 팔게 되고 여기에 왔다. 마치 블랙홀에 빠진 듯이.

그렇지만 난 부모님 원망은 일절 하지 않았다. 난 내가 학교에서 학교란 사회에 대해서는 공부하지 않은 게 다행이었다고 생각한다. 지금 우리 학교의, 아니 세상 모든 학교의 사회풍이 학년이 거듭될수록 어른의 사회풍습과 매우 흡사해져 가고 있다. 아마 우린 이대로 우리가 대학수학능력시험을 치고 졸업을 하여도 지금과 같은 사회에 갇혀 살 것이다.

난 얼떨결에 일찍이 이것을 깨닫게 되어서 지금껏 이 사회의 큰 문제점들을 볼 수 있었다. 그래서 난 실직하신 우리 부모님을 절대 원망하지 않는다. 지금 이 세상은 부유층과 빈민층, 이 둘로 계급이 나뉜다. 게다가 사는 지역 또한 부유도시와 빈민가로 나뉜다. 이것 외에도 학생들의 부유층 빈민층 구분화로 인한 왕따 등의 문제도 발생하며, 심지어는 재능 있고 똑똑하며 외모도 좋고 다방면인 사람이, 돈이 없다면 그것도 기업에서는 봐주지 않는다. 이러한 문제들로 인해서 부당하게 피해를 입는다는 인식이 붉어진 빈민가에서는 부유도시를 침범한다는 정도의 생각까지 하게 되었고, 부유도시는 그러한 움직임의 실행을 사전에 막기 위해 빈민가를 감시하고 있다. 그러나 서로 감시를 하고 있더라도, 실제로는 서로서로의 도시를 왕래하고 있다.

우린 암묵적으로, 서로를 감시 중인 것이다. 난 지금 빈민가에 살지만 학교는 여전히 부유도시에 있는 학교로 간다. 아직도 그 학교에서 성적은 상위권이고, 다행히 아직 난 왕따를 당하지 않고 있다.

'아, 이제 6시네. 나가 볼까.'

이번에 이사를 오면서 통학시간이 10분에서 1시간으로 늘어 버려서 지금 출발해야 한다. 나는 가방을 메고 집을 나와 지상철로 갔다. 난 지상철을 타기 위해서 개찰구 앞에 로봇 앞에 서서 홍채인식을 해 비용을 지불하고, 지상철을 탔다. 지상철을 타고 가던 중 창 밖을 보니 지상철보다 빠른 차들이 먼저 지나가는 것을 봤다.

'아 나도 저 차 타고 등교했었는데…….'

빈민가로 이사를 오면서 조금이 아닌 엄청 많은 불이익을 보고 있기에 나는 가끔씩 갑자기 짜증이 났지만 어쩔 도리가 없었다. 이 사회의 문제기에. 그러다 문득 지상철 벽에 광고지가 붙어 있는 것을 보았다. 그 광고지에는 '실용성이 없는 물건이란 없습니다. 이 인공우주를 담은 병 또한 그렇습니다. 우리 은하를 비춰 주는 이 병은 당신에게 마음의 평화를 가져다 줍니다.' 라고 광고를 하고 있었다.

실제로 저 병을 사고 심신이 안정되고 마음에 평화가 왔다는 사람들의 이야기를 몇 번 들은 적이 있었다. 그런데 나는 그런 감정적인 측면은 잘 이해하지 못하겠고, 저런 병 따위가 무엇을 할 수 있겠느냐며 속으로 한심하게 생각해왔다. 뉴스에서는 이 병에 대해 전문가들이 강한 부정을 표하며 이 상품은 더 이상 만들어서는 안 된다는 식의 말을 해왔다. 전문가들의 의견에 따르면 지금의 과학기술로 이 병에 우주를 가두는 것이 가능하다고 얘기하였다. 나는 무슨 개가 초콜릿 먹고 고양이 되는 소린가 싶었다.

그렇지만 그 전문가들의 이야기는 소문으로 퍼지더니 많은 이들이 진짜인 듯이 접하게 되었다. 이 상품은 성인에게만 판매가 가능하여서 난 만져 본 적도, 본 적도 없었다. 난 학교의 과학 선생님이 호기심에 구매했다는 이야기를 들은 것이 평소에 들어본 그 병 이야기 중 가장 근접한 이야기였다. 과학선생님께서는 실제로 그 병을 보고 있으면 마음이 평온해지는 것을 느겼다고 한다. 그러면서 정작 원리는 말씀해 주시지 않았다. 학생들이 호기심에 사면 안 되니 그런가 싶었다.

갑자기 학교 공부들이 생각나려고 할 때, 제 23공장역에 도착했다. 그리고 빈민가의 어른들이 대부분 내리고, 이 칸엔 나와 몇 명의 졸고 있는 정장 차림의 어른들 밖에 남지 않았다. 난 다시 생각을 가다듬으려던 찰나, 좌석 맞은편에 그 광고지의 병이 보였다. 나는 호기심이 생겨 덥석 집어 들고 아무 일 없듯이 자리로 돌아와 가방에 넣었다. 가방에 넣고 가방 안에서 그 병이 빛이 나는 것을 보니, 영롱하다 못해 내 정신이 녹아들 것 같았다. 내 생에 이렇게 아름다운 건 처음이다. 그리고 마음이 평온해지는 것도…… 광고를 무조건 비판적으로 보는 것도 좋진 않은 것 같다.

나는 순간적으로 흥분해서 숨을 조금씩 내쉬며 그 우리 은하의 모습에 집중했다. 그렇게 20분이 지난 것 같다. 안내방송이 나오며 이번 역을 말해 주고 다음 역을 얘기했다. 다음 역은 학교 바로 앞 역인 만월역이었다. 난 시간이 이렇게 빨리 흘러간 것에 감탄하며 가방을 닫고 일어서서 문 앞에 섰다. 이번 역에서 내리는 사람은 우리 학교 학생들. 지금은 나밖에 없다. 워낙 이른 시간이기도 하고 다른 애들은 6시 20분쯤에 다들 타고 온다. 나는 먼저 학교에 도착하여 교실을 환기시키고 청소를 해놓았다. 그리곤 책상에 앉아 가방을 열고 책을 꺼내 읽기 시작했다.

'오늘 읽을 책은 〈자라투스트라는 이렇게 말했다〉인가.'

엔트로피

1학년 이민호

●

'엔트로피'는 제레미 리프킨이 1980년에 쓴 책이다. 이 책의 제목이자 중심 소재인 엔트로피는 다른 말로 '무질서도'라고 하기도 하며, 일할 수 있는 유용한 에너지가 손실되는 것을 의미한다. 쉽게, 엔트로피는 이미 사용되어 쓸 수 없게 된 에너지를 의미한다. 엔트로피는 한 방향으로 에너지가 흘러가는 것으로도 볼 수 있는데, 질서에서 무질서의 상태로 나아가는 것이 그 예이다. 더 쉬운 예로, 카드를 바닥에 뿌리는 상황과 다시 정리하는 상황 중에서 어느 상황이 더 힘든지를 따져 보는 것이 있다. 생각한 대로 바닥에 카드를 뿌리는 것이 훨씬 더 쉽다. 이렇게 원상태로 되돌리는 것이 원상태를 바꾸는 것보다 힘이 더 드는 것이 엔트로피이다.

이 책에서 제레미 리프킨은 정치, 경제, 가치, 문화 등 모든 면에서 '엔트로피' 측면에서 설명하고 인간이 중심이 되는 산업혁명 이전의 세계로 돌아가자는 주장을 한다. 제레미 리프킨은 인간이 행하는 모든 물리적 활동은 엔트로피 법칙으로 지배된다고 말했다. 이 중에서도 인간의 세계관의 변화를 살펴보면 일단, 그리스 사람들은 세계를 순환과 몰락의 과정이라는 세계관을 가지고 있었다. 가장 좋은 질서는 변화가 없는 것이라고 생각했다.

그리스의 역사가 헤시오도스는 역사를 황금시대, 은의시대, 청동시대, 영웅의 시대, 철의시대로 구분한다. 또한 그리스 사람들은 세상이 신에 의해 창조되었기 때문에 완벽하기는 하지만 영원하지는 못하다고 생각했다.

결국 역사가 쇠퇴해 가는 과정의 순환이라는 생각은 사회질서에 대한 그리스인들의 생각에 깊은 영향을 끼쳤다. 플라톤과 아리스토텔레스도 가장 좋은 사회질서는 변화가 가장 적은 것이라고 생각했다. 그 이후에 중세유럽에선 그리스 시대의 세계관이 기독교적 세계관으로 대체되었다. 중세 전반에 걸쳐 서유럽을 지배했던 기독교적 역사관은 이 세상에서의 삶을 다음 생을 향해 가는 중간 과정으로 생각했다. 기독교적 세계관은 그리스적인 순환의 개념은 버렸지만, 역사를 쇠퇴의 과정으로 인식했다.

중세유럽 이후엔 아이작 뉴턴과 르네 데카르트 등의 사람들이 제시한 기계론적 세계관이 힘을 얻기 시작했다. 기계론적 세계관은 기본적으로, 세계의 모든 현상을 기계적 운동으로 환원해 설명하려는 관점으로 목적론과 대립된다. 목적론은 자연의 변화를 사물의 본질 안에 내재되어 있거나 혹은 초자연적 정신이 설계해 놓은 목적을 실현하는 과정으로 이해하지만, 기계론은 원인과 결과의 필연적 인과관계에 따라 나타나는 것으로 이해되는 것이다. 그리고 현재는 엔트로피 세계관이 주목을 받고 있는데, 엔트로피 세계관은 역사의 흐름을 퇴보의 과정이자 무질서로의 흐름으로 본다. 화자는 엔트로피 세계관이 기계론적 세계관을 대체한다고 본다.

나는 이 글을 읽고 엔트로피 세계관이 미래에 대두하고 있다는 것을 알게 되었다. 현재 필요한 양 이상의 소비를 줄이려는 것도 엔트로피 세계관의 영향이라고 생각하게 되었다.

시대를 잘못 탄 한 천재

1학년 오정규

●

“동학의 가르침으로 적들을 제거하라!”

멀리서 한 남자의 고함소리가 들려온다. 그 남자의 집에는 한 아이가 보인다. 그 아이의 부모님은 일찍이 돌아가셨다. 아이의 새아버지는 서리바람이 매섭게 몰아치는 저 북쪽의 동학농민운동 장이다. 오늘도 관군과 싸우러 나갈 준비를 하고 있다. 하지만 오늘만큼은 그는 거기에 신경이 쓰이지가 않는다.

어젯밤, 아이의 아버지가 늦은 시각 아이의 방에 찾아 오셨다. 그러고는 아이 앞에 조용히 앉으시더니 종이 한 장을 건네 주셨다. 그 종이는 경성에서 일본 장학생을 뽑는 시험이 있다는데, 광고하는 일종의 포스터였다. 그는 종이를 보여 주면서 말했다.

“너 스스로 자각했는지는 모르겠지만 너는 머리가 아주 좋은 거란다. 난 네가 이런 오지에서 내 뒤를 이어 농사를 짓고 동학운동을 하다가 삶을 마치게 하고 싶지 않다. 비록 네가 도시의 아이들보다 배운 것이 없더라도 너는 충분히 이 시험을 잘 끝낼 것이라고 믿는다. 시험을 봐서 입신양명하여 이 나라의 큰 별이 되었으면 한다.”

그때의 그의 목소리가 아이의 마음속에 생생하게 남았다. 마치 아이게 엄청난 기대를 거는 듯한 목소리로 말했다. 아이는 비록 이제 겨우 세상을 조금 이해할 나이이지만, 아버지의 그런 목소리를 듣고 새삼 어깨가 무거워

짐을 느꼈다.

몇 개월 후, 아이는 이미 경성의 시험장에 있었다. 시험장의 아이들을 보니 모두 옷이 하나같이 깔끔하고 세련돼 보이는 양복이었다. 양복들 속에서 한 아이만이 누런 삼베옷을 여러 겹 걸치고 있었다. 그러나 그중에는 어느 누구도 그 아이만큼 답을 써 내려가는 사람은 없었다.

집으로 돌아온 아이. 아버지는 합격의 기쁨의 눈물을 흘리고 있었다.

"아이고, 우리 집에 이런 인재가 있다니, 이것이 경사가 아니면 무엇이 경사란 말인가!"

아이는 1등을 해서 돈 한 푼 지불하지 않고 일본으로 가게 된 것이다. 곧바로 유학을 준비했고, 일본의 한 중등교육 학교에 입학하게 되었다. 일본에 도착한 지 3개월 후, 아버지가 농민운동 중 돌아가셨다는 비보를 접하게 된다. 아이는 미어지는 마음을 더욱 다잡고 지식을 키우기 시작한다.

아이의 몸과 마음, 그리고 정신은 날이 갈수록 무럭무럭 성장해 갔다. 19살이 되던 해, 보통 학교를 졸업한 뒤 마침내 조국으로 돌아오게 된 한 청년, 배움으로 머리가 풍요로운 그가 오자마자 한 일은 글을 쓰는 것이었다. 시와 소설, 논설문, 희곡 등 갈래의 구분 없이 그의 손과 마음이 가는 곳이 곧 그의 원고지가 되었다. 지금까지 타지에서 배운 것을 응축시키며 참기라도 한 듯 마음껏 실력을 드러내 보이었다. 그의 천재적인 재능은 금방 두각을 드러내었고, 여러 교육자들과 학생들은 그의 작품을 보며 하나같이 입을 모아 감탄하고 칭찬했다.

1919년 3월 1일, 큰 운동을 했었다. 이 청년은 이 운동을 통해 전 세계가 자신의 조국을 주목했으면 하는 바람이 컸다. 하지만 그의 기대는 슬픔이 되었다. 다른 강대국들에 의해 철저히 무시된 것이다. 세계에 변화의 물결이 휘몰아칠 것이라는 그의 생각은 철저히 무너졌다.

몇 년 뒤, 청년과 뜻을 같이하는 선배의 지령이 내려왔다. 조국을 위한 비밀 위장 모임을 조직하라는 것이었다. 전심을 다해 인원을 모으고 민족정신을 고취했다. 힘이 닿는 곳까지 뜻을 펼쳤다. 조국을 위하여 자본을 관리하고, 조국을 위하여 운동을 전개했다. 그러나 시간이 가면 갈수록 발각되는 횟수가 늘어나고, 그러는 도중에도 한 명씩 포기를 하는 사람도 생겨났다. 열정 넘치던 청년은 어느새 감옥 속에서 우울함에 빠진 채 졸고 있다.

일본이 중국과 싸워 이겼다. 상국이었던 중국이 패배하다니, 이제 남은 희망은 없는 것인가. 청년의 앞길은 암흑으로 보이는 것 같았다. 그럼에도 그는 그 너머의 빛을 희망했다.

일제의 강압적인 조치가 시행되었다. 모두의 이름을 바꾸는 것이었다. 그는 이대로 모두가 거부하다간 지금껏 그래왔던 것처럼 다 같이 피해를 볼 것 같았다. 그래서 누구보다 먼저 바꾸어 학살을 막았다. 그는 그가 무슨 말을 듣던지 상관없었다. 다만 그는 사람들이 그렇게 하지 않으면 무슨 일이 일어날지 알았다. 조국의 앞길을 조금이라도 환하게 밝히는 일에 신경 썼다. 그의 마음을 누가 알아줄까.

그는 지금은 희망이 안 보인다는 것을 알고 있었다. 때가 아니어서 참고 기다려야 하는 것을 알고 있었다. 그래서 그는 온 동네를 다니면서 무지한 사람들이 계속 그렇게 남아 있기를 바랐다. 계속 죽지 않고 살아 있기를 바랐다. 그들이 다음 세대를 남길 수 있었으면 좋겠다는 마음을 가졌다. 그래서 그는 그들에게 해야 할 일들을 말했다. 조금이라도 더 편하게 지내기를 바랐다. 젊은 자들에게는 끊임없이 수탈당할 바에는 총이라도 매도록 했다. 그의 생각을 알아주는 이가 아무도 없다 하더라도 상관없었다. 그는 그저 묵묵히 조국을 위해 할 일을 해 나갈 뿐이다.

외세가 물러갔다. 우리 힘으로 할 수 있을 것 같았지만, 상황이 잘 안 되어서 다른 외세의 힘으로 외세를 몰아내게 되었다. 그는 즉시 조사대상이 되었다. 외세를 좇던 자들, 그와 뜻을 함께 하다가 변한 이들 중 몇몇은 조사를 받은 후 처벌되었다. 그는 두려웠다. 외세가 무엇을 하든지는 상관없었지만 자신의 조국에게 그런 일을 당한다는 것이 두려웠다. 그래서 몸이 아프다고 하고 조사를 계속 무진장 미뤘다. 지금만큼은 그도 머리를 쓸 수가 없었다.

그러던 와중 전쟁이 일어났다.

북한군이 서울을 점령했다. 집을 수색하던 한 군인이 몸이 아파 피신을 미처 못한 그를 발견했다. 그는 이 한반도 내에서 유명 인사였다. 집에서 끌려 나오자 모두가 그를 바라보았다. 다 알아보았다. 그는 그래도 그를 잡은 사람은 다 한국인이니 다행인 것인가 하고 생각했다.

북으로 가는 도중, 저 멀리 미군의 비행기가 보인다. 점점 다가온다. 그러더니 아래의 무언가를 분리시켰다. 그는 마지막을 직감했다. 그는 그의 삶을 생각하며 눈을 감았다. 평생을 그 나름대로 나라를 위해 바쳤다. 그는 마지막이 일제의 차량도, 일제의 감옥도 아닌 같은 민족과 마음 놓고 함께일 수 있어서 만족스럽다고 생각했을까.

생명이 있는 것은 다 아름답다

1학년 이은찬

나는 서울대학교 동물학과를 졸업하고 하버드대학교에서 박사학위를 받은 최재천 동물행동학자께서 지필하신 '생명이 있는 것은 다 아름답다'라는 책을 읽었다. 이 책의 주요 내용은 인간들의 각 부분에서 생기는 문제점이나 어떠한 상황들을 동물들의 행동에 따라 비유한 것이다.

평상시에 동물에 관심이 매우 많아서 TV프로그램으로 찾아보고 인터넷에서도 동물들을 자주 찾아보았다. 그러던 중 읽을 책을 고르다가 동물행동학자라는 흥미로운 직업을 발견했고 그것에 따라 이 책을 읽어 보게 되었다. 이 책에서 최재천 동물행동학자께서는 '알면 사랑한다', '동물 속에 인간이 보인다', '생명, 그 아름다움에 대하여', '함께 사는 세상을 꿈꾼다'까지 총 4가지의 큰 제목을 중심으로 내용을 전개했다.

먼저 '알면 사랑한다'에서는 '동물도 남의 자식 입양한다, 왜 연상의 여인인가, 개미군단의 만리장성 쌓기, 꿀벌 사회의 민주주의, 흡혈박쥐의 헌혈, 황소개구리와 우리말, 동성애도 아름답다, 고래들의 따뜻한 동료애, 종교가 왜 과학과 씨름하는가, 동물도 죽음을 애도한다, 잠꾸러기의 행복, 가시고기 아빠의 사랑, 동물 세계의 출세 지름길, 개미들의 〈삼국지〉, 야생동물을 잡아먹는 어리석음'까지 주로 인간의 자식사랑을 동물 세계에 비유하고 있고, 동물 속 사회가 인간의 사회구조와 비슷하다는 것을 얘기한다.

다음, '동물 속에 인간이 보인다'에서는 '동물 사회의 열린 경쟁, 이보다 더 잔인할 수는 없다, 공룡의 피는 따뜻했다, 거미들의 지극한 자식 사랑, 여성 상위 시대, 메뚜기가 조금만 슬기롭다면, 갈매기의 이혼, 우리도 겨울잠을 잘 수 있다면, 까치의 기구한 운명, 쥐와 인간, 그 사랑과 미움의 관계, 동물도 수학을 할까, 기생충이 세상을 지배한다, 동물들은 모두가 서정시인, 열린 성의 시대' 까지 주로 인간사회의 문제점을 동물사회와 관련지어 동물의 행동에서 본받을 점을 말하고, 공통점을 밝히고 있으며 인간 때문에 해를 입는 동물들의 여러 가지 상황을 말하고 있다.

다음, '생명, 그 아름다움에 대하여'에서는 '동물도 거짓말을 한다, 술의 유혹, 블루길 사회의 열린 교육, 암컷의 바람기, 개미는 세습하지 않는다, 개미와 베짱이의 진실, 호주제, 이제 그 낡은 옷을 벗어라, 어린이날의 진정한 의미, 잠자리는 공룡 시대에도 살았다. 원앙은 과연 잉꼬부부인가, 동물계의 요부, 반딧불이, 언어는 인간만의 특권인가, 시간, 그 느림과 빠름의 미학, 제비가 그립다, 동물도 서로 가르치고 배운다.'까지 주로 동물들의 본능을 인간의 생활 속 문제점들과 관련지어 말하고 있고, 인간의 흔한 문제인 '술'과 양심적인 문제를 거론하며 그 모습을 동물사회에서도 비슷한 일들이 일어나고 있다고 말했다.

마지막으로 '함께 사는 세상을 꿈꾼다'에서 '개미도 나무를 심는다, 1일 구급차 운전 체험, 출산의 기쁨과 아픔, 뻐꾸기의 시간 감각, 나는 매미 소리가 좋다, 동물 사회의 집단 따돌림, 인간의 성 풍속도가 바뀌고 있다, 남의 자식을 훔치는 동물들, 우리 몸에도 시계가 있다, 게으름은 아름답다, 죽음이 두려운가, 남자가 임신을 대신할 수 있다면, 여왕벌의 별난 모성애'까지 주로 인간사회에서 쉽게 볼 수 있는 성 차별을 동물사회와 관련지어 말했다.

이렇게 총 네 가지의 큰 제목으로 동물들과 인간들의 삶의 공통점을 밝히며 말했는데, 나도 동물에 많은 관심을 가지고 찾아보고 한 사람으로서, 공감이 가는 부분이 많았다. 위에 내용 중 가장 흥미로웠던 부분은 동물들이 본능적으로 살아가기 때문에 인간보다 항상 문제점이 많을 줄 알았는데 그것이 아니었다. 사회문제에서는 개미 사회와 벌 사회가 인간보다 도덕적으로 보이는 부분이 많았고, 자식 양육의 문제에서는 새들의 가족문화가 인간의 비인간적인 모습에 비해 월등히 존경스러웠다.

나보다 훨씬 똑똑하신 최재천 동물행동학자께서 동물들의 생활 모습을 통해 인간들이 배울 점이 많다고 하셨는데 그 말씀이 참 맞는 것 같다. 어쩌면 내가 너무 교만했는지도 모르겠다. 특히 갈매기들이 양육을 할 때, 하루 24시간을 기준으로 엄마와 아빠 새 둘이서 각각 12시간씩 거의 정확히 나누어 새끼들을 양육한다는 말을 보고 참으로 대단하다고 느껴졌다. 우리가 살아가는 삶에서 문제점은 정치적으로나 생활적으로나 너무나도 많다. 옛날부터 그런 문제들을 해결하기 위해 법을 만들고 지켜왔을 것이다. 그러나 동물사회에서는 이미 오래전부터 지켜오고 있었다는 것을 보니 동물이 인간보다 어떤 면에서는 훨씬 지혜롭다고 느껴졌다. 그리고 한편으로는 최재천 동물행동학자를 존경의 눈으로 바라보게 되었다. 왜냐하면 모든 사람이 싫어하는 매미의 소리와 대부분이 무서워할 벌들을 연구함으로써 우리에게 동물들에 대한 오해를 부수고 이해와 공감을 이끌어 냈기 때문이다.

이 책의 주제를 정하자면 여러 가지 의견이 나올 수 있을 것이다. 그중에 하나는 아마 동물을 여러 가지 눈으로 바라보자는 것 같다. 우리 인간들의 눈으로만 보면 인간들의 편리가 판단에 기준이 되어버리기 때문에 제대로 된 모습을 볼 수 없기 때문이다. 그럼에도 불구하고 최재천 동물행동학자께서는 어느 한 쪽으로 치우친 시점이 아닌 오직 그들의 입장으로 바라보았기에 그들의 입장을 잘 정리할 수 있었던 것 같다.

우리도 그렇게 봐야 할 필요가 있다. 이 책을 보면 알 수 있듯이 더 이상 동물들의 모습을 하나의 구경거리나 불편한 존재로 인식하는 것이 아닌 우리 사회의 문제를 해결할 수 있는 '길'로 봐야 한다.

나는 한때 동물을 너무 좋아해서 동물에 대해 찾아보다가 길거리에 버려져 많이 다친다는 소식을 들은 적이 있다. 그래서 수의사를 하려고 마음을 먹었다. 그러나 수의사를 마음먹고 난 후에는 더 이상의 자료는 찾아보지 않았다. 그렇기에 아픈 동물을 치료해 주어야지 하는 마음만 먹었지 그 동물들을 아프지조차 않도록 할 생각은 하지 못했었다. 이번을 기회로 동물에 대한 보다 많은 이해와 관심을 가지게 되었으며, 다시 한번 진로에 대해 깊이 고민하는 계기가 되었다.

내가 동물행동학자나 그 외에 관련 직업을 하여 사람들의 동물들에 대한 오해를 풀어 주고 그로 인해 인간의 해를 입는 동물들을 예방할 수 있다는 것을 깨달았다. 내가 이런 생각이 들었기에, 주변에 동물을 싫어하거나, 무서워하거나, 힘들어하는 사람이 있으면 그런 사람들에게 이 책을 권해 주고 싶다.

이 세상의 동물들을 통해 배울 것이 얼마나 많은지, 우리들이 오해하는 행동이 얼마나 많은 지 말이다. 최재천 동물학자께서 말씀하시길, '우리는 자연의 지배자가 아니라 그저 일부라는 사실을 받아들이시기를 바란다.'고 하셨다. 이는 우리가 우리 마음대로 자연이 싫다고 해코지할 수 없으며 바꿀 수 없다는 것이다.

마지막으로, 자연에 대한 미안한 마음이 느껴졌다. 지금 우리가 살고 있는 이 땅도 건물이 지어지기 전에는 어느 한 무리의 동물이 살고 있었을지도 모르고 이제는 도시화로 인해 동물들이 살 곳도 점점 더 사라져 가고 있다. 그런데 우리가 감히 남의 영역에 마음대로 터를 잡고 살고 있으면서 애꿎은 동물보고 나무라니 부끄럽기까지 하다. 내가 느낀 이 감정들을 다른 독자들도 느끼기를 바라며 이 책을 동물들에게 해를 끼치는 다른 인간들에게 추천한다.

책에서부터 얻은 나의 작은 다짐

2학년 박기현

의학 세미나를 참여하면서 교수님께서 추천하신 '숨결이 바람이 될 때'를 읽고 깊은 감명을 받았다. 폴 칼라니티는 예일대 의대를 졸업한 신경외과 레지던트 의사였다. 폴은 의사가 되기 위해 의대에 입학하여 신경외과 레지던트 6년에 폐암 말기 판정을 받았다. 폴은 이제 막 긴 레지던트 과정을 끝내고 정식 신경외과 의사가 될 시기였는데 그의 신경외과로서의 꿈은 폐암 말기 판정으로 하루아침에 무너졌다. 더군다나 그에게는 사랑하는 아내, 루시도 있었다. 아마 폴은 엄청난 절망감을 느꼈을 것이다.

매일 환자들의 암 사진을 본 그가 자신의 암 CT 사진을 보고 엄청 놀랬을 것이다. 나도 중학교 3학년 때 외할머니께서 암 판정을 받으셨을 때 무척 놀랐고 '왜 우리 외할머니께서 암에 걸리셨지'라고 생각하면서 좌절했었다. '인간은 살아가면서 이와 같은 큰 슬픔을 한 번쯤 꼭 겪어야 되는가'라는 생각이 들기도 했었다. 가까운 친척이 편찮으셔도 세상이 무너져 내릴 것 같은데, 자기 자신이 곧 죽는다고 생각하면 얼마나 절망하지 않겠는가. 폴도 물론 처음에 자기 자신이 이때까지 이루어 왔던 것이 한 순간에 무너지고, 사랑하는 가족과도 헤어져야 된다는 생각에 좌절했다.

폴은 이렇게 말한다. '내 몸은 쇠약해졌고, 내가 꿈꿨던 미래와 나 자신의 정체성은 붕괴되었으며, 내 환자들이 대면했던 실존적 문제를 나 역시 마주하게 되었다. 폐암 진단은 확정되었다. 내가 신중하게 계획하고 힘겹게 성취한 미래는 더는 존재하지 않았다. 일하는 동안 무척 익숙했던 죽음이 이제 내게 구체적인 현실로 다가왔다. 나는 죽음과 마침내 대면하게 되었지만 죽음의 정체를 명확하게 알 수 없었다.'

하지만 폴은 자신이 죽을 때까지 좌절해 있지는 않는다. 폴은 자신의 죽음까지 절망하고 있지는 않았다. 고되고 힘들었지만, 그는 절대로 흔들리지 않고 자신의 삶과 여러 가지 생각들을 글로 남기기 시작하면서 자신의 병을 극복하기 시작했다. 사실 글로 자신의 고통스러운 상황을 극복하는 것은 쉬운 일이 아니다.

'이젠 죽음 따윈 신경쓰지 않겠어.'라고 다짐하면서 자신의 남은 삶을 행복하게 살아보려고 할수록 자신 내면의 불안감이 엄습해 온다. 과연 이런 불안감을 완전히 극복하고 남은 일생까지 자신의 삶을 완전히 즐기다가 죽을 수 있을까? 장담하는데 불안감 없이 남은 일생을 사는 것은 불가능하다. 죽음을 체념하고 남은 일생은 자신의 사랑스러운 부인과 딸과 보낼 준비가 되어 있는 폴도 죽음의 정체를 명확히 모르겠다며, 죽음을 두려워했다.

과연 '죽음'은 피할 수 있는 것일까? 이번 방학 동안 해리 포터 전집을 다시 읽으면서, '7권:해리 포터와 죽음의 성물'에 나오는 페버렐 삼형제들의 이야기 생각난다. 페버렐 형제들은 외딴 길을 걷고 있었다. 그들은 수영해서 가로지르기에 물살이 너무 빠른 위험한 강에 도달했다. 하지만 그들은 능숙한 마법사로 마법을 다리를 만들어 강을 건고 있었다. 그 때 '죽음'은 그들이 다른 사람들과 달리 강에 빠져 죽지 않은 것에 분했지만 교활하게 그들에게 3가지의 성물을 나누어 주었다. 그것은 그 누구도 이길 수 있는 요술 지팡이, 죽은 사람을 되살릴 수 있는 마법의 돌, 그리고 투명 망토였다. 지팡이와 돌을 차지한 첫째, 둘째 형제들은 교만함에 빠진 채, 죽임을 당하였다. 이로서 '죽음'은 두 형제들을 저세상으로 데리고 갔다. 그러나 '죽음'은 막내 형제를 수십 년 동안 찾았지만, 찾을 수 없다. 막내 형제는 자신이 늙어 죽을 때가 되자, 투명 망토를 벗고 자식에게 물려주면서, '죽음'을 마치 옛 친구처럼 맞이하면서 같이 저세상으로 떠났다. 즉, 막내 형제도 '죽음'을 피할 수 없었다. '죽음'은 이 세상을 사는 어느 누구에게도 찾아오는 것으로, 언젠가는 우리는 죽게 되어 있다. 이미 정해진 것을 두려워할 필요가 무엇이 있겠는가?

막내 페버렐 형제는 남은 일생을 행복하게 살다가 죽을 때가 되자, 후회 없이 '죽음'을 맞이할 수가 있었다. 우리 외할머니와 '숨결이 바람이 될 때'에 나온 폴의 상황에도 마찬가지이다. 언제 정확하게 '죽음'이 올지는 아무도 모르는 일이며, 죽음의 정체를 확인하는 것은 불가능하다.

내가 여기서 얻은 교훈은 바로 이것이다- 죽는 순간까지 후회 없이 행복하게 죽음을 맞이할 수 있도록 열심히 살자는 것이다. 폴은 자신이 암 판정을 받을 때까지의 시간과 경험을 책으로 남기려고 했고, 아내와 딸도 갖고 남은 일생을 후회 없이 지냈다. 외할머니께서도 처음에는 좌절하셨지만, 친구들과 여행을 떠나고, 좋아하시는 골프도 치시고, 또 우리와 같이 행복한 시간을 보내면서 남을 일생을 행복하게 살아나가셨다. 심지어 이런 마음가짐으로 암도 극복하셔서 지금도 건강하게 계신다.

두 분들의 경험을 다시 한번 생각해 보면서 현재의 '나'를 다시 한번 돌아보았다. 고등학교 2학년인 '나'는 오직 공부와 결판을 벌이면서 살고 있었다. 그러다 '숨결이 바람이 될 때'를 읽고 삶과 죽음에 대해 생각해 보게 되었다. 어차피 죽음은 정해져 있는데, 죽을 때까지 내 삶을 가치 있게 보내는 것이 이치이자, 진리이다.

물론 지금은 열심히 공부에 매진하면서 다소 무료한 날들을 보내고 있지만, 이것은 훗날 폴과도 같은 내 꿈인 신경과 의사가 되기 위한 과정으로 받아들여서 내 꿈을 이룰 것이다. 그리고 '나'의 일생을 후회 없이 내게 가치 있는 것들을 실천하면서 열심히 살아갈 것이다.

골든아워

2학년 진수현

아주대학교 병원의 이국종 교수의 '골든아워' 1, 2권 세트를 읽었다. 그가 의학계와 일반 대중에게서 받는 평가나 관심, 존경 등은 너무나도 잘 알려져 있으니, 따로 얘기할 필요는 없으나, 그런 관점이 있는 것도 그의 성향과 행동이 일반적이진 않아서 그럴 것이다. 일반적이거나 대중적이라는 표현에 어울리는 사람이라면 지금 그런 위치에 있지 못할 것이다.

보통 사람들은 갈 수 없고, 갈 생각조차 할 수 없는 길을 걷고 있다. 정확히 말하면, 전력 질주를 하고 있다. 그것도 결승점이 존재하지 않는 마라톤을 페이스 조절도 없이 달리고 있다. 그 누구도 할 수 없는 일을 하고 있는 것이다. 그러하니 그가 대중의 존경을 받으면서도 대중적이지 않은 것은 아이러니 같으면서도 너무나도 당연한 것이다.

그가 쓴 이 책에서 나는 이 부분이 기억에 남는다. 책의 제목과 관련된 부분인데 '골든 아워'와 '골든 타임'은 다른 것이라는 부분이다. 골든 아워이든 골든 타임이든, 하여튼 뭔가 황금 같이 중요한 것이라는 의미인 golden이란 단어가 붙어 있으면 의미가 전달되는 것 아닌가 하는 보통사람들의 생각을 그는 부정한다.

TIME(시간)이 아니라 HOUR(특정한 용도로 정해진 60분 정도의 시간)가 더 중요한 의미를 갖는다고 생각하는 것이다. 우리 일반인들은 생명을 살리는 중요한 (시간)을 생각하는데, 그는 생명을 살리기 위해서 자신이 사용할 수 있는 한 (시간) 60분을 생각하는 것이다. 무슨 말인지 잘 모르겠으면 직접 읽어 보는 것을 추천한다. 왜 책 이름이 골든 아워인지 알 수 있을 것이다. 아무튼 이국종 교수는 한 사람의 생명을 위하여 자신에게 주어진 60분 한 시간에 자신의 모든 것을 쏟아붓는 그는 우리 같은 평범한 사람과는 다른 삶을 살고 있다.

세월호 사건도 이 책에서 큰 부분을 차지한다. 사고 소식에 헬기로 현장을 달려갔다가 겪은 허탈감을 그는 최대한 담담하게 풀어 두고 있다. 그 상황과 느낌을 담은 그의 글은 짧고 간결하지만, 그가 가슴에 담은 참담함과 안타까움은 충분히 전달이 되고 있다.

그 사건이 있던 날 나는 TV 앞에서만 있었다. 앞쪽 끝만 물 밖으로 나온 채 뒤집어져 있는 배의 사진과 승객들은 전원 구조되었다고 하는 자막과 앵무새처럼 반복되는 아나운서의 목소리만 담겨져 있었다. 난 속으로 다행이라고 생각을 했다. 그러다가 뒤늦게 제대로 된 상황을 알게 되었다. 이젠 별로 그렇지 않았지만, 아이들이 구조되지 못했다는 소식을 듣고 나서 슬프고 화가 났다.

이국종 교수의 기분이 이랬을까. 그 상황에서 현장에 뛰어다니던 그는 더 했으리라는 생각이 든다. 수많은 죽음을 직접 목격하면서 좌절감을 많이 느꼈을 것이다. 그래도 그는 자신의 자리에서 최선을 다하는 사람이다. 왜 독불장군처럼 혼자서 나대냐며 비판하는 이도 있겠지만, 그는 자기가 할 수 있는 것들을 넘어서고 있다. 가는 방향과 길이 대중적 공감을 못 얻는 부분이 있는 것이다.

나는 처음에 이국종 교수가 진정한 영웅 같았다. 하지만 이 책에서는 전혀 그의 영웅스러운 모습은 없다. 생과 죽음의 경계에서, 한 생명을 살려도, 떠나보내도 언제나 그는 고뇌에 차 있다. 매 기록마다 그의 모습과 하루하루는 위태롭기만 했다. 당장이라도 쓰러질 것만 같았다. 영웅처럼 언론에 비쳐지고 주목받는 교수의 모습만 봐 왔다면 이 책을 읽어 보면 좋겠다. 그가 정말 주목받고 싶어 그러한 삶을 살고 있는 것처럼 보이는지 말이다.

그의 곁에서, 자신들의 모든 것을 내걸고, 일하는 간호사, 의사들도 마찬가지다. 생명을 살리고자 애쓰는 이들이, 자신들의 생명은, 몸은 챙기지도 못하고 망가져 가는 모습에 가슴이 아팠다. 그들은 영웅이 되기 위해 행동하는 것이 아니라 자기 앞의 생명을 살리기 위해 자신의 생명을 바치는 존재들이었다. 이렇게 사는 게 가능하기는 한 걸까. 똑같은 24시간 365일을 살고 있는 게 맞는지 싶었다.

생명에 대한 사명과 열정, 의지로만 그들의 삶을 단순하게 바라보기엔 그들의 환경, 생활이 너무나 열악했다. 인력을 더 투입해 달라, 재정을 더 지원해 달라, 근무 여건을 조정해 달라는 그의 주장을. 왜 병원측에서는 들어 주지 않는 걸까. 2012년도부터 정부 측에 주장한 그의 중증외상센터에 대한 시스템은 왜 계속 바뀌지 않는 걸까.

인터뷰를 하는 이국종 교수는 항상 화가 나 있는 얼굴이다. 불만이 많은 얼굴이다. 지쳐 있는 얼굴이다. 이제는 그의 영웅적인 모습이 아니라 지쳐 있는 그 얼굴이 보인다. 그럴 수밖에 없는 환경이다. 그와 그의 주변 동료들을, 중증외상센터를 금방이라도 지원해 줄 것처럼 그에게 많은 보고서를 달라고, 자료를 달라고, 상황이 어떤지 설명해 달라고 여기저기서 그를 많이도 괴롭혔을 것이다. 2012년부터 그렇게 외쳐댔건만 달라진 게 없으니, 인터뷰 요청에도, 방송출연 요청에도, 그는 웃으며 반길 수만은 없었을 것이다. 그리고 그럴 시간도 없었을 것이다. 잠잘 시간도, 밥먹을 시간도 없는 그의 일상은 그 시간조차 허락하지 않는다.

내가 감동을 많이 받았던 부분은 함께 일했던 병원 관계자들, 소방대원 관계자들 모두, 실명으로 언급하며, 책의 뒷부분에는 그들의 이름과 프로필을 함께 기재한 부분이다. 정말 많았다. 그럼에도 다 언급하지 못했다고 한다. 이 부분에서 알 수 있지만 이 책은 그가 베스트셀러 작가가 되어 유명해지고자 함도 아니요, 하루아침에 바뀌지 않을 정부정책 현실을 단순히 비판하고자 함도 아니요, 내가 이렇게 고생하고 있으니 알아 달라고 함도 아니요, 이름만, 건물만 만들어 놓고, 인력, 재정 지원도 없는 병원 관계자를 비난하고자 함도 아니요, 한 생명이라도 살리고자 띄우는 헬리콥터 소리에, 민원을 제기하는 이들에게 진정한 시민의식이 부족함을 알리고자 함도 아니요, 외국에 비해 우리나라의 중증외상환자에 대한 열악한 시스템을 보여 주고자 함이 아니라, 위와 같은 상황에도 불구하고. 자신들의 몸과 시간을 바쳐 고생하는 동료들에게 그 고마움을 표현하고자 잘 웃지도 않고, 무뚝뚝하기만 한, 살가운 말 한마디 잘 못하는 이국종 교수가 이 책을 쓴 것이다.

이 책을 읽으며 나는 영웅처럼 보이던 인물을 더 자세히 알게 되었다. 그가 어쩌다 그 자리에 가게 되었는지, 그의 가치관은 어떠한지. 만약 이 책을 읽어 보게 된다면 이국종교수의 괴로운 모습을 많이 보게 될 것이다. 이게 영웅처럼 보이던 이국종 교수의 진짜 모습이다.

책을 읽음으로 그를 더 존경하게 되었다. 나는 그처럼 살 수 있을 것인가. 이 책을 읽고 나서 든 의문이고 아직도 나는 이 고민을 해결하지 못했다. 그를 닮아가기를 원하며 글을 마무리한다.

웃음의 심리학

1학년 이준영

'웃음의 심리학'이라는 책을 읽고 생각했다. 어떻게 해야 나한테 이득이 있고 때에 맞는 웃음을 지을 수 있을 거라는 것을…….

책 제목을 보고 난 사람들 간의 웃음속 심리를 알 수 있을 거라고 생각했지만 전혀 다른 내용이었다. 놀랍게도 이 책은 다양한 연구결과를 토대로 웃음이 가지는 의미들을 보여 준다. 사회생활과 특정 상황에서 웃음이 지닌 의미를 알려 주고 있다. 또한 웃음이란 것은 단순히 얼굴 표정이 아니라 웃음은 사람을 기분 좋게 만들어 줄 뿐만 아니라 사람들을 지켜 준다는 것이다.

웃음은 그 밖에도 다양한 영향을 미치며 하나의 유형이 아니라 많은 유형이 존재한다. 정말 웃음은 신기하다고 생각했다. 우울증을 앓고 있는 사람과 대화를 시작한 지 단 몇 분 만에 대화를 하던 사람의 얼굴에서 웃음기가 거의 사라졌다. 생기도 점점 사라지더니 마침내 우울증을 앓는 사람과 똑같이 부정적인 생각을 하고 부정적인 결론을 내렸다.

이처럼 우울한 기분은 강한 전염성을 발휘한다. 우울증을 앓는 사람들이 애처롭거나 슬퍼 보이는 경우는 많지 않다. 우울증을 판단하는 가장 정확한 것은 긍정적인 부분이 사라졌다는 것이다.

얼굴 표정을 바꾸는 것이 모든 감정에 영향을 미치는 것은 아니다. 예를 들어 많이 웃을수록 행복한 감정이 높았다. 하지만 싫어하는 표정을 짓는다고 해서 실제로 싫어하는 감정이 높아지지는 않았다는 것이다. 현재 감정과 정반대 얼굴 표정을 짓는다고 해서 효과는 잘 나타나지 않는다. 웃음은 슬픔을 완화하는 능력이 조금 있기는 하지만, 기분을 바꾸진 못한다. 결과적으로 얼굴 표정을 완전히 억제한다고 해도 기분은 완전히 사라지지 않는다.

다른 실험결과 지위가 높든 낮든 모든 사람들의 웃는 횟수는 비슷했지만 웃는 이유는 다르다는 사실이 밝혀졌다. 지위가 낮은 사람들은 자신이 웃어야 한다는 생각될 때 웃었고, 지위가 높은 사람들은 자신이 내킬 때만 웃었다.

지위가 높은 사람들에게 웃음은 선택인 반면, 지위가 낮은 사람들에게는 의무였다. 자신이 더 많은 것을 내놓고 덜 돌려받는다고 생각하는 사람들은 자신이 슬퍼질 뿐만 아니라 더 힘들 수 있다는 것이다. 반대로 긍정적인 감정을 내면에서 느끼는 사람들은 노력을 덜 기울이는 반면, 더 많은 에너지와 긍정을 얻을 수 있다는 것이다.

이 말은 내가 생각하고자 하는 것이 나의 정서에 와 닿는다는 것이다. 세상의 모든 일에는 긍정 부정적 측면이 얼마든지 있다. 긍정적인 부분만 생각하는 것은 당장 힘들겠지만 열심히 노력만 한다면 가능하다고 본다. 사랑하는 커플들은 함께 있을 때 훨씬 자주 활짝 웃었다. 반면에 감정이 없거나 욕구만 큰 커플들은 활짝 웃지 않았으며, 입술을 깨물거나 입맛을 다시는 것과 같은 입술의 움직임이 활발했다.

연인의 조건이 있다면 나에게 진정으로 웃어 주고 시간이 지나도 웃음만큼은 바뀌지 않는 사람이 아닐까? 예를 들자면 연인과 싸우고 나서 서로 화해했지만, 덜 풀렸을 때가 있다. 그럴 때는 서로 웃거나 장난치면 더욱더 풀리고 더 좋은 관계를 유지할 수 있다고 한다. 행복한 결혼을 한 부부는 그렇지 않은 부부보다 훨씬 웃음을 많이 지어 보였다는 것을 보아 웃음은 겉으로 속을 판단할 수 있도록 도와주는 신기한 존재이다. 더욱 신기한 점은 사람들은 상대방이 웃음을 천천히 나타내기를 바랐다. 빠르게 웃는 사람보다 그렇지 않은 사람보다 신뢰할 수 있다고 판단했다.

한 가지 실험을 했다. 실험 방법은 게임에서 질 때마다 전기 충격을 주는 실험이었는데, 게임이 끝나고 분석을 해 본 결과 웃음을 지은 사람에게 전기 충격이 덜 간 것을 알 수 있다. 이는 웃음이 공격성과 반비례한다는 것을 연구를 통해 입증됐다.

또 다른 실험으로는 게임에서 졌을 때와 이겼을 때의 표정을 보고 사람들의 사회성을 판단하는 실험에서 실험 결과 사교성이 없는 사람일수록 게임에서 졌을 때 인상을 쓰고 얼굴을 찌푸리며, 게임에서 이겼을 때 진 사람을 신경 쓰고 감정을 감추는데 서툴다고 입증됐다 .이처럼 의도적으로 자신의 감정을 감출 줄 아는 사람들은 훨씬 사회성이 다른 사람과 비교해 풍부하다는 것을 알 수 있다.

이것을 보고 난 게임을 하다가 졌을 때 화를 내거나 나에게 표출하는 사람은 가까이 하고 싶지 않다는 것을 배웠다. 무엇보다 인간의 웃음은 도구로 사용될 수 있다. 중요한 회의 자리에 들어서면서 가장 먼저 웃음을 보인다면, 강경한 태도를 보이는 사람보다 더 좋은 결과를 기대해도 된다는 것을 알게 되었다.

나도 중요한 일이 있거나 높은 사람들을 뵈러 갈 때, 웃음을 짓고 가야겠다고 생각했다. 또한 매력적인 얼굴은 매력적이지 않은 얼굴보다 더 잘 웃는 것으로 여겨지고, 웃는 얼굴은 웃지 않는 얼굴보다 훨씬 매력적이라고 여겨진다. 웃음을 짓는 이유는 사람들과 공유하고 싶기 때문이라는 것을 알게 되었다.

사람들 사이의 강한 유대는 대단한 일로 시작되는 것이 아니라 단순하고 웃음 짓는 행동으로 시작된다는 것을 알게 되었다. 상대방의 의도를 파악하고 서로 주고받는 웃음은 깊은 관계를 맺는데 중요하다는 것을 알게 되었다. 이에 우리는 웃는 사람을 보면 다가가고 싶은 생각이 든다. 반면 슬픔에 잠겨 있는 사람들은 도와주고 싶어도 도움을 주기 어렵다. 이것을 보고 나는 내가 화난다고 슬프다고 계속 있으면 다가가고 싶지 않다는 것에 공감했다. 적대적인 사람은 짜증나는 상황에서 예의상 짓는 웃음을 보이지 않았다. 예의상 웃음이란 위기의 상황을 헤쳐 나갈 수 있는 웃음의 종류인데, 적대적인 경향이 있는 사람들은 웃어주기를 거부한다. 반면에 호의적인 사람들은 많이 웃는다. 그들은 웃음을 주고받으며 더 커지지 않도록 막는 능력이 있다. 또한 억지웃음도 긍정적인 결과를 이끌어 낸다. 그리고 난처한 웃음은 스스로 실수를 했다는 사실을 인정한다는 신호이기도 하다. 난처한 웃음은 또 다른 혜택을 제공하는데, 연구에서 사람들은 진짜로 당황한 모습을 보여주는 사람을 훨씬 좋아하고 용서한다는 것을 밝혀냈다.

부모들도 아이들이 당황스러워하는 웃음을 보여 주면 덜 혼내는 것으로 밝혀졌다. 그러니 다들 실수했을 때 선처의 웃음을 보이고 선처를 받도록 해보자. 인간은 얼굴 표정을 통해 감정을 파악하기 때문에 표정이 변하지 않으면 중요한 인간적인 요소에 대한 의심이 커진다. 예로 주변에 얼굴 표정이 없는 사람이 있으면 그 친구와는 초반에 자주 봤지만 결국에는 흥미 없는 사람이라고 생각할 것이다.

우리는 웃음을 판단하여 선택할 수 있다. 하지만 다른 사람들에게 강요를 얼마나 해왔을까? 물론 웃으면 여러 가지 혜택을 얻을 수 있지만 웃을지 말지는 그 사람의 선택이기에 강요할 수 있는 것이 전혀 아니다. 이에 내가 다른 사람들에게 말하는 "웃고 다녀라."라는 말은 사람들 간의 감정세계를 침범한 것이 아닌가 생각하게 됐다. 그러니 다들 다른 사람들에게 웃음을 요구하거나 지나치게 강요하는 것은 침범이라 생각하고 고치길 바란다.

에필로그

1학년 이준영

난 웃음이라는 것이 마냥 즐거울 때만 나오는 거라고 생각했다. 하지만 이 책을 읽음으로써 웃음이 언제 작용되고 사용할 수 있는지 배운 것 같다 17년 인생 중에 책을 읽으면서 배움을 얻는 것이 얼마 만인가 생각하게 된 것 같다. 또한 이 책에 대한 내용을 정리하고 느낀 점을 표현함으로써 이 책을 다시 한번 읽는 느낌이 들어 흥미 있게 작업했던 것 같고, 내용을 더 자세히 알고 생각할 수 있어 좋은 경험이 된 것 같다.

이 작업을 하고 마무리 글 중 웃음은 사람들 간의 감정 세계이고 선택하는 것이기 때문에 타인이 끼어들고 하는 것은 엄연한 침범이라고 표현하면서 타인의 표정, 웃음 등 타인의 선택에 나는 이제부터 관여하지 말아야겠다고 생각했다.

정말 재미있던 글쓰기였고 나의 역량 강화에도 도움이 됐다. 나의 진로는 경찰인데 원래 경찰 하면 범인을 때려잡고 이러는 모습만 봐왔고 상상했지만, 이제 내가 이 책을 선택할 만큼 심리학에 관심이 있어 좋아하니, 심리를 이용한 경찰이 되고 싶다는 생각도 많이 들었다. 내가 좋아하고 동경하는 경찰과 관심 있어 하는 심리학을 이용하여 나의 진로를 생각하니 꿈이 확실해진 것 같다.

이 활동을 하면서 책을 통해 직접 배우는 과정도 있었고 이 편집 활동을 통해 나의 진로를 선택하고 확정 짓는 경험까지 하여 유익한 시간이 된 것 같다. 이제 나는 책을 읽을 뿐만 아니라 읽고 내용을 정리하여 나의 느낀 점을 적어 두어 인생의 교훈을 함께 쌓아갈 생각이다. 책을 읽기 꺼려하는 내가, 책을 읽고 느낀 점까지 서술하겠다는 것을 보아 이 시간이 얼마나 나의 인생 방향을 정해 주고 있는지 잘 알 것이다. 이 활동을 통해 분명 머리를 쥐어 잡고 힘들게 노력한 추억도 먼 훗날 이것을 보면서 느끼겠지만, 더 큰 추억은 이때 내가 진로를 선택하고 확정 지었구나 라는 추억이 더 클 것 같다.

또한 나는 웃음의 심리학 책을 읽기 전에 웃음이랑 심리학이랑 무슨 관련이 있지? 라는 생각과 함께 책을 읽었다. 읽어 보니 웃음을 짓는 과정 중 느끼는 감정이 심리학과 관련이 있다고 설명하고 있었다. 이제는 친구들이 웃을 때마다 어떤 감정을 느끼는 걸까? 생각하고 어느 정도 예측할 수 있었다. 그리고 난 이 활동을 통해 언어적 감각이 더 늘어난 것 같아 새로운 기분이 든다.

이 책을 시작으로 많은 책을 읽기 시작했는데, 이 책을 읽기 전에는 국어 모의고사 등급이 4등급이 나오던 게 책을 읽으면서 금방금방 이해하고 생각하는 연습을 나도 모르게 해서 모의고사 등급이 3등급 내지 2등급까지 나오게 됐다. 정말 책이 주는 신비로움은 어디까지일까? 난 꼭 친구들에게나 미래의 자식들에게도 책을 많이 읽으라고 권유하고 싶다. 내가 책을 읽고 나서 느낀 점, 향상된 점, 좋아진 생활 패턴 등을 설명하면서 친구들이나 자식들에게 권하여 책을 하나라도 더 읽게 해 주고 싶다. 왜냐하면 책을 읽어서 좋지 않은 것이 없기 때문이다. 있다면 눈이 나빠지는 것뿐 아닐까?

이것도 책을 읽다 눈이 피로해지면 좀 쉬고 읽으면 눈이 안 나빠질 수 있기 때문에 딱히 안 좋은 점이 없는 것 같다. 그러나 반대로 좋은 점은 내가 말했듯이 엄청난 신비로운 경험을 할 수 있다는 것이다. 이 책을 편집하는 과정에서 힘든 점 어려운 점 등이 있었지만 좋은 선생님의 지도로 극복해 갈 수 있었고, 어려움뿐만 아닌 즐거움도 있었다는 것을 누구보다도 난 잘 알고 있다.

책 한 권을 읽고 내 인생이 이렇게 바뀐 게 난 아직도 상상이 가지 않는다. 버스를 타든 지하철을 타든 핸드폰을 주로 하던 나의 일상이 책을 자연스럽게 꺼내 읽고 내릴 때쯤 책갈피를 표시해 두는 내가 한편으로 정말 자랑스럽다.

항상 나에게 핸드폰만 하지 말고 글 한 자라도 더 읽으라고 충고해 주시던 어머니의 말씀이 더 와 닿았다. 이제는 집에 와 씻고 책을 읽는 것이 내 일상인 것이 어머니도 뿌듯해 하셨다. 그리고 한 분야뿐만 아니라 다른 분야도 재미있어 보이면 바로바로 읽는 습관 때문에 나의 잡지식이라고 하나? 여러 분야의 얕은 지식들이 늘어나고 있다. 이를 깊은 지식으로 바꿔야 하는데 이 또한 책이 해결해 줄 것이라는 것을 난 감히 믿고 있다.

‘악의’를 읽고

1학년 박진현

‘악의’는 일본 작가 히가시노 게이고의 대표적인 추리 소설로 인간의 악의에 대해 쓴 소설이다. 히가시노 게이고는 일본의 대표 작가이고 그의 대표적인 소설은 ‘나미야 잡화점의 기적’, ‘살인의 문’, ‘인어가 잠든 집’, ‘메스커레이드 호텔’ 등이 있다.

일단 ‘악의’의 줄거리를 간단히 요약하자면 주인공인 ‘노노구치 오사무’가 친구인 ‘히다카 구니히코’에게 큰 질투심 등을 느껴 그를 살인하고 여러 가지 누명을 덮어 씌어 자신의 살인이 정당하고 자신의 명예를 높이려 한다. 하지만 사건의 담당자인 ‘가가 형사’가 살인에 의문을 느껴 사건을 파헤치는 내용이다.

이 책을 읽게 되면 가해자에 대한 동정과 배신감을 동시에 느낄 수 있을뿐더러 ‘가가 형사’의 엄청난 집념과 추리력을 볼 수 있다. 초반에는 사건에 대한 궁금증, 중반에는 가해자에 대한 동정, 후반에는 가해자의 엄청난 트릭과 그를 트릭을 파헤치는 내용에서 엄청난 긴장감을 느낄 수 있다.

나는 이 소설을 읽고 인간이 얼마나 타인에게 큰 악의를 가졌으면 살인까지 저질렀을까 하는 생각이 든다. 소설 속에서 피해자는 가해자인 주인공을 학창 시절 때부터 도와준 선량한 사람이다. 이러한 그에게 악의를 느꼈다는 것이 나로서는 이해가 잘 가지 않는다. 또한 나는 가해자의 계획에서 놀랐다. 어떻게 사람이 저렇게까지 생각할 수 있을지에 대해 아무리 살인 계획이라고 하지만 솔직히 매우 감탄했다. 하지만 더욱 놀라웠던 것은 바로 사건을 맡게 된 형사이다. 이 소설 속에서 가해자는 형사의 직장 선배였었다. 직장 선배였던 그에게 사심을 품지 않고 더욱 꼼꼼히 조사하는 형사에게 매우 감명을 받았다.

그래도 이 책에서 가장 베스트로 뽑은 것은 바로 형사의 추리력이다. 그는 아무런 도움이 되지 않는 단서들로 가설을 세우고 추가로 취재한 내용들을 종합하여 거의 완벽한 가설을 세운다. 이 부분에서 나는 소름이 돋을 정도로 놀라웠다. 어떻게 인간이 그런 자그마한 단서들로 거창한 가설을 세울 수 있는지에 대해서 말이다.

이 책을 읽게 되면 인간의 본성에 대해, 그리고 악의에 대해 다시 한번 생각하게 된다. 또한 이 책에서는 '범인은 누구인가'보다 '왜, 어떻게 범죄를 저질렀는가'를 묻는 히가시노 게이고 특유의 가해자에 대한 성찰이 돋보인다. 혹시나 이 책을 읽는다면 추가로 그의 또 다른 대표작인 '살인의 문 1, 2'를 추천한다.

위에서 언급하였듯이 '살인의 문' 또한 히가시노 게이고의 대표작 중 하나로 꼽힌다. '악의'와 '살인의 문'의 공통점을 찾자면 일단 주인공이 살인을 저지른다. 그리고 두 이야기 모두 인간이 얼마나 타인에게 증오를 느껴야 살인을 하는지에 대해 잘 표현한 작품이다. 특히 '악의'에서는 주인공이 친구를 살인한 동기를 제대로 이해하지 못하였는데 '살인의 문'에서는 주인공이 살인을 할 이유와 주인공의 심리가 작품에 잘 표현되어 있어 작품을 읽을 때, 인간의 악의에 대해 조금 더 섬세하고 자세히 느낄 수 있다.

내가 '악의'를 먼저 읽으라고 추천을 하는 이유가 바로 이것이다. '악의'에서 주인공의 마음, 즉 악의를 바로 이해하기는 힘들 것이다. 하지만 후에 '살인의 문'을 읽게 된다면 '아, 그래서 그때 주인공이 친구를 죽였구나.' 하고 조금이나마 돌이켜볼 수 있다. 여러 가지 의미에서 '악의'는 인상 깊은 소설이다. 꼭 한 번 읽어 보길 바란다.

장난감, 멋진 창작의 결과물

1학년 임민규

내가 어릴 적에 좋아했던 것 장난감, 지금도 좋아하는 것 장난감. 나는 이렇게 나이가 들었는데 아직 이마트에서, 백화점에서, 유튜브에서 완구류를 둘러 본다. 왜일까? 아직도 TV에 나오는 캐릭터들이 멋져서? 맞는 말이다, 하지만 아직까지 좋아하는 데는 다른 이유들이 있다.

1. 물리, 팽이에 담기다

줄을 당겨서 돌리는 간단한 거라고 생각할 수 있는 것이 팽이이다. 그것은 섣부른 판단이다. 팽이에는 여러 가지 물리법칙을 이용하여 경기를 더욱 즐겁고 화려하게 해 준다. 2015년 즈음에 출시한 베이블레이드 버스트 시리즈가 있다. 여기서 모든 팽이에 기본적으로 탑재된 *버스트 시스템(burst system: 팽이가 강하게 부딪히면 팽이의 잠금이 풀려 상층부분, 금속부분, 축이 분리되어 튕겨나가게 하는 시스템)에는 관성의 원리가 들어가 있다. 그리고 초반의 회전력을 높여주는 외측 무게 후반에 안정감을 자아내는 내측무게가 있다.

또한 팽이에는 어택, 디펜스, 스테미너, 밸런스의 타입이 있고 각자의 상성이 있다. 예를 들어 어택팽이의 상층부에는 강한 타격을 입히도록 날카롭게 만들며 축은 경기장을 활공해 위치 에너지 + 팽이의 가속 에너지를 상대에게 주어 버스트를 내려고 넓게 설계하였으며, 심지어 회전에 관한 마찰을 늘이기 위해 고무재질의 축을 쓸 때도 있다. 디펜스형은 상대의 공격을 무력화시킨 뒤 경기장 밖으로 튕겨 내려는 상층부를 지니며 공격을 받아 기울어져도 다시 설 수 있는 둥근 축을 만든다. 더 고차원적인 것으로는 시계 방향과 시계 반대 방향으로 회전하는 팽이 사이에는 톱니바퀴의 원리, 회전력이 줄면 활공 속도가 더 빨라지는 축 등이 있다.

2. 호환성의 시작과 끝, LEGO

꽂았다, 뺐다 단순할 수도 있고 복잡할 수도 있는 블록이다. 레고는 단지 몇 개의 부품만으로 무한대에 가까운 조합을 만들어 낼 수 있다. 이것을 이용해 간단한 동물 모양부터 실제 자동차 같은 완성품까지도 만들 수 있다. 이것이 가능하게 된 이유는 무엇일까?

레고 브릭 제작의 심오한 고뇌가 가능하게 했다. 브릭 위의 튀어나온 동그라미(O)는 같은 위치의 아래 모양에도 들어갈 수 있지만 아랫부분의 동그라미 모양에도 들어갈 수도 있고 다른 종류의 여러 구멍에 알맞게 들어가도록 설계했다. 기본으로 우리가 잘 알고 있는 레고 브릭 측면의 1/3 되는 두께는 (O O) 사이에 들어가도록 했다. 막대기같이 생긴 것은 O 안에 들어갈 수 있다.

이것 말고도 엄청나게 다양한 부품들이 상호작용하여 레고를 만든다. 이런 다양성과 많은 인기 영화 ,게임, 영웅들과의 콜라보레이션이 된 레고 제품들은 아이들을 포함한 어른들까지 매료시키며 이를 넘어서서 자신의 작품을 창작하는 레고 창작가들도 여기저기서 나오고 있다.

3. 탄성이 절로 나오는 디자인, 로봇으로 느끼다

사람의 모양새를 갖춘 멋진 로봇들은 장난감의 상징이라고도 할 수 있다. 그만큼 로봇은 과거부터 현재까지 수많은 사람들에게 인기가 많은 존재이다. 로봇 중에서도 인기가 상당한 건담은 하루아침에, 또는 일 년 만에 뚝딱 만들어진 것일까? 건담은 애니메이션으로 1979년부터 시작하였다. 이 앞의 말이 대답이 되었을 것이다. 그 당시에도 상당히 멋있었을 건담이었겠지만 건담 관련 업자들은 예를 들면 얼굴의 모습을 더 멋지게 변화시키거나 관절이 약하다든지 덜 움직이는 부분을 조금씩 개선시킬 수도 있을 겄이다. 또한 무기를 더 잡기 쉽고, 화려한 모양새로 만들 수도 있다. 이렇듯 조금씩조금씩 진화한 건담은 더 우람해지고, 더 멋있어진다. 이제 과거의 로봇은 자칫 심심해 보이기까지 한다.

앞의 세 가지 요소보다도 더 많은 요소가 서로 상호작용하여 각각의 개성 넘치고 매력적인 장난감들이 탄생하게 된다. 그리고 이 요소들은 어린이들은 잘 알아채기 힘들다. 장난감이 유치해 보일 수도 있다. 하지만 그건 그 장난감 각자의 진짜 기능, 디자인, 호환성 등을 제대로 알지도 못하고 하는 말에 불과하다.